与文共舞

中国好文章书系

《好文章》书系组委会 主编

光明日报出版社

图书在版编目（CIP）数据

与文共舞 /《好文章》书系组委会主编 . -- 北京：
光明日报出版社，2022.9

ISBN 978 - 7 - 5194 - 6749 - 4

Ⅰ. ①与… Ⅱ. ①好… Ⅲ. ①散文集—中国—当代

Ⅳ. ①I267

中国版本图书馆 CIP 数据核字（2022）第 153298 号

与文共舞
YUWEN GONGWU

主　　编：《好文章》书系组委会

责任编辑：杨　茹　　　　　　　　　责任校对：陈永娟
封面设计：中联华文　　　　　　　　责任印制：曹　净

出版发行：光明日报出版社

地　　址：北京市西城区永安路 106 号，100050

电　　话：010-63169890（咨询），010-63131930（邮购）

传　　真：010 - 63131930

网　　址：http：// book. gmw. cn

E - mail：gmrbcbs@ gmw. cn

法律顾问：北京市兰台律师事务所龚柳方律师

印　　刷：三河市华东印刷有限公司
装　　订：三河市华东印刷有限公司

本书如有破损、缺页、装订错误，请与本社联系调换，电话：010 - 63131930

开　　本：170mm×240mm
字　　数：341 千字　　　　　　　　印　　张：19
版　　次：2022 年 9 月第 1 版　　　　印　　次：2022 年 9 月第 1 次印刷
书　　号：ISBN 978 - 7 - 5194 - 6749 - 4
定　　价：98.00 元

本书编委会

前　言

　　《淮南子·本经训》中记载："昔者仓颉作书，而天雨粟，鬼夜哭。"文字的力量，由此可见一斑。文字真是一种奇妙的东西，寥寥数字便在书写者与阅读者之间架起一座心灵之桥——娓娓道来的文字能够温暖人心，昂扬激越的文字让人心潮澎湃，蕴含哲理的文字能够明心见性，真情实感的文字催人泪下，让人心生感动。文字让我们的思绪插上了想象的翅膀，带我们飞入书写者用妙笔精心构建与编织的文字世界，让我们在知识与思想的天空中翱翔。

　　"中国好文章"大赛组委会从发出邀请至今，已收到数万名作者朋友的踊跃投稿，让我们备感欣喜与珍惜。欣喜的是，你们看到了我们发出的征稿邀请，并勇于展示自己的才华；珍惜的是，你们将自己精心写就的文章托付给我们，是对我们的信任。身处此位，将心比心，每日与文字打交道的我们，更懂得作者对自己文章的用心与爱护。在与这些美文的不期而遇中，我们感受到你们对祖国大好河山的由衷赞美，对故乡故人的深深怀念，对青春往事的追忆释怀，对亲人朋友的真切情感……字字句句皆自肺腑流出，每一段文字、每一篇文章都承载着书写者的人生温度，讲述着书写者的奇妙故事，蕴藏着书写者的岁月感悟。

　　著名作家莫言曾在诺贝尔文学奖晚宴上的致辞中谈到自己对于坚持文学写作的看法："我深知世界上有许多作家有资格甚至比我更有资格获得这个奖项；我相信，只要他们坚持写下去，只要他们相信文学是人的光荣也是上帝赋予人的权利，那么，'他必将华冠加在你头上，把荣冕交给你'。"如今投稿的你们也是这样，不论年龄几何，不论身处何处，曾经，当你的脚步穿过那一排排放满书籍的书架，指尖抚过那一本本微微鼓起的书脊，听到那纸张翻阅的沙沙声，想必有一颗石子落入你如静水般的内心，激起了一圈圈淡淡涟漪，你便也想让自己的文字化为铅字，让每一个爱书之人感受到你笔下文字那鲜活的生命力。于是你们日复一日、年复一年保持着对文字、对写作的热爱，这在当下，是多么难能可贵的品质。我们发自内心地佩服书中各位作者对文学梦的坚守，因此有了我们在"中国好文章"的相遇，才有了这本凝结着你们心血结晶与智慧闪光的诚意之作。

　　一纸素笺，这卷承载着心语的墨香，是你们个人情怀与美德的人文积淀，是你们"文如其人"的最佳彰显，更是你们收获公众好评和认可的绝佳机会。或许今天热爱文学写作的你，明天就能在中国文坛拥有一席之地，成为反映美好新时代的一面旗帜，成为用文字影响他人的文化摆渡人！

　　"文明如水，润物无声。"书籍作为思想文化的载体、人类知识的殿堂，读罢方知心渠如许不彷徨，人间至爽在墨香。本书这些沉睡的文字，如时光与心灵的对白，诉说着少年五彩的梦，低唱着中年朴质的影，浅吟着老年夕阳的红，并赋予各时的震撼或感动、温暖或骄傲、火热或炽烈的瞬间以永恒……此刻，她正散发着墨香，静待有缘相会的读者来唤醒。

"中国好文章"大赛编委会

Contents

目 录

万千之灵

亲情之美

哑 父

刘小燕*

一茶一水，一世界。

——题记

　　这么多年，我从不在任何场合提及我的父亲，因为在我的心里，我的父亲不像别的父亲那样正常，甚至脑子还有点"傻"。他口齿不清，满脸皱纹，不讲卫生……总之，不好。可是，当我要提笔写此文时，第一个能想到的就是我的父亲。我也不知道为什么，也许，想为他平淡的一生留下点什么吧。

　　说起我的父亲，我的记忆都是模糊的，仅凭曾经的老街坊邻居们嘴里传出的故事能回忆出一点来。可是，他又那么深刻地刻在我的脑海里。

　　父亲出生那年中国还没有解放，他是家里的独生子。那个年代哪家不是三五个孩子，甚至更多，但奶奶除了一个夭折的女儿，就仅剩父亲这根独苗可以延续香火了。所以，爷爷奶奶特别宠爱他，父亲想吃什么他们就给做什么，尽管当时家里没有太多口粮，可还是能完全满足他。所以，这着实让左右邻居红眼。

　　我从来没有见过奶奶和爷爷，他们很早就过世了。这么多年，这两个称呼对我没有任何概念，只听说当年爷爷是木匠，奶奶是街道主任，居住在包头老城区的小平房里。他们的生活在当年算是很富裕的。可是，命运对于这个三口之家总是那么残酷。

　　小时候，父亲总是生病，常见的就是高烧严重到抽搐。那个时候，医疗条件匮乏，有点小病也不找医生看，就采用民间做法。治疗这种病的办法就是用针在头上扎，按现在的说法大概就是针灸疗法吧。尽管我从来没有见过，但是

---

* 作者简介：刘小燕，笔名"雨霏"，内蒙古师范大学本科毕业。包头市作协会员，任包头市科技少年宫"中国小记者"品牌负责人和教师。时任中国报刊联合会记者、香港资讯卫视记者。从事新闻、文学教育工作十几年。主要作品有通讯《爱的感悟》《岁月静好你亦无恙》，散文《梦开始的地方》《我闻到了阳光的味道》《梦想在这里启航》《阳光湖的七八月》《慢生活》等。

后来，我发现父亲的头上有很多像拇指大小的类似斑秃的痕迹，根本看不到毛囊，白白的，像刀疤一样。小时候每次看到，我都十分害怕，觉得这个男人带着凶气。父亲说话嗓门还特别大，说起话来跟吵架似的，离着老远就能听见。他的交通方式基本靠走，且从来不抬脚，所以每次他从外面回来，我们总是未见其人，先闻其声。

有一次，父亲老毛病犯了，家人们依旧找来江湖郎中用此法为他治疗，可这次没那么幸运，也许是直接触及了语言神经，之后，他的舌头就再不能抬起来，更不能像正常人一样说话了，成了人们口中的"半哑"，别人听不清他说的是什么。从此，他就成了一个残疾人。

父亲和母亲的结合纯属那个封建年代的牺牲品。为什么这么说呢？母亲年轻时黑发披肩，皮肤白皙，一双大花眼，论身材长相都比父亲强百倍。可偏偏为了逃离下乡的命运而无奈接受了另一种命运，她被迫嫁给了我的父亲。俗话说：男怕入错行，女怕嫁错郎。从此，母亲的命运就是她嘴里总是念叨的那种所谓"苦命"。

我记得清清楚楚，小时候，我最怕夜晚的来临，因为每一次夜深人静的时候，我就总能听到坐在院里那个酒后哭泣的母亲，她一哭就是一晚，吵得街坊邻居也不得安宁，有时候，他们出来劝劝母亲，可怎么拉也把她拉不回家；有时候，他们陪她说说话，而我就只能躲在被窝里小声地哭泣，生怕被母亲听见。那个时候，我们都小，不懂母亲为什么总是这样。

这样的日子伴随着我们兄妹的长大，也就渐渐少了……

父亲习惯称呼我"二子"，因为我排行老二，上面有一个哥哥。可是，似乎他对我格外的亲。

小时候，每年正月十五，父亲就喊着："二子，走，我带你去看'红火'。""红火"是北方的方言，意思就是热闹。说完父亲把我架在他的肩膀上就走了，看花灯和秧歌队表演，在生活并不富足的年代我就盼着过年这点热闹。我高兴地坐在父亲的肩膀上，穿梭在熙熙攘攘的人群里，跟着踩高跷、扭秧歌的队伍敲锣打鼓地走街串巷，像一条彩色的长龙穿过了整条街，热闹极了。还有一些听见秧歌队来了就放下手中的活，披一件衣服就往外跑的女人，也踮起脚、伸长脖子左瞅瞅、右瞧瞧，生怕错过了这一年最精彩的时刻。我就那么坐在父亲的肩膀上，那时似乎忘记了架着我的人是我的半哑父亲，就是那个我一直不愿向人提及的父亲，小小年纪的我根本不懂这样的肩膀也承载着寻常的父爱。

父亲的手紧紧地抓着我的手，我的两只小脚不停地前后晃着，嘴里还哼着歌曲，那副开心的样子我至今还记忆深刻。父亲就这样走过一条街又一条街，直到夜晚来临，我都不肯回家。那时候的父亲，也是那么开心，从他偶尔抬起头看我的表情里就能感觉到。直到看完街市上所有的花灯，我们才回家，每一盏灯笼的光都暖暖的，照进我们的心里……

现在想来，儿时的生活是真的艰苦，全家人每个月仅靠父母亲那仅有的三十多块钱的收入维持生活。每次到开工资的时候，父亲甭提有多开心了。他总是提前一天晚上就从他的宝贝铁桶里拿出手章，那个铁桶里放着他最重要的两件宝——一把家门钥匙和这枚手章。父亲从没上过学，所以从不会写字，这枚章就是他身份的证明，他说出的所有人生道理都是靠经验。我到现在都很佩服他，这样一个文盲是怎么能掐算出每年的除夕？

第二天，父亲早早起来了，一壶浓砖茶，一个馒头，三百六十五天如一日的早点，是他一生中的最爱。除此之外，母亲也不会给他做什么像样的早点。父亲看起来很瘦但是身体一直很好，每天至少十公里的散步为他奠定了身体强壮的基础。可自从爷爷奶奶过早离世后，父亲的娇惯生活就没有了，反而是每天遭受不如意的妻子的打骂。

父亲一趟一趟地瞅着挂在墙上的钟表，嘴里还嘀咕着："再等一会儿该走了。"到了时间，他就出发了，这一去怎么也得大半天。等听到同样熟悉的脚步声我就知道是父亲回来了。他一进门就进到里屋，从裤兜里掏出一把连零带整的钱，往炕上一抛，趴在炕上开始一分一分地数起来，"一块、两块、三块……十几、二十块"。这就是他全部的工资，他边数边朝着我笑，好似一个孩子获得了糖果时的那份开心。我在旁边跟他抢。"我来给你数。""不用。"他边搂着钱，边说着："等我数好了，给你一毛钱。"我就眼巴巴地等着这一毛钱。那时候的一毛钱可以顶我一个星期的零花钱，我每天放学回家花 2 分钱买一个"搅搅糖"，舔着舔着就到家了，觉得幸福感爆棚，起码可以暂时忘记很多烦恼。

等到晚上母亲下班回来，父亲原封不动地把工资交给了母亲。他就站在地中间伸开手，等着母亲给他发几块零花钱，最多不会超过 5 块，他散步累得饿了的时候可以给自己买个馒头吃。可每次母亲也就像打发乞丐一样往父亲手里塞两三块钱，父亲总说，"就这么点儿"，但扭身就自己偷乐，赶快将钱装兜里。冬天，父亲几乎每天遛弯回来都会带几个热乎馒头。他把火炉上的灰一吹，往炉盘上一放，馒头就被慢火烤着了，时不时翻腾几下。旁边再煮一壶热茶，滚滚的热茶散发着浓浓的茶香，白瓷缸子被茶渍覆盖，浓密得发黑，沉积了一个老人一辈子的热爱。热气伴着滚烫的开水顶着茶缸盖子当当地响，一缕一缕的茶香就顺着缝隙飘入鼻腔。呷一口浓砖茶，咬一口焦黄的馍，日子就这样在唇齿间流淌了几十年。

　　如今，步入古稀之年的父亲，用他那特有的嗓音和养老院的老人们过着更加简单的生活。

　　也许，对于他来说，一生就如他的挚爱一般。一茶一水，一世界……

一个陈年酒坛

曾军 *

　　农历八月父亲一周年的忌日，回老家，特意给他烧香磕头，请来内亲外戚多人，做个周年纪念，闹闹屋场，陪伴母亲聊聊家常。大人们围坐一堂喝茶、抽烟、嗑瓜子，小孩们东颠西跑躲猫猫。突然从杂物间传来"哐当"一声物件破碎的声音。母亲急忙过来一看究竟，原来是孩子们碰碎了一个酒坛子。"妈，你陪舅舅、姨妈他们，我来收拾。"我抢过母亲手中的扫把，看着破成几大块碎片的酒坛子，动作缓缓地，陷入了沉思。

　　这个酒坛在我们农村老家是很大众化、很古朴的物件，是祖父留给我们家仅存的一件遗物了。随着"哐当"一声，也作古了。

　　祖父是 1991 年过世的，一晃 30 年了。看着他留给我们的破碎的陈年酒坛，不禁黯然神伤。

　　一碟小菜、一把花生、一壶米酒，祖父和满脸沧桑的几位老人啧啧地品酒场景，记忆犹新。我也美滋滋地围在老人身边，听他们讲陈年往事，眼睛贪婪地盯着散在老人们碗边的花生。

　　"吃得苦中苦，方为人上人"，老人们饮酒时总不忘给我灌输一些大道理。我似懂非懂，后来终于明白，只有经历了常人所不能忍受的磨炼才能造就真正的人才，才能出类拔萃。从小在祖父身边耳濡目染，我是一个乖孩子，懂得与人礼貌相处，懂得与人分享，成年后虽然忙于打拼，但是君子爱财取之有道，绝不锱铢必较，绝不见利忘义、铤而走险。

　　这个陈年酒坛从我家 20 世纪 80 年代的土坯房，搬到 20 世纪 90 年代的红砖瓦房，再到新时代别墅模样的小楼房，经历了我家四代人的烟尘。它虽是陈年酒坛，可从来没有装过陈年老酒。

　　亲人们落座了，多半要喝两杯。本族的"掌门人"斌哥说话了："一年前，

---

　　* 作者简介：曾军，出生于 1973 年 2 月，湖南省洞口县人，1992 年入伍，在贵州消防服役 24 年，历任文书、排长、副中队长、参谋、副大队长、政治教导员等职务，荣获过个人"三等功""全国消防部队优秀基层党务工作者""全省消防部队十佳政工干部"等。2016 年选择自主择业安置。现任贵定县智成公共交通有限公司党支部书记。紧张的工作之余，喜欢看书、码字，希望用文字感动人。

三叔（我父亲）酒后不幸离世，今天是他的周年忌日，他的酒坛也都心碎了，让我们一起记住这个悲痛的日子，大家敬三叔一杯，祝他天堂一路走好！"

一周年了，父亲不幸离世，我迟迟不能抚平内心的悲伤。这个陪伴了父亲数年的刚破碎的陈年酒坛似乎也在诉说着什么。

我家这个陈年酒坛总是按月自给自足，按月穿肠过，从没有存过一滴陈年老酒，但存过贵州茅台酒。初领薪资那年，我用两个月薪资给父亲买了两瓶国酒茅台。父亲却将这两瓶茅台酒分别掺和在米酒中，与乡邻们品尝了半年。我问父亲为什么这样，父亲说，我可不想一个人糟蹋了，大家喝才是真正地喝。

整整半年，我家的陈年酒坛，因为有茅台酒掺和，只添了两回米酒，创了历史纪录。

是啊，美酒大家喝，这句出自父亲这个普通农民的话，算是人生大彻大悟的真谛。

后来，二十多年的时光里，我家的陈年酒坛，一直陪伴在父亲身边。它见证了父亲架锅烧菜温酒接待亲友的热情；它见证了我每次离家那种"醉卧沙场君莫笑，古来征战几人回"的旷达与忧伤；它见证了我们湘南普通村落"人和、心齐、风正、气顺"的淳朴民风；它见证了我们普通村落从"衣、食、住、行"到"乐、净、富、养"的巨变历程。

天下没有不散的筵席，看着满屋的亲人，作为长子的我答谢了大家，并做了一个意想不到的决定。我拉着常年酿酒自卖的伯伯说："酒坛碎了可以多买几个，甚至一排，你生意不好时，就往我家酒坛灌，既可以添补你的家用，又可以让我母亲常年有酒招待客人，父亲不在，家不可凋零。"

第二天，我掩埋了祖父留给我们家的已经破碎的陈年酒坛，在家里添置了一排新的酒坛。

我的姐姐

杨志民 *

　　我的姐姐杨引茹（曾用名，由于工作关系又名曹引茹、曹玉梅。因姐姐是父母过继过来的女儿，故称）长我两岁，因病离开我们三个年头了，在这三年里，我泪已流干，无时无刻不在思念我的姐姐，夜难寝，羹难咽，肠已断，情难已！目睹旧时物景，痴痴发呆，杜鹃啼血猿哀鸣！一把辛酸泪，化作文字来诉说我们的过往家事，和我亲爱的姐姐朝朝暮暮的生活场景，涌上心头……

　　小时候，我们家里人口多，总是吃不饱饭，常常断炊，父亲是个连木带泥的泥水匠，不是在生产队里参加生产劳动，就是替大队生产队干木工泥瓦活。而大多数时候，父母和我们姐妹兄弟几个经常饿肚子，我从八九岁起，就跟着姐姐到 5 千米以外的外婆家拿布袋背我三舅家的馍、面、红苕、苞谷糁（父母忙于农业生产）。姐姐稍大以后就早早学会骑自行车，小时候的我非常淘气，非要黏着姐姐，姐姐无奈，只能带着我一块儿去，从外婆家回来除带点馍、面和粮食外，车头大梁上还得带着我。徒给姐姐增加很多重量和负担。

　　姐姐每年都要给她干妈拜年，我每次都要吵闹着跟着姐姐去，都被大和妈拦了下来。记得有一次，父母撵我到南堡子，我非要去，也就跟着姐姐去了。到了中午，我和姐姐到干妈家玩饿了，姐姐吃了我家给干妈家拜年拿的油角馍和花卷，我也要吃，干妈也给了我，吃完不一会儿，干妈家二哥出来说了我两句，我当时就哭了，哭着闹着要回家，这时午饭也做好了，干妈家大大小小的人都来到前院劝我进里屋吃饭，我不愿去，哭得很伤心。二哥也出来劝我，说他错了，说你明年过年来，明年过年二哥不回家了，都劝我吃饭，姐姐当时看我哭了，姐姐也哭了，姐姐拉我，我才肯进里屋。姐姐啊！我们情同手足，我们一荣俱荣，一损俱损。你的苦就是我的苦，你的泪就是我的泪！因为我们骨肉相连！

　　小时候，我和姐姐一块儿挖野菜，一块儿割草，一块儿玩耍，免不了要打打闹闹，但因为我们是亲人，所以打闹从不记仇，打闹以后不一会儿就和好了。

---

　　* 作者简介：杨志民，1963 年出生于陕西省富平县的一个小村庄。热爱生活，热爱文艺。喜欢用文字记录自己的心路历程、人生感悟。曾发表过"豆腐块"。

在和姐姐几个小伙伴一块儿挖野菜、割草的时候，我跟姐姐学了好多儿歌、顺口溜。《我是草原小牧民》就是我跟姐姐边割草边学唱的。这对我以后的启迪很大。记得在幼儿园的时候，我特意让幼师给我用电子琴反复弹过这首歌，我对幼师说："这是我亲爱的姐姐小时候教我学唱的歌啊！在我心中是多么亲切！"

姐姐啊！你哪里知道？在你走的那天早晨，我们八十多岁的老父亲，拄着拐杖，见不到他亲爱的大女儿，忍不住放声痛哭，咱妈劝住他，走到你房子门口，禁不住又大声痛哭。姐姐啊！白发人送黑发人，不仅仅是凄凉，说明我的姐姐是一个好姐姐！是父母的孝女啊！你丢下年迈的父母和年幼的小孙孙，情何以堪！上苍啊！你怎么那么不公！良善人反倒命短！作恶人反倒寿长！

长姐如母，姐姐是我们家的顶梁柱、主心骨。大到父母几次病重，姐姐果断送往医院直到治愈；二弟、小弟的婚事，姐姐都是快刀斩乱麻，可以说姐姐的睿智果敢给二弟、小弟的婚姻生活带来了幸福；小到做人，姐姐严格要求我们，男的不准流里流气，不准留长发；不准我吸烟，我一直以来很少吸烟，以后干脆戒掉；姐姐非常爱美爱干净，嫌我不讲个人卫生；姐姐喜欢做饭，做得一手好饭，由于姐姐在县城工作，下班以后经常陪父母，给父母洗衣做饭，打扫卫生，陪父母拉家常。

姐姐啊！我可怜的姐姐！你为兄弟姐妹操碎了心，你从来不考虑个人得失。人常说"女怕嫁错郎"，你的婚姻非常不幸！你独自一人默默忍受了多少委屈和痛苦，你的辛酸血泪常常在肚里流淌！你找了怎样的一个人啊?！小学文化，法制观念淡薄，诈骗，好色，油嘴滑舌，好吃懒做，在孩子很小的时候就遗弃了你和孩子，长期和妍妇在一起，只是没钱了找你要，不给就打骂胁迫，你的工资基本上用于家庭开支和还那人诈骗的账项，那人犯了遗弃罪，你还替那人还账，给缴养老保险。自己长期一个人过着孤独寂寞凄苦的生活！还要独自一人默默忍受着家庭暴力，忍受着虎狼无休止的谩骂和无端的指责！你总是忍气吞声、逆来顺受、担惊受怕，平时拿东西手都在发抖。你不愿告诉你的父母亲人，不愿让父母为你担心、生气！不愿让兄弟姐妹为你报仇、出气而受累！你也不愿离婚，不愿操法律武器来保护自己，光想着别人，从来不想自己！因为你是姐姐啊！你不说，兄弟无法劝你离婚，害怕你不高兴。正是因为这样，兄弟后悔当初，对你关心不够，以至于让你沿着错误的婚姻一直走下去，没有追求到自己后半生的幸福生活，你得的病，是腰部在家暴中受到重打导致的（当时腰被残忍打坏），当时没好好消炎留下瘀结最终成为肿瘤，所以你付出了生命的代价，造成终生的遗憾！

姐姐一生，孝敬父母，扶持弱幼；博大胸怀，至情至爱；克勤克俭，抚育儿孙；团结友爱，邻里和睦；勤恳工作，兢兢业业；毫不利己，专门利人。

姐姐犹如一本书，教会了我怎样做人，如何处事，对我以后的成长影响很大。困难面前，想起了我的姐姐，我会变得坚强；穷苦面前，想起了我的姐姐，我不再流泪。姐姐啊！如果有来生，下辈子我还做你的弟弟，尽管我这辈子并不称职。如今姐姐虽然离我们而去了，但难以割舍的还是我们之间的骨肉之情！虽然前路茫茫，但姐姐的光辉思想始终照耀着我前行！我对姐姐的思念直到永远！

我和母亲

崔跃 *

我的母亲 1928 年出生在高平市一个殷实的农民家庭，今年 94 岁高龄。母亲兄妹七人，她是最小的一个，中等个，微胖，小脚，挺直的身材，健康的体质。为人和善，宽容豁达的良好心态给了她长寿。街里乡邻夸她是一个好女人。

幸福的家庭是相似的，不幸的家庭各有各的不幸。20 世纪 40 年代中期，家乡大旱三年，粮食颗粒无收，爷爷饿死了，父亲在我出生前 4 个月，也撒手西去。家里一下没了两个顶梁柱。悲恸欲绝的母亲迫于生计，第二年抱着我嫁到离家不远的康营村。在我 4 岁那年母亲生了弟弟，老家奶奶又将我领回后山沟村。家庭的变故，开启了我往返于两个家庭的人生历程。

孩儿是娘身上的肉。离身不离心的母亲时时牵挂着我，每隔一段时间都要来后山沟看我。8 岁上小学那年我开始认亲，去母亲家的次数渐渐多了。每年春节母亲给我做一身新衣、一双麻绳纳底的新鞋，还能变出各式各样的面食。我常常和邻居小朋友赶庙会，看故事，玩元宵花灯，跳绳，踢毽子，过一个愉快的正月。

母亲热爱劳动，是一个闲不住的人。家里常年喂两头肥猪，开一个豆腐坊一个粉坊，轮番作业，日子过得红红火火。

母亲是个粗细活都能干，心灵手巧的女人，裱字画、蒸面人、剪窗花、穿针刺绣都会。"二龙戏珠""凤嘬牡丹"是她刺绣的拿手好戏。窗花剪得栩栩如生，街里亲戚赞不绝口。

读初中时，上到第四节课时我肚子总是饿得咕咕直叫。怕影响学习，母亲总要给我准备不少干粮，不是玉米馍片，就是干馍馍、红薯干，足够我吃到星期六回家。1962 年康营修大水库，母亲全家暂搬到河西乔村居住，虽然那里离

---

* 作者简介：崔跃，生于 1947 年 8 月，曾在汾西矿务局水峪矿当过采煤工，后调矿务局人事《汾西矿工报》从事编辑采访工作。20 世纪 80 年代在全国第一次新闻统考中一次性过关，获得全国新闻统考合格证和编辑职称。在编辑报纸的同时又读六年函授大学，通过论文答辩，获本科文凭。后调回晋城市审计部门工作，曾写过《铁矿工李开元》《矿工好医生李武德》等反映煤矿矿工生活的报告文学。在审计部门写过报告文学《水之呼唤》，在审计刊物上都有墨迹。现退休在家。

王报中学太远了，但我每个星期日照去不误。

1963 年我考入阳城一中。学习期间，成绩不错，第一年我在班里被选为化学科代表。为了圆上一流大学的梦，我把诺贝尔、门捷列夫、茹科夫斯基等 12 位科学家的画像贴到实验室墙上；把奥斯特洛夫斯基关于"人最宝贵的是生命，生命对于每个人只有一次，人的一生应当这样度过，不因为虚度年华而懊悔，不因为碌碌无为而感到羞耻"的名言，压在笔记本里，鞭策激励自己努力学习。我的抱负常常受到母亲夸奖。高中的学习负担重，不仅竞争激烈，还常常饿肚子，为此母亲操碎了心。康营家里三叔是个南下干部，在宁德地区粮食局当局长，经常给爷爷奶奶邮粮票和好茶叶。母亲凭借这个条件，每个月除了给我寄点小钱，还常常给我在信封里装些全国粮票，让我买点烧饼肉丸之类的食物，好好安心学习。

"文化大革命"之后，我开启了另一个人生征程。

回到家乡后，我去二叔那里干了十个月小炉匠，一年后母亲又让我跟着康营副业队到丹珠岭打工，拉了一年多平车。回到老家我又到大队翻砂厂干了三年，结婚后生活逐渐步入了正常轨道。到了 1972 年，终于迎来人生转机，汾西矿务局水峪矿到高平招工，在小叔的帮助下我到水峪矿当了一名采煤工。在回采第一线，矿工那种一不怕苦、二不怕死的精神和事迹，深深感染了我，当天我写了一篇采煤四队井下现场报道。报道经局广播站播发后，引起了局宣传部的重视，高部长推荐我到矿办公室写材料，半年后又通知我参加矿务局写作培训班。回矿后，我被借调到办公室承担文秘工作。在组织的培养和领导的关怀下，我入了党，后又调矿务局报社搞编辑采访工作，转为正式干部。20 世纪 80 年代我又顺利通过了全国第一批新闻统考，拿到了第一批颁发的合格证，同时还完成了六年函大考试和毕业答辩，获取本科文凭。当时得知消息后，母亲脸上露出了欣慰的笑容。

两地分居，最大问题是顾及不了家庭。在汾西工作时，家里少人无力，爱人叫苦不迭，我心里很不是滋味。那时候康营叔父喂了一匹马，一到春耕，母亲便催促叔父帮忙。叔父约好一邻居，两人赶上马车，拉上工具到老家犁地下种，一直忙到天黑才返回康营。夏收时候，野川大兄哥和侄女都来帮忙，再加上乡亲们帮助，母亲才收完麦子回茬上豆。家里的实际困难，领导十分同情并想方设法解决，分管书记曾提出先让我到公安处任办公室主任，解决爱人户口，再逐步解决子女户口的办法。我把想法和爱人一说，没想到爱人不愿去汾西，不愿意离开生养哺育了她的故乡热土。在十分无奈的情况下，我只好离开心爱的新闻平台，另寻门道，调回家乡进了正缺编制的市审计局。

　　回到家乡工作，拉近了和母亲的距离，我每隔十天半个月，就去一次康营看望心爱的母亲。那时候母亲家正开着榨油坊，我走时常让我带些豆饼做肥料，还给我塞一瓶豆油、一小瓶芝麻酱、自家做的陈醋，再拿包福建宁德叔叔寄来的好茶叶。三年后弟弟把两个孩子送到城里读初中高中，母亲离开康营到城里给孙子孙女做饭，起早贪黑，一做就是七年。孙子孙女都考上了大学，一个还考上了研究生，被街里乡邻传为佳话。

　　送走孙子孙女，母亲又重回康营居住。2000 年，我分到了三室一厅新房。叔父病故后，母亲独自生活，我接母亲出来多住几天，想不到住了不到一个月，母亲就嚷着要回老家，怎么也留不住。送走日渐憔悴的母亲，望着母亲微驼的背影，我的心中升起一股股酸楚，两眼里充满了辛酸的泪水，不由得想起慈禧那首《祝父母诗》："世间爹妈情最真，泪血溶入儿女身。殚竭心力终为子，可怜天下父母心。"

　　时光的年轮碾碎了艰辛的岁月，人间有大爱，爱母应为最，情谊最深厚。亲爱的老母亲，我深深地爱你，爱你！

亲人的背影

陈明*

人的一生会面对许多背影，也会给许多人以背影，但我们往往记住的是他人的背影，特别是亲人的背影，总是留在心底。

有的亲人也许逝去时间久了，我们已记不清其容貌，但还能记得亲人的背影。

我清晰地记得太爷劳作时的背影。他八十多岁还自己挖土灶熏柿子，怕烟火熏着小孩，太爷不让我靠近土灶。我只好离开一点儿看，看缕缕青烟缭绕着太爷花白头发和灰色衣衫的背影，有时我会盯着看很久，因为急切地想吃到香甜软糯的熟柿子。当太爷熄灭了烟火，提着满篮红彤彤的熟柿子转身向我走来时，我知道，我的口福到了。

我还记得奶奶在我睡觉的床边做针线活儿的身影。因为煤油灯光线暗，奶奶靠灯很近，她往往会留给我一个背影，而且会在屋里墙壁上形成一个大大的影子。或许天亮我的床头就会有一双瞪着大眼的，可爱又威武的老虎鞋。我属虎，自小对虎的形象非常喜爱，这也许是奶奶潜移默化中训导的结果。

朱自清先生描写他父亲的背影，微胖、蹒跚、迟缓，写得深沉、委婉、隽永。而我父亲的背影留给我的感觉是结实、坚定、敏捷。

父亲做学生时是个运动健将，因有一个挺拔的身姿，他就是到了八十岁走起路来仍胸挺腰直，速度不逊于年轻人。父亲在职上班时走起路来风风火火，提着公文包的背影在不经意间就淡出了视野。退休的父亲几乎每天腋下都夹着一个包赶赴麻将场，背影依旧匆匆忙忙。无论是工作奔波还是退休安度晚年，他都是充满热情，思维敏捷，行动稳健，所以他的背影结实而坚定。

岁月带走了太爷、奶奶、父亲，但他们给我留下了许多记忆碎片，拼凑起来最完整的就是背影，而这些背影却永远也转不过面来了，顺着时间的长河渐行渐远。

---

* 作者简介：陈明，笔名"阿米尔""淮楚东月"。男，1962 年生，江苏省淮安市人。国家 5A 级景区高级管理人，副教授，大学客座教授。著有诗、文百余篇。爱旅游、爱运动、爱诗与远方。

　　年高还健在的母亲，有时我会定睛于她的背影，想努力深深地将其刻在记忆中。更欣喜于看她挂着微笑、布满皱纹的脸依旧红润，满头白发仍然浓密。她的身体很是硬朗，依然可以自己洗衣、做饭，忙忙碌碌。

　　关于我的下一代，我不知道儿子对我的背影是什么感觉，但我对于他的背影印象深刻。多半是送别儿子次数多的原因才会留下许多关于他背影的记忆。可以说，儿子送我离开的次数少之又少，而我送他离别的次数很多。就像我在外地工作的弟弟每次回家后离开，临别时，母亲总会送他出门甚至送到街头巷口，不知她是否是想收藏背影留着想念。反正我每次送儿子远行时都是满怀不舍，竭力收藏着儿子的背影记忆。

　　儿子上小学、中学，我都不像一般家长那样送到学校。多年过去，我仍记得读小学的儿子背着书包出门就跑，冲向学校的背影。上中学的路远了，儿子就骑自行车上学，我会看到儿子一跃上车，一只手扶车把，另一只手挥向天空，喊一声"Bye bye"头也不回地飞驰而去，留下一个风似的背影。

　　儿子上大学了，学校在省外，开学送他到学校。此后上学，有时汽车，有时火车，还有飞机，我都不用送。还有假期出去旅游，他拖着行李箱说走就走，我连看他背影的机会都少。

　　记得儿子上大学时有次生病，我千里迢迢到学校看他，他面容枯槁，身体羸弱，病着还坚持去上课。我目送他低低地拉着双肩包，慢慢消失的背影，他与校园里穿梭不息、生龙活虎的其他学子形成的反差让我唏嘘不已，那个背影一直徘徊在我的痛处。

　　好在后来困难的日子过去了，但我迎来与儿子相隔更远的空间距离，他出国了，离开自己的国家，在他的土地上打拼奋斗，又是多少次留给我别离的背影。我期盼他华丽转身。欣慰的是每次转身迎面他给我的是更加成熟稳健，敢于面对现实不盲目、敢于面对挑战不退缩的精神状态；欣慰的是他没有辜负我目送他背影时的殷殷期待。

　　母亲给我背影，我也给以背影，也互相给予亲切的温暖。儿子一次次来来往往，一次次转身，若能给我一个温馨灿烂的笑容，能给我一声亲切的问候，我又何必一次次面对背影感到惆怅。

光

陈淑薇*

我的世界似乎没有光，有时候，感觉到的一点儿温暖也是自己给予自己的。可能就是这样的心态吧！始终觉得他就是一个不解风情、木讷的人，尽管17圈的年轮之中都有他的身影存在，可是，他的一举一动我转头就忘了，也许，这就是距离被拉远的原因吧！

七岁，我喜欢在夏天穿着嫩粉色，透着亮晶晶，前面有三朵小雏菊的凉鞋，戴着奶奶务农时带回来的有阳光温暖和泥土芳香的白色遮阳帽，在荷包里放一个透明玻璃瓶去菜园子里抓蚱蜢，捉蜻蜓，把绿油油的蚱蜢和被我弄坏翅膀的蜻蜓装在一起。在乡下，每一家的菜园子都只隔了一个小小的栅栏。可一到七月中旬我就"醉翁之意不在酒"了，而在隔壁大娘家菜园子红艳艳的李子上了。大娘家的李子树有几十年了，在我记忆里，它一直长得特别茂盛，枝丫都越过栅栏，垂到我家这边来了。加上大娘的悉心照料，所以光是在远处站着，就闻到了李子的香甜。大娘靠这棵树，每年都能赚几百块钱，村里人都知道她宝贝得要紧。

我哪里抵得住这般诱惑呀！心想大娘每年都会送我家很多，我现在吃一点儿应该没关系吧！便踮起脚尖，用手扯住垂下的那一处枝丫，迫不及待地摘一个在衣服上蹭一下，然后美滋滋地塞进嘴巴。动作连贯，一刻也停不下来。

当奶奶喊我回家吃饭时我才停下来。跑回家，站在饭桌前戳了戳我圆润的肚皮，我说："我不要了，我不饿。"爸刚好进门来夹菜，听到我这样说，便看了看我衣襟上的李子汁，笑着开口问："大娘给你吃李子了？"我神气地回答他："不是啊！大娘家李子长到我家这边来了，我就自己摘下来吃了，反正大娘以前都要送我们家啊！我……""啪"，我话还没有说完，爸就一把把筷子重重地摔在桌子上，转喜为怒，眯着如鹰眼般犀利的眼看着我，喘着粗气，大声地对着我吼道："你这个和偷有什么区别？大娘送的是送的，你不问自拿就叫偷知不知道？"我被眼前生气的爸吓到了，轻轻地喘着气，眼睛瞪得大大的，愣神地只敢

---

* 作者简介：陈淑薇，19岁，喜静，爱李清照的词和李白的诗，最大的愿望就是想做个闲散"小仙"，一直"偷得浮生半日闲"。

看着饭桌的一角，不断地用大拇指小心翼翼地挠着掌心。

"去，给你大娘道歉，要不然竹鞭上身。"我觉得那样极其丢脸，可心里又惧怕竹鞭和爸的眼神，不情愿地挪动着脚步。爸见我拖拖拉拉，又厉声对我说："搞快点。"去大娘家的路上，我在心里一遍又一遍地"讨伐"着爸，觉得他像不解风情的"唐僧"，对我又凶，简直木讷至极。严厉之至的爸那一刻让我觉得他不爱我了，我的小世界没有光了。

十七岁，小时候很多事情都保留在了奶奶、妈妈的一句"你小时候……"中，我渐渐忘记了很多事情。但每当受挫难过时，就会想起那件事情，所有的悲痛好像都在那个瞬间袭来，觉得只要心里的那束光突然消失，我就再也找不回它，久而久之，变得冷漠。

和爸的相处也就变成了"我没有生活费了""哦！等一下，在工地上"这样的红包收取。这次疫情，爸没法出门工作了，我也上不了学。即使同在一屋檐下数月，对话也只是"爸，吃饭了""哦，手头马上弄完"或者"晚上少玩手机，早点睡""哦，晓得了"而已。

那日，吃过晚饭之后，我在洗碗，爸则光着膀子坐在院子里，露出在工地上干活儿被晒得黝黑的背，脊椎上贴着几块廉价的膏药。爸坐得很直，但晃眼一看腰却是弓着的，几条肋骨映入眼帘，可能是在工地上干活儿一直都扛重物的缘故，他的脊椎变形了。他手里夹着一支刚点的烟，似拼了命地吸几口，然后缓缓地吐出呛人的烟雾，抬头眺望着他对面的群山，出了魂一样，像个孩子，特别安静，不知道在想什么。

我慢慢地走近他，看到一些大大小小的伤疤如虫子般盘踞在爸的背上，眼神向上便发现几根白发在爸的后脑窝处，明晃晃的，很刺眼。当离他不到一米时，他才发现我，回过头来，爸是一个极爱干净的人，前几日才剃的胡子又冒出些许，我向下看了一下他的眼睛之后便极快地移开目光，因为那双眼不再像我七岁时如鹰眼般犀利得让我害怕，现在的它变得黯淡无光了。即使爸不再凶我，他却依然喘着粗气。

"爸，你还不去洗澡？""哦！"他用力地吸完了最后几口烟，然后用布满厚茧的手在地上按灭了烟蒂，慢慢地站起来走进屋里。爸今年快四十岁，记得他说过，他不过才一百来斤重。望着爸离开的背影，原来以前那个我觉得木讷的父亲也被时光留下了痕迹，我又像七岁时轻轻地喘着气，怕太过用力爸会回过头来看见我红红的眼眶。

张爱玲曾经说过，人到中年的男人，时常会觉得孤独，因为他一睁开眼，周围都是要依靠他的人，却没有他可以依靠的人。回想起爸出神地眺望群山时，心里便涌出一阵感动。爸在我七岁时用严厉的态度教我做人的道理，十七岁时用无声的静默教我生活的苦涩，直到现在我才明白，生命中的那束光一直都在，并没有消失，只是这几年以来，我选择忽视了它的存在，忽视了他的付出，把很多事情当成了理所应当，给那束光蒙上了厚重的灰尘。今日，那束光又被爸擦亮，温暖了我。点亮这束光的是爸，擦亮它的还是爸，我想，有这样一束光，我一定能踏平前方的荆棘。

谢谢您，爸！

回家过年

丁一勤*

家是生我养我的地方，那里有我时时惦念的亲人，那里有我熟悉的乡音、乡亲；那里的沟沟坎坎、山山水水对我来说，永远是那么亲切；那里始终是我灵魂深处的一方热土，那里永远保留着我一步一步成长的印记。那些印记时时在提醒我——别忘回家。

"人情重怀土，飞鸟思故乡。"回家过年是每一个异乡游子心中的祈盼。离家二十多年了，每到年关，回家就像一剂强心剂，时时拨动着我的心弦，敲打着我的神经，我盼望着早点回家。农历腊月二十九，我终于摆脱繁乱的琐事，卸下一身疲惫，逃离喧嚣的闹市，携妻带女身心愉悦地踏上了回家的路。

路上随处可见人们拎着大包小包，他们面似三月的桃花，亦车亦步，疾走赶路，急切想与家人团聚。此时，我的心境与他们一样，早已飞回家乡。舟车劳顿，六百多里的路，到家已是夜幕笼罩。母亲早已点亮门楼的路灯，迈着碎步，一趟又一趟到村头路口观望，不知跑了多少回。父亲由于腰病，虽然步履蹒跚，但也依然坚持坐等我们归来。进门喊爹娘，爹应娘来迎，灶膛炉火旺，锅里饭菜香。围着熟悉的方桌，吃着热腾腾的包子，喝着甜甜的红薯小米粥。此刻，幸福的暖流从心底溢出，注入身体的每一个毛细血管之中。啊，有爹娘的家才是真正的家。在外闯荡的日子，就算有再多的苦楚，此刻全都烟消云散了。有的饭一天吃三次，有的饭一年吃一次。赶了几百里的路，终于尝到了家的味道，尝到了亲情的味道，尝到了幸福的味道。此刻，我觉得我就是这个世界上最最幸福的人。

除夕，傍晚时分，家家户户的庭前屋后被打扫得一尘不染，人们贴上迎新的春联。人勤春来早，远处爆竹声声，勤劳的人家，已开始敬神祈福了。我的家乡位于汾水黄河交汇处的峨眉岭上，古称汾阴。相传是后土圣母诞生之地，史载先后有二十四位皇帝巡幸至此，扫坛祭土。这里自古以来就重视祭祀礼仪，上了年岁的人，要举行庄重的敬神祭礼，在院子中央摆上供桌，背南面北，郑

---

* 作者简介：笔名"孤山百姓"，原名丁一勤，1977年11月生，山西省万荣县北里村人，现在在西安从事财务工作，喜欢乡土文学，利用业余时间坚持写作。

重地献上备好的供品，上香化帛，向众神灵行叩拜大礼，祈求来年风调雨顺、全家平安。家乡的人们，祖祖辈辈，都是以这种古朴、传统的方式辞别旧岁、迎接新年的到来。

初一清晨，我们穿戴一新，给家族的各位长辈拜年，兄弟姐妹互致问候，小孩子们磕头辞岁，人们在浓浓的祝福中迎来新的一年。按照家乡的风俗，正月初三是待客的日子，虽然祖父祖母已经作古，姑姑姨姨有的已经做了曾祖母，但再老的姑娘，一年到头，总是要回娘家的。家乡有句老话："水有源，树有根，八十婆婆想娘亲，见不上娘家的人，还想着娘家的村。"道出了嫁出的闺女，不管年龄多大，对娘家的那一份牵挂是根深蒂固的。我们遵照家族的礼数款待我们的亲人，我们用最诚挚的心巩固日渐淡化的亲情，我们用最真的情传递知恩感恩的伦理，我们用最朴素的行动感召后人要饮水思源、不忘亲情。

幸福的时光总是那么短暂，在忙碌中，年过完了。又到离家的日子，母亲东屋进、西屋出，裹一包花生米，装一袋辣子面，簸几斤绿豆，洗几个红薯……忙碌了半天，总算为我收拾好行囊，包裹堆了一地。尽管她已检查了多次，但还是一遍遍地叮咛我哪些是要带的东西。临行前，她从柜子里取出自己缝制的荷包（家乡一种辟邪护身、类似香包的手工品），让我们系在身上，还特意往我包里塞了几个她蒸的包子，尽管妻子在一旁阻止，但她丝毫不做让步，坚持要我带上。我理解母亲的心意，她不仅仅怕我在路上挨饿，这还是她要带给我的精神食粮，她在暗示我一定要按时吃饭，爱惜身体，她在祈祷我一路顺风平安。似乎只有这样，她才能心安。要出门了，她拽着我的胳膊，说："儿行千里母担忧，家里的门槛比山高啊，下次也不知道什么时候回来呢。"显然，她是多么的不舍，她多么希望能跟我们多处一段时日，她多么希望能天天看到我们。但为了生计，我感到身不由己，无法满足老人的心愿。车要开动了，透过车窗，我看到年迈的父母那佝偻的身影、失落的眼神，看到他们垂垂暮老的无助，看到他们饱经风霜的皱纹。此时，我的脑海中闪现出过去的一幕一幕：在我成长路上，他们迎来送往的情景；在我遭遇挫折时，他们悉心安慰的情景；在我取得成绩时，他们喜笑开怀的情景。我憎恨这匆匆岁月的无情，憎恨这永不停歇、不为任何人停留的时光车轮。此时，我再也抑制不住自己眼里的泪水，但又不忍他们看见，只能隔着车窗向他们示意要保重身体。车已开到陕西，我的心还久久不能平复，每次离家都是这样，心中总是充满无限的惆怅。也许，随着年龄的增长，这种情感会变得越来越强烈，也越来越脆弱了。

回家的路有多长？我们每一个人都在用余生丈量，特别是对于常年身在异乡的儿女，更应该好好地用心去丈量。

姐妹情深的背后……

李献堂 *

那天，姐姐在朋友圈里发了一条微信："磕磕绊绊的，一直都是磕磕绊绊的，想顺利一次，一次就行……"

爸爸看到姐姐的微信朋友圈，泪水在眼眶里打转，自那天起，一直内疚，觉得亏欠她的太多了。

姐姐从开封药学院毕业以后，为了妹妹弟弟，情愿付出所有的劳动所得，辛辛苦苦了那么多年……妹妹考取河南教育学院，姐姐就在郑州打工，精心照顾妹妹。每到星期天，姐姐就带着妹妹逛大街、逛书店，开学、放假，车站接、车站送，承担了爸爸妈妈应该承担的全部义务。妹妹也没有辜负姐姐的期望，成绩一直名列前茅，不仅拿到了奖学金，还参加了河南省体育比赛获三项最高荣誉奖。妹妹毕业后，应该是太康县唯一一位没有走后门花钱，以最好的成绩凭实力走上教育岗位的大学生。2018 年，妹妹的文章又被入选《记住乡愁——周口市乡村历史文化研究集成》。

弟弟被河南工学院录取，消费日益增多，姐姐又去新乡打工，供弟弟上学。弟弟快要毕业，姐姐年龄也大了。从姐姐憔悴的脸上不难看出，这么多年的付出，她无怨无悔，但心里的负担再也卸不下来。

妹妹弟弟再也看不见姐姐往日的那般笑脸，命运再也不是掌握在姐姐自己手里了。2020 年，新冠肺炎疫情来袭，姐姐难得在家待了那么长一段时间，这是爸爸妈妈最高兴的事情。因为，终于可以把姐姐老老实实地抓在手里。只是所有的亲戚都不知道，姐姐为什么一直没有订婚。姐姐放弃了婚姻，放弃了所有的收入，一切都是为了妹妹弟弟。

妹妹成家了，爸爸妈妈少了一桩心事，姐姐也少了一丝牵挂。姐姐清楚，爸爸妈妈只有唠唠叨叨，那是他们纠缠的权利和理由。姐姐蹒跚学步的时候，爸爸妈妈跑着、搀着、拽着、喊着、哄着让她喝下半碗稀粥；妹妹牙牙学语的

---

* 作者简介：李献堂，男，59 岁，大专学历，河南省太康县马厂镇后屯村人。荣获"国际优秀论文"奖、被编入《世界优秀专家人才名典》、出版《李献堂作品集》。感言：读书是自由职业者最自由的职业，不仅能降低自由风险，还能自我修复价值。座右铭：只有坚持，才是最好的珍惜时间。人在最低谷的时候，拼搏才是最好的出路。

时候，爸爸妈妈背着、教着、瞪着、骗着、吓着让她学会 a、b、c、d。姐妹们丢下书包的时候，爸爸妈妈总是那样不厌其烦，一遍一遍地喊："妮儿，多穿点衣服。""孩子，再吃一点。"明明饥肠辘辘缺那半碗饭，妈妈或者爸爸老远就喊："你们吃吧，不吃都剩下了，我真的不想再吃了。"结果，姐妹们都放下了手中的碗筷，却剩下了满满的一碗。姐妹们在爸爸妈妈眼里似乎永远就是长不大的孩子；爸爸妈妈不知道姐妹们的创伤在哪里……

或许相聚时间只有每年春节几天的团圆时间。相聚难得，分别更是难舍。爸爸妈妈脱去旧的冬装，穿着崭新的棉绒服，心里真的高兴，又有说不出的难受。

不希望姐妹们为父母多花一分钱，只希望她们过得开心；不希望姐妹们没日没夜地受到煎熬，平平安安幸福就好；不希望姐妹们非要高人一等，属于自己的得到便是。爸爸妈妈再苦再累甘心情愿，都不想说一声；再怨再屈都能忍受，不想提一提。

我的母亲

卢玲 *

　　母亲是一个非常伟大的女性形象，在当今这个社会，有很多女性为了照顾孩子，常常放弃了自己的工作，宁愿在家里做一个家庭主妇，也不愿让自己的孩子吃半点儿苦头。

　　我的母亲虽然是一位农村妇女，但她对地里的活儿是一窍不通的；她虽然有四个弟弟，但外公还是让她上了学的，奈何她的成绩不算出众，最终也只是小学毕业。农村的孩子上学晚，等小学毕业的时候，她已经是十五岁的大姑娘了。

　　母亲出生在西南地区的一个山沟沟里，她家的房子就建在山腰当中，虽然她是一位女孩儿，但外公外婆也没有嫌弃她，后来在她三岁的时候，有了弟弟，她就开始照顾弟弟；等她六岁的时候，二弟弟出生了；外婆本打算再生一个女孩儿，给母亲做伴儿，奈何后面还是两个男孩儿。

　　等最后一位弟弟出生的时候，母亲已经十岁了。母亲常说小舅舅是在她背上长大的。外公年轻的时候，伤了手指成了半残疾，只能靠做一些零散活儿养家；外婆也是位典型的农村妇女，只有辛勤劳动，才能换来一家人的口粮。

　　虽然生活很困难，但外公还是坚持将五个孩子送进学校，母亲作为大姐，经常要照顾弟弟，在最小的弟弟出生以后，她在跟其他人玩耍的时候，都会将他背在身上，因为外婆要到地里去干活儿，没有时间照顾。

　　母亲不上学以后，附近说媒的人就开始上门了。但外公外婆不想她这么小就找婆家，拒绝了前来说媒的人，久而久之上门的人也就没有了。母亲这才有机会出去工作，一开始的时候，她在县城里干活儿，后来跟着她的叔叔来到了北京。

　　在去北京的路上，还发生了一件事情。那是她去北京的第三年，那时她的叔叔已经成家，便不再跟着她出远门，她和一位小姐妹一起去的，在县城火车站的时候，遇到一伙人，他们开着大巴车，说是要带着我母亲到河北去找工作，

---

　　* 作者简介：卢玲，毕业于淮阴工学院，一位写作爱好者。坚持笔耕多年，喜欢用文字感悟生活，用文字记录生活。

我母亲跟那位女孩儿也就上了车。

上车之后，她们发现车上还有十几位二十出头的小姑娘，有一位看着才十几岁，母亲一开始没有觉察出问题，后来发现车越开越远离市区，到了偏僻的地方，才发现不对劲了，于是母亲问他们，要到哪里找什么样的工作，但那伙儿人开始不耐烦了，制止了母亲的询问；跟着母亲的那位小丫头开始害怕了，母亲的心里也有些害怕，但她还是表现得非常镇定，这时路边有一辆并排的公交车，母亲就跟那伙儿人说自己想要上厕所，闹着要下车。

那伙儿人也觉得这群姑娘很是麻烦，就同意了，母亲跟她那位小姐妹下了车之后，拦住了旁边的公交车，那位司机也是个热心肠，他看到有两位姑娘拦车，也就将车停了下来，让她们上了车。母亲这才脱了险，后来那位司机将她们带到自己的家中，他的妻子也非常欢迎她们，给她们做了一桌子的饭菜。

母亲经常对我说这世上还是好人多，我想这与她的经历有关。母亲是位忠厚老实的人，她在嫁给我父亲之前，一直在北京打工，有一年她因为受了骗，身上一分钱都没有，只能夜宿在大街上，而那时的北京已经进入深冬，母亲身上没有一件可以御寒的衣服。

有一位好心人给了她一件羽绒服，还在口袋里放了几百块钱，将衣服给了母亲之后，她也就消失了，而母亲则是靠着她给的这几百块钱回到了家乡。后来这件羽绒服被我母亲收藏了起来，包括她嫁给我父亲以后，这件羽绒服也被她带到了父亲的家中。

小的时候，母亲经常给我讲她在北京的那些经历。那时候我不懂，现在长大了我才知道，那段经历是她最美好的一段回忆。

母亲嫁给父亲之后，就再也没能出去工作。父亲家在苏浙沪这边，经济条件自然是比那山沟沟里要强一些，但也好不到哪儿去。那个年代，苏北农村娶不到媳妇的男青年，都喜欢到那些山沟沟里讨老婆，我父亲也不例外。但这些外地的老婆在这里是不长久的，有一些人在这里待了一段时间以后，就会逃离夫家，我父亲也害怕母亲像那些人一样逃跑，所以就不让她出去工作，让她待在家里。

时间长了之后，母亲也习惯了这样的生活。周围的邻居都非常喜欢我的母亲，因为她是个热心肠。刚开始的几年，母亲还是很想念家乡的，但有了我以后，她的重心就都放在了我的身上，家成了她永远回不去的地方。

而父亲总是拿家里没有多少积蓄来搪塞她。母亲嫁到父亲家二十余载，只回过家一次，还是在我没满一岁的时候，从那之后，她就再也没踏上家乡的土地。每年暑假的时候，她看到跟她一起嫁过来的那些女人带着自己的孩子回娘家，她都会非常羡慕，但终究也只是羡慕。

2007 年，父亲因为受不了母亲的唠叨，就打电话让我外婆来我家住了一个多月，在这一个多月里，母亲无疑是最开心的，因为她见到了自己日夜思念的母亲。外婆来到家中，也是闲不住的，经常帮着母亲干活儿，母亲也有了难得的空闲。

但时间不长，外婆也要回家了，在外婆离开的那个夜晚，母亲一夜未睡。后来，在我考上大学的那个暑假，母亲想要将外婆接过来住几天，父亲也是答应了的，但外婆年纪大了，不想出门，这件事儿也就不了了之了。自从我考上大学之后，父亲总是跟母亲说，再等等，等女儿大学毕业之后，我们一家人就回家一趟，到那时候，也让你风光一回。

但母亲终究是没能熬过我大学毕业，在我大三那年，母亲因摔了一跤，去世了。她的去世来得特别突然，所有人都没有心理准备。她最终也没再踏入她那心心念念的家乡。

周围的邻居都为她感到惋惜，都会说这么一句话：好人不长命。是的，我的母亲在他们眼中，是个非常非常好的人，平常哪家有困难，她都会去帮助人家；而且在长辈眼中，她是位懂礼貌的好孩子；虽然她与我奶奶的关系不是很好，但对我奶奶还是不错的，经常有什么好吃的，她都会送给我奶奶。

母亲在世时，最担心的就是我，自从我上了大学以后，每次回家她都会跟我唠叨，尤其是在嫁人方面。那时候，我特别嫌弃她的唠叨，但现在，这些唠叨成了我永远的回忆。

如今，母亲也去世三年了，我也已嫁人了，而且生活得也不错，我想如果母亲在天之灵能够知道的话，她也能够放心些许了。

母亲虽然只活了短短四十几年，嫁给父亲也只有二十几年，但她的那些优秀的品质会永远影响着我前进。至于她那未再次踏入的家乡，我会替她踏入。

父亲是一座灯塔

吕沐泽 *

那是 40 多年前的一段往事，虽然星移斗转，岁月沧桑，但回忆起来仍然历历在目，永难忘记。

大概是我刚上初中的时候，有一年冬天，天气干冷干冷的，地上的积雪到处都是，山区里天寒地冻，冷得不行。到了冬天，生产队也没多少活儿了，社员们就起得比较晚，我家吃完饭就十点多了，这时父亲就开始磨镰刀，准备上山割柴，我嚷着也要去，父亲同意了，就把我用的镰刀一块儿磨了。磨好后，我们拿上钩绳就出发了。我们村属于太行山脉，村周围的大山一座挨着一座，最高的一座山海拔大概一千米吧，那时，一个工分 5 毛钱，家家户户穷得买不起煤，都是以烧柴为主。因为年年割，家家割，村周围稍近点的山坡都被人割光了，父亲就领着我一直往最高的那座大山深处走，眼看着离村子越来越远，离大山越来越近，沿着羊肠小道往上爬。爬到大山的二站（山的第二层），父亲说："你就在这儿割吧，我再往上爬爬。"父亲要割耐烧的柴，我们老家叫荆条，只有最高的地方才能割到。我目送着父亲消瘦的身影渐行渐远，消失在大山之中。我开始割茅草柴。不知过了多久，有点儿累了，我坐下来看着快落山的太阳，正想着父亲也该割好了吧，就看见父亲站在最高的山尖儿，迎着西斜的太阳，像一座灯塔似的，他扯着嗓子喊我："割好了吗？"我说差不多了，父亲说："好，我往下走啊。"我赶紧把割的一把一把的茅草柴敛到一起，用绳子捆好，就等着父亲下来一块儿走。

我哼着小曲，心情也格外舒畅，等啊等，一个小时过去了，两个小时过去了，还是不见父亲的踪影，眼看着太阳快要落山了，天也渐渐暗了下来。我开始喊父亲，一声接一声地喊，空旷的大山只有我的回音在飘荡。天完全黑了下来，我开始变得急躁害怕，开始胡思乱想，父亲是不是掉下山了，因为割柴，我们村掉到山下的不止一个，有的人从山上掉下来，家里人连尸首都找不全，我不敢想象，我感到莫名的害怕。这么大一座山，我一个十三四岁的孩子能不

---

* 作者简介：吕沐泽，曾用名"吕瑞国"，60 岁，河北省井陉县人，高中学历，自由职业者，热爱文学，愿与志同道合的朋友携手前行。

怕吗？更何况那时山上还有狼和土豹子，我偷偷地叫着父亲，蜷缩在柴堆旁，怕、饿、冷，无助的感觉随着黑漆漆的夜一起向我压了过来。不知不觉我睡着了。也许迷糊了才能万事空吧。不知过了多久，像做梦又像真有人在喊我的小名，我醒了，听到父亲那有点沙哑的声音。这声音在漆黑大山里更显得穿透力强，我"哇"的一声哭了出来，就像一个落水的人在快要沉入水底时被一双大手拉起来了，而来救我的人是我父亲，我喜极而泣，那份感觉常人无法体会到。

父亲摸索着从山上下来，那么黑的天，虽然有月亮升起，但不是经常爬山的人，是无法从那么高的山上下来的，山高坡陡有积雪，真的不可想象。

下来后父亲告诉我，他割好柴背上往下走时，悬崖边的小道有积雪，不小心滑了一下，他抓柴的手下意识一松，抓住了崖边的灌木，人没掉下去，但柴从肩上掉了下来，山的背面积雪特别厚，那捆柴打着滚一直滚到山脚下一户人家门前，父亲无奈只能下去把绳子解下来，再爬过山来，所以耽误了好长时间，谢天谢地，只要父亲没事就好，我心里不知道多高兴。我和父亲又割了一捆茅草柴。虽然山不太高了，但父亲还是怕山高路滑把我摔伤，就一趟趟地背他的柴，背我的柴，再背我下山。直到走到大路上才让我背上我的柴和他一块儿走，我们踩着积雪咯吱咯吱一路走一路休息，到家时村里的鸡已经开始叫了。

父亲是当兵出身，小时候就经常听他讲他当兵时的故事，他吃苦耐劳，不怕困难的精神，也许和他在军营里摸爬滚打的锻炼是分不开的。在我的心里，父亲就像一座灯塔，照亮着我前行的路。

虽然父亲已去世 40 年了，但他对我的影响却刻骨铭心，贯穿着我的一生。以这篇文章实现对父亲的追思，愿父亲在天之灵能够安心。

怀念父亲

马建国 *

　　我最后一次见到父亲是在 2007 年的夏天。此前，春节的时候我曾去吉林看望过他，但那次再见，觉得父亲的情况大不如前了。父亲不但身体更加虚弱，精神也显得有些委顿。他不再看书，也不太看电视，常常面朝墙壁躺着一动不动。

　　我精心给他挑选了些他喜欢吃的食品，都是他过去时常说到的，比如杭州的西湖藕粉、成都的灯影牛肉，还有南京的盐水鸭、芜湖的花生糖……可是这些东西都提不起他的兴趣了。我很伤感，也很迷茫，不知道他需要什么。

　　老派的中国人父子之间通常话语不多，我几乎是在最后的时刻才意识到这个缺憾想要加以弥补。有一句歌词"工作的事情跟爸爸谈谈"触动了我，我想跟父亲说说工作中的事、单位里的事，不管是得意之作还是烦恼，不管跟他有没有关系，我想他一定得关心的。我也想听他讲抗战往事，讲蒋介石宋美龄，讲孔府秘闻……

　　可是已经晚了。父亲神情疲惫倦怠，嗓音低沉喑哑。他无力，好像也不愿多说话，即使讲话，也多半是抱怨身体的种种不适，话题的中心是"死亡"。

　　我感觉到父亲正在离我们而去，不甘心，就说："早就说好了要给你过 95 岁大寿呢，那是九五之尊。"他笑笑，说自己活得太久，不好意思了。这算是幽默吧，但透着浓浓的苦涩。我脑子里闪出史铁生的话："死亡是必然会降临的节日，迟早要来却又急不得。"可想了想没有说，还是小心回避了这个话题，说："明年还要看奥运会呢。"他摇摇头说自己现在什么都不想了。

　　于是相对无言。

　　过了一会儿，父亲轻轻地叹了口气说："我只是舍不得离开你们。"他眼里闪出一丝泪光。

　　我听到这话浑身一震。父亲不是一个喜欢用言语表达感情的人，我们父子之间很少有亲昵的举止和语言。记忆里只有一次，父亲说过他想我，但还不是亲口对我说的。

---

　　* 作者简介：马建国，男，1953 年 1 月出生，企业退休高级经济师。

那是 1968 年，父亲被"隔离审查"，几个月没有回家了。有一天母亲对我说父亲在俱乐部前面建灯光球场，让我去看看。我不想去，母亲说："你爸说他想你。"

这是一个不能拒绝的理由。

我在工地上看到父亲。他和许多被关押的人一起，默默地劳动着，低头不语，旁边站着看管他们的人。这画面像极了俄罗斯画家列宾的《伏尔加河上的纤夫》。

我深感屈辱，不愿走近，只是远远站在一边。父亲看见我了，他停下手中的活儿，盯着我看了一会儿，又低下头去。

这是一个让我终生难忘的场景，同样难忘的是父亲说他想我。

现在，当我听到正一步步走近生命终点的父亲说他舍不得离开我们的时候，一种生死诀别的悲壮感觉涌上心头，一时语塞，竟不知说什么好。

后来，每当我想起父亲时，最遗憾的是当时没有对父亲说："我们也舍不得离开你。"爸，我们是真的舍不得离开你呀，可是现在再说你也听不到了。

父亲的床头有一本小书，这是我买的。早些时候父亲托话给二姐让我买一本当年的历书带去，特别指明要月牙路街边卖的那种小册子，说那里面有许多知识。这时已是三四月，历书什么的已不多见，我骑着车子到处跑，费了些周折总算淘到了两本已显陈旧的历书，翻了翻里面，除了日历之外无非是些简单的历法和生活常识，没有什么特别的知识，心里有些好笑：莫非真的是"书越读越薄"？一个九十多岁的老人感兴趣的知识也许真的不多了。

书寄到吉林去，父亲传过话来："正是这本书。"那就好。

我随手打开书，见里面一些日子上做了些特殊的标记：姗姗的生日、明明的生日、金玲的生日、建英的生日……几乎每一个儿女、孙子孙女的生日都有标注。我不知道他是怎样收集到这些资料的，因为他对这些历来不是很上心。能把我们每个人的生日（甚至包括不相干的外人的生日）都记得清清楚楚的是我们的母亲，她不但记得我们每个人阴历、阳历的生日，还记得我们出生的时刻。我在家过生日时，母亲常在某一时刻说："你是几点几分生的。"或者说："你现在出生了。"我对此毫不在意，听的次数多了还有些厌烦。

前几年，有朋友要给我算命。我历来不大相信这回事，又因为已过了知天命的年纪，更加无所谓。但人家是好意，也就无可无不可。朋友问我生日，我照实答来；再问出生时辰，我回答不出，忽然想起母亲，想起母亲时常说起又一直被我忽视的那个时间，想到如今母亲已去，这世上可能再不会有人告诉我这个信息，我的出生时间就和我的命运一样，永远成了一个谜。又想到还有多少应该记住而没有记住的，想到渐行渐远的母亲，不禁黯然神伤。

这历书上还有一个日期——2007 年 6 月 12 日，上面被仔细地画了一个圆圈。这是什么特殊的日子？没有写。再仔细看看，农历五月初八，正是我们的母亲、父亲的妻子的生日啊。

我不知道父亲在日历上画出那些标记的时候都想了些什么，但是我知道了父亲为什么要寻找这本历书；知道了在母亲离世 20 多年后，父亲仍然在深深思念着他的爱人；知道了在他即将走完全部生命历程的时候，他的全世界里只有亲人……他已经做不了什么了，甚至都没有提示我们，只能在日历上做出一个标记，以提醒自己。他把一切放在心里，默默地思念、回忆、留恋、惦记。正如政治家的讲话就是行动一样，思念就是他的行动。

我再一次见到父亲时，已是天人之隔。2008 年 2 月 23 日，我们的父亲马志勋驾鹤西去。三天后，我们送父亲上路。

清晨，我坐在灵车上，陪伴着父亲一路向西。车子疾速行驶着。车窗外，熹微的晨光里，一眼望去都是茫茫雪原。没有变化，没有生机，美丽而萧瑟。

沿途的村庄逐渐在苏醒。农家的屋顶上，一家接一家升起袅袅的炊烟，在无风的天气里，在蓝得让人心惊的天空中，静静地、笔直地升得老高老高，绵绵不绝、久久不散。

忽然想起 24 年前，我们站在殡仪馆的外面，看着火葬场那高高的烟囱里，一股白烟升腾而起。大姐哽咽着说："那是妈在升天……"大家都哭了。

太阳照常升起，天大亮了。依稀听得见鸡鸣狗吠的声音，有农民从屋里出来抱柴。世界活泛起来，新的一天开始了。

生活还在继续，可是我们没有了父母亲。

又见黔明

王莉霞 *

初次遇见黔明，是在六七岁的时候，不过时日太久，我也记不大清了，只是，它在我脑海里成了别样的存在，挥之不去。

我所说的黔明，是座古寺，始建于明末，重建于清乾隆年间，坐落于我的家乡贵阳阳明路上。

在我儿时的记忆里，偌大写着黔明古寺的石坊后，是一座古朴而精致的寺庙，共有三扇拱门，旁边两扇小的不常开，常年只开中间那扇，它虽是所有门里最大的，却也是最狭小的，只因拱门中间还有一块花白石头（是被雕刻过的），只余两条狭窄的小道。

再次遇见黔明，是在一款音乐创意短视频社交软件上，熟悉的场景映入眼帘，正是我找遍贵阳也没找到的古寺，是我儿时记忆里的古寺，亦是与父亲同游的最重要的古寺。一开始，我不大笃定，直到我上网去搜它的内景，里面有一座与我儿时记忆相吻合的假山，心中便是一惊，内心的激动不言而喻，我盯着网上的图片看了很久很久，思绪便也跟着飘回了 2009 年……

那时我还是个稚嫩孩童，与父母到贵阳市区游玩，也不知发生了什么，最后只剩我与父亲两人仍在闲逛，他带我行过南明河、登上甲秀楼，品读了一番历史余味，再沿着阳明路，来到香火气味扑鼻的古寺，他先带我环绕着寺庙走了一遭，我不理解他的意思，只是看见满目红墙上，黑色草书样式的南无阿弥陀佛，它叫人心静，遂没因小腿酸胀而哭闹。

"为什么要绕着寺庙外围走？"我问。

父亲低下头来看我，对我笑着说："凡事都要由表及里，哪有一下子就可以进入内里的？"

我听不懂，但也连连点头。

行至大门前，人潮拥挤，父亲拉紧我准备从中间那扇拱门进去，却被售票员拦住了，说是要门票，具体多少钱我已然忘记，时间实在太久太久……父

---

* 作者简介：王莉霞，笔名"汶墨卿"，自诩青山不归客，连城读书签约作家。热爱文字，心之所向。

亲一听见要门票，便拉着我往旁边站，我问他不进去了吗？他没回答我，一直站在一旁盯着过往行人，不多时，趁着人多，售票员正忙着售票无暇顾及旁人，便拉着我顺着人潮进了寺庙。

我一脸讶异，他倒神态自若，仿佛什么都没发生过一般，但他为了避免我以后学到他这样的行径，还是对我说了一句："这样的行为不可取，但他乱收费的行为更不可取。"

我点头。

末了，便带我四处游逛，拜了佛祖，见了菩萨，祷告神明。我见父亲眉头紧蹙，拜得严肃，也明白大殿之上不能高声喧哗，便仿着他的模样，对着眼前的金尊大佛拜了三拜。

走出大殿，我被寺庙里的花园给迷住了，圆拱门后的小径两旁是葱郁的树木。不知不觉，我被佳境吸引，便脱离了父亲的手，踏入圆拱门，映入眼帘的是一方圆亭，古朴而精致，秀丽而典雅。我无法用语言描述当时的情景了，就用当时的感受来说吧，进去只觉空气焕然一新，僻静非常，仿佛置身一片世外桃源，鸟语花香，满目绿色映得人眼也是这般青翠。

像是人迹罕至，纤尘不染，又像人来人往，早已被这幽静掩盖。

"你怎么跑这儿来了？"父亲问我。

"这里很安静，好舒服！"我笑着应答。

父亲拉紧我的手，将我拉着往回走，兴许他不大笃定此处会对游人开放，还一直叮嘱着我，叫我不要乱跑，特别是这种密林，人贩子专会在密林给小孩子套上麻袋，而后带去卖掉，我听后只觉鸡皮疙瘩掉了一地，不敢再驻足，只是会偶尔回头，看看那个让我恋恋不舍的地方。

走出圆拱门，我眼前便有一座假山，可是我方才走过来时，没有见到假山，便有些疑惑，父亲看穿了我的疑惑，便说着："你一来就朝着圆拱门去，怎么会看见这里还有座假山？"

我没敢说话，而是仔细盯着这座假山看，很高，约有四面红墙这般高，假山底下是一潭从上汇集而下的水流，我望着流淌下来的水流，眼里尽是讶异，我问："为什么这个山是假的，还会有水流下来，这个水会不会也是假的？"

"假的？"父亲挑了挑眉，而后松开我的手去捧了一杯水，趁我不注意便将水悉数洒在我脸上。

"啊！爸爸！"我吵着上去就对着他的腰部一阵乱捶，而后他问我要不要到假山上去，我摇头，义正词严地拒绝："攀爬假山是小孩子才做的事，我已经是6岁的大孩子了！"

父亲听了我这话，没有反驳，只是一直在笑，脸上挂笑之余还不忘登上假山，正当他登上假山准备伸手将我也拉上去时，寺庙管理员走了过来，呵斥道："你都多大岁数了？还教着自己孩子爬假山？"

父亲被说得脸颊羞红，连连道歉便从假山上下来，牵着我灰溜溜地走开……

我在百度图片上滑到那座假山时，恍惚间便看见父亲站在那座假山上，眼里藏笑，伸出右手要拉我上去，再一眨眼，假山还是那座假山，只是再也没了父亲的踪影。

我如今倒明白了，即便岁月消逝，我的父亲也是个不老的少年，仍会在心中留有孩子心性，不过，不论他变成何种模样，都是我最敬爱的父亲。

黔明古寺，是令我久久无法忘怀之地，里面的假山，亦见证过父亲稚气未消。

经岁月更迭，风霜洗礼，黔明古寺犹在，只是，不见当年慈严父。我不会忘记那座假山，亦不会忘记，父亲如稚童般登上假山，脸上挂笑，问我要不要一起的那个稀松平常的午后。

遗　秋

朱佩芬[*]

2020 年的秋天，是我人生中最大的遗憾。

秋天的风吹黄了胡麻，吹弯了小麦，吹熟了瓜果却莫名地带走了您。

这个秋天，是我全力以赴，预上"战场"的秋天，也是事故频发的秋天。

高三开学一周后放假回家的我，看到姥姥本是满心欢喜，但注意到她躺在床上痛苦呻吟的模样，却感觉到了心酸。

"妈，姥姥怎么了？"我坐在沙发上看向母亲问道。

"剪羊毛，被羊撞倒伤着腰了。"母亲正在用水壶接水，似乎想一句带过。

我察觉到她低落的情绪，识趣地闭上了嘴巴。

看着起床都困难的姥姥，我恍惚了几分。记忆中的姥姥全身上下总有用不完的力气，有条理地做着家中大大小小的家务。虽然六十有余，身子骨却十分硬朗，比二十几岁的青年都有力气。

如今，看着躺在床上白发苍苍的老人，不由自主地红了眼眶。饭后，与我们邻近的大姨一家过来探望。母亲知道我正是考大学的冲刺期，便命令我回小屋关门去学习。我虽然听话地关上门，却趴在门上认真听着他们讨论：姥姥的腰伤很严重，需要卧床静养。但姥姥放心不下家里的事情，比如喂猪、喂羊羔等琐事。母亲与大姨在旁边劝导，家里固然重要，但是必须养好身体，为孩子们减轻一些负担。

姥姥似乎听了进去，但身体的巨大疼痛折磨着她，不得不找发泄口。最后竟然胡言乱语起来：埋怨上天的不公，自身的命苦，甚至有是我姥爷故意的这种不着调的言辞。

偶然被母亲听到"吵"了几嘴后，才有了几分清醒。再后来，姥姥被照顾得很好，终于可以从床上坐了起来，有时甚至能在地上走两圈。

舅舅放心不下，终于找了农活较少的几天，开车来看望姥姥。姥姥像个孩子一样把自己喜欢吃的告诉了舅舅，舅舅也当即买了一大袋。事后，母亲打趣

---

[*] 作者简介：朱佩芬，女，一名大一本科生。来自内蒙古自治区乌兰察布市兴和县，为人开朗，处事认真负责，好学。共发表一篇文章。

道："明明天天给姥姥买好吃的，不如舅舅给买一回那么高兴。"因为农活没忙完，舅舅当天又回到了乡下。

姥姥也经过这些天的静养，腰好了许多，但仍不能干重活。

眼看，离秋收的日子越来越近。家里太忙又缺人手。姥姥急得待不住了。众人拗不过姥姥，最后再三嘱咐她不许干重活送她回了家。日子一天天过着，只是气温降了好几度，似乎提醒人们深秋要到了。

一天，像无数次晚上回家那样用钥匙打开了家门，却发现屋子里漆黑一片。此时响起的来电铃声有几分突兀感。

电话中父亲也只是草草地解释为什么突然回了乡下——秋收太忙，人手不够。叮嘱我好好学习，按时吃饭，然后就挂了电话。

此时，我虽然觉得有些奇怪——我还有一个上小学的小妹，母亲一般会留下照顾我们。但我却没有多想。

第二天中午奶奶突然来了，我说家里怪忙的，我一个人也可以。奶奶说道，你爸妈他们说你也需要照顾。

奶奶年纪大了，对于电器使用和家里的构造，她都不太了解。与其说她来照顾我，不如说是我照顾她。过了半个多月，母亲终于回来了。奶奶也被送回了家，日子仿佛又归了平静。

但这时的我却特别容易焦躁，许是亲情之间的感应，抑或是没见最后一面的埋怨，脑海里时常浮现鬼神之类的恐怖画面。找朋友倾诉，却被安慰压力太大。

这个秋天，压抑又使人窒息，一边是母亲忍受不了父亲酗酒，产生了离婚的想法，并且经常说给我听；另一边，我与好友因一件小事争吵起来，莫名绝交。后来虽有和好之意，但有了裂缝的镜子还是原来的镜子吗？家庭、好友和学习上的压力都让我喘不过气，不知怎的，突然想起前段时间刚来过家里的舅舅。之前听母亲说起过，舅舅与现任妻子也在闹离婚——他与第一任妻子感情不和，虽有一个女儿，二人还是办了离婚证。今年舅舅拿到了第二个离婚证。所有的一切，是那么的黑暗；找不到方向，只留下了痛苦与哀伤。

初冬还没开始，母亲却出乎意料地回了乡下，留下父亲照顾我和妹妹。而她给的理由也很充分——姥姥腰伤没好，需要有人照顾。我隐隐感到有些不对劲，转念却嘲笑自己离奇又爱幻想的脑洞。

临近放假，母亲从乡下回来，收拾家后看到几副对联，莫名其妙地说了一句：姥姥家今年不需要贴对联了。

这时，我终于感到了些许不安。

因为，我们过年的习俗有一条：家中有过世之人第一年不能贴对联。

那种不安感不断包裹着我，使我感到窒息。同时，我也第一次认真思索对父母及亲人的信任度。

过年回家，不知是没贴对联少了些许红色的缘故，还是这个家突然变得有些冷清。

晚上一起吃饭的时候，我突然问了一句："为什么舅舅不来吃饭？"姥姥、姥爷明显顿了一下，随后，姥爷一脸平静地告诉我，他去大同过年了。我心里想可能是放不下舅妈，估计离婚的事情是造谣，心里的疑惑稍稍压下一些。

年夜饭前一天，因为舅舅不在，今年变成姥爷带我们去买年货。由于道路太过拥挤，倒车时不小心剐花了别人车的后视镜。顿时，街上更乱了。不少人聚集上来，七嘴八舌说着不是，甚至不清楚情况的人也跟着起哄。最终，以姥爷赔偿二百元现金了结此事。

就在姥爷去购买物资时，娜娜——舅舅的女儿却痛哭起来，我有些手足无措，但依然用语言安慰着她，尽管很苍白无力。

回去的途中，车里的氛围很是安静，甚至飘着几缕忧愁。

大年初一，早上要出去迎接"喜神"，姥姥却坐在炕上，分了神。

去西屋取东西时，我突然被墙上挂的照片吸引了注意力。由于相框外有一层塑料膜，我走近些许。

看清是姥爷穿着不合身的西服，心里不知为何松了一口气。转身时，发现父亲站在窗外注视着我。没等我开口，他却先转身离开。在开车回家的路上，母亲与父亲商量着舅舅家的土地怎么办。我突然出口打断他们："舅舅不种地了吗？""不种了。"父亲说完后车里一片寂静，我发现越试探谜团越多。或者心里已隐隐约约察觉。

夜晚，母亲去大姨家住。我和父亲结伴回家。坐在客厅，父亲突然教育起我："能不能多思考，你也不小了，还问舅舅去哪儿了，他去世了，这也看不出来？"听到最后一句，我脑海突然一片空白，转身去厨房倒水时，眼泪像决堤的洪水一样，控制不住。

想反驳，骗人！却发现已哽咽得说不出话，其实，心里已隐约有了答案，只是需要证明真假而已。这下，自己都说服不了自己，这一切都是假的。那个和乐融融的家已经回不去了。我哭着喊道："为什么不让我回去送送他？""因为你要高考了，你姥爷他们不让说，事已发生，别想太多，早点睡吧。"说完，父亲回房间去了。听完父亲的话，我再一次模糊了眼睛，高考真的那么重要吗？在亲情面前它的存在何其讽刺。

　　人就是这样，有时想要一个真相，当真相摆在眼前，却又接受不了。甚至欺骗自己，这才是假的。当你成功骗过自己后，这件事好似变得无所谓了。

　　第二天，母亲回来发现我眼睛浮肿，急忙问发生了什么，甚至质问父亲是不是同我说了什么。我也只能装装样子，说感冒了，搪塞过去。

　　在那之后，每当我眺望远方，不知哪一瞬间，鼻子会无意识地一酸，我好像才意识到那个疼爱我的舅舅已经彻底和这个世界永别了。

　　我也曾幻想过死亡后的世界，是一片黑暗还是热闹至极；死去的灵魂是已投胎还是陪伴在亲人身边。人往往失去后才懂得珍惜。这件事发生过后，姥姥姥爷不像从前那么爱吵架了，母亲也终于不再把离婚挂在嘴边了，好像一切都好转起来，却唯独少了您。

　　那天发生的事终于使我成长，亲人的言语也仅供参考而已，自己必须有思辨能力，并且大胆和他们交流自己的想法。看着身边已不再年轻的亲人们，终于感觉到了恐惧，他们离开的恐惧，像海浪一般把我吞没。躺在冰冷的海水里，接受着水中生物吞咬着血迹斑斑的身体，思想却早已逝去，行尸走肉；悲哀莫及。

　　2020 年的秋天，这个秋天，这个冷彻心骨的秋天，终于结束了……

慈母二三事

孔小康*

　　1970 年，农历的腊月二十八，我出生在临潼西边的一个叫小侯村的村庄里。听生母讲，她在怀着我的时候，有一天晚上梦见一条大黑狗在使劲追她，把她吓醒了，醒来之后就生下了我。从此，我与狗就结下了缘分，我和媳妇都属狗，我们一共养过七只狗。至今家里还养着一只泰迪狗。

　　我的生母是位非常能干的农村妇女。当年我生父常年在外务工，一年回不了几次家。他每次回来不但没有给这个贫穷的家庭带来多大帮助，几年下来，反而给家里增了几张吃饭的嘴巴，并在我的生母将近四十五岁的时候把我带到了这个世上。在那个缺吃少喝的年代，这位农村妇女独自将我的两个哥哥和两个姐姐拉扯长大。我本有一个大我三岁的姐姐，但她在出生后因严重营养不良引起脑积水，在一岁的时候就夭折了。我的出世给她那本已疲惫不堪的身心带来致命的一击，要不是抢救及时，她就永远见不到这个刚出生的儿了。虽然生母的性命保住了，但我的到来给这个本就难以为继的家庭出了一道更大的难题。那时，因为我的大舅妈不能生育，在我大舅的要求下，我生母思前想后，最后决定忍痛割爱，同意将年满一岁的我过继到大舅名下。

　　1971 年年底，我到了大舅家，大舅和大舅妈也就成了我现在的父母，他们非常疼爱我。母亲是一位勤劳善良又会持家的农村妇女，她一直没有生育，在我没来以前，她妹妹一直想把她三个儿子中的一个让继给她，她也答应了，但我的爷爷也就是她的公公坚决不同意，因为我父亲是家里的老大，即使要领养孩子，我爷爷也要求必须领养与我父亲有血缘关系的孩子。当时我父亲的弟弟有两个儿子，我二爸也答应过继一个儿子给他哥哥，但因为妯娌俩关系处得不和谐，我父亲侄子过继的事也没能办成。所以，对于我的到来，我的养父母非常高兴，尤其是养母，她在我的身上倾注了她全部的爱。

　　记得我上小学三年级时，学校在九连，离家比较远。每天早上六点半我就要去上学，母亲总是不到六点就做好早饭等我吃，在往后三年从未间断，如今，

---

　　* 作者简介：孔小康，1993 年毕业于西安医科大学临床医学专业，目前从事企业管理工作。自 2003 年起开始写作。

早饭已经成了我每日必不可少的一顿饭。我工作后，母亲因操劳过度患上了类风湿性关节炎，四肢关节肿胀变形，活动很不方便，尤其是双手十个手指关节都变形了，手指无法灵活活动，她的视力下降得也很厉害。有次放假回到家，我想给他一个惊喜，悄悄地走到她的跟前，她看了看我都没认出来，我叫了声"妈"，她才听出是我，只说了两三句话，就赶紧去厨房给我做饭，我说我不饿，可她不听。看着那双在案板上抖动的双手，我的眼泪止不住地流了下来，久久不能平静，我在心里默默地说：妈妈，是您将我抚养成人，教我做人的道理，这份情谊今生都无法报答。

自从我会说话以后，我一直就把我的生母叫大姑，把我的生父叫伯伯。生母给予我生命，没有她的十月怀胎，就没有今天的我。她在我生命中的分量是任何人都无法比拟的。自从知道了我的出身，我在高中毕业后，每到过节的时候都要去看望我的亲生父母，以报答他们的生育之恩。

2009 年 2 月，我母亲和我生母同时病倒在床，那时的我心急如焚，整天西安、临潼两头跑，陪她们打针输液，希望能够治好她们的疾病。由于病情凶险加上生母年龄偏大，病魔最终还是在 3 月中旬夺去了她的性命。生母去世后，我给她立了一块两米高的墓碑以表达我的哀思之情。我的生父是在 2006 年 2 月 4 日因心梗去世的，他走得很急，还没有享受儿女的孝心，就匆匆离开了人世。在他生前，我每次回到村里，他向乡亲们介绍时都说我是他的老三。当年我从大荔农垦中学转到临潼华清中学也是他老人家帮忙才办成。但是，我从没有开口叫过他一声爸爸，真不知道他老人家在天堂是否会怨我。

2009 年 1 月，我母亲在与病魔抗争了多年之后宣告了自己的失败，最终一病不起，已经无法进食，全靠输液维持。我每天下午下班之后，都得回家给我母亲输液。我母亲特别坚强，虽然病痛时时刻刻折磨着她，但她坚持了整整三个月。直到 4 月 5 日去世，她从来没有喊过痛。在她弥留之际发生了一件事，至今无法用科学进行解释。

2009 年 3 月底，我母亲已经处于弥留之际，除了我之外，其他人她都不认识了，她的气息已经很微弱了，说话时几乎听不到她的声音。有一天，她突然大声喊："有贼，有贼。"声音很是清楚，我忙过去问她，哪里有贼，她又用微弱的声音告诉我，贼一会儿就来了。我以为她是在说胡话，完全没有放在心上。我住的小区是单位的家属院，我又在社区医疗服务站工作多年，和院子里的住户都很熟悉。我的房子外边有三个窗户，两个都有防护网，只有厨房没安防护网，厨房和客厅之间有一个推拉门，这个门是带插销的，但我从来没有插上过，搬进这个房子近四年了，从没有被盗过。再说我也不是大富大贵的人，我想即使有贼，也不会找我。所以，我对我母亲的提醒根本不在意。

我看母亲的气息越来越微弱了，她除了每天还是喊"有贼，有贼"之外就不再吭声了。我打电话把我二姐叫回来，让她陪陪母亲，怕她到时候见不到母亲了。我二姐到我家以后，听到我母亲喊有贼，就让我晚上睡觉时把客厅的推拉门插上，我还不以为然地说没事。我二姐比较小心，因为她在客厅的沙发床上睡觉，所以睡觉前一定让我插上推拉门的插销，我只好照办。

谁知在我二姐来我家的第二天，也就是 4 月 2 日那天晚上，12 点左右，我刚睡得迷迷糊糊，突然听我二姐叫我的名字，并大喊有贼。我赶紧起来，从卫生间拿了个拖把来到客厅。当我打开客厅灯以后，从推拉门上的玻璃中看见一个身影站在厨房里，我喊了一声"是谁"，那个身影一闪就不见了。我拿着拖把打开推拉门的插销，进入厨房，看到我家厨房的抽油烟机后面一个窗户被打开了，抽油烟机被挪到了一旁，我从打开的窗户向外望去，一个瘦瘦的身影顺着天然气管道滑下一楼，他双脚着地后迅速逃跑了。

我把窗户关好后问我二姐是如何发现这个贼的。我二姐说她睡眠很轻，稍微有点动静她就醒了。她正睡得迷迷糊糊的时候，突然听到有人在拿什么东西拨插销，她一下就惊醒了，赶紧叫我，谁知道真的是进贼了。等到天亮，我赶紧叫人把防护网装上了。从那以后，直到我母亲去世，她再也没有喊过有贼了。如果没有我母亲的提醒和我二姐的警惕，贼真的进到客厅里，那后果真是不堪设想。让人难以理解的是，我母亲怎么能预感到贼要来呢？如果说是巧合，那这也太巧了吧。

我母亲去世的那天早上，她突然叫我的名字，我进去问她怎么了，她的气息已经微弱得说不出话来了，她的双眼直直地看着我，用她那瘦得皮包骨头的左手拉着我的手，用关节已严重变形的右手指着大衣柜。我打开大衣柜的柜门，她又指了指其中的一件衣服。我把衣服拿出来后，她拼尽全力说了一声"口袋"，就垂下了双手，闭上了双眼，呼吸更加微弱了。我将手伸进衣服口袋，掏出来一个手帕，打开手帕，里面包了一沓人民币。我数了数，这是整整两千元，我的眼泪一下涌出眼眶。因为母亲没有工作，家里的财权一直是父亲掌管着，她基本上不花什么钱，家里需要任何东西都是我父亲去买。这么多年来，母亲攒这两千元钱是多么不容易啊。她整天和父亲住在一起，却没有把她辛辛苦苦攒下来的钱交给父亲，而是在弥留之际留给了我。两千元对她来讲可是一笔巨款呀，这是她这么多年来舍不得吃，舍不得穿，一点一点积攒下来的。我拿着这沓钱看着弥留之际的母亲心如刀绞。可恨儿无回天之力，无法拯救母亲于危难之中，只能眼睁睁地看着母亲的生命一点一点地流失。当天晚上 9 点，母亲停止了呼吸，我在客厅的沙发床上陪她度过了最后的一夜。

我平时很少做梦，即使做梦也记不住梦的情景。我母亲去世后，因为还没有选好墓地，在临潼殡仪馆开完追悼会后，我就将母亲的骨灰盒暂时寄存在殡仪馆，准备等墓地选好后，到了过百天的时候再安葬我母亲。

在给我母亲过完头七后的那天晚上，我被一个梦惊醒了，醒来后的我一看表，才凌晨3点30分。梦的情景我至今都记得清清楚楚。我梦见我回临潼给母亲上坟，我正跪在坟前烧纸的时候，我母亲的坟一下就裂开了。我看见我母亲穿了一件单衬衣坐在棺材盖上，赶紧过去问我母亲冷不冷，怎么穿得这么单薄。我母亲说："你把我一个人撂到这里，我没有多余的衣服穿呀。"我一下子醒来了，再也没有睡意，好不容易等到清晨6点，我给我二姐打了一个电话，把我做的梦给她重复了一遍，我二姐说："咱妈给你托梦呢，怨你把她寄存在殡仪馆。"我回答今天先把妈接回来。等到早晨9点，我和我父亲商量后，就去殡仪馆把我母亲的骨灰盒接回家里，准备等我父亲百年后二人一起安葬。从那以后，我母亲再也没有在我的梦里出现过。我不信鬼神之说，但有些事的确有些费解。2009年中秋佳节，我看着孤单的父亲不由得想起了我的母亲，怀着悲情写下此作。

中秋祭母

中秋佳节至，团聚未能全。

母亲操劳日，历历现眼前。

少时家贫困，幸有巧手娘。

身穿千针衣，脚蹬百纳鞋。

求学路途远，早饭未间断。

农场劳作苦，农药更伤身。

待儿学初成，母亲身已催。

又伴十二载，病魔来索魂。

世上乏妙手，人间少神医。

可怜老母亲，孤苦离儿去。

值此中秋节，忆起母大恩。

备感相思苦，感叹不能见。

谨以此文章，奉献好儿女。

为报父母恩，行孝在眼前。

怀念我的母亲，在四月的春风里

栾翠娟[*]

想写一篇文章，纪念我早逝的母亲，结果写着写着就写到了父亲。

俗话说"严父慈母"，但在我心目中，母亲似乎比父亲凶了些，因为她的脾气不太好，这一点我随了她。

记得我年幼上学，大雪天里，是父亲深一脚浅一脚地背着我。

少时被开水烫伤，是父亲背起我就医，伤口愈合奇痒难耐，是父亲整夜整夜抱着我。

住宿回家度周末，是父亲骑自行车驮着我。

母亲呢，不仅长得高大，人也很健康壮实。下地干活、回家喂猪喂鸡、做饭洗衣……

甚至一大早就起床，为了给我和弟弟做一顿丰盛的早饭……似乎什么苦累都难不倒她，除了木讷口拙。

记得小时候，曾见母亲被厉害的邻居和刀子嘴的奶奶气哭了好几回。

这么辛劳能干的母亲，在我印象里却始终不如父亲亲近些，大概是父亲脾气好又心细的缘故吧。

大概还有一个原因，喜欢看书的我，习惯了父亲身上自始至终带有的书卷气。而母亲读书较少，素日里也不喜看书。

母亲总对我说："以后我们年纪大了，你可不能忘了你爸，他对你有恩啊，也心细啊……"

作为女人的母亲确实粗心得很。

记得我都开始发育了，她却一直都不清楚，害羞内向的我也羞于与她提及，还是二姨发现了，唠叨她："看看你这妈当的，一天到晚就知道下苦力干活……"

母亲也是想做一个温柔体贴的妈妈的。

母亲看别人家女儿穿的裙子不错，就到集市上扯了匹花布，请人给我做身

---

* 作者简介：栾翠娟，笔名"亦浓"，女，50 岁，山东省栖霞市人，1996 年毕业于华南理工大学，本科学历；中级职称。热衷写作，诗歌、散文、小说等。

裙子，性格急躁的母亲直接凭印象中女儿的身材尺寸，让人给做好了，想给女儿一个惊喜。

惊喜确实有，裙子到手后，甚至侧面的拉链都不用拉开，往身上一套，直接秃噜到了脚踝。腰做肥了，可以塞进一个拳头还不止。

因为母亲跟裁缝说："我女儿很胖啊！"可当时我的腰围一尺八都不到。

但母亲也是女人啊，院子里有母亲种的月季花，是她当年最喜欢的，可现在已经茂盛不再，月季花也会老吗？

母亲在世的时候，大朵大朵的粉色月季，每年都茂盛地绽放着，在屋子里都能闻到花香。

"这种浅色的月季花最香了，不像那些红色的，艳得很，光外表好看……"母亲边说着边用剪刀剪下来几枝，又顺手插到了屋里的玻璃瓶里。

一年中的大半年，月季花都盛开着，母亲在家的爱好之一就是不定期剪去那些枯萎的花朵。"既不好看还浪费养料啊。"这时候的母亲还是有一些女人味儿的。

母亲曾不止一次念叨："你姥姥脾气不好，你舅舅他们小时候都不敢跟你姥姥说话。你看现在，我跟你舅、你姨都大了，自家有点儿好吃的，都只跟你姥爷说，'爸，爸，回头捎点儿给你尝尝'。你姥爷脾气好，总说'好好好'。你姥姥就总是头不抬眼不睁地，'自己留着吃吧，嘚瑟什么'。其实她是不舍得吃啊。"

妈妈，其实这些我都懂。

父母对儿女的爱都是一样的，有的深沉含蓄，有的爽快直接；有的心细如发，有的大大咧咧；有的温柔呵护，有的粗暴严厉……但都是爱，表达方式不同而已。

都喜欢被呵护、被温柔以待，自然对于顺心顺耳的软语好话就少了免疫力。而对于外刚内柔的方式，则需要后来才慢慢体会得到。

可是母亲啊，您对我们的呵护和发自内心的疼爱是不需要言语来修饰的，我们不会因为您脾气不好而慢待了您的。

可惜母亲终究是没等到这一天。

曾经她也担心自己的脾气，说道："你说我这命啊，会不会年轻时受婆婆的气，年纪大了受儿媳妇的气呢？"

病魔没有放过她。

我拿到大学录取通知书那天，母亲说，她一早起来就听到喜鹊喳喳叫啦。

后来军训时拍照寄回家，母亲总是颠颠地把照片拿给邻居看，说着："我女儿啊，在南方，冬天的树这么绿……"

那照片上被南方的艳阳烤得黑不溜秋的女孩实在说不上好看，可在母亲心里，那可是她最好的作品。"从小喜欢军装，别说，穿着还挺帅。"

当年舅姥爷（母亲的娘舅）离世时不到 55 岁，母亲对父亲说："不怪我舅妈哭得那么惨啊，三舅也走得太早了……"

1992 年年末，一个冬夜里，母亲离开了我们，享年 43 岁，她还未看到来年的春天。

次日我要考高等数学，半夜却莫名其妙哭醒了。

当年曾经因未见母亲最后一面而痛苦难熬，多年后想起，想到的却是母亲的伤痛，悲不自抑。

最后未见到她的儿女——我和弟弟，母亲的心该有多凄惶、多孤单、多心痛……

窗外的月季香气依旧，却已物是人非了。睹物思人，不禁潸然泪下……

母亲啊，你在那边还好吗？多年不见，想叫一声"妈妈"都生疏了。

祭母文

胡泊[*]

2001 年 12 月 23 日下午 1 时，母亲因心脏病溘逝。

母亲走了，匆匆地走了。走向那很远很远的地方，匆忙得没有留下一句话。

母亲走了，孤独地走了。临走时五儿十三孙没一个在身边。

母亲走了，安详地走了。走时面带微笑，没有痛苦，没有遗憾。

母亲是慈祥的。深深地关爱着儿孙：那伫立村头，眺望游子远归的身影，焦虑忧愁的眼神，如在昨天，似在眼前。亲情依依，深谈夜半。叮咛嘱托，方方面面。那亲切的话语，像甘泉雨露，滋润心田。

母亲是辛劳的。五儿十三孙，个个挂心间。拖垮了身体，心血熬干。那疲惫的身躯，让人心酸。

母亲是刚强的。以铁一样的肩膀，挑起家庭重担。从不喊累，埋头苦干。八岁丧母，艰辛尝遍。终生奋进，始终乐观。

母亲是仁智的。大事有主见，细节记得全。见富不媚，见贫就援。助人于困苦，帮人于危难。指儿正道，教儿从严。重视亲情，待人以宽。性情耿直，仗义执言。

母亲是伟大的。以博大的胸怀，对儿孙无私奉献。您的传统美德，堪称典范。

母亲走了，悄悄地走了。唯恐引起儿女的不安，留下的是无言的疼爱，无尽的思念。香烟袅袅，纸灰飞扬，敢问苍天，母在何方？世间的一切，儿都能舍弃，唯有母亲，您是儿女的唯一。母亲啊！生儿、养儿、教儿的白发亲娘，何时归来，欢叙一场。让儿在您面前，再亲亲地喊一声：妈——我的亲娘！

---

* 作者简介：胡泊，西北大学汉语言文学专业本科毕业，中学高级语文教师。

那一扇窗

高志强[*]

　　父母年岁大了，因为身体还算硬朗，所以老两口选择单独在一起过日子，儿女放心不下总会抽空去看看老人。每次回家前，我们都会提前给父母打个电话，问家里有没有什么事情需要我们去做，有什么困难，用不用去市场买点东西，听到儿女的声音，二老总是开心地问个不停："家里什么都不缺，你们几点能回来呀？在家吃饭吗？想吃点什么吗？"按照我们和父母约的回家时间，走到楼下，抬头望去，总能看到妈妈那熟悉的身影正站在窗前眺望着，无论春夏秋冬，似乎已经成了规律。

　　妈妈70多岁了，岁月使她老人家的身影不再挺拔，眼神也不再明亮，观望我们的目光可能有些朦胧，或不能清晰地看到儿女的脸庞，但只要我们的身影在她的视线中出现，她就能准确无误地认出她的儿女，高兴的同时会情不自禁地喊老爸一声："老伴你快过来看，他们回来了！"我们走路的体态身影、一举一动都深深地铭刻在老人的心中，对她来说是那样熟悉。是呀！老人年岁大了，儿女都已成家，不能整天陪伴在父母身边，老两口在家深感寂寞，心中总是盼望儿女能经常回来，谈谈工作，叙叙家常，看到儿女们回来，二老高兴得合不拢嘴。

　　到家了，我们和老人边聊天边打扫卫生，年过七旬的爸爸事先在市场买好了菜，默默地走进厨房炒菜做饭。从我记事起父亲就是家里的"大厨"，无论是平时，还是逢年过节，都是他做菜，食谱也由他定，知道我们回来，父亲恨不能把天下最好吃的东西都做出来给儿女们吃，想尽一切方法表达对儿女的爱。到了吃饭的时候，老人不停地给我们夹菜，看到儿女吃得那么香，老人格外高兴。

　　妈妈还像对小时候的我们那样喋喋不休，在她面前我们永远是长不大的孩子。离开父母家，出门前妈妈总不会忘记对我说上那几句不知道说过多少遍的话："下班后早点回家，在外面少喝点酒，40多岁的人了，注意一下自己的身

　　* 作者简介：高志强，男，1965年出生，吉林省四平市梨树县人。助理政工师，在各级网络、报刊发表文章2000多篇。

体，别老让人操心。"对于妈妈老生常谈的教诲，我只是随口应允而已，但我知道老人家的良苦用心。

每一次走出家门，回头向那一扇窗望去，不论是白天还是夜晚，妈妈总会站在窗前目送我们远去，直到我们从她老人家的视线中消失。透过妈妈面前的那一扇窗，我们读懂了儿行千里母担忧的内涵，无论何时何地儿女都是父母心中永远的牵挂。

爱情之花

我的心在等待

杨桂香*

小时候我有一个梦想，成为一名军人。我不怕辛苦，不怕劳累，热爱科学，我喜欢《我们是共产主义接班人》这首歌。

上学了，我勤奋、刻苦、努力，听老师的谆谆教诲，不懂就问，积极向上，端正态度，认真学习，我学习成绩一直很优秀，但我也有烦恼。中学时代，我进入尖子班，学习压力大，后进入高中，高考后，填志愿考入贵州航天职业技术学院。努力学习，不放弃学业的我，在大学里，拿了全班第一名，荣获国家励志奖学金，党的十八大网络知识竞赛一等奖，学院三好学生，学风建设优秀个人等荣誉，我很自豪。

感恩遇见贵人——我的爱人。

他帮助我实现我的梦，非常感谢他，他是一个乐于助人，拥有热心肠的男孩。同时，我很感激自己奋勇前行，一路驰骋，永不放弃，坚持不懈。他2013年9月入伍了，我们彼此约定，用书信沟通，他是我异性朋友中的第一个朋友，后成为我的男朋友。一份相识来自天意，有缘分命中注定。

我2015年大专毕业，我们一直保持联系，书信成为我们之间沟通的桥梁，12月，他向党组织打报告，写申请书，接下来提交资料审核，结婚报告下来后，我们于2017年3月领证了。

2018年得知他考虑留队，他问我的想法，我当时没有直接回答他，心想：希望他能回来。后来他说祖国需要他，要留在部队。于是，我也支持他，他就留队了。一个女人多么期盼与自己的丈夫朝朝暮暮，一起共同努力。可是祖国需要他，我们作为他坚强的后盾，又有什么可惧呢？他保卫祖国，我守护小家，这就是军人的职责，军嫂应尽的义务。

我的心在等待，一直在等待，盼望着，盼望着，他早日回来。三年后，得知他又继续留队，我们一年见一次面，这中间只有经历过的人才会懂得，常年分居，我们偶尔电话联系，我时常听听音乐，写写文字，发发朋友圈，打发这

---

*作者简介：杨桂香，笔名"松静匀乐"，一名文学爱好者，喜欢音乐，爱好写作，擅长随笔、散文、故事类、抒情及诗词创作等。

无聊的时间，歌中的曲子很深沉，初听不知曲中意，再听已是曲中人。我爱音乐，也爱学英文歌曲。大学期间参加英语演讲，我虽然没获奖，但是收获一次体验，那是勇气与实力的较量。

除爱好听歌，我还喜欢看励志类、销售类等类型的书籍，为了让生活不无聊，我一个人常常给自己发微信，记录一下生活琐碎之事，创建备忘录，时不时提醒自己，有梦还未实现，一步一步脚踏实地地走，哪怕再艰难，相信方法总比困难多！

我爱学英语，多么希望像外交官张京姐姐那样。我不是空想，一切从实际出发，我不是学英语专业的，只是兴趣爱好。

我的心在等待，2019 年 4 月，他休假回来了，我去贵阳接他，我们计划去北京旅行，一切就绪。那是在 2019 年 4 月 30 日，我们爬上了雄伟壮观的长城，山河之秀丽，一览众山小，都说不到长城非好汉，终于，我们不负此行，美丽的大好河山，一望无际的美景，尽收眼底，哇，真好！

2019 年 5 月 1 日，我们凌晨 3 点就起来，直奔天安门广场，我记得那时天微微亮，5 点 19 分，国旗在天安门广场冉冉升起，听到国歌响起，广场上的人们肃然起敬，唱国歌，礼毕。我真的很自豪，身在中国，我是中国人，我爱我的祖国——中国。

心中有梦，以梦为马，不负韶华，勇闯天涯，再辛苦再累也不惧怕。

期盼中。你什么时候回家？祖国需要你，人民需要你，我也需要你。你为祖国奉献美好青春年华，你为祖国贡献力量，我守护我们的小家。

我的心在等待，你说："团圆，盼祖国繁荣富强，人民生活幸福，国泰民安。"

这就是你留在部队的坚定，有军人们保卫祖国，作为军嫂的我们，吃这点苦算得了什么呢？

人民、祖国需要你，你放心去完成使命，小家有我，不必牵挂。保重！

褪不去的独一无二

——读《情书》有感

朱元乾[*]

> 虽然经历了岁月的洗礼，但真挚的感情没有磨灭，生命是短暂的，而爱情是永恒的。
>
> ——岩井俊二

斑驳的大雪中，只活在回忆里的男主人公藤井树的葬礼，像一幅没有浓墨重彩却似柔风细雨般的画卷。既没有莎士比亚爱情剧中的凄婉悲凉，也没有泰坦尼克的轰轰烈烈，用一句"你相信一见钟情吗？"来敲开读者的内心。这种透着少许遗憾美的结局也许才更符合我们的青春。

我喜欢故事的结尾，当一切抽丝剥茧真相大白的时候，"我"终于明白了藤井树对"我"的爱，手中捏着的那张他画给"我"的画像，便是那封无可言喻的情书。世间的一切仿佛百转千折又回到了原点，看似皆大欢喜的结局却又流淌着些许忧伤，戛然而止的剧情留给读者无限感慨。

这世界没有偶然，只有必然，"缘"才在不紧不慢中悄然形成。它也许只是两个相同的姓名、两副一样的面孔，也许只是在无人问津的读书卡上写下她的名字，也许只是对着皑皑雪山向着天空发出问候："你好吗？我很好！"

始于情，终于情。藤井树对博子的一见倾心，仅仅是因为那张类似于女藤井树的面容。但久而久之，他对她的爱从替代品的束缚中挣脱，形成一种只属于他们的感情。这个世界上没有两片相同的叶子。爱屋及乌或是以替代品的初衷，接触某样事物时，也许会发现其独一无二之处和更加吸引自己的魅力。一种是初恋的懵懂，一种是谈婚论嫁的成熟，一见钟情和日久生情，二者截然不同的感受，也恰巧是我们人生中的两个不一样的坐标。

我们承载着越来越多的责任，也不能放弃曾经难以割舍的东西。爱情如此，

---

[*] 作者简介：朱元乾，男，2001 年出生于浙江省宁波市，现就读于长白山大学，曾在《作文指导报》中发表《庸医与蚂蟥》《北国鸟》《侥幸心理》《移步乡间》《热点素材多维解读》等文章，在《作文新天地》中发表《心之所向，无问西东》，《家书》一文曾荣获全国大学生抗疫征文比赛一等奖。

亲情亦然。藤井树在生命的尽头唱起"我"最喜欢的歌，那是对美好记忆的封存；爷爷对老房子的执着，那是对过去生活的留恋；"我"最终成了图书管理员，那是对所爱之事的坚守。时间，可以洗尽铅华，磨平棱角，却褪不去曾经的那份希冀。我们遗憾自己无法回到过去，懊恼为何总是被悲伤的回忆折磨得遍体鳞伤；相反，我们也应该庆幸，自己还留存着少许美好与温存。在欲望丛林中，有多少人还坚定不移地保留着那份至死不渝？有多少人即使遍体鳞伤也义无反顾？又有多少人不忘初心，在这颠倒黑白的世界中逆水行舟？

《情书》唤醒的不仅仅是那份真挚又弥足珍贵的爱情，同样也唤醒了我们对社会与人生的反思。雪花飘过，时过境迁，那颗初心是被寒冷冰锁无法解冻，还是不畏严寒毅然决然地散发温暖呢？

爱情简史

梁广飞 *

自古以来，描写爱情的诗词歌赋，浩如烟海，多若繁星。

爱之长河中，感人肺腑之事比比皆是，动情之处，真实无妄。

中外皆不乏动人的爱情故事。我国古代有梁山伯与祝英台，他们的爱情凄美而决绝，至死不渝，化蝶缠绵。外国有罗密欧与朱丽叶，他们的爱情浪漫而美好，至真至纯。

爱，是永不过时的话题。

相传，自伏羲与女娲结合，上帝造夏娃与亚当，男女便产生了一种相互依存，密不可分的联系。

男女之间的事情，便是一本简化的人类存在史书。

对爱的定义，有千千万万种。爱是唯一，爱是感动，爱是责任，爱是付出，爱是你情我愿；爱是执子之手，与子偕老；爱是只求曾经拥有。不管哪一种爱，都源自内心，是内心情感最真实的流露。

爱情是美好的，爱能化解内心的苦痛，爱能抚慰孤独的心灵，爱能慰藉流浪的灵魂。

每个人的一生，从呱呱坠地到与世长辞，都会经历或多或少的爱。有的人爱而幸福，有的人爱而不得，各有所爱，苦乐在其中。

爱、婚姻、家庭，构成了社会国家的基本关系。

爱有快乐，爱也有迷茫。

从母爱父爱到友情爱情，爱总是那么令人陶醉。爱是衣带渐宽终不悔，为伊消得人憔悴。爱是天长地久有时尽，此恨绵绵无绝期。爱是海枯石烂，天涯与共。

而男欢女爱，又区别于佛爱众生、上帝爱世人。

人间情爱，特有偏爱和唯一性。爱一人，讲究钟爱一生。

请相信我的爱，纯粹而美好的爱情依然值得你付出年华。

我会在沿途每一个你可能会出现的位置，默默守候，直到你回首，交眸。

请接受我的爱，我心永远真诚。

---

* 作者简介：梁广飞，业余幽默诗人，字节符号文学、美学研究爱好者，工业机械技术工程人员。

情 殇

张永超 *

穿过小城的大河，河水涨了又落，落了又涨。

转眼间，我来这座小城已有十三年。

在这里，因为遇上浩，也因为他，我完成了人生一次又一次的蜕变，但我依然孤独。

浩不能给我想要的，我却无限地消耗着他的时光，又能如何，谁让我的世界里只剩下他。

我知道这对浩不公平，但这又能怎么办，谁让我依然放不下二十年前的那个少年。

初恋是最美的，也是最令人难忘的。

我和他的恋情，发生在那千里之外的山沟里。我们没有轰轰烈烈地相爱，也许要避开世俗的眼光，也许我们都只需要一份依靠。温情过后，他转身走了，而这一转身就是二十年。

记得分手的那个夏日，我们一前一后走在曾一起走过的山沟里的小路上。看着干涸的溪流，我的心里却荡起波澜。

他淡淡地说："我们各自走吧，如果以后再见，就是朋友。"

我问："既然要分开，当初为什么对我那么好？"

他最后说："我们若继续下去，会害了对方。"

我是爱他的，因为爱，才放弃了在一座山城的酒吧的工作；为了他，我心甘情愿地来到山沟里。

我心有不甘，但又能如何，望着他远去的背影，心痛如刀绞。

与他分开后，我没有再回到曾经工作过的山城，而是乘南下的绿皮火车，开始漫长的漂泊生涯。

为了忘记伤痛，我一边工作，一边学习。多年后，我通过不懈努力，从一

---

* 作者简介：张永超，男，侗族，贵州省黔东南苗族侗族自治州黎平县人，现年 43 岁，是一名服装设计师兼创作型歌手，爱好广泛，尤其是文学创作。人生起起落落，难得有一帆风顺之时，我们要学会在逆境中保持着一颗平常心态，面对一切。

个流浪者华丽转身，成为一名服装设计师，并创立了自己的服装品牌。在这期间，我也遇到了很多优秀的追求者，但我却从未对谁掏出真心。

我辗转来到浩生活的这座小城，一晃经年，我白头了。

走过半生，看着浩慢慢变老，我心生愧疚，却没有忘记那无果的初恋。

我和浩，像亲人，更像江边的两棵榕树，一起看潮起潮落。

友谊之魂

我和我的妹妹们

文星 *

小燕——柔和、醇香而透明的红酒

初识小燕是一个偶然。2005 年圣诞节的前夜，报社同人举行了一个聚会，聚会邀请了一些较有名气的年轻企业家。她也是被邀请人之一。记得那是 2005 年的第一场雪，雪下得很大，十分寒冷，晚宴快开始的时候，她才姗姗来迟。她一走进餐厅，单位所有的领导都上前与之握手寒暄，我不知道她是谁。那天她穿得很少，一身黑色的西装，整齐的短发，外表给我的第一感觉是这个女孩子与当下的女孩子不同，她很有亲和力，且很稳重。经单位同人介绍，知道她叫小燕，自己经营着一家店面，生意很不错。

那晚就餐时，我们恰巧坐在一桌，并且相挨而坐，于是，我们聊了很多。她是一个比较健谈的女孩儿，我们越聊越近，就好像多年未谋面的旧友在叙旧。晚宴结束，我们互相留了电话。我们第二次见面，则是 2006 年新年临近了。一个深夜我走在街上，路上几乎没有行人，出租车也很少，我一个人顺着林荫路向家的方向走。突然，我背的包被拉了一下，我回头一看，一个人已经明目张胆地蹲在地上，打开我的包，拿出我的钱夹，在翻找着。我突然意识到这是抢包的，我凭着练过八年跆拳道的功夫，对付他还是没问题的，于是，我飞起一脚，把抢包人踢倒了。这时，从路的东面迅速跑过来一个人，我以为是帮我一起抓抢包的人，可谁知，那个人到了我眼前，一棒子将我打昏在地。等我清醒过来时，已经是包去人无了，我只有摸着肿胀的前额发呆的份了。

第二天，拿起手机给小燕打了一个电话，她听了我的叙述后，对我说："你现在在哪里？我马上过去。"十分钟后，她来到了我的办公室，从兜里拿出一盒药膏，说："我看看伤在哪儿了？赶紧把这个抹上，明天就能消肿了。"也是这

* 作者简介：文星，原名李爱玲，内蒙古自治区包头市科技少年宫中国小记者阅读写作专业教师，文学硕士。从事教师、记者、编辑、电视编导 15 年。曾任中国报刊联合会记者，香港资讯卫视记者，中国散文学会会员。

第二次的见面，我们的关系越来越近了。过年的时候，我回到家乡湖南，原本打算过了正月十五才回来的，可是回到家里后，亲戚、朋友又为我未来婚姻如何如何地问个没完了，我实在是在家待不下去了，跟父母谎称有个重要采访必须回内蒙古，于是，我在大年初四就坐飞机到了包头。小燕高高兴兴地把我带到了她的家里，她家住的是平房，她的爸爸、妈妈、哥哥、嫂子热情地接待了我，在这个没有华丽装饰，只有一间半的小平房里，我却感到了无比的温暖。

我能迅速地搬到小燕经营的店里同住，就不得不提及那件伤心的事。自小燕家吃过饭后，我要回到我男朋友的家里（男朋友一直在北京工作，平时只是我一个人居住），我用钥匙怎么也打不开门，我给男朋友打电话，他也不接，过了十多分钟，房门开了，我一下子傻眼了，房间里除了还没有回北京的男友外，还多了另外一个衣冠不整的女人。我很镇静地走进房间，眼泪就在眼眶里转动着，那个女的见了我则慌慌张张地跑出了房间，男友则紧追了出去。我回到卧室打开衣柜，胡乱地把自己的衣服塞进手中的旅行箱，机械地走出那个我住了近半年的家，男友追上前，解释着什么，我一句也没听。到了路边，我给小燕打电话，告诉她，我没地方住了，小燕马上打车过来，二话没说，就把我接到了她经营的店里（2007年小燕成了一名培训教师），就这样，我和小燕住到了一起……

2006年的清明节，突然传来我母亲去世的噩耗，我痛哭欲绝，感到我的天都塌了，我不吃不喝，每天以泪洗面。我能从痛苦中解脱，还得归功于小燕不厌其烦地劝慰。九个月后又一次打击向我袭来，我的父亲竟突然离我而去，我一下子蒙了，不知我的未来将何去何从，还是小燕及她的父母、哥嫂劝我重新面对未来的一切。这一年的母亲节，我正式认小燕的母亲为干妈。

2007年7月4日，是个阴天，那天对于我来说是一个黑色的日子。我在幸福路由南往北行驶的便道上，被一个与出租车抢道的摩托车从左侧面撞飞，撞我的摩托车逃逸了。到了医院，经医生诊断，我右腿股骨颈、小粗隆骨折，必须住院治疗，当时小燕还在香港回不来，小燕的妈妈过来陪了我一天一夜，后来因为这家医院对我的骨折还不能确定，我就转到了包头市第四医院骨四科，医生护士都对我很好，两天后实施了手术。手术后，从香港回来的小燕，每天给我送饭、洗脸，端屎倒尿的活她也干了，这是我一辈子不会忘记的。虽然我们也会有争吵，但最后还是她妥协让着我，才算了事。

她的婚姻来得稍晚些，对象相了近一个连，也没有遇到一个合适的，用她自己的话说："我就是一杯红酒，只有懂得慢慢去品的人，才会知道我的味道。"2011年5月3日，她终于结婚了，她的老公虽不是什么达官显贵，但很爱她。

2012 年 9 月末，他们的小龙子降临世间，这也真的是可喜可贺的一件事情了。

刚出生的小宝宝是那么的小，浑身软软的，皮肤粉粉的，嫩嘟嘟的，很是可爱。当了妈妈后的小燕，完全变了一个人似的，每天看着宝宝都觉得好开心，很神奇，用她的话说就是："一个生命就这样地被我们带到了世界上，仿佛世界上一切都因为宝宝而变得更有意思了，听到他的第一声啼哭，看到他的第一个眼神，都是我心里幸福的刻度。"即使小宝宝把她的乳头吸得起了水泡，甚至裂开了好几道口子，她都没有放弃自己喂养小宝宝，每次给宝宝喂奶时，宝宝因用力吸乳头，小燕都会疼得大叫，并且疼得出一身冷汗，她也不放弃，这也许就是人们常说的母亲的伟大吧。

这正是"一尺三寸婴，十又八载功"。

小燕妹妹——恰似红酒，柔和、醇香而透明。温和、清澈、馥郁而芳香。赏心悦目，高雅而纯净。不浓烈刺激，但幽香醇厚，令人回味无穷。

慧妍——晶莹剔透，有层次感的马爹利 XO

认识慧妍应该是在 2006 年的春天，她是小燕的好友。记得那是小燕和朋友聚会的时候，怕我孤单的小燕让我结识了她的好友，在吃饭的时候，小燕把她的两个好友一一介绍给我，其中一个就是慧妍。慧妍很随和，爱笑，声音带有一定的磁性，还有她笑的时候，那张多少女性都羡慕的性感嘴唇，给我留下了深刻的印象。虽然，我们谈话很少，但是，她还是让我记住了她——一头浓密长发，两颗小小的虎牙，一张性感的嘴唇。

和慧妍第二次见面应该是在 2006 年的腊月了，我和小燕，还有一些邻居去 K 歌，小燕把慧妍也邀请上了。原来她的歌声那么优美，可以用天籁做比喻，具有专业水准，经小燕介绍，才知道慧妍曾经学过声乐，在青山区还是小有名气的呢。再后来，我们见面的时候就多了，她也经常去小燕的店里坐坐，我们还一起打羽毛球、游泳等。

2007 年的夏天，我出车祸后，我的同学从很远的地方来看望我，同学要离开包头的时候，我在"牧人嘎查"请同学吃蒙餐。我、小燕一并把慧妍和她的老公邀请上了，那是我第一次真正接触到她老公（虽然以前曾见过她老公很多次，但从没有说过话），慧妍的老公是一个不善言谈，但很憨厚帅气的男士，话虽不多，但很热情，我很羡慕他们这一对情投意合的夫妻。

随着时间的推移，我和慧妍慢慢成了无话不谈的好姐妹。有时，我和小燕为一件事争吵不休的时候，最后总是由她出面，我们才化干戈为玉帛。慧妍的老公因为工作的关系要经常出差，所以，我们几个姐妹会经常聚聚，聊聊心里话。慧妍这时会主动肩负起购买食物的任务（所有支出也都是她付），我、小燕、慧妍，我们三个总会隔三岔五地聚聚，即使不天天见面，电话总是要通的。慧妍见我和小燕的第一句话总是老套的："哎、哎！你们俩有动静没有啊？我们的队伍不能再扩大吗？我说的可是姐夫和妹夫哟！你们看看，多亏我结婚了，还会有我老公这个男的，我们都成绿叶了，我老公变红花了，下次再没动静，我老公也不来了，不是吓唬你们，多没意思呀！"我们赶紧回应："抓紧，一定抓紧。"

2010 年 3 月 7 日，本来是一个极平凡的日子，因为妇女节快到了，我打电话约她 3 月 8 日一起过节。那天是她老公出差去内蒙古的日子，当电话拨通的时候，我听到她低沉的声音，她伤感地告诉我，她老公在去内蒙古的路上出车祸了，具体什么情况不知，她马上要跟她老公单位的人去出事的地方。那一晚，我和另外几个妹妹都没有睡好。第二天，等来的是慧妍老公已永远地离开的噩耗，我好姐妹的老公就这样永远地离开了，我们十分难过。我们永远都不会忘记那个日子，2010 年 3 月 7 日，大雪送走了冬天，也送走了年轻的生命，我们泪流满面。

这一段本不想写进来，慧妍妹妹对不起，又一次让你难过了。但庆幸的是时隔近三年，那个柔弱的妹妹已从痛苦中走了出来，变得坚强了，前面的路还很长、很长，我相信她一定会活出自己的精彩。

多少笑声都是友谊唤起的，多少眼泪都是友谊揩干的。友谊的港湾温情脉脉，友谊的清风灌满征帆。

2012 年对于老二慧妍来说是喜忧参半，这一年慧妍离开了居住近六年的家（那个家曾经是她和她的爱人温馨的小窝），她把房子还给了婆婆家，和妈妈租住在外面，用她的话说就是人都不在了，还霸着人家的房子干什么！自己的路应该自己走，不能再给老人心灵上撒盐了。可是我们姐几个都知道，慧妍那时候有多难啊！因身体不好不能工作，还有她不能走入厂里，去一次，她都会痛哭一回，因为她忘不了她那过早离世的老公。慧妍对不起又提起你的伤心事了。不能正常地工作，所以每个月只能靠老母亲一千多元的工资维持最基本的生计，还要交租房费。正因如此，每次我们几个聚会，她都想找理由推托，因为她不想给别人找麻烦，她也总是乐观地面对困难。

2012 年夏末秋初时，单位考虑到她的身体状况，又考虑到她的实际情况，把她调到了一个既适合她工作，又不进厂里的地方，慧妍的经济窘迫终于可以缓解。自从慧妍走上了新的工作岗位，我们见面的机会越来越少了，刚接触新的工作，她每天都要加班到很晚熟悉新的工作，因为慧妍是个对待任何工作都很认真的人，她总说"要做就做最好，要不就不做"，我们也只是通过电话彼此了解对方的情况。

夕阳落山，留下几缕余晖，送上最后的祝福，不管过去的记忆，是否会尘封，只愿友情依旧，明日的太阳不会忘记升起，今日的余晖将留在记忆。

2017年，慧妍妈妈家的老房子拆迁，她和她妈妈住进了新房子里。她至今仍是单身，还是和妈妈住在一起。

慧妍妹妹——就是一杯色泽金黄、晶莹剔透、口味辛辣、不单一、有层次感、香味悠久不散的马爹利XO，只有懂的人才会品到她的香醇。

阳阳——清澈、纯净的凉白开

和阳阳第一次见面是在一次拍摄小记者的摄影比赛上，那是2009年的秋天。虽然交流得很少，但是，阳阳那种敬业的精神让我记住了她。后来接触都是因为工作的关系（阳阳在电视台做记者）。与她成为无话不谈的好朋友，应该是在小燕的店里，那天我们聊得很多、很多，什么人生、未来、工作等，越聊越觉得这个80后不简单，还有她那一说话就满脸认真的严肃劲，很是可爱。

阳阳的天真、可爱还表现在，你即使跟她开玩笑的话，她都会当真的，等知道是开玩笑后，她就会发点小脾气，不过，一会儿就忘掉了。我和她最谈得来的就是有共同的嗜好——喜欢小动物。当时，她养了一只沙皮狗——皮皮，皮皮很是可爱，每次我去她家，皮皮都会跟我很友好地玩耍（皮皮是一只很有个性的狗狗，一般人它是不会搭理的）。每当在路上看到小动物被车撞到的情景，阳阳都会跟着掉泪的，以至于后来她养的皮皮病死了，阳阳伤心地哭了很长时间，她发誓以后再也不养狗狗了，受不了刺激。到现在每每提及皮皮，她都会伤心。阳阳的胆子也很小，记得是2011年9月上旬，我搁置腿中的钢钉要做手术取出，手术那天，阳阳和小燕陪着我一起到医院，当我在处置室取钢钉时，疼痛让我无法忍受，我不由得发出凄厉的惨叫（取钢钉没有在手术室，而是在病房的处置室进行），等在外面的阳阳吓得跑到病房外面，紧紧抓住小燕的手，眼泪都流了出来（这些是后来小燕跟我描述的）。

阳阳是个很有男人缘的女孩子，所有认识她的男士都会不自觉地想保护她，帮助她，这也许是因为阳阳在我们姐妹中是长得最显小的一个吧，我们特别羡慕她的身材，怎么吃都不胖。阳阳做事认真的程度有时会让别人觉得她矫情，其实她还是一个比较随遇而安的女孩子，就是有的时候会发点小脾气（她也只是在我们姐妹五个中间发发而已），就是这样一个独立性很强的好女孩，用她自己的话来说："姐妹们，你们说我哪点不好啊？我怎么碰不到一个真正能懂我的男孩子呢？唉！"

2011 年，爱学习的阳阳通过自己的努力考上了昆区园区的工作，这一下子，她可是更忙起来了，我们聚会的时间越来越少了，不过她还时常地打电话问问这个，关心关心那个。阳阳还是我们姐妹几个中最节省的，她花每一分钱都会精打细算，并且总想在工作之外，再兼一份职，多多赚钱，这点就连学会计的小燕都自愧不如，我、小燕、慧妍、王艳都是花钱能手，尤其是我，花钱更是控制不住，阳阳看到自己喜欢的衣服时，总是等到价格跌到她认为合理的时候才去买，这点以后得跟阳阳学习学习。

阳阳也是我们姐妹几个当中最浪漫的一个，讲究小情调，我们每次聚会的时候，她都会有新花样。阳阳最喜欢唱梁静茹的歌曲，我们出去 K 歌的时候她都唱梁静茹的歌，偶尔也会唱唱范晓萱的。

当我们再回首时，沉淀的可能不只是记忆，那些如风的往事，那些如歌的岁月，都在冥冥的思索中飘然而去。拥有的就该珍惜，毕竟，错过了的，是再也找不回的。

2012 年，阳阳和我们聚得越来越少了，工作的繁忙让她无暇聚，这一年阳阳的工作也从园区调到了区政府，她也不再为每天上班搭谁的车而苦恼了，工作的忙碌也同时占据了她找寻男朋友的时间，不过还是不断地传来阳阳又在恋爱的喜讯，我发自内心为阳阳高兴。

阳阳这一年变得成熟了许多，思维也更敏捷了，爱好也更广泛了，开车的技术也日渐老练了，不是慢吞吞的 20 迈了！

阳阳，其实每个人心里都有那么一段故事，无法述说。就只能放任，然后在深夜里对自己倾诉。其实，很多故事不必说给每个人听，就当作一段记忆，伤感却也美丽。人，总是要醒来的，在某个时刻，放弃也是一种解脱。

当你款款细步地回味脑海里那片柔柔的花海，一段段，一缕缕，一道道飘满了馥郁的芳香，萦绕在心间。多么想看到你能找到如意郎君，看看你最近改变与否。不去说往事，不去说悲伤，只对你说一句，只是说一句，好久不见——好妹妹，你还好吗？

阳阳，别总是跟自己过不去：学会自己欣赏自己，等于拥有了获取快乐的金钥匙，欣赏自己不是孤芳自赏，欣赏自己不是唯我独尊，欣赏自己不是自我陶醉，欣赏自己更不是故步自封……自己给自己一些信心，给自己一点愉快，给自己一脸微笑，何愁没有人生的快乐？经常要自己给自己过节，学会寻找愉悦的心。你的白马王子也许就在不远处。

2016 年阳阳迎来了她的白马王子，这一年 10 月，她和她的白马王子走进了婚姻的殿堂，唯一的遗憾就是还没有小宝宝。

阳阳妹妹——是一杯清澈见底，纯净无杂质的白开水，虽不像烈性酒那样刚烈，也不像咖啡那样苦涩，但是她却是最纯净的，人人都离不开的，世界上最好的饮品。

王艳——纯生啤酒，醇正、新鲜，透明，毫不掩饰

和王艳能成为闺密，还不得不提及小燕，因为通过小燕认识了王艳的嫂子，再通过她嫂子认识了她，绕了多大的一个弯，世界上的事就是这么巧，如果没有缘，就是天天见面都不会成为好友，正所谓无缘近在不相识吧！

第一次见王艳，是在 2010 年的冬天，她大学毕业后，心怀抱负，想干一番大事业，可总是不如意，她萌生了考教师的念头（因为她是学中文的，专业也还对口），于是，她的哥哥就带她前来咨询，这是我们的第一次相见。她——高高的个子，穿着和现代 80 后极不相匹，现代 80 后都很时尚，她穿着却极普通，长方脸上最吸引我的还是那厚厚的近视眼镜和眼镜后面透着睿智的小眼睛，说话的时候总是透着一股不服输的劲头，这点和她这个年龄——80 后匹配，我们交流得很融洽，没有一点代沟（因为现在人们都说四岁就一个代沟）。

第二次见王艳，应该是在她考教师发榜的日子，她告诉我没戏，不过她一点也不难过，她还会再考的，她还告诉我其实现在过得也充实，只是她妈妈老人家希望她应该有一份固定的工作，不应该总是在给别人打工（其实王艳很优秀了，她在担保贷款这一行业摸爬滚打了很多年，已是一名很出色的担保业务员了）。

王艳最大的特点就是爱开玩笑，跟谁都是自来熟，不管多大岁数的人都敢开玩笑，而且勤快、实在，所以人送爱称——王总。王总的爱称可不是白送的，有很多棘手的问题，只要她出面，基本搞定。后来，她教的学生也称其为王总。

一个偶然的机会，王艳做了培训教师，她为了能讲好课，常常利用休息时间到我这里虚心求教，现已学有所成了。最有意思的还是我们到北京进修的时候，王艳刚去第一天，就已和全国各地的教师打成一片了。有她在的时候，她就是大家交流的中心，人们都会围着她转，这王总还真是没白叫。

王艳因职业的习惯，跟谁说话都会用一大堆的事例，或者文字去渲染，其实她最后说的才是中心要点。这点也是她屡次相亲屡次无果的原因之一吧，还

有她活得很真实，不会掩饰什么，用她的话说，就是："我就不相信我全面撒网，大面积捕鱼，就捞不到我想要的那个人，我就不信了。"王艳真的是80后中少有的好女孩了，从不乱花钱，业余时间还带家教，挣点钱也不忘给妈妈买药、买补品，每周还要帮助妈妈洗家里的衣服（不是用洗衣机洗，全是用手一点点地洗），每天下班就回家，有特殊情况第一时间告诉父母，回家最晚也不会超过九点半，买什么必须经过妈妈同意才付诸行动。做任何事都不会盲目，还会征求大家的建议。

王艳还是很明事理的好女孩。

王艳最大的爱好就是写随笔，她写的随笔已有很高的水准了，不信，你就去她空间看看，随笔占了很大的部分。

时光留不住，春去已无踪，潮来又潮往，聚散苦匆匆，往事不能忘，浮萍各西东，青山依旧在，几度夕阳红。

时间过得飞快，一转眼和最小的妹妹王艳认识已经11年的时光了，2012年王艳可谓是最忙碌的人了，她一边做老师，一边做她的"王总"，这还不够，她还和她的同事开了一间小得不能再小的公司，起名为"吃货"铁板烤鱿鱼有限责任公司，每天夜晚时分，推上她们自制的"吃货"大篷车，在师院门口吆喝着，叫卖着，当时生意那个火，是不能形容的了，用老三小燕的话说："她们最多三个月，三个月后绝对熄火。"还真是没到三个月，她们的"吃货"铁板烤鱿鱼有限责任公司就倒闭，关门大吉了。但王艳一点儿也不后悔，她振振有词道："没事，这算什么呀！谁这一生还不经过几次挫折呀，哪个大老板都是这样炼成的，我这叫实践，不叫破产，你们懂什么呀！"

这就是王艳的性格，做任何事情从不后悔。那年4月，她不知怎么的又喜欢上了拉二胡，这一学可就一发不可收拾了，每天在单位跟着看门大爷学习，用她单位的同事的话说："求你了别拉了，我肚子里的宝宝都因为你拉二胡变得烦躁了。"后来，据王艳说她能拉好多曲子了，水平如何，有待考证，因为，我们都没听过她拉二胡，所以不敢妄加评论。

2012年，王艳也是相亲不断，但都是毫无进展。其实王艳是一个很优秀的女孩子，高高的个子，工作能力又强，待人又随和，每天按时回家照顾年迈多病的父母，每周除了工作以外，还带了好几个家教，收入也很可观，但是，她却不随便乱花钱，总是有计划地消费。用王艳自己的话说："这个世界因为有我，所以有一点点不一样。"

2014年的春天，王艳也走进了婚姻的殿堂，虽然我们对她的另一半能否与她白头偕老画了问号（因为她另一半有过一段婚姻，还有一个上小学的儿子）。

次年 1 月，她的宝宝出生了，为了生这个宝宝，王艳摘掉了子宫（因为产后大出血），我们既心疼她，又为她感到高兴。

如今，王艳的儿子已经上小学一年级了。王艳仍然是在培训机构打游击，有课就去，无课就学英语，还要跟前夫的儿子斗智斗勇，随着岁月的流逝她变得深沉了许多，也许是由于生活的锤炼，或者是由于年龄的增长吧。

人生有一个地方，有一个人，在这个人面前，可以不必有出息，可以不必有形象，可以全身是弱点，这是知己。红尘我们都未曾看透，所以我们需消受人之七情六欲；机遇我们未曾拥有，所以我们需尝尽人间百苦；但友情我们一直拥有，所以我们的心永远甘之如饴。

王艳妹妹——一杯澄清而透明，纯净而清香，原汁原味、泡沫较多的纯生啤酒。只要耐心等待泡沫的消失，再去品尝，一定会令你满口留有余香、回味永久。

水孩儿——古树红茶，红澄清透，厚重，清爽

认识水孩儿是 2017 年的冬天，她到少年宫给小记者讲如何爱上文学，如何爱上写作的主题讲座上，她慢声细语，娓娓道来，孩子们被她的故事打动，都在专注地听着，原本我的工作是拍照，但是，听着，听着，我也不自觉地坐了下来，听水孩儿妹妹讲她走上文学创作的经历。

水孩儿妹妹不到两岁就经历了唐山大地震，她说："我是唐山大地震的幸存者之一，我知道了什么是生离死别。"她第一次读铁凝的《哦，香雪，香雪！》是在她 16 岁的时候，她还讲了她的作品《那段梦里开花的日子》中的一个片段："那天我和毛毛共喝掉了四瓶啤酒。我们俩说笑着从那家小餐馆出来，在门口看见了一个卖鸡蛋的农妇。'水孩儿，我不希望你有一天变得和她一样。'毛毛开玩笑地对我说。那农妇头上围着一条黄头巾，嘴里不住地吆喝着：'自家的柴鸡蛋咧，一块钱仨！'她见我和毛毛看她，以为我们要买她的鸡蛋，忙乐呵呵地凑上前。听毛毛说这话，她不高兴地瞥了毛毛一眼，说：'不买鸡蛋瞎看啥？说不定有一天你还不如我呢！'我一笑，冲毛毛说：'毛毛，我不希望你不如她。'"

最后，她把毛毛写死了，让卖鸡蛋的女人一语成谶。

她在二十多岁的时候，从那个给了她太多太多故事的小村子里走出来，一个人独闯北京，卖出了她的第一个剧本。在北京宋庄给画家的画作写评论，为自己的创作梦想奠定扎实的基础，再后来，她来到内蒙古，来到包头市，《包头

晚报》还给水孩儿开辟了专栏,创办了书友读书会,等等。听讲座的我不由得仔细打量起她来,一头乌黑的长发披在肩头,宽大的额头下面是一对弯弯细眉,两个炯炯有神的大眼睛,挺直的鼻梁下面是一张嘴角上翘的嘴巴,她的样子像极了我喜欢的作家三毛。

一次讲座,让我记住了她——跟我同龄有才气的漂亮女孩儿。

再次见面是在 2018 年 11 月 8 日的记者节,我们举办庆祝记者节的活动,水孩儿妹妹作为嘉宾被邀请,这一次,她带来了已出版的个人专集《那段梦里开花的日子》《一朵云》《鸢尾集》,无偿地赠送给了小记者,我也有幸得到了她的签名书。我从读她的作品开始,喜欢上了这个本真的本土作家。

随着时间的推移,我们的接触越来越多,能成为她的好闺密、好姐妹,还是在去年 9 月,去年 9 月对于我来说就是一个黑色的,我被医院确诊为乳腺癌,我当时觉得我的天塌了,水孩儿妹妹知道后,把我邀请到她的工作室,我们当时聊了很多很多……当晚,我就住在她那里,我记住了她告诉我的一段话:"其实没什么可怕的,好多年前,大夫就告诉我,我的状况不太好,也让我做手术,我却没有听大夫的,我觉得只要我的心情快乐,好好休息,剩下的由他去吧,即使到了那天,我都跟我姑娘说了,我的器官全捐,结果呢,你看我现在不是好好的吗?"在她的鼓励下,我勇敢地面对疾病,积极锻炼身体,好好睡觉,按时吃饭,到了今年体检时,我的那个肿块缩小了,精神状态也好了很多。

疫情期间,水孩儿妹妹完成了作品《二月或雨水/封城记》并入选中国作家协会扶持项目,而且这部作品将在 10 月出版。疫情后,水孩儿妹妹真的是好事不断,2021 年 1 月她又当选中国作协会员。

未来,等待她的是更大的舞台。

有时候在生活中,你会找到一个特别的朋友。她只是你生活中的一部分内容,却能改变你整个的生活。她会把你逗得开怀大笑。她会让你相信人间有真情。她会让你确信,真的有一扇不加锁的门,在等待着你去开启。这就是永远的友谊。

水孩儿妹妹,她虽不是天使,但她拥有天堂;她没有翅膀,但她俯视阳光;她没有三叶草,但她手捧希望,给我希望和阳光,因为我有水孩儿妹妹,让我品读什么是友谊,从中品出的是"海内存知己,天涯若比邻"的辛酸共勉;读到的是"挥手自兹去,萧萧班马鸣"的难舍难分。品读友谊,品出的是"山回路转不见君,雪上空留马行处"的留恋不忘;读到的是"无可奈何花落去,似曾相识燕归来"的寂寞惆怅。品读友谊,品出的是"正是江南好风景,落花时节又逢君"的无限感慨;读到的是"夜发清溪向三峡,思君不见下渝州"的深深思念。也是水孩儿妹妹，让我重拾创作的勇气。

水孩儿妹妹——一杯古树红茶，红橙清透，厚重，清爽，内涵丰富，独具特色。

后　记

2021 年 11 月，不服输的我还是接受了现实，住进医院进行化疗，医生说等到肿瘤小了就可以做手术了，两次的化疗后，我剃了个光头（因为化疗大把地掉头发），因为药物心情烦躁的时候，妹妹们给了我鼓励，我慢慢变得开朗了许多。

我一定要积极地配合治疗，相信 2022 年春暖花开的时候，我一定会痊愈，我还会继续记录我和妹妹们的故事。

山河之秀

雪域随笔

杨德声*

由于工作需要，2014 年 5 月我被调往四川甘孜藏族自治州的康巴藏族地区工作。第一次进藏的时候，对藏区很不了解，感觉上很是朦胧、好奇。脑海中的藏区是穷困、落后、脏乱的地方。

凌晨，天还未亮，成都新南门车站外已有不少人在排队等候。路灯下，板车拖着小吃摊，煤炉燃着蓝色的火焰，发出刺鼻气味。来到车站外，小吃摊老板吆喝着"米线十元一份"，等候进站的人们三三两两围了过来。听说从成都乘车到雅江，要花十三个多小时，中途可能不会停车，我本无胃口，考虑到路途遥远，就叫了一份米线，尝了一口那浅黑色的淀粉粉丝，硬滋滋的不知是啥味，可能是我刚从旅店晕头晕脑赶来所致。

我手推着行李箱，瞧着即将开门的汽车站，将大半碗米粉扔在一边，递上 10 元钱，赶紧向候车室走去。通过安检，在大厅中寻找通往雅江的大巴。此时，天蒙蒙亮，心情好了不少。

早上 7 点，大巴车准时发车，我昨天购票时不知是运气差，还是运气好，买的是最后一个座位，36 号，由于座位有些破损，不适合远途乘坐，司机便将我换到第一排乘务员的座位上，且靠窗口，心情大好。大巴缓缓驶离了车站，进入市区。成都是四川盆地中心地段，地平土肥、物产丰富，名胜古迹较多，是现代化西南大都市，是四川省文化、政治、经济、军事中心。看着市区那此起彼伏的高楼大厦，想起了唐代诗人杜甫的名句"安得广厦千万间，大庇天下寒士俱欢颜"，杜甫若在，今该有何感慨……

经过半个小时市区的行驶，大巴开进了成安高速公路，车速明显快了起来，道路两旁古树越来越多，微风吹拂那浓密的树叶，发出轻微的声响，仿佛在诉说它那久远的苍凉……

9 点左右，大巴驶入雅安市，雅安是四川省历史文化名城和新兴的旅游城市，有"雨城"之称，雅女、雅鱼、雅雨构成"雅安三绝"。同时雅安还是四

---

* 作者简介：杨德声，男，1959 年 6 月出生。湖南省怀化市洪江区人。大学学历，从事管理、水电建设监理工作。

川盆地与青藏高原接合的过渡地带，汉文化与民族文化结合的过渡地段，是古南方丝绸之路的门户和必经之路。此地原属西康省省府，新中国成立后取缔西康划归四川管辖。

"5·12"地震发生时，雅安也是地震重灾区，如今市貌焕然一新，印着"奋发向上，感恩回报"的巨幅标牌矗立街头。高速公路收费站外，身着藏族服饰、手牵快马、肩挑重担等各种人物塑像立在花园中，向人们展示藏区的过去……

笔直、宽敞的大道通往市区，雅安河水清澈见底，静静流淌。成甘高速公路施工场地机器轰鸣，车水马龙好不热闹。

大巴缓缓离开雅安，离开高速公路，在大山深处和崎岖的县道上行驶。道路两旁的青山就像刘少平先生挥毫泼墨般，是一幅幅壮观的山水画。那深青色山脊，生长着参天大树，远看高低起伏，像巨龙腾飞，近看，苍老的大树和微动的树枝好像在向人们诉说它们古老的故事……公路边留有地震坍塌下来的巨石，随处都能看到写着"当心掉石"的警示标牌。

雨天，大山深处烟雨蒙蒙、似仙似幻，富有诗情画意，还有泉水叮咚、溪水潺潺。对于长时间身处闹市的人们来说，此地是不可多得的休闲之地。

大巴在云雾中穿行，来到了泸定县道，泸定属四川甘孜藏族自治州区域，位于四川西部二郎山西麓，1935年红军曾在此飞夺泸定桥、强渡大渡河，从而使该地得以出名。大巴在山腰公路上行驶，望着山底奔腾的大渡河，不禁感慨万千。这条河，曾经是工农红军的生死河，渡过者生，渡不过者死。亲眼看过大渡河后又觉得有点奇怪，这条河与我们洪江的小河差不多，为何红军难以过河。细看才发现，这水流激湍，漩涡众多，河中巨石阻挡河水，致使河水浪花滔天。虽然两岸距离较近，但当时敌人将船都烧了，泸定桥也烧得只剩下几根铁链，没有载体，一般人是过不去的，玄幻小说中的神仙可借草化船，或一跃而飞，可毛主席领导数万工农红军硬是在数十万敌军的围困中飘然而去，摆脱了穷凶极恶的追兵，创下了神兵天将的奇迹。

红军在当时的情况下，以高昂的革命激情，洒热血、献生命；排除千难万险，化腐朽为神奇；创下了普通人做不到的壮举，留下了万世闪耀的红军身影，激励着后人勇往直前……

大巴沿山腰公路向大渡河上游前进，一路上，许多水果小摊摆放着当地特产，那红艳艳的李子、黄灿灿的枇杷，使人垂涎欲滴。路边还有挂满柑橘的果树，供游人自摘，价钱也不算贵，许多私家车停靠在路边，帅哥靓女或一家大小在小摊前驻足。泸定县海拔1700多米，属高原气候，日照时间长，适宜水果生长，且皮薄味甜。路边饭馆生意更是火爆，活鱼店、烧鸡公店、炒鸭店一家紧靠一家，形成小小的休闲中心。大巴司机将车停靠在路边，乘客们下车休息了 20 分钟。

乘客们随意在小店购食，我花了 20 元买了一份盒饭，大米夹带碎玉米煮的，像珍珠点缀着玛瑙，菜系肥肠加竹笋，味道还不错，一大锅酸菜汤摆放在大厅中任人们随意自取。吃完饭后，我叼着一根烟，随便在附近转了转，看着那青山还是青山，想起了黄土高坡的民歌："山还是那座山，梁还是那道梁……"生活在大山中的人们是那么的艰辛。司机的吆喝声响起："上车，上车。"我看了看手表已是下午 2 点，蜀道难，难于上青天，当今现代化的交通工具都走了这么久，那远古人们的出行难度可想而知。

大巴又继续启动，缓缓离开小店，向着前方奔去。在崎岖的县道上，我看着那蓝蓝的天空飘着几朵白云，遥想起那悠悠岁月，仿佛看到我小时候调皮捣蛋时，妈妈瞪眼骂道："你再调皮，一巴掌打你到云南、四川。"现在想起来，妈妈说的就是这个地方吧。又仿佛听到那山道上，一队队马帮那嘚嘚的马蹄声中混着一串串的歌声；仿佛看到了工农红军脚穿着草鞋，健步如飞的身影；仿佛看到了太平天国大将石达开在附近打谷场因生子狂欢三天，错过最佳突围时间，全军被湘军歼灭的悲壮……时也，运也，命也。

大巴来到州府康定市。康定位于四川甘孜藏族自治州东部，康定城坐落在群山层叠的峡谷之中，两岸峰峦夹峙。折多河、雅拉河浪卷雪山之水穿城而过；城南有跑马山，高出街市约 300 米，山顶有草坪，白塔掩映于密林中；由跑马山攀登 50 里，有五色海一处，深不可测，每逢斜阳，四山映入水中，呈现千奇百怪之景。再登山顶西望，雪山万里，洁白无瑕，屏峦般的雅加雪峰在阳光照射下闪烁着银辉。贡嘎山即位于康定、泸定、九龙三县，是雪山美景的妙地，被誉为"蜀山之王"，藏语"贡"为雪，"嘎"为白，意为洁白无瑕的雪峰。贡嘎山是横断山系的第一高峰，也是世界著名高峰之一。主峰海拔 7556 米，主峰及其周围姐妹峰终年白雪皑皑，晴天金光闪闪，阴天云海茫茫，姿态神奇莫测，可谓自然界一大奇观。

"跑马溜溜的山上……康定溜溜的城……"一首优美动人的《康定情歌》，使康巴高原上这座历史文化名城享誉海内外。2015 年 3 月，经国务院批准，同意撤销康定县，设立县级康定市。康巴是歌的海洋，而康定的"歌"又具有其独特的魅力，享誉中外的康定情歌、粗犷高昂的木雅山歌、情浓质朴的雅拉山歌、婉转悠扬的子耳樵歌都会使人沉醉……

朋友们，若是你们想到如此美的地方来旅游，最好是自驾车，约上三五好友，走走停停，无限风光尽收眼底。呼吸着清新的空气，瞭望那白雪皑皑的雪山，喝着浓浓的酥油茶，在地上铺设绒毡，或卧躺在青青的草绒上，看着那无垠的草原、弯弯的小溪、金黄的柏杨、连绵起伏的山峦、散落其间的藏寨、安详吃草的牛羊，看着这一片如诗如画的世外桃源美景，那真是心旷神怡。

结合自身的经验，我还可以对想来雪域旅游的人提几点注意事项：

1. 贡嘎雪山对登山爱好者而言，极具挑战，登顶难度极大，业余人士切勿冒险登顶；2. 因贡嘎山常年雪封，即使是在 5 月至 6 月的黄金旅游季，仍需做好防寒措施；3. 海螺沟地区垂直高度大、地形复杂、气候类型特殊，一般游客以在低山区参观游览为佳；4. 敬酒时，客人须先用无名指蘸一点酒弹向空中，连续三次，以示祭天、祭地、祭祖先，接着轻轻呷一口，主人会及时添满，再喝一口再添满，连喝三口，至第四次添满时，必须一饮而尽；5. 喝酥油茶时，主人倒茶，客人要待主人双手将茶碗捧到面前时，才能接过来喝；6. 行路遇到寺院、玛尼堆、佛塔等宗教设施，必须从左往右绕行；7. 忌用手触摸别人头顶。

下午 4 点，大巴从康定车站驶出，向雪域深处开去。沿途看见一群又一群康定民族学院的学子脚踏山地自行车，身着赛车服，头带鸭嘴式流线型头罩，向着前方骑去。一问，原来是大学生们为锻炼自身意志，骑车去拉萨。天哪，康定到拉萨一千多公里，且山高缺氧、坡陡弯急、气候多变、地质结构复杂，泥石流、坍塌、滚石时有发生。看着那群学子遥想起了文艺班当年的拉练情景："……盛夏的一天，一群少男、少女徒步从黔阳一中走出来，在班主任黄远震先生的带领下，向洪江匆匆走去，一路歌声，一路欢笑。十六七岁的少男、少女们意气风发，壮志凌云，天不怕，地不怕，敢把皇帝拉下马。闯过了两路口，冲过了欲河溪，渐渐后劲不足，'下定决心，不怕牺牲，排除万难，去争取胜利'的歌声，也显得有气无力，到沙湾时已疲惫不堪。知了声是那样的使人心烦，酷暑难当，当月儿爬上枝头，云儿轻绕玉盘时，少年们呀，已步步蹒跚，月儿冷、星儿稀，当看到那明月突然躲进了厚厚的乌云中，天地霎时黑了下来，黎明前的黑暗到来，队伍也走到了塞头桥，到达洪江的地段。有的同学边走边睡，一阵微风吹来，家乡的气息扑鼻，人人兴奋起来，不知哪位同学说了句'还是洪江凉快'。是呀，美不美，家乡水。'谁不说咱家乡好'？"家乡更使游子魂牵梦绕、日思夜想。

这次拉练我想同学们都有深刻体会。吃苦也是一种享受……

看到被大巴甩得越来越远的学子，我在心里默默为他们加油和祈祷，他们激励意志的精神，触动了我的心弦。少年强，中国强，若每一个中国人都有一种不惧艰难困苦、勇于担当、顽强拼搏的精神，中国定会赶超世界列强屹立于世界民族之林。

大巴来到新都桥镇，新都桥镇位于康定境西，海拔 3300 米，典型高原气候，温差较大，气候多变。沿线却有 10 公里意想不到的美景，由此被称为"摄影家走廊""摄影天堂"。无论从哪个方向来都有令人心醉的美景等你去发现、去捕捉、去品味、去欣赏、去铭记、去遐想。房前屋后矗立着一棵棵挺拔的白杨，在秋风秋阳中炫耀着特有的金黄。一群群的牦牛和山羊点缀在田野间，平添了许多生动，远处的山脊舒缓地在天幕下划出一道道优美的弧线，在明丽的阳光下凸显着流畅的色彩和线条。即使是在路边偶遇的一排树，只要选好角度、调好光线、按好快门，拍出的照片也是一首诗、一幅画。

大巴徐徐向着前方驶去，沿途海拔不断增高，大山上的阔叶林渐渐消失，裸露的山石上，一层薄薄的表土上长着青青的嫩草，一群牦牛甩着尾巴啃食着寸高的草地，偶尔看见一顶帐篷在蓝天白云下飘着淡淡的青烟。大巴在笔直大道上行驶，公路路况也很好，沿途只有来往的车辆。高原的山顶与内地的山顶不一样，山顶是缓缓的山坡，不是内地的山顶那样的沟沟坎坎；这坡与坡之间，其实还是在一座大山中。大巴从山底开向山顶，在盘山公路上千转百回，到达山顶时感慨这山的气势宏大、壮观、巍峨。我坐在大巴上看着手中真空豆沙食品袋胀鼓鼓的，很可能爆破，赶紧用指甲刀刺破，第一次到高原闹出这个笑话。这说明高原气压发生了变化，肉眼都能明显看见。我旁边坐着一个东北来的小伙子，身材高大，年龄二十八九岁，准备到水电站工地开挖掘机，只见他满脸潮红、出气不均，大声对司机说："请停停车，我受不了啦，要去方便一下。"这就是明显的高原反应，随着海拔增高、气压增大，空气中的氧气减少，有心脏病、高血压、感冒的人不适宜高原之行，容易使病情加重，甚至危及生命。在高原上感冒了很不好治，严重的会变成肺气肿。因而，来高原旅游时注意不要感冒了。熟悉了当地的气候，当看到当地藏牧民身着的上衣：一手在袖笼里，另一只手在外，就不会觉得奇怪。当地气候多变、温差较大，在太阳下，温度较高且紫外线很强，他们的脸上布满岁月的痕迹，焕发着紫铜色光晕。当气候骤变、山风呼啸、寒风彻骨时，他们会将另一只手穿进衣袖中，挥舞着长鞭将牦牛赶回牛圈。一方土地养育一方人，民族风俗寓以不同的文化。人们为适应当地的生存环境，祖祖辈辈总结和完善经验，形成了适应生存的民风民俗，造就了独特的西域文明。

大巴又爬上一道山坡来到此行最高山——高尔寺山，高尔寺山是 318 国道上的景点之一，海拔 4659 米，是看草原、看山水、赏高原云雾自然风光的好地方。

　　高尔寺山垭口海拔 4412 米，位于新都桥与雅江之间，如果说折多山是康巴第一关的话，那么高尔寺山则是康巴第二关，而且它是纵览大雪山（雅拉神山、折多山和贡嘎神山）的最佳位置。这段路全程均为柏油路面，上山的公路不是很好走，路面坡度较高，因长期受载重汽车的碾压，路面变形而有些不平坦、坑坑洼洼。山腰处正在修建一条穿山隧道公路，过段时间，行车将会变得更安全。

　　因为高尔寺山处于高原，建议朋友们来时带上一件保暖服，初次上高原的游客，最好准备好"红景天"泡一泡当茶喝，可以缓解高原反应。

　　大巴在山顶上休息了 5 分钟，乘客们尽兴欣赏高原独特风貌后又上车前行。我看了看手表已是下午 6 点多。一天的行程是"一上一上又一上，一上上到九天上，抬头红日近，回首众山低"。从成都平原来到了海拔 4412 米的高尔寺山山顶，领略了沿路风光，深感大自然的鬼斧神工，我拙笔难描。

　　远去的路还很长很长，神奇的雪山、洁白的哈达、醉人的青稞酒和美丽的姑娘，都在远方。期待着朋友们屈驾亲临，去领悟雪域神韵，去探寻蓝天白云，去发现亮丽的风光，去结交美丽的姑娘，去寻回心中的期盼……

川西，一场色彩的盛宴

张莉 *

我们都是流浪的灵魂，使尽一切方法企图重温生命中那些浓烈的时刻。

——西尔万·泰松

第一天　艳　阳

我不喜欢冬天，尤其是冬至以后的数九，在成都惨白的天空下，日子几乎冻僵，我的手指也被冻僵，总掰不完三九四九的天数。中医说我气血差，肾气弱。成都从未是四季如春的，现在和春天还隔着一场虚寒，远不如金川的红叶和梨花季之间，一直有阳光在跳跃，土地板结而明媚，何况红叶正浓时呢。在去金川的路上，我总觉着自己像只松鼠，攫取温暖，为隆冬做一场储备。

都汶高速上下着细雨，一钻出桃关二号隧道，天就湛蓝起来。到了汶川艳阳如火，再到理县的街头，沿江的河岸上闪出一树树亮黄的银杏树，强光照射下交叠着的艳黄的叶子和透明的叶脉，像阳光的显影，灿烂且随手可触。我们好一阵欣喜。每次出门，杂念往往在我的心头萦绕，而教室中、操场上引起耳鸣的嘈杂声，像长在脑际的草般，除不净。漫步林海，当川西的阳光洒在我的身上时，一切都安静了，灵魂归位，主宰自己的是真正的"我"了。我很喜欢大冰的一句话："以梦为马。愿你我既可以朝九晚五，也可以浪迹天涯。"朝九晚五是生存，浪迹天涯是生活，自由的生活。

岷江河谷的阳光火辣而干净，像嘉绒女孩的眼睛，清澈得可以放任何一种思绪在里面游弋。

＊　作者简介：张莉，笔名"梅柳影"，一个喜欢周游又常常游离于眼前景致的人。作品散见于纸媒和微信公众号平台，十万多字的表达是这些年一段段浅浅的却又异常丰富的印记。爱灵动的文字，愿谱之成曲。相信，有些遇见总会落地为诗，待随心而寻。

　　一座座寨子在车窗外闪过，它们和山是一体的。两者之间惊人相似，颜色、质地，甚至贫瘠。有些寨子并没有那么相似，像桃坪，寨子里的居民不像是羌人。车驶过，眼前只掠过了它们的名字：浮云牧场，布瓦，木卡……我无意中百度了一下，布瓦在羌语里是"住在云上的人家"的意思。我瞬间被这个写实又写意的名字打动了，想起杜牧的"白云生处有人家"，想起顾逢的"隐者在何处，白云知几重"。我想探出头去找寻那座"云深不知处"的寨子，却往往只有童山濯濯，只有想象做回声。

　　我们的车往西行驶，去成都的大巴往东行驶，在狭窄的杂谷脑河谷相遇又擦肩而过。大巴上的藏人和我们一样兴奋，眼里满是期待，有个靠窗的黑红脸的男孩还使劲朝我们招手。我们都渴望去别人的地区生活，不满意现实，可是真的到了哪里呢？黑红脸的男孩会在火锅店的清洗池边洗一整天的碗吗？我们在深入藏区的公路旁发呆，再走上一段小路，而河对岸那条通向他们的世界的石壁小路，永远只和我们平行。试着去当异乡人，流浪的不仅仅是身体。

　　从杂谷脑河到梭磨河，这段路程犹如一位风尘仆仆、蓬头垢面的老人般沧桑。先是修水库，现又在修汶马高速。桥墩踩进河里，路面铺在河上，如果哪天想改成双层车道，或许就直接在河面铺水泥了吧。川西已改天换地了，很热闹，我们很兴奋，因为离美景又近了一步。在我们的后花园里，没人去听三岛由纪夫那个阴冷的老头在《金阁寺》里对一节被砍断的树墩说的话："你沐浴着本不该沐浴的风和阳光。"在这段河谷的灰土里穿行，堵车，一面抱怨又一面憧憬。天地秩序的乐章被改动，是好还是坏呢？当年，孔子的一个弟子提议在花园里挖一条水渠，孔子说："谁知道这将把我们引向何处呢？"也许，很多谜底只存在于时间的尽头。

　　到了马尔康，我想起阿来。想起他成名前后像个游僧一样行走在这一带的山水寺庙间，在那些墙上不停掉灰的招待所里写短篇小说。这是他的老家，现在他是省作协主席。他说："离开是一种更本质意义上的切近与归来。"所以，他抱着藏人的心和外来人的眼光返回来，写出了《大地的阶梯》："从成都平原上升到青藏高原，在感觉到地理阶梯抬升的同时，也有某种精神境界的提升。"他是在两个世界穿行的人，深沉而自由。

第二天　红　彤

　　第二天来到金川，为了看红彤彤的梨叶。前年梨花盛开的时节，当地一位老阿妈说这里秋天更美，我便念念不忘。梨树是金川的半壁江山，久负盛名。

在沙耳乡，那年看梨花的地方，我又看到了另一种景致。午后，阳光驱走云层，在村庄的小路上，梨树的叶子就在头顶燃烧，艳红、血红、朱红、绛红，每片叶子上都跳着红光。叶纹清晰透亮，把它们轻轻合拢，一定就是一盏盏点亮了的红灯笼。这时，我忽然想起木心的《色论》。

> 橙红
> 大男孩用情
> 容易消退
> 新鲜时
> 里里外外罗密欧
> ……
> 朱红比大红年轻
> 朱红朱在那儿不肯红
> ……

在这个可爱的老头的诗中，色彩也满是灵气。再去远观神仙包的一丛丛红叶林，此处倒没有了那种干净耀眼的红色，紫沉沉的，像曼莎珠华，还不如鸡冠花明朗。

晚上，我们住在金川的一户农家乐里。四面巨大的玻璃围了一间可摆几十桌宴席的餐厅，我们坐在大厅一隅，或许是那里的空旷冲淡了胃口，我们只要了酸汤面。一位邛崃过来的胖厨师说那道菜是他的绝活，还得过奖。我们强调往面里加白菜，他马上拒绝："肯定不能这样加的。"客随主便，顾客才是主啊，最后，还是老板说了白菜另煮才妥。等一口面下肚，才发觉这碗汤是带了钩的。酸和辣被几丝腊肉、几片土豆调和得酸而不惊、辣而不燥，勾出了几天的馋虫。另一碗白菜呢，竟有开水白菜的鲜香，要是放到酸汤面里，有一种发洪水的感觉，冲垮了一切。我们突然对那位胖厨师有了敬意。听他在旁边与另一些人闲聊，说着切马肉、烤乳猪、料理牛肉，正在吃酸汤面的一位友人说："我信。"

第三天 明 黄

木心在《色论》中说：

> 黄其实很稚气，横蛮

金黄是帝君
柠檬黄是王子
稻麦黄是古早的人性

......

从大金川到小金川的路上，我想起乾隆年间的清平大小金川之战，那是他的"十全武功"之一。虽然惨烈，血流盈盆，殷红一片，还是归入了记功簿的明黄里。一路上的植物也有记忆吗？黄色越来越浓重了。在大金川河谷，我远远望见一棵高而婆娑的树，满头细碎的黄叶，在寒冷的河滩上孑立，像个倨傲的暴风小子。离近了，才发觉有几绺枝条垂在江面，在黄叶绿水间柔美异常。车开远了，我还在想，这片冷峻河谷的植物，一定有逞强的基因，也有柔顺的面庞，很契合那一方的水土。

来到丹巴，我想起了我几个月前差点就来支教了，可是要待两年，我怕了。丹巴的街头很熙攘，小金川通康定连八美，货车、大巴川流不息，碾压过当年东女国女子的脂粉。而街头的每一个行人也让人好奇，他们是汉族人、藏族人，还是羌族人？汪曾祺在《钓人的孩子》里说："每个人带着一生的历史，半个月的哀乐，在街上走。"走着的人、赶路的人是值得尊重和理解的，他们为生命而奔波。而生命是什么呢？西尔万·泰松在贝加尔湖独住了半年。有一次，他在杀鱼时，看到红点鲑鱼的皮肤上泛过一缕震颤，再像放电一样褪去了光泽。他惊讶道："生命就是使我们焕发色彩的东西。"

那么，川西浓烈的色彩也会在我们的生命里涂抹艳丽吧，注入留下或出走的勇气。

得子庵记

吕福祥*

得子庵之所以得名，是说不孕妇女逢五来烧一炷香，可望怀胎生子。也不知真假虚实。

得子庵坐落在安仁县牌楼乡康平村。以前是一座青砖碧瓦、飞檐翘角的玲珑寺庙，到破四旧时，被一把火烧了。寺庙是山的灵魂，再秀丽的山也要寺庙来画龙点睛，寺庙被烧后，那里便少有人走，即使是晴天，也寂静得吓人。

20世纪80年代，经济"活泛"了，村人的口袋里有了些钱，衣暖饭饱后心里就慌慌的，觉得应该重新找回他们的信仰，使心灵有个依托，逢喜有个地方祝，逢灾有个地方求。于是，出钱的出钱，出力的出力，寺庙得以重修。

有了寺庙，自然会有人来往。得子庵开始住了一位和尚，一年后蓄发跑到深圳做生意了；又来一俏尼姑，半年后与人相恋也跑了；接着来一斋婆，说儿子不孝顺便来吃斋，但住了不到一年，可能因为儿子孝顺了便又回去了。怕都不是什么不食人间烟火的真佛，耐不住这儿的寂寥和幽谧。可惜一个好地方，被他们给作践了。

和尚尼姑来来往往，使这里的烟火并不见断。每天在晨烟暮霭中苍然响起的钟声总给山下的村庄一种古老而神秘的安慰，老人听了常颜舒神怡。

寺庙冲淡了山坳的凄凉和孤寂。寺前寺后的林泉便成了不可多得的景观。每每回乡后，我都要到那儿走走，洗洗灵魂蒙的尘灰，消消心中聚的烦闷，到夕阳沉下山岭时，捧一把野花，气舒心坦。

山脚有一水库，水文文静静、秀秀气气的，水面终年泛着雾气，隔岸看对面的奇石怪松，似虎踞龙盘。惹人遐思。

寺庙北背是一座大山，南面隆一乳房状小坡。大山拥着小坡如母拥稚儿，寺庙拦在中间，像争宠似的。

大山山腰是怪里怪气的皱皮松，山岭是白青驳杂的乱石险岸。团团堆堆，叠叠墩墩，仿佛都要往下滚。而小坡上则长着一棵棵遮天蔽日的樟树，还有些

---

* 作者简介：吕福祥，男，1968年生，中共党员，本科学历，会计师职称。长期在党政机关工作，有经济专著三部。

枫树、榛树。下面没有别的矮小灌木，空荡荡的如中世纪的古老的殿堂。根根黝黑圆滚的树干则是殿堂的支柱呢。

新修的寺庙虽然有些简陋，既来之，不免要进去看看。神龛上的菩萨都慈眉善目。人不会有敬意，却会生爱心。掌握生育的神祇，自然得如母亲般慈爱温柔。

若是口渴，便可沿小道到溪边，在一块平凉的石头上坐下，洗了手，捧几捧香洌的泉水喝了，看着从指缝漏下的水，在泉面上激起小水珠，缓缓地滚开了，吓得水面上梭子虫慌得无了主张。便来了童心，伸手去捉，可那小东西敏捷得很，只好笑笑作罢。

下得山来，听人感慨说这里的山水强过好多名山秀水，无奈路遥地偏，如那些有才之士、有貌之女般终是给埋没了。而我暗笑他们的肤浅。这般山水千百年来养育着这里代代山民，使他们耳聪目明、人俊体壮，如何说被埋没了呢。如果到了繁华闹市，只供人游泳，虽然浪得虚名，那才是无用武之地呢。如一个巧手能干的媳妇，丈夫只欣赏她的美貌，多可惜。

洛阳游记

褚琳 *

一路的颠簸，急切的等待中掺杂着兴奋，在十几个小时后终于踏上了有着"千年帝都，牡丹花城"美誉的洛阳，开启了此次旅程。

位于洛阳南郊 5 千米处的伊河两岸的龙门石窟，东西两山崖上的窟龛星罗棋布。龙门石窟始凿于公元 494 年北魏孝文帝迁都洛阳时，之后历经西魏、东魏、北齐、隋唐五代的营造，形成了现在南北长达 1 千米，具有 2300 多座窟龛、11 万余尊造像、2800 余块碑刻题记的石窟遗存。随着人流走到景点，一块大圆石上赫然写着"龙门石窟世界文化遗产"。我心生向往，想尽快一睹被评为世界文化遗产的石窟，究竟有着怎样的价值和魅力。

检票后一直向里走，穿过两道门，来到了挂有郭沫若所写"龙门石窟"牌匾的双阙门。进入这个门，才算是真正进入景区。看着山上那些佛洞，星罗棋布，密密麻麻，犹如一块巨大的蜂窝煤，所不同的是这里的石窟是不规则分布的，更密集，形状也不全是圆形。里面一个个佛洞，雕刻精细，栩栩如生。真是一件稀世珍宝。我在想：当时如此浩大的工程，是怎么建造出来的？我仿佛听到了"叮叮当当"的声音传入耳里，由远而近，看到匠人们为了生计，为了一家老小，冒着生命危险在山体上仔细雕刻，无论寒冬酷暑，山体上永远悬挂着匠人。犹如密集的蚂蚁群。夏天，他们挥汗如雨却只能在炙热的日光下暴晒，没有解暑的物品，有些人身体撑不住病倒了。冬天，寒风凛冽，匠人们作为劳动力，食不饱腹，身上衣服单薄……

游览中不知不觉来到了建于北魏时期的香山寺，这里是印度高僧地婆诃罗长眠之地。现在我们所见到的香山寺是唐代重建的。寺名也是武则天称帝时敕命的。在香山寺内有一座别墅——蒋宋别墅。这里山青水绿，对面就是龙门石窟，很幽静。真算得上是世外桃源了。当年蒋介石夫妇便居于此。当初是为庆祝蒋介石五十寿诞而建，1936 年 10 月，蒋介石以"避寿"为名来到洛阳，实则

---

* 作者简介：褚琳，女，天津人，80 后。大学毕业后从事过市场相关的工作，保险代理人等。多年前在《假日 100》上发表过小接龙。2017 年独自在江苏、河南、云南等地旅行。此次的游记也是这次旅行中所写。座右铭：行有不得，反求诸己。

是为策划西北"剿共"进行部署。

再往前是白园。全名白居易墓园，园内环境优美，曲径通幽，白居易晚年在洛阳居住了 18 年，眷恋这里的山水，遵其遗嘱在此长眠。

他 29 岁中进士，先后任盩厔县尉、翰林学士、左拾遗、京兆府户部参军、太子左赞善大夫等职。43 岁被人诽谤而贬为江州司马。50 岁被任命杭州刺史。

晚年的白居易，出钱开挖龙门一带阻碍舟行的石滩。工程结束后作了一首《开龙门八节石滩诗二首并序》留念。转年举行了"七老会"，同年以七老合僧如满、李元爽，画成"九老图"。晚年笃信佛教，号香山居士。

白居易不仅是一位官员，还是一位在唐代有极大影响的诗人。或许他的仕途之路很平凡，但在文学创作上则是一颗璀璨的星，永不褪色。

建于东汉的白马寺是佛教传入中国以来官方建立的第一寺院。今天我们所见到的是历朝历代不断修建而成的。之所以叫白马寺，是因为汉明帝梦到的金人告诉他在遥远的西方有佛祖普度众生。所以汉明帝派人出使西域拜求佛法，在大月氏国遇到了印度高僧摄摩腾和竺法兰，他们随身携带了佛像和佛经。二位高僧用白马驮着经书和佛像，随东汉使者一起回到国都洛阳，弘法传教。翌年，明帝敕令修建寺院，为铭记白马驮经的功劳，所以以白马命名寺院的名字。

进入寺院的山门，首先见到的是弥勒佛，一副笑容可掬的样子。"大肚能容，容天下难容之事；开口便笑，笑世间可笑之人。"弥勒佛正是以一副笑脸面向世人，教导我们要学会包容，或许我们做不到菩萨那样的容天下所有事、所有人，或许也很难做到宰相肚里能撑船，但我们可以时刻牢记，以善待人，宽以待人，人生短短几十载，而天地之广大，万事万物的博大精深，需要我们一生不断去探索、学习、创造。这才是活着的意义。

向里走，"倒坐观音"也给我留下了深刻印象。她背对大佛。"问观音何以倒坐，叹世人不肯回头。"我非常佩服古人的智慧，话不多，但蕴含的哲理很值得推敲。观音倒坐，叹世人不肯回头。我理解的就是我们犯错了，要及时改正。知错改错，有错必改，也是一种做人之道。

走累了，来到充满田园风格的止语茶舍，喝口茶，歇歇脚，看看书，给自己的心灵来一次洗涤，接受佛祖的教诲，与人为善，学会包容。

丽景门，原名丽京门，是一座重现古都洛阳风貌的城楼。洛阳有句话：不到丽景门，枉来洛阳城。

丽景门最早始建于隋代，东都皇城西面有两门，南曰丽景门，北曰宣辉门，是洛阳古城的西大门。城楼是半圆形的。洛阳这个名字是因为它所处位置在黄河之滨、洛水之阳而得名。地处中原，九州腹地，却是客家人的根。客家人分布在我国广东、福建、江西、台湾等地，距离那么远，它们之间又有什么关联呢？

60万年前就有人类在此繁衍生息。中华文明在这里崛起，华夏儿女在这里孕育。这里既有辉煌也有衰败。衰败时华夏儿女被迫迁徙到南方，时间长达千百年。但他们不忘祖先，仍然保持中原的习俗且不与他乡的人通婚，最后定居下来的称为"客"，他们自己称自己是"客家人"。

下了城楼，沿着步行街向前，几乎每家饭店都介绍"不翻汤"。当年康熙微服私访时，长途跋涉来到洛阳，又饿又渴，看到路边一老妇在烙饼，便上前讨要，老妇说："要等会，饼还未翻呢。"康熙说："不翻。"拿起便吃，也许是太饿的缘故，感觉味道很好，于是便赐名"不翻饼"，而后有了"不翻汤"。不翻汤配料有胡椒、味精、醋、特色香料，海带、干丝、血块、粉条、虾皮、丸子、肉、韭菜等，浇上滚烫的骨头汤。"不翻汤"是洛阳的一道传统美食，味道纯正，酸辣利口，油而不腻。

牡丹银丝酥，也是洛阳特产之一。熬制三四小时的牡丹花蜜，蘸上藕粉拉出13万根银丝制成，里面包上芝麻、花生等馅料。很幸运，亲眼看到师傅的拉丝过程，那一条条的银丝，从开始的少许几根慢慢变成瀑布，围观的群众不时发出一声声的惊呼。

向前走到一家剪纸专卖店前，"90后"剪纸哥现场为大家表演他的剪纸技术。只见他那十指灵活地在叠好的红纸上左拐右转，上下翻飞，不一会儿就剪成一幅精美图画。巧！妙！绝！那红纸上好像有隐形的图案，只有他能看得见。此人便是店长。店内，作品图案齐全，篇幅大小不一，大的一米多长，小的可以摆放在桌上，全是他的杰作。此人便是以《南京大屠杀》剪纸荣获"纪念中国人民抗日战争暨世界人民反法西斯战争胜利70周年"全国剪纸名家作品展金奖的洛阳剪纸代表性传承人畅杨杨。这个"90后"的大男孩12岁就跟随奶奶学习剪纸，16岁开始就专注剪纸创作了。截至目前，他获得过多项奖项。或许他的人生注定成功，辉煌，在历史长卷中留下浓重的一笔，而这正是他勤学苦练，对自己人生有明确方向所带来的。

晚上偶然路过"真不同"，它既是供堂食的饭店，又是洛阳真不同水席博物馆，还是洛阳市盛唐水席文化研究院。水席起源于唐武则天时期。那时的洛阳水席是用萝卜、白菜、粉丝等制作的传统民间菜肴。最开始武则天赐名"燕菜"，1973年周总理陪同加拿大总理来洛阳参观，品尝了燕菜，菜中有雕刻的牡丹花，被总理风趣地称呼"牡丹燕菜"。自此这一形象的称呼被一直沿用。

刚走进馆内，一组雕像映入眼帘。一位农夫正在给女皇进贡青萝卜。这萝卜很大很长，上青下白，重现了当年燕菜的由来。话说有一年秋天，洛阳东关菜地里长了一个特大的萝卜，菜农把它作为吉祥物进贡给女皇，女皇命人送到御膳房，最后厨师们烹制成汤羹奉献给武则天，被赐名"赛燕窝"。

每一桌水席，先上冷盘，四荤四素共八个。再上 16 个热菜。第一道热菜是"牡丹燕菜"，第二道菜到第二十三道菜之间，有一道"全家福"和蜜汁八宝饭。"全家福"寓意宾客阖家幸福，吉祥如意。八宝饭则寓意人们对五谷丰登、丰衣足食的祈求。最后一道菜，也就是第二十四道菜，必须是酸辣鸡蛋汤。

唐代曾用作宫廷国宴的洛阳水席，经过历代相传，到了今天，成了中国迄今为止历史最悠久的名宴。

闾山游记

李丽娟[*]

今天，我和连君一起畅游闾山，实现了几年来的夙愿。

出了北镇县城西门，我远远地看到一座被深深浅浅的绿色点缀的山峰横亘在公路尽头。将近山下，耳旁响起淙淙的水声，原来是路旁树荫里隐藏着一条小溪，溪水清澈，我们贪婪地用手捧着喝个够——到底是山泉水啊，既清凉又甜美。喝足了水，又洗了脸，走起路来就清爽多了。沿着公路拐了个弧形慢弯，第一个占据视野的是山前万木丛中挺拔的一颗巨松。它碧绿的树冠像一把巨伞，护卫着膝下的果树和庄稼，这就是著名的"万年松"。望古松，不由想起毛主席的七绝：

> 暮色苍茫看劲松，乱云飞渡仍从容。
>
> 天生一个仙人洞，无限风光在险峰。

眼下虽不是"暮色苍茫"时，但"无限风光"却在眼前了。

这是一座石山，上面到处是巨大的黑褐色卵石，很像电影中见过的海底山峰。和公路尽头连接的是一条通往山顶的石路，一块块巨大的卵状扁石平铺着，中间的缝隙夹着小石板，平坦且宽敞。路旁有一条山溪，溪水从巨石铺成的河床上淙淙流过，好像唱着进行曲。

我们继续向上攀登，一块块巨石呈现各种姿态迎接我们：有的几块搭成窝铺，诱你去它的浓荫里凉快一会儿；有的一块金鸡独立，让人担心它随时会倒下来砸到人；有的一块大的压在一块小的上面，像个大蘑菇……来不及去仔细观察它们，我的视线和思潮早已被怪石丛中挺立的，一棵棵笔直的青松紧紧抓住。

在这样的石山上，除石缝中有被风化的一点贫瘠沙土以外，再也看不到什

---

* 作者简介：李丽娟，今年76岁，现住北京市。1968年秋天，到辽宁省北镇县当了四年的知识青年，后被抽调到辽宁省抚顺钢铁公司，历任工程预算员、计划科长、基建处长等职，1998年在国企改革的大潮中提前退休。平时喜欢写作，喜欢古典诗词。最欣赏杨绛先生的人生感言："我们曾如此渴望命运的波澜，到最后才发现：人生最曼妙的风景，竟是内心的淡定与从容；我们曾如此期盼外界的认可，到最后才知道：世界是自己的，与他人毫无关系。"

么能供植物生长的营养物质了。然而那些松树却靠这一点可怜的营养长成了参天大树。

路旁的松树是那样粗壮，它们顽强的根须深深扎进石缝，笔直的树干直指苍穹，碧绿的树冠迎风送来阵阵松涛，仿佛向人们描述着自己光荣的成长史。我想起山口处的万年松，如果万年松以顽强的寿命取胜，那么这些石上青松则继承和发扬了它们前辈的优点，以顽强的斗争精神和坚韧不拔的意志战胜了恶劣的自然条件，骄傲地屹立在几乎是不毛之地的石山之上，这叫人怎能不承认它是英雄的树林，这里的每一棵树都是树中豪杰呢？

路旁的溪水越来越多，水声也越来越响了。"快看，瀑布！"连君忽然拉着我的手喊起来。我顺着她手指的方向看去，只见山顶上，一块十几间房子大小的巨石平搭在一个山凹处，正好形成一个巨大的敞口山洞。洞口右端是古老的青砖台阶，左边便是那老远就闻声的瀑布。瀑布从洞顶石板上流下，水花四溅，雾珠在阳光下闪烁，形成一个水帘，挂在洞口的左端。我们拾级而上，八十七级台阶丢在脚下，便站在洞中了。洞的纵深只有两米左右，而宽窄却足有十几间房子那么大。洞壁是一块和洞口平行的，大概与地面成60度角的巨大而平整的石壁；洞顶的巨石板倾斜着在二三十米的高处与石壁相交成一个鱼脊形洞顶。"鱼脊"的左端，有一股清泉从石缝中注下，正打在石壁的顶端，水再沿着石壁上的"人"字形裂痕铺开，如平铺在石壁上，又被微风吹动的透明绢帛。石壁下，泉水汇合起来流到洞口，与水帘相遇，便是一路上与我们相逆而行的山溪的源泉。

洞顶有几块清代文人刻的石匾，洞口的一块石匾上刻着"天然幽谷"几个大字。接近洞顶处不知是谁用粉笔写了"圣水盆"三个大字，显然，这里就是那著名的圣水盆了。我们跨过洞中小溪，走到水帘后面。一阵微风袭来，卷着雾珠落在身上，顿时一股爽气透遍全身，舒服极了！出洞后，沿着条石铺成的石阶向山顶的观音阁走去。山石上有清代文人的游诗和"气象万千""天空海阔"等大幅刻字，向人们展示着这里的悠久历史。

观音阁里，一位须发皆白的长老在弓腰割草。正房门前，两棵石榴树上开满了大朵的粉红色石榴花，是整座院子里唯一有生气的东西。庙里的佛像大都已被破坏，只有一尊完整的铜质佛像、几块名贵的石匾和清代皇帝的题诗还完整保留在那里。走出庙门，迎面又是一座小小的石峰，两个亭子立在峰顶，几棵大而漂亮的松树冠支在亭子上空，像几个忠实的卫兵。我们向亭子走去。第一座亭坐落在一块又大又平的石头上，石阶是工匠们在整块大石头上凿出来的，远远望去，仿佛镶嵌在大石里，很是别致。第二座亭的边上有一块酷似乌龟的巨石，我们爬到龟背上向远处望去，顿时大开眼界。

雾蒙蒙的北镇县城、城内那两座古老的白塔、城外规模宏伟的北镇庙、城北一带辽阔的田野、明镜般在阳光下闪烁的水库、山下的果园、苍劲的万年松……这一切都尽收眼底。"锦绣河山美如画……"我们情不自禁地唱起来。然而，又有哪一幅画能像今天所见的景色这样，如此令人心旷神怡、沉迷欲醉呢？

从龟背上爬下来，我们躺在亭内的木栏上休息，一棵青松映入眼帘，耳旁响起圣水盆清脆的音响，头有些昏昏然，莫非真的醉了？抬眼又发现对面山崖上刻着"蓬莱仙境"几个大字，我想起小说中的"蓬莱仙境"，今身处其中，感觉与那些神仙的处地倒颇有几分相似。这样想着，一首小诗浮现在脑际：

小憩双亭梦境生，苍松华盖蔽天晴。

圣盆滴水铜钟乐，陶醉山中不了情。

我们的确醉了，被清秀的山水所陶醉，忘记了浑身的疲劳和天气的炎热，继续攀上一块块巨石。在"蓬莱仙境"附近，一块又光又滑的巨石上有几个刻上去的大脚印引路，据说这是神仙脚印。我们一直攀上去，瞻仰了矗立山巅的劲松，它同样植根于乱石缝中，望着它那挺拔的枝干、茂密的树冠、傲视一切的雄姿，我们不禁又一次肃然起敬。

转了一大圈回到圣水盆，我们已是汗流浃背、饥肠响如鼓了。我们用"圣水"洗了脸，就坐在石壁旁，喝"圣水"、吃麻花，完成了一顿别有风味的午餐。回来的路上，我们几步一回头，连君不知从哪首歌里引出一句"看也看不够"的歌词，一个劲儿地唱着。

脚下还是那条沙土路，路旁还是那条唱着歌的小溪，眼前却不是来时的山峰了。圣水盆、石亭、蓬莱仙境、神仙脚印……一幕幕如电影般闪现，而出现最多、渐渐变为不可磨灭的便是那古老的万年松、矗立山巅的劲松和遍山扎根石缝的青松。

快进城里了，太阳已经西斜，我又想起毛主席的那首七绝："暮色苍茫看劲松……"清早上山的时候，是"无限风光在险峰"，现在虽是"暮色苍茫"时，但我相信，只要有闾山松那样的顽强拼搏精神，是一定能够尽览人间"无限风光"的。

后　记

这篇写于五十多年前的游记，记录了我和同学在知青岁月里畅游闾山的所见所想。半个多世纪后的今天，当年游人稀少的医巫闾山，早已成为闻名遐迩的旅游胜地。相信那里的一切都已发生了巨大的变化。我曾多次打算再去看看那山、那石、那松，却始终未能如愿。

今在此文中神游闽山，仍不免心潮激荡，仿佛又见到那些石上劲松，愿它们永远那样挺拔、苍劲，激励人们不断奋发向上。

大美泰州，水恒润之

沈东春*

　　近日，江苏省最美"水地标"新鲜出炉，共有三十处。泰州市的引江河工程、千垛菜花景区、溱湖赫然在列，让人感慨良多。想我"水韵江苏"在神州大地声名日盛，我辈颇感自豪，也衷心地为"泰州太美、顺风顺水"的家乡而拊掌莞尔。

　　泰州，地处苏中，是长江、淮河两大冲积平原的汇合地。境内水网密布，河沟纵横，大小池塘数不胜数，仅有案可稽的同源同宗、有名有姓的河流就达166条之多！她们分别与"河、港、沟、湖、江、溪、口、洲、湾""沾亲带故"，彰显水乡特色。随意浏览，"沧浪河""鹿鸣河""美人港""鳅鱼港""癞子荡"由来已久，雅俗共赏。每条小河皆有来历，每条沟荡各不一样。她们在泰州土地生息、繁衍、同欢乐、共忧愁、相偎相依、熠熠生辉。但真正拥有悠久历史、优美传说，在人们心中尊享殊荣的河流，非卤汀河、泰东河、通扬河、引江河莫属，她们与泰州的城河、秋雪湖、玉乳河、溱湖等共同演绎了泰州这座灵动水城的独特奇观，为海内外许多慕名而至游览观光、赏景寻根的学者、旅人提供了栖身鉴赏的优质平台！700多年前闻名于世的商人、旅行家马可·波罗在游览泰州城后发出了这样的喟叹："这座城不很大，但各种尘世的幸福极多！"寥寥数语道出了泰州的富庶繁华、超凡脱俗、政通人和。泰州城深厚的文化底蕴折射出的迷人艺术魅力使她久盛不衰、声名远播，成为继民谚流传的"上有天堂，下有苏杭"之后又一崛起的江苏新名片！30年前我在安徽合肥求学时偶遇一在安徽大学任教的泰州老乡，说起家乡，他激动万分地说了这样一句话："人人都说杭州西湖美，但在我心中还数家乡的溱湖美！"如今溱湖成了国家5A级风景区，充分证实了这位教授的想法具有前瞻性。

　　为何卤汀河、泰东河、通扬河、引江河卓越，为人所称道，有别于其他大小河流？在我看来无非是以下三点：一是时间跨度长，从几百年到几千年不等。

---

　　* 作者简介：沈东春，男，59岁，江苏省泰州市人，大专学历，江苏省公安作家协会会员，已于2021年10月出版散文集《水韵情怀》，共计发表20多万字，愿做一名"文化摆渡人"，安享人生。

通扬运河具有两千多年的历史。二是流域范围广，卤汀河全长 40 千米，纵贯海陵、姜堰、兴化三区。泰东河全长 55.076 千米，途经海陵、姜堰、盐城三区，是纵横古今的运盐河道和行洪通道。引江河全长 24 千米，途经扬州、高港、海陵三地，是江苏省开发的"海上苏东"战略工程。三是文化积淀深厚。纵观泰州的文明发展史，绝大多数停留在农耕文明孕育、成长、茁壮时期，广袤的田野间，人影绰绰，河水哗哗，人们日出而作、日落而息、面朝泥土背朝天，终日徜徉在大地母亲的怀抱之中，耕耘播种，成熟丰收，在劳动中生存，在生产中成长，与沉默不语的土地长相厮守，与风雨雷电、自然灾害作殊死的抗争，心境平和，自给自足。在单调枯燥的劳作中迸发灵感，从深厚的胸腔中发出呐喊，将雄壮嘹亮、亢奋昂扬的劳动号子在空旷的田野上唱响，一人唱引发众人唱，单人吟变成集体唱，吼去了疲惫，唱走了忧愁，引鸟儿驻足、河水呜咽，甚至惊动了天上的神仙驾云前来翘首观望、心生艳羡：人间最快活之人莫不是这些以苦为乐的基层劳动者！他们不怨天尤人、不自暴自弃，凭自己的双手安享生活，正是他们汇成了中国几千年文明长河的源远流长！

泰州境内最长的河流通扬运河，上自江都下至海安，长 159 千米，沿途浩浩荡荡，巍峨逶迤，浇灌万亩良田，以任性顽劣之态，饱含深情，充满仁慈，蹦蹦跳跳，一路欢歌，奔流到海不复回，留下几多感慨、几多牵挂。宽阔喧闹的河面上，浪花撞溅，鸥鸟纷飞，白帆点点，桨橹戏水，大小不等的木质舟楫装载着不同的人与货物在急速行驶，一阵风紧，扯满篷帆的货船在超越了一旁悠闲行驶要下地干活的农人的小船后，阵阵爽朗的笑声回荡在身后的风中。有的货船两侧船舷上还站着几位手执竹篙、肌肉饱满、目光炯炯的粗壮汉子，他们全神贯注地盯着暗流涌动的河面，听从船长的调遣、指挥，确保货船能够顺顺当当、劈波斩浪地朝着既定目标奋力远航。避开了险滩，绕开了暗流，货船徐徐驶入风平浪静的水面，耐不住寂寞的水手会敞开他那粗大洪亮的嗓门，即兴唱起船工号子，激越的音调，雄壮的呐喊，抒发了他们的惬意豪情，汇成一道独特的风景，为运河两岸的桃红柳绿、杏黄果香增添了明媚的色彩。这爽朗的歌，深厚的情伴随乡野的风飘入青砖黛瓦的寻常百姓之家，听醉了光阴，拉长了流年！

就在这条运河之上，那安闲静谧的田园风光引发人们多少遐想。一群进京赶考的学子们坐着乌篷船，怀揣着心中执着的梦，经过了此地。晨光熹微，薄雾氤氲，一青年学子伫立船头。橹声"吱呀"，流水"哗啦"，还有远处传来公鸡的打鸣声，让他倏然间迸发出灵感："白米白鸡啼白昼。"他脱口而出的这一句诗赢得了一阵喝彩声，可他再想往下吟时却卡壳了。大家面面相觑，抓耳挠腮，苦思冥想，绞尽脑汁就是对不出下联。沉默沉默再沉默，直到日薄西山，邻近村落，一缕缕炊烟上扬，水岸人家庭院里传来看家狗的叫声，下半句——"黄村黄狗吠黄昏"才产生了，这首泰州楹联史上的传世之作给运河的发展史添上了浓墨重彩的一笔，成为日后万千学子头悬梁、锥刺股，矢志发奋求取功名的不竭动力！

北宋文学家范仲淹的《岳阳楼记》是中国散文史上里程碑式的作品，那朗朗上口出神入化的情景描写让人不能自拔，阅后有身临其境之感，直到有专家道破范公曾任兴化县令，他将秀美如画的苏中风情移花接木，才让此文流芳千古，我辈才如梦初醒，暗自钦佩，大家风范，不同寻常！

四大名著之一《水浒传》的作者施耐庵隐居在人间桃源仙境的兴化地域，夜以继日、奋笔疾书，那些沉寂的、生动的、缤纷的、出彩的河港沟汊融入了作者饱满的深情、浓烈的感触后，似一帧帧精美的画、一支支动人的歌，有血有肉地呈现在读者面前，练就一口精湛水中技艺的"阮氏兄弟"纵横捭阖于天地之间，他们的原型难道不是苏中大地上勤劳聪慧勇敢无畏的先民？

清澈甘甜的江淮河水在滋润万物同时，也滋生培植了享誉万家的下河"水八仙"，它们分别是水芹、蒿瓜、慈姑、莼菜、红菱、荸荠、莲藕、芡实。这些蔬菜丰富了农人的餐桌，为中华餐饮尽了一份绵薄之力。此外，水中特有的鱼虾蟹蚌、蚬子、螺蛳除了成为传统八大菜系的食材外又被现代人加以改革创新，成就了驰名中外，可与八大菜系媲美的仅属泰州特色的"溱湖八鲜"。那些生生不息、取之不竭的下河水产源源不断地被心灵手巧的美食大师们匠心独运以崭新的式样呈现于各种场合的餐桌宴席上。那份自信、那份豪迈悄然绽放于兴致勃勃的食客们的脸庞之上！

大美泰州，肥水润之，运河两岸，森林内外，溱湖美景，垛田风光催生出梅兰芳改良的《贵妃醉酒》、陈德林悲怆凄凉的《莲花庵》，前者国粹辉煌，后者非遗芬芳，她们来源于民间文化肥沃的土壤，为辛劳的人们驱赶寂寞，排解忧伤。放眼远眺，雪白的芦苇摇曳在孤独的河床，来来往往的千吨巨轮昂首挺胸掀起阵阵波浪，给寂静的水面增添几多繁华喧闹。秋风雏菊金黄，丹桂吐蕊飘香，鳞次栉比的大型厂房悄然屹立在几大河流之旁，预示着农耕文明向工业文明的嬗变转换，新型城镇化快速的步伐将贫瘠落后、迂腐陈旧甩了十万八千里，一步一景色，十里不同天，泰州区域千年百年流淌的河道悉数引入巨资改造，焕发出新生活力，泰州经济的大帆船正"长风破浪会有时，直挂云帆济沧海"地稳步驶入小康社会的大港湾！

低调而别致的隐逸之都

董生义 *

　　一次偶然的机会，到怀化出差，偷得一日闲暇，当地的朋友极力推荐我去领略有"楚南上游第一胜地"之称的芙蓉楼，虽不以为然，但盛情难却也就欣然前往了。没想到却意外走入了一个世外桃源，一座有着两千年历史的璀璨明珠——黔阳古城。

　　黔阳古城位于沅水上游，是全国保存最为完整的明清古城之一，古城四周群山围绕，三面环水，是湘楚苗地边陲重镇，素有"滇黔门户"和"湘西第一古镇"之称。自西汉高祖五年（公元前 202 年）在沅江和潕水汇合处设立县治，至今已绵延 2200 年，早于凤凰古城 900 年，云南丽江的大研古镇较之晚了 1400 年。各种文化在这里交汇、融合，形成了独特而丰富的古城文化。

　　黔阳古城犹如一颗明珠，被沅江三面环绕。古城的古建筑物，多为明清时期兴建，包括芙蓉楼、南正街、钟鼓楼、中正门、赤宝塔等。古城面积只有 0.8 平方千米，城内青石巷、青石街纵横交错，原有五个城门今尚存四门遗址，其中西门又称中正门，其城门及门楼保存完好，门上"中正门"三字系民国时期戴笠所书。

　　走进古城，首先感受到的是一派古色古香的气韵。高墙古宅、小巷幽深、斑驳的老街，依然完好留存的县衙、书院、文庙、古客栈、亭台楼阁、祠堂戏院、窨子屋、晒楼等，都静静地诉说着古城所沐浴的历史长河。古老的城，淳朴的人，没有繁华，只有闲适清净，与世无争，宁静而从容，人城合一，合奏着淳朴的古韵，清淡、幽香，让人在怀古的意境中久久回味，不能自拔。

　　黔阳古城融会了多元文化，而隐逸文化，则是其多元文化的核心。作为中国灿烂文化中独树一帜的隐逸文化，在古城中被人们演绎得淋漓尽致。

　　黔阳古城随水路兴而兴盛，伴水路衰而衰隐。明清时期，黔阳古城得以成为军事重镇和商贸名城，辉煌了几个朝代。随着陆地交通的发展，水运渐落，古城慢慢地隐没在湘西，默默地伴着凤凰古镇和大研古镇的兴起，既没有登峰

---

　　* 作者简介：董生义，男，56 岁，现居于天津市静海区。本科学历，工程师。传统诗词研究学会会员。对中国传统文化有着浓厚的兴趣和喜好，尤其爱好诗词、散文创作。

造极时的狂吹热捧，也没有盛极而衰后的痛心摧毁。显然，成就了一座隐逸之都。古城的院落、街巷，无处不在地暗合着"潜""隐"的特征。

距此只有 53 千米的芷江机场，是我见过的国内最小的机场。可是又有多少人知道，1945 年 8 月 15 日本宣布无条件投降，8 月 21 日至 23 日国民政府曾经在此举行受降仪式。芷江受降纪念坊是中国唯一的纪念抗日战争胜利的建筑物。

芙蓉楼为古典园林建筑，占地 4250 平方米，是历代文人墨客吟诗作画之处，是后人为纪念王昌龄所建。王昌龄治理黔州七年，留下了许多脍炙人口的名篇，其中《芙蓉楼送辛渐》广为世人传颂，"寒雨连江夜入吴，平明送客楚山孤。洛阳亲友如相问，一片冰心在玉壶。"隐逸于此的王昌龄，却以宽为治，在黔城留下一批不朽名篇的同时，也为古城带来了七年的城泰民安。现在芙蓉楼还存有颜真卿、米芾、黄庭坚、岳飞、陈梅仙等历代碑刻一百多块，让后人得以在此穿越历史、品古论今。

黔阳古城因兵而起，因商而兴，古城内有严谨整齐的丁字巷和别致的"铜钱漏"排水。丁字巷是为了防止外部入侵，丁字巷使敌人进入城中，兵力、车子都不能直通，这样容易截击敌军，既能迷惑侵犯者，也使其不容易逃脱。"铜钱漏"用于排水，两眼的称"太极漏"，三眼的称"八卦漏"，四眼、五眼的称"铜钱漏"，意指肥水不流外人田。

古城的布局和陕西党家村有很多形似之处，所不同的是少了许多商业色彩和官宦味道，更多的是暗含的文化底蕴，闭上眼睛，此刻，如果有梦，你可以感受到"一片冰心在玉壶"的意境，也可以幻想出陶渊明耕耘桃花源，也可以闪回石达开在此大败清兵。俱往矣，魏晋南北朝、民国、抗战时期都为这座古城留下了深深的刻痕。但古城依旧，古城的人们依旧。细雨里细品古城，凭空增添了一份优雅和清新，细雨过后天初晴，淡淡的云，微微的风，伴着沅江缥缈的雾；没有车水马龙，没有喧闹繁华，如同这座古城，悠悠地伴着历史长河，淡定而从容。这里的人们没有大声喧哗，聊天也是悄声细语，没有急匆匆地赶路，没有纷争，没有计较，有的只是融入古城的低调和别致。如同精妙的隐逸文化，从魏晋南北朝渗透至今，融化到古城的每一个角落。和当地人说起芙蓉楼，对他们来说就如同一个很普通的所在，丝毫没有对此的骄傲、夸张。普通的人，普通的院落，普通的生活，宁静而悠然。

不知不觉，已是黄昏。倚靠着沅江，品味着古城，竟也小有诗意，倒也是此刻真实的心境。

人在江湖，身不由己。流连忘返终须返。有对隐逸的向往和崇拜，却没有隐逸的决心和行动。隐逸，真的是一种崇高的境界。身离心犹在，归途中，夜幕中的黔阳古城和沅江渐行渐远，很快就会回到嘈杂的都市，汇入压力之下匆匆忙忙的人流，嘈杂中缺少了宁静，繁华中丢失了古朴和坦然。检讨我们所谓的现代生活，或许，古城比我们现代化的都市更加理性，古城人的生活相比我们所谓的都市生活，高出的不止一个境界。

蛇蛋庙逸事

刘海东*

一、蛇蛋庙由来

灞桥镇读书村东一公里处，有一座称呼怪异的庙宇——蛇蛋庙，从古至今流传着一种神秘的传说，因为没有文书记载，更谈不上年鉴历考，只能从祖祖辈辈老人的言传口述中得到一些熟知的信息。

古时候，读书村东临豁口村，南接方家村，三村连畔种地。虽说是连畔种地，但接壤地带东西地形落差颇大，豁口村在黄土台塬上，读书村与方家村却在灞河古道内。此黄土台塬从老牛坡向北绵延至窑村台岸，中间地段为田王崖。在豁口村与读书村接壤的这段黄土台塬上，由于受骊山暴雨洪水冲刷形成洪积扇，红土层厚达五六米，加之骊山径流弯转冲刷，沟壑纵横，地形地貌较为复杂，故野生繁茂，灌木丛生，常有狼獾出没。加之斜坡向阳，径流潮湿，更利蛇类衍生。

虽然地形复杂沟深坡陡，但人类开荒种地的智慧是无穷的，斜坡梯田种植习以为常。

相传很久以前，读书村新堡子有位姑娘在地里干活除草，忽然看见一对白色"鸟蛋"位于杂草丛中，周围也无筑窝痕迹，便心生善念，将其捡起，用粗布手帕小心翼翼包好放进竹笼带回。村里同龄妙女围相观看，议论纷纷，有人说像鹌鹑蛋，有人说像黄鹂鸟蛋，还有人说像相思鸟蛋，众说纷纭。但在姑娘心里甜滋滋的，如果真是相思鸟活在自己身边，灵鸟啼唱，夜半相随，也给孤独的心灵一种安慰。人常说幼年丧亲是人生最大的悲剧，姑娘便是这剧中之人，养成了坚韧不拔的性格。

村里人越是说好，姑娘越是对"鸟蛋"照顾有加，她将鸟蛋放到做针线活的布篮里，并用碎布包好盖住，不知过了多少天，碎布蠕动，从布絮中露出两只幼小的蛇头来，蛇头上扬注视着这个陌生的主人，不停地吐着信子，好似开口与之说话。使一时紧张的姑娘便放松下来，对视这两个小精灵，无父无母与

* 作者简介：刘海东，退伍军人、工程师。

自己同命相连，不由得怜悯倍加。于是，以瓦罐为家，置土筑窝，捉虫喂养。眼看两蛇逐日渐长，瓦罐也不是长息之计，便抱罐来到捡蛋之地，倒罐放生，两蛇如鱼得水，很快便消失在草丛之中。

又是一个收获之季，村民热火朝天，抢收快种，突然，远处传来痛苦的嚎叫声，随之有人大喊："蛇咬人了！"自两蛇放生之后已发生多起人畜被蛇咬伤事件，四周村民谈蛇色变，怨声载道，特别是豁口村和方家村村民。他们在田间地头大声叫骂："读书村的人养蛇咬人！"读书村村民也从窃窃私语发展成指桑骂槐，久而久之，原是姑娘的朋友也远离而去。闲言碎语和孤独的环境更激发了姑娘善良而又愧疚的心。于是，姑娘下定决心，铲除蛇魔，还世清平！

第二天一早，姑娘身佩双剑，大步流星至村东地头，双剑插地，点香念咒，痛斥放生之双蛇，伤天害理，残害生灵之罪行，责其认罪，令其伏法，攀剑自尽！两蛇泪目相视，艰难绕剑殒命！毛猴众蛇，见蛇王呜呼哀哉！纷纷溜之大吉！

为防蛇妖卷土复衍，姑娘草庵镇守，蛇妖闻而思痛，望而却步，退避三舍，几载清净，姑娘羽化而去！

从此，这片热土恢复生机，春苗茵茵，秋果累累，雨润丰年，国泰民安。为感激姑娘侠肝义胆，为民除害，读书村长老、主事联合豁口村、方家村自愿捐资，在此建庙——蛇蛋庙祭祀，祭祀日期为每年的农历正月十八日。

虽然姑娘为民除害的真实事迹被人们代代相传，却没留下姑娘的尊姓大名，也没留下姑娘的家族信息。在被人们不断神话的情况下，现代人应如何称谓、评价这位姑娘勇敢大义之行为？

纵观古人之训，祭蛇蛋庙之村姑为侠胆女英！有诗云：

> 阳坡丛林千鸟啼，阴沟暗洞众虫窥。
>
> 侠女插地三尺剑，冥梦见光即成灰。
>
> 抬眼平路五百丈，不以鹏翅论雄飞。
>
> 小庙温温香火浅，村姑无名显花翠。

二、蛇蛋庙会

在 20 世纪 50 年代初，蛇蛋庙占地一亩左右，远远望去，孤零零的庙宇恍惚在一片旷野之中。沿田间小路走近细看，不免有寒酸之感：三间瓦房的旧庙，胡基垒墙，砖砌墙基，墙抹泥皮。庙宇坐北朝南，被灰黄色的土墙包围；庙门为双扇榆木门，虽无油漆，但因使用年久，人蹭手摸，包浆略显陈旧，木纹显见。在院落西南角，六尺多高的土围墙不知被谁捅了个大豁口，豁口墙内，耸立碗口粗的一棵松柏树，约有两丈余高，枝繁叶茂，郁郁葱葱。显然，松柏树与豁墙是小孩们翻越庙宇之"门"，其目的就是瞄准供果！

年前，来过蛇蛋庙，庙门半开，进去便看见身着青袍、头挽发髻的婆婆在男道长的招呼下忙于端盘上供。殿门大开，正殿帷帐内正坐女英，双目平视，端庄文静，这就是那位为民除害的侠胆女英塑像。在女英前方左右两旁，耸立两根圆柱，两蛇分别盘柱而立，蛇头向前悬伸两尺有余。整体环视大殿，威严自不必说，女英正气昂然。

今天是农历正月十八，隆冬的寒气尚未消散，虽有阳光，可凛冽的寒风却给光照打脸。地草朦胧，悄悄露个尖尖，试探着气温是否回暖。麦地里绿苗躺在黄土床上，想伸懒腰，却又恐寒风伤了腰。前几天，突然刮来一阵西北风，星星点点飘了一场雪，刚把地皮盖严，看起来一片白，小孩们已好久没见雪，稀罕而高兴，合伙扫雪，想堆个大雪人，结果，扫了好一阵子，只堆了碗口大小……老人摆摆手，"哎！干冬呀！看后边还有戏没有？"

四面八方的人群熙熙攘攘向蛇蛋庙款款而来，进庙烧香的香客，逐一进殿，虔诚默默跪地而拜。庙院内热闹非凡，秦腔阵阵，折子戏一段接着一段。要说唱秦腔戏，方圆几十里，数读书村戏班子唱得最好！读书村戏班子人才齐备：丑、旦、生、武、花脸登台表演，样样拿得出手，当然，与专业演员相比，还是有些差距。但光说读书村的戏装行头：衣、盔、杂、把，就装有好几大箱，谁都知道，人才、行头是戏班子的本钱……你听，自乐班《铡美案》又开始了！

在庙院内听戏的人都是些老戏迷，你看那位留剪发头的老爷子，那可是清朝末年的"辫子军"，清朝灭亡，民国开展剪辫子运动，没办法，老爷子被迫剪了辫子，留下一个剪发头。庙院内挤满了听戏的人，为了不影响进庙上香，自觉留出人行道。

庙外几百亩地的会场犹如古战场，说不上井井有条，也可算得上布局有序。

庙南远处是建房材料交易市场，有圆檩、方木、木椽、芦苇箔子、地老鼠手推车及其他木制品等，有序地摆放着。紧邻建房材料交易市场的就是烧陶制品：缸、瓮、瓦罐、瓦盆、盘、碟等。

锅、碗、瓢、盆紧随其后，别看摊子不大，却生意红火，因为主人的大声唱喝叫卖，赢得了关注！你看他手拿擀面杖，敲击木案板，大声说唱着："清早起，大门开，大锅小锅摆出来，大锅九串九，小锅三串三，……"老媳妇一听，呀哈！九串九就能买一个锅？我给他九串九个柿饼，换他个铁锅！便走过来磨牙打岔，"哎哎！说唱的，九串九个柿饼换个锅，咋样？"气得叫卖的小伙，"拿秦始皇的钱九串九才能换个锅!"老媳妇笑声怒骂:"秦始皇个锤子!要么?"可戏迷们都知道,"九串九、三串三"是秦腔戏口白中的台词而已!哈哈哈!笑声一片!

庙的西南角是骡马六畜交易市场,猪狗牛羊及家禽一大片,这些六畜家禽个个憨厚可怜的样子,任由买卖摆布!

只见庙门外布帐、大棚一大片,形成东西方向"小吃一条街",炊烟袅袅,随风而逝,香气四溢,男女老少人来人往,穿梭而行。只见斜口的荞面饸饹摊子围人最多,花样多种:凉饸饹、冒饸饹、臊子饸饹、羊血冒饸饹……数不胜数。更吸引人的是:饸饹师傅用右手从热锅里用笊篱捞出饸饹,笊篱一扬,一窝饸饹从头顶翻过去,左手端碗正好接住。周围看观群众惊呆了,连吃饸饹的人眼睛都瞪直了,饸饹师傅却戛然而止,不表演了。并大声喊着:快吃!快吃!吃完了快腾板凳!

灞桥街上的炒凉粉、炸油糕、炸油饼、油煎饺……全搬过来了。只见一个小孙子,一手拉着爷爷的衣角,头仰望着爷爷非要吃不可,爷爷只得将手塞进衣兜,摸了好一会儿,才摸出一分纸钱,给小孙子买了两个煎饺,孙子端小盘解馋,爷爷蹲在一旁咽口水。小孙子解馋尚未尽兴时,爷爷赶忙架起孙子,往玩耍更热闹的地方走去。只见铜锣连天,老猴子一个跟头接一个跟头地翻,猴子翻完了跟头,拿起烂草帽向人群要赏钱,吓得爷爷又抱起小孙子去看牛皮娃娃及线呼戏,只听见迷糊剧老艺人唱《张良卖布》,引得众人哈哈大笑,孙子却哭闹不止,旁边就是吹糖人和捏泥娃娃的,小孙子用小手指着泥雀子,嚷着要吹,爷爷只好哄着说:"那家伙是用泥捏的,爷爷回去给你捏好多好多!"这次小孙子听爷爷的话了,随便去哪儿都行!

前面一个场子围了一群人,好像是在等什么人。忽然,有人喊:"快看!黄毛来了!"只见贺万庆带领着徒弟神采奕奕、大步流星地走进人群。没见过贺万庆的人,使劲挤进人群,先睹为快,曾见过贺万庆的人也想跟这位洪拳大师套套近乎。啊!真是人挤人,急死人!本来围好的大大的圈子,越挤越小。这时,贺万庆的徒弟慌了,连声喊话,让欢闹的人群后退,并试着用流星锤打场子,人群渐渐朝后退,并又自觉将场子围好,前边的人坐下,以便后边的人观赏。

贺万庆是关中洪拳八虎之一,精通洪拳、棍、棒、刀、枪等武艺,可谓是十八般武艺,样样精通;流星锤技艺更是超群,无与伦比。今天,贺万庆的到来,无疑给庙会增添光彩。

场子围好,贺万庆拱手行礼,群众欢声回应,拍手欢迎。贺万庆道:"各位乡党,贺黄毛,反过来叫毛黄货!黄货是啥?就是金子,我就是金子打的!今来蛇蛋庙助兴，望各位乡党赏识！"群众鼓掌回敬。黄毛言简意赅后，遂由大徒弟带领弟子进行拳艺表演。人群中有一位老先生悄声点评道："黄毛不光是个粗犷之人，也颇有文雅学识，刚才他说的黄货，确实在《汉书·食货志》中有记载：金有三等，黄金为上，白金为中，赤金为下，古语的'货'就是币，也就是钱，黄货就是金币，白金即银币，赤币即铜币。所以，黄毛才说他是'黄货'也！"

黄毛徒弟个个身手不凡，徒手洪拳与器械相间表演，令人眼花缭乱；最后出场的是黄毛流星锤的表演，出手便是：正、倒抡，舞花，左右穿针……肘击……脚击……颈击；正骑毛驴……浪子踢球……十字披红，武松脱铐、黑狗穿裆……；最后一击"朝天一炷香"，只见流星锤直直抛至空中，苍劲有力，锤落如老鹰捕食，敏捷利落。据内行人说，"朝天一炷香"是最难一招，锤落下时，弄不好就伤及自身。但黄毛练得炉火纯青，流星锤在他手里宛若游龙，疾如闪电，远战如枪，近战如刀，招式多变，刚柔相济。

快到午时，耍社火就要开始了，随着各村社火队的到来，人们纷纷靠拢围观。耍社火离不开锣鼓队，锣鼓一敲，背信子在队前面踩点扭动，高跷队紧随其后。陕西关中的高跷腿约有六尺余高，是用柳木制作的，也叫"柳木腿"，所以，灞桥人把踩高跷又叫"走柳木腿"；但后来也制作了一些适合少年走的低柳木腿，走在队形最后。

在庙会耍社火，各村分别表演，由领队们在一起抓阄，决定各村出场表演顺序。但在新中国成立前，却是谁来得早，谁先表演，有时两个村社火队几乎同时到场，那就麻烦了，因为他们互不相让，读书村人多声大，起哄后，举起柳木腿就动武打人，豁口村也不示弱，虽打不过读书村，但也要鸣枪示威。"砰！"枪声一响，吓得读书村人朝后退！别看豁口村小，但势不小，因为豁口村有大司令供枪发威！最后，由方家村人来调解矛盾，和气解决。

踩高跷最有看头，但高跷绑腿却很麻烦，先要将柳木腿靠在庙墙上，人再爬上墙，坐在庙墙头上，脚踏柳木腿脚板，再将脚腿用布绳或麻绳牢牢地绑在柳木腿上，再起身试走几步，确保万无一失，才能大踏步地进行表演。

大鼓声起，锣镲根据鼓点提示，按花样演奏。踩高跷按锣鼓节奏起舞，但有一组高跷丑角可不按鼓点起舞，这就是"懒男人与丑婆娘"一组，懒男人身穿破絮黑色棉衣裤，头顶碗，碗中立一根红萝卜，红萝卜始终不倒；左手牵一根破麻绳，拉着自己的丑婆娘，丑婆娘蓬头垢面，鼻涕吸溜，脸擦几点锅底黑灰，头左前额插一朵小红花；全身穿着黑色脏兮兮的棉衣裤，两腿裆中夹个花枕头，在扭动时，枕头摆来摆去，忽然，故意将枕头掉到地上，懒男人回头踢丑婆娘一脚，一瞬间，左腿旋转站立，右腿扫荡，丑婆娘东躲西闪，均没露出破绽，这招演技最惹眼，把踩高跷艺术发挥到极点，观众笑声中叫好！

太阳偏西，庙会场里的人们，仍络绎不绝，通向会场的各条大路小道川流不息。把这会儿进会场的人，叫"逛巴巴会"，其目的是在会场转悠，找便宜货购买，灞桥人把这叫"收拾合茬"；老板们看见"逛巴巴会"的人来了，高兴地嘴里念叨着："咥实货的人来了"，并高声问道："乡党看上我的啥咧！"咥实货的人装作若无其事的样子，爱理不理地说："随便看看"，其实是想更便宜买人家的货呢，磨蹭了一会，却突然问道："你喔病母羊咋卖？""哎！乡党咋胡说呢！你看喔母羊多精神！活蹦乱跳的，你先看喔奶多大！够你一家人吃的了！""咋卖？"老板高兴地伸出胳膊，并悄悄地说："来来！给乡党便宜些！"于是，双方通过在袖筒里捏指头定价，然后双方付款成交。旁边猪老板问道："卖的价咋样？"羊老板躁轰轰地说："哎！亏咧！亏咧！天快黑了！我不能再把羊拉回去。"

远路回家的人，肩扛、手提"战利品"，喜笑颜开，徐徐而退。铁锨、镢头刮磨声，扁担闪动吱吱声，锅碗瓢盆碰撞声，还有赶着牛羊吆喝声……听到这些熟悉的声音，好像听到了迈向春天的脚步声，一步一步迈向广袤的田野。

夜幕降临，多了几重寒意，庙前人员稀少，庙门仍然大开。虽然道长及道婆收拾院落，打扫卫生，仍有善男善女进庙烧一撮尾香，据说烧一撮尾香可观吉凶。看样子，这些可怜的人，家里有了事，坐卧不宁，只得事不过夜，想祈求女英保其家人平安！有诗云：

香火烟飘骊山巅，
老母悲恸泪如泉。
涓涓庙前入灞渭，
细细村后万亩田。
女英埋名人颂赞，
凤凰有色未成仙。
浮名浮利入道然，
仰望星斗放心宽。

洞庭月夜

李小阳*

　　自岳阳沿洞庭湖往西七十里许至沅江地界，有闸矗立于湖岸，出水孔有六，故称六门闸。洞庭之野的六门闸，由于人迹罕至，颇似古边塞的阳关和玉门关，落日时尤显雄浑和苍凉。继续沿闸门连接的河道往芦苇深处行十五里，有一地名叫简易闸。

　　闸下面有一个约莫五六十户的小渔村，河里泊着上百船家所依的船只。大一点有篷的称"坐船"，供起居；小的叫"划子"，用于水上往来及捕鱼作业。渔民混杂，多数来自近边沅江、岳阳，也有从邻省湖北和江西过来的。其中有持渔业证的专业渔民，也有不少俗称为"天吊户"的，即黑户口。"天吊户"中，有不喜农活到湖里挣活钱的；或有犯事躲湖里隐匿的，这些人特立独行，似不愿透露其行迹；还有不少是超生娃被大队赶出来的。来路虽各异，但均为沦落人，彼此相处倒也和谐。如一家有伤心事，邻家男人、女人都会过船来安慰。各家的事都会彼此记在心上。有时天刚刚亮就会听到有人在船外喊："万师傅，怎人家酒还有没？我到岳阳去跑鲜，帮怎人家带过来。"

　　那个被称为万师傅、万师傅娘子的，就是我姐夫、姐姐，他们为超生的小外甥遭了不少罪，1983 年被迫到湖上谋生活。其时我正在武汉读书。第二年暑假，家里"双抢"（抢收抢种）完毕，即受母命来湖上看望姐姐一家。

　　夏秋之交的湖面白天仍然是苦热，船上活动空间窄小，只能以逗自家外甥及邻家小子为乐。姐夫"划子"船回来，偶尔还可练习荡桨，然而实在是闲。一天我提出替大外甥女收一次鱼，姐夫欣然同意。

　　天刚断黑，月亮尚未升起，夜幕下的芦苇丛黑乎乎一片。白天残余的光似乎还留在水上，湖水清澈可见。水面暑气易收，太阳落土后的湖上格外凉爽。姐夫荡桨技术好，桨轻轻划过，船仿佛在水面飘然而行，桨与桨轴之间的碰撞，形成一种有节奏的声音，在阔大的湖面传响，颇令人入静。我坐于船头，或用手划水，或伸脚于湖水中，一阵凉风吹过，十分的惬意。

　　路上遇到一条收鱼回来的船只，船上是中年两口子，老远就打招呼："万师

＊ 作者简介：李小阳，1965 年出生，现为金融从业人员。

傅，今晚女伢子怎么没出来，船上的小哥是恁人家什么人？"姐夫高兴地答道："是小舅子，在你们湖北读书呢。"姐夫的回答似乎勾起了对方的心事，他们良久才说："在湖北读书哦。哎，两年没见到在湖北的妈妈了。"接着是一声长长的叹息，那叹息声随着被拨动的流水远去。

姐夫告诉我，那对夫妇也是超生被赶到湖上来谋生活的。

约莫一个时辰，到达姐夫下午放网的地点。此时月已初升，水面由暗转明。可能是接收了长江水的缘故，水含泥沙多而浑浊。生长于洞庭湖一带的人知道，此乃活水，为最健康的河水。朦胧月色下，可见有一排排青草没于水下，青草下面自然是泥巴筑的坝，此是渔民打筑蓄鱼的围子。冬季水落时，如退水较慢，鱼会蓄于围子里；若水退得急，大的鱼随水而去，渔民这一年的收入就寥寥无几了。

正式开始作业时，仍然是姐夫荡桨，我在船头位置收鱼。先收的是排钩，此钩不同别钩，乃非金属制成。先将竹子削成中间宽两头细的竹签，再将通过弱火软化后有韧性的苇子箍其上，大小恰好可以箍紧一粒米。鱼要吃到米需不停舔舐苇子，待苇子断时，竹签正好刺入鱼的双腮。排钩上的以鲫鱼、鲤鱼为主。后再收三层丝网，上的鱼个头比较大，各种鱼类皆有。一般的鱼撞进丝网老实不动，唯鳜鱼性躁，撞到丝网后不停地乱撞，直到死去，故放网得到活鳜鱼的机会很少。

正在埋头理网间，忽有一股强光刺眼。我抬头看时，被眼前的景色惊呆。眼前有千万道月光从中天倾下，照在忽然冒出的大湖上。宽阔无边的湖面波光粼粼，无数条光影在水面跳跃。我不由自主地站起来，痴痴地望着这无边的湖面。极目处，有山际线若隐若现；远边，有夜航船只经过，船上灯光一闪一闪。呆呆看了近十分钟，方回过神来。往周围看时，月下湖面唯我、姐夫，孤寂地站在一叶扁舟之上。姐夫看出了我的疑惑，告诉我这大湖就是洞庭湖！只是起先收网时，船在芦苇丛内的浅水里，刚刚掉个头，船就到了外湖。就像白天打开窗帘看到室外风光一样，姐夫为我拉开了欣赏一碧万顷洞庭湖的帷幕。

收完所有的渔网已是后半夜，月亮已不知所往。天空中整齐的云朵已撕碎为许多条巨大的彩带，呈猩红色，在天空中漂移。世间之事多美好开端，但结尾皆草草，今日方知天象亦然，这颇令人意外。

回程时人疲湖静，湖中各种细小的声音皆能捕捉。芦苇丛下面传来窸窸窣窣声，似有千万条鱼儿在啮噬苇子。湖中鸟类恐人声。船路过一芦苇丛时，突地惊起一群野鸟。初还盘旋于芦苇枝的尖儿上，姐夫怕吓着它们还有意将桨停下来，然而，仍有一只鸟飞向云天，怪叫声在夜空里更显凄厉，声播远近。

　　回到坐船上已不知时日，倒头睡到第二天上午。

　　洞庭意象颇为多样。屈子感受到的是萧瑟悲凉，孟浩然感受到的是壮观阔大，而我，月夜里无疑看到了洞庭湖的瑰丽多彩。我很想再到湖上，去体验洞庭湖的四时之景，收集更多能代表洞庭湖的意象。但由于我参加工作后闲暇时间少了，又后来姐姐一家退捕上岸，再到湖上已是不能了。好在姐姐一家安置在岳阳的鹿角，出门便是辽阔的洞庭湖。一年夏秋之交的月夜，我站在鹿角码头眺望洞庭湖。一样的星垂平野，一样的月涌大江，只是那年为我荡桨、陪我看月的姐夫，已经故去多年了。

安阳洹河文化

方建增 *

　　千年商邑古韵，百里洹河画廊。洹河，古称洹水（又称安阳河），为海河流域漳卫南运河水系卫河第二大支流，是安阳市境内的一条重要河流。洹河发源于太行山东麓，自林州市向东流经龙安区、殷都区、北关区和安阳县，在内黄县石盘屯乡赵庄南（范阳口）注入卫河。干流全长 164 千米，流域面积为 1920 平方千米。

　　洹河源远流长，是安阳人民的母亲河。千百年来，她昼夜奔腾，川流不息，润泽万物，惠及人民，孕育着洹河流域的安阳人民安居乐业，繁衍生息。他们在洹水的哺育下，创造了洹河古老的建筑、灿烂的文化和悠久的历史，创造了当代红旗渠精神。

　　打开历史的画卷，拂去岁月的尘土。这里有武丁拜相的故事；周文王囚禁羑里城，创作出《易经》，安阳是《易经》的发祥地；《二十四孝》中的"郭巨埋儿"的故事就发生在这里，到现在已有 2000 多年历史。这里发生过许多传奇故事。曹操父子，吟诗作赋，洹河览月，一群桀骜不驯、风骨傲然的才子荡舟漳、洹二河，为三国鼎立，曹魏基业奠定基础，还吟出了千古绝句。后赵、东魏、北齐等多少军事家、政治家雄才大略，在这里指点江山，演绎出许多感天地、泣鬼神的历史故事；袁世凯在仕途迷茫时，隐居洹水，垂钓洹上。有"要知朝中事，天下问渔民"的典故；安阳是民族英雄岳飞故里，岳母刺字"精忠报国"，家喻户晓。

　　颛顼陵、殷墟、韩陵（韩信埋干母的地方）、郭巨墓、杜乔墓、曹操高陵、袁林（袁世凯墓地）都在洹河两岸。

　　千年洹水，是历代兵家必争之地。抗日战争时期，刘伯承和邓小平率领 129

---

　　* 作者简介：方建增（海润），河南省林州市人，中共党员，工民建专业，工程师、国家注册一级建造师。林州市民间文艺家协会副主席兼秘书长。河南省民间文艺家协会会员，安阳市民间文艺家协会会员、安阳市作家协会会员，《河南文学》签约作家。在国家级刊物发表多篇专业论文，文章多在《当代作家》、林州市《红旗渠》刊物、"安阳新闻网""山东齐鲁晚报网""安阳民间文艺""河南省民间文艺""中国民间文艺"发表，多篇民间故事被《中国民间文学大系故事/传说（河南卷·安阳卷）》收录。

师西出太行，跨洹水，逐鹿中原，书写了可歌可泣的民族史话。

20 世纪 60 年代初，林县人民发扬"自力更生，艰苦奋斗，团结协作，无私奉献"的红旗渠精神。在三年困难时期，林县人民用一锤一钎一双手，苦干十年，硬是在太行山的悬崖峭壁上，逢山开洞，遇水架桥，用鲜血和汗水凿出一条全长共 1500 千米人工天河红旗渠，创造了人间奇迹，谱写了当代洹河儿女的壮丽篇章。

洹河，九曲蜿蜒，奔流不息，滋润着斑斓的土地，物华天宝，人杰地灵。

一、主要历史建筑

颛顼陵，位于河南省安阳市内黄县梁庄乡三阳庄村西北方向，面积 5 公顷。四周建有围墙，称紫荆城。墓前立一石碑，上书"颛顼帝陵"。

颛顼陵俗称"二帝陵"，民间称"高王庙"，是上古时期"三皇五帝"中第二帝高阳氏颛顼、第三帝高辛氏帝喾的陵墓，故又被称为"颛顼帝喾陵"。"颛顼帝喾陵"石碑为元天历二年（1329 年）所立。确认是一处原始社会文化遗址。在颛顼帝喾故都顿丘，即"颛顼帝喾陵"东南 2 千米的大城村，保存有夯筑城墙和"卫邑顿邱""颛顼之墟"的碑刻。附近立有石碑 165 座。

殷墟是商代晚期的都城遗址，被国家文物局列入"十四五"时期大遗址。

汉字是世界四大古典文字体系中唯一传承至今，仍然被继续使用的文字。甲骨文是汉字的早期形式。安阳甲骨文名扬天下，被誉为甲骨文的故乡。2017年 10 月，甲骨文入选联合国教科文组织《世界记忆名录》，她是中华最早的文字，河南省安阳市建有中华文字博物馆。安阳殷墟出土的后母戊鼎也具有很高的考古价值，被国家文物局列为一级文物被国家博物馆收藏。安阳被称为七大古都之一。

定国寺，位于安阳市韩陵山之顶。史料记载，定国寺始建于北魏中兴二年（532 年），毁于 1951 年，占地 100 亩。"韩陵片石"为安阳八景之一。相传丞相高欢为纪念韩陵山大捷，在此修建定国寺，树碑以旌其功。

北齐石窟，位于河南省安阳市西南 25 千米的小南海北滨，面临洹水，背靠大山，依山而凿。所以又被称为小南海石窟。现存三窟，分别是西窟、中窟、东窟，均在北齐天保年间（550—559 年）建造。三窟造像大同小异，规模相近，风格古雅。

西窟，正中雕释迦牟尼佛一尊，结跏趺坐长方形台座，左右为胁侍菩萨二像，两侧壁各镌刻菩萨三立像。门作拱券状，门楣上雕有滚龙两条，中间有一莲花。门两旁各雕刻有护法神王一尊，组成火焰拱门；中窟，正中雕释迦佛一尊，火焰背光，内浅刻腾空飞舞的飞天 6 位，左右刻二胁菩萨，两侧壁各镌侍立菩萨 3 尊，其间各浅刻小型菩萨 3 尊，手拿莲枝。东壁上部有浮雕弥勒说法图案，西壁有浮雕莲枝菩提树图案。座台上刻有三个伎乐人；东窟毁坏较重，正面中间雕释迦佛 1 尊，左右刻二胁侍菩萨，两侧壁各雕 3 尊菩萨。其间弥刻大小佛像 23 尊。

在安阳西北 35 千米的清凉山东南麓修定寺的旧址上，屹立着一座华丽壮观的古塔，俗称"唐塔"，又名"修定寺塔"。门楣上镌刻三世佛，故名"三生宝塔"。此塔建于唐朝德宗建中二年到贞元十年（781—794 年）之间，素有"中国第一华塔"之称，是全国重点文物保护单位。修定寺塔的塔基乃北齐时物，平面呈八角形，外表用浮雕砖镶嵌，基座外缘有散水。

就基座残迹看，雕砖图案有力士、乐伎、飞天、滚龙、飞雁、帐幔、花卉以及仿木建筑结构的斗拱等达 30 多种。工艺精致，细致入微。

文峰塔又叫天宁寺塔，始建于后周广顺二年（952 年），是古城安阳的标志性建筑，因其独特的伞状建筑而闻名于世。文峰塔最大的特点是上大下小，整体为砖木结构，由下往上逐层增大，呈伞状，这种形状的古塔在中国仅此一例。

塔身八面还有精致传神、栩栩如生的砖雕，生动地描述了各种佛教故事。在塔内攀登 72 级台阶便可登上文峰塔顶，一览古都安阳风光。

黄华寺位于林州市城西 10 千米的太行山林虑山中。战国以来，历代王朝的知名文人墨客，为黄华山留下不少诗文和书画。五代著名画家荆浩在此创立了墨笔勾法"全境山水画派"，被后世尊为北方山水画派之祖。黄华寺宗教文化与儒教文化共同繁荣发展。始建于隋朝的觉仁寺与少林寺同宗齐名，该寺主持菊庵禅师，被少林寺请作方丈，闻名于黄华，建功于嵩山少林。

韩琦庙位于河南省安阳市文化路，始建于北宋熙宁年间即 1068 年，元代成宗大德二年重修，明清两代均曾修葺。至今大殿仍保持元代大梁顺弯就势的梁架结构，是河南省罕见的元代建筑梁架。昼锦堂内"三绝碑"由北宋大文学家、副宰相欧阳修撰文，大书法家"一代绝手"礼部侍郎蔡襄书丹，记述三朝名相韩琦之事迹，大书法家邵必题写碑额。韩琦庙已经成为国家文化遗产重点保护单位。

马丕瑶的故居马氏庄园位于安阳西 21 千米的蒋村乡西蒋村，被誉为"中州第一名宅"。

二、安阳主要历史人物

颛顼，是"三皇五帝"中第二帝，号高阳氏；帝喾，是第三帝，号高辛氏，是传说时代两个氏族的首领，夏、商的直系祖先，距今约 4500 余年。

武丁，武汤第 10 代孙，商朝第 22 任君主，在位 59 年。拜傅说为宰相。武丁在傅说的辅佐下，文治武吏，很快使商王朝达到了鼎盛时期，史称"武丁盛世"。

传说，商朝奴隶出身的宰相，被武丁选拔入阁，大胆起用，辅佐治理朝政，使商王朝得以空前发展。傅说虽出身卑微，但胸怀天下，勤奋好学，学识渊博。

人们把其生活过的林州石板岩往南 3 千米处的宝泉岩称为"王相岩"。

杜乔，安阳林州人，东汉名臣。汉安帝年间，举孝廉被司徒杨震征聘为僚属。不久升为南郡（治所在湖北江陵）太守，又转任东海（郡治在郯，今山东郯城北）相，后入朝拜为侍中，进为太尉，位列三公。

郭巨，东汉隆虑（今河南省林州市）人。《二十四孝》中"郭巨埋儿"的主人公，林州市姚村镇三孝村人，今天林州有郭巨券楼、郭巨墓。

荆浩，字浩然，河内沁水（一说河南济源，一说山西沁水县）人。生于唐朝末年，大约卒于五代后唐（923—936 年）年间。五代山水名家，传世作品有《匡庐图》《笔法记》，长期居住于林州洪谷山，为北派山水画之祖。

邵雍，字尧夫，北宋著名理学家、数学家、诗人，生于林县上杆庄（今河南林州市刘家街邵康村），与周敦颐、张载、程颢、程颐并称"北宋五子"。少有志，喜刻苦读书并游历天下，并悟到"道在是矣"，而后师从李之才学《河图》《洛书》与伏羲八卦，学有大成。著有《皇极经世》《观物内外篇》《先天图》《渔樵问对》《伊川击壤集》《梅花诗》《山村咏怀》等。

僧稠，北魏时期，曾在林虑山天平寺习武修禅，后继少林寺二祖之位。这一史料的发现，使少林寺的开山年份由现在记录的 495 年追溯到 1000 年以上。

赵得秀，号九峰。道家出身，传说其有很多法术。明嘉靖元年（1522 年），他云游林虑山，卜居王相岩，修真炼性，修炼道家法术。对王相岩山水风光情有独钟，经他 35 年的修建，王相岩才始彰于世。他本人也卒于王相岩，深受林州人的怀念。民国期间的《重修林县志》"列传七·流寓"有传。

韩琦（1008—1075 年），河南省安阳人，北宋政治家、词人，北宋仁宗、英宗和神宗三朝宰相。封建官僚的楷模，为北宋的繁荣做出了贡献。自古就被人们称道，立庙纪念，香火不断。

郭朴（1511—1593 年），字质夫，世称东野先生，河南安阳人，明代中期大臣，官至吏部尚书。嘉靖十四年进士，选庶吉士，累官礼部右侍郎，入直西苑，特加太子少保，擢吏部尚书。四十五年，任武英殿大学士，进入内阁。隆庆元年，致仕。万历二十一年卒，享年八十三。赠太傅，谥文简。现保留的"仁义巷"安阳人妇孺皆知。

马卿（1480—1536 年），字敬臣，号柳泉，安阳林州人。于明嘉靖年间正二品，右副都御史。人们尊称为马都堂，是杜乔之后林州最著名的官宦。在林州流传着关于马都堂的许多传说。

马丕瑶（1831—1895 年），字玉山，清代广东巡抚。河南安阳县蒋村人。清同治元年（1862 年）进士。光绪十三年（1887 年）任贵州按察使，接着又任河南省布政使。十五年（1889 年）秋，任河南省巡抚。创建官书局，惠及读书人而广施教化。倡办蚕桑，开设机坊。诰授"光禄大夫""威武将军"。

冯栋，字汝隆，安阳林县人。明嘉靖二十二年（1543 年）举人，官至山东平度知州。居官十年，清贫如洗。他善作诗歌，尤喜作短小精悍的小令。对故乡山水甚感亲切，写下《桃源流水》《墨池》《游王相岩》等语言优美的诗文。其著《东庵小令》在民间也广为流传。

许三礼，字典三，号西山。清初政治人物。先祖许彪迁居彰德（今河南省安阳市）。许三礼自幼受业于著名学者孙奇逢门下，苦读于黄华山中。写有《重修王相岩记》碑文。任浙江海宁县知县，重视教育，先后创办了正学书院和海昌讲院。康熙年间先后任提督四夷馆、太常寺少卿、大理寺少卿、武英殿试读卷官、顺天府府尹、都察院左副督御史、兵部督捕右侍郎。许三礼病逝于邸舍，葬于安阳县西之灵岳。主要著述有《读礼偶见》《海宁县志》《彰郡逸志》《政学合一集》等。

郭沫若曾写下"洹水安阳名不虚，三千年前是帝都。中华文字殷创始，观此胜于读古书"的著名诗篇。愿千年洹水，万古长流。文脉赓续，钟灵毓秀。

风景一线的古寨

江兴华 *

位于湘黔之交的几个古老苗家山寨，有着悠久的文化遗产。苗戏高腔唱遍了祖国大江南北，这里的名山秀水孕育出一代又一代的俊男靓女，勤劳善良的山寨人民书写了一个又一个不朽的传奇故事。

情人谷至今还在不断延续着从前的神话，一对对情侣在天门峡瀑布前往返出现，那里的芭叶树林充满了神秘浓厚的色彩，太多的情侣默默地在此祈祷，求神女仙灵保佑，愿天下的有情人终成眷属。好一个秀丽的情人谷！歌声不断，情丝绵绵，沸腾不息，唱响了桂花沟整个大川。

又观四桥山景，西起东行的溪水，一路放歌直至大峡谷，高悬几十米的瀑布疑似天上银河一样，一泻而下，情景尤为壮观，不少陶醉了的骚人墨客在此吟诗作对，留下许多脍炙人口的故事。瀑布悬洞泄水，宛如天仙撒下白花花的大米一样，造福了这里的黎民百姓，让游客流连忘返。

再履童子界、旗盘岳，这是红军贺龙部队战地旧址，当年的战壕哨所依然存在，曾经的战斗故事至今仍热传于乡间，凡到此旅游的人都无不感叹。这里的山势十分险要，当年的红军在此为人民、为党、为国家立下了赫赫战功。为此，我们这代人有责任开发这里的旅游资源，为把湘西这块古老的文化旅游产业做大做强，诚请大家携手奋斗吧！

未来，大众将看到一个美好、充满诗情画意的山寨！

---

* 作者简介：江兴华，苗族，1957 年生人，湖南省新晃侗族自治县人。常习诗、填词、创作散文，曾有作品刊入国内数家报纸、杂志等，现为"海口南中国作家研究会""海南省诗联艺术家协会"成员。人称"田园诗人"。

游记一篇

——走进台儿庄

刘建军 *

不知从何时起，鲁南的台儿庄古城成了旅游界的"网红"。微信上经常有驴友炫耀在此拍摄的美景照片，很是抓人眼球。

夏去秋来，正是外出观光的好时节。我和好友朱君结伴参团，前往台儿庄古城"两日游"。

这天清晨，在高速路出口，我们等到了由济南康辉旅行社组织的、发往台儿庄古城的旅游团。车的始发地是章丘，我和朱君上车时，车上已坐着老老少少团友四十多人。

初识台儿庄，是在《血战台儿庄》的电影银幕上。当战争硝烟散去71年之后，我走进了台儿庄战役纪念馆。在这里，站在一幅幅图片和一座座雕塑前，历史把我拉回到1938年的难忘岁月。此刻，听着讲解员的介绍，仿佛亲临其境，又听到昔日的战马嘶鸣、轰鸣炮声，又看到了那场中国军队英勇抗击日寇侵略的惨烈一幕……

出了纪念馆，看到不远处，京杭大运河正从眼前蜿蜒而过。河面不宽，河水清澈，波澜不惊。时有帆船从河中逶迤驶来，在水面撒下片片涟漪。通向河对岸处，有一座古色古香的小石桥。过得桥来，便是此行导游给我们推荐的自费吃午餐的地方——××小吃店。进得店来，菜谱上写有台儿庄的几道名吃。看到有"黄花牛肉面"，想起这是网上网民们普遍推崇的名吃，于是和朱君各点了一碗。"黄花牛肉面"，看名字就知道是由黄花菜和牛肉作为辅料下成的面条，价格八元。吃起来感到面条稍有些发硬，汤的味道倒是不错。

下午一点多，我们一团人跟随着导游，进入了久负盛名的台儿庄古城。这是一座连接运河的古城，素有"天下第一庄""中华古水城""江北水乡"等美

---

* 作者简介：刘建军，山东省济南市人。高中毕业后参军入伍服兵役，后在供电部门做专职党务政工工作。高级政工师职称。1981年起，开始发表作品。其新闻及文学稿件先后在《人民日报》《工人日报》《大众日报》等新闻媒体发表，多次被评为《中国电力报》《济南日报》等优秀通讯员，有五十余篇作品在国家和省市媒体中获奖。主编和参与编辑了《济南电力志》《长清电业志》，著有散文集《欣然随笔》，现已退休。

誉。更是一个被古代文人墨客赞叹为"一幅清明上河图，十里画廊卷不住"的旅游胜地。

走近台儿庄古色古香的城门，我看到厚厚的城墙，高高的城楼，青色的砖，灰色的瓦，朴实而又庄严。城门上方镶嵌着"台儿庄"三个白色大字，很是醒目。穿过城门，便是古城的主街道大衙门街，一个个不同凡响的建筑群落映入眼帘。满目可见尽是鲜花绿草、参天大树、风格各异的店铺和小桥流水、亭台楼阁。真的是鳞次栉比，错落有致。一路走来，既有高大威严的官府，也有插着彩旗的店铺酒肆和客栈，更有江南的小桥流水，假山奇石，还有穿梭在运河上五彩斑斓的画舫，还有金碧辉煌的天后宫、翠屏学馆，热闹非凡的水驳码头，让人目不暇接，流连忘返。

据介绍，台儿庄古城是在20世纪后期开始修复重建的。拥有北方大院、徽派建筑、水乡建筑、闽南建筑、欧式建筑、宗教建筑、岭南建筑、鲁南民居等八种建筑风格。迥异于其他北方城市的是，古运河穿城而过，带来充沛水源，沟渠四通八达，桥梁纵横交错，基本上是桥连桥，水连水。无怪乎在古城内随便拍张照片来发朋友圈，朋友们都会以为你是在南方水乡。

除了主街道大衙门街外，城内比较有特色的街道还有丁字街和酒吧一条街，其中丁字街上主要是民国风建筑，有种老上海的感觉。酒吧街的景象则特别像丽江。这里比较有特色的酒吧有两个，一个是"千里走单骑"，另外一个是"西风瘦马"。好友朱君在这里留下了不少美妙的抖音视频。

为了看夜景方便，来此地的旅游团大都住在了古城里。城里就有了很多别具特色的小客栈，这也有点类似于丽江古城。我们住的客栈服务和住宿条件都还不错。

夕阳西下时分，我和朱君从客栈出来。感到腹中有些小饿，便信步走进路边一家小饭馆，看到里面有许多当地小吃。我们点了另外一道台儿庄的名小吃——菜煎饼，10块一份。说起来，菜煎饼应该算是滕州的"出口名吃"，已经走向了全国各地。我们当地就有一家滕州人开的菜煎饼店。我也曾经品尝过，当时并未觉出哪里好吃。然而，在台儿庄这个不起眼的小吃店里，我们俩却吃出了和以往不同的好味道。没想到，看似平平常常的韭菜加在小米面饼之中，经过女店主精心炮制，竟然每口都会吃出清香、鲜美的滋味，让人感到口齿留香，经久难忘。

吃完晚饭，外面已是月上三竿。此时的台儿庄，迎来了她一天中最为壮美，也最为绚烂的时刻！

"上有天堂，下有苏杭，不及台儿庄的灯光辉煌。"有人曾这样评价过台儿庄古城的夜。而我只能说，台儿庄的夜晚是明灯的夜晚，色彩的家乡，光芒的世界！

此时，古运河已经化身为一条波光粼粼、五彩缤纷的河。河两岸，柳枝垂在宁静的河面上，就像柳树姑娘那飘逸的头发，美丽极了。置身古运河岸边，眺望远方被灯火点缀的城堡，看挑着红灯笼在水面航行的篷船伴着歌声款款驶来。霓虹灯映照着石桥，让石桥变成了彩虹桥，水面变成了五颜六色的彩镜。还有街头公园里的歌声、笑声，无一不让人陶醉，让人心旷神怡……

夜深了，游人们渐渐散去，台儿庄开始安静下来。躺在客栈的木床上，从木屋开着的木窗外，透进了运河的流水声，耳边不时传来蛐蛐啼鸣，恍如时空逆转，让人感受着在静谧中的那份古代气息，仿佛穿越到了另一个时空。

待天光一亮，我又迫不及待地走向了清晨的台儿庄古街。新的发现是，古城的每一处房屋都会有文字记述，都把这座建筑的历史和文化做以勾勒描述，从功能到居者，包括曾经的故事，一一给游人道来。每条街道都是绿树成荫，或奇草异石，街道旁则处处流水潺潺，清新的空气中弥漫着不知从何处飘来的花香。我们一路赏析，一路感慨。既感慨曾经的古城风貌，也感慨使英雄台儿庄重新焕发青春的这一恢宏文化巨作。

早饭后，我们告别了台儿庄。按照旅游团计划，去游览微山湖。尽管多年前有过到此地的经历，可因为年代、路线的不同，还是兴致勃勃地用镜头记下了游湖的诸多亮点，拍了一些靓照。像满湖的荷花，还有别具一格的红荷湿地公园。

不管怎样，此番台儿庄之行，还是让我牢记住了这张"江北水乡、运河古城"的城市名片，并让我由衷感到，古城无愧于民族精神的象征、运河文化的典范。

台儿庄为"天下第一庄"，名不虚传矣！

留诗曰：

谁言江北无水乡？
劝君移步台儿庄。
巧借古河轻舟泛，
疑是梦境游漓江。

晚霞之悟

我的老师于善明

黄兴武*

晚秋的沈阳艳阳高照，老师于善明用微信给我发来了一篇新作。老人写的是他这一生中最辉煌的事迹：参加抗美援朝。他今年已经八十八岁了。

于善明老师因文学与我们结缘。他是我中学时代的语文老师，虽然只教了我几个月。他个子矮小、身材瘦弱，声音亦不洪亮。他站在讲台上只是讲，很少听——很久以后我才知道他的听力很弱，是拜美军炸弹所赐。

我是个留级生——不是因为学习不好留级，而是另有原因。事实上，我们那一届和好几届的学生连小学都没有毕业，那时的我认为上中学就是为了得到一张毕业证，否则是没有人会给我分配工作的，甚至我连上山下乡的资格都没有。那是 1972 年，于善明老师有一天布置作业，让大家写一篇关于中国台湾的故事。我认真地写了一篇题目为《台湾是我国的固有领土》的作文交了上去。

记得那一天我坐在教室里一副百无聊赖的样子，于善明老师来我们班上语文课，他手里拿着几张纸，其中一张纸上有我的名字。他让我站起来，我站了起来，他看看我，笑着说请坐下。他开始念手里的那几张纸上的内容——那是我写的作文。他念完后称赞这篇作文写得很好，虽然错别字很多，但是论点明确，论证有理有据，是一篇优秀作文。我很感动，也很骄傲，一下子就记住了于善明老师的模样。

几个月后我毕业了，离开了学校。八年以后，因为写了一篇读书体会刊登在内部发行的一本小册子上，我受邀在一个区图书馆举办的读者座谈会上讲一讲体会。就在我要发言的时候，一个个子矮，穿着蓝色人民装，手里拎着一个黑色公文包的老头微笑着走进会议室。主持人沈秉春（沈阳市作家协会秘书长）立刻热情地向大家介绍说："欢迎《谢荣策之歌》的作者于善明老师！"

当时的我愣住了。其实我早已忘记了于善明老师的名字，或者说根本就不知道他的名字，但是我记住了他的模样。我还记得，他是沈阳市第五十三中学的语文老师；他教过我，他表扬过我。后来，他写的长诗《谢荣策之歌》曾传

---

* 作者简介：黄兴武，男，68 岁，辽宁省沈阳市人，大专学历，编辑。发表有短篇小说和长篇通讯等作品。

遍大江南北。

那一天，我们爷俩骑着自行车朝着同一方向行驶。我才知道，原来他的家离我的家只隔了两条马路，且在一条街上。于善明老师邀我到他家里做客，我没有客气，和他去了他家。师母为我们炒了两个小菜：一盘白菜片，一盘小豆腐。我们边吃边聊，如今，我已不记得我们都聊了什么，但是我离开于善明老师家，回到自己家后马上就开始奋笔疾书。几天后我把几万字的手稿交到于善明老师的手里，仿佛当年交作业一样。

记得那是 1980 年深秋的某一天，阳光特别友好，温暖和煦。我在单位穿好工作服，准备好铁锹和洋镐到工地干活。门卫刘师傅告诉我有人找我，我跑到收发室看见了于善明老师，他让我跟领导请个假，一起到编辑部去一趟。

领导准了我的假，我和于善明老师骑了近一个小时的自行车来到《芒种》编辑部。编辑部所在的灰色的小楼曾经是张学良和赵四小姐玩乐的地方。编辑部里的几个人都来到会议室听我讲"故事"。最后，铁岩编辑（沈阳市政协秘书长）表达了对我所讲故事的喜爱并建议我写成小说，让于善明老师帮我修改，再联名发表。1981 年首期《芒种》刊登了小说《魅力》，不久后，北京的《青年文学》月刊全文转载这部小说，上面还附有评论家的评论文章。

从此，我喜欢上了文学。我的作品接二连三地在全国几家刊物上发表，我也成为辽宁文学院的首届作家班学员。毕业后的我到省直某机关当了编辑。几年后，我为"赶时髦"下海经商，天南地北地跑。然而，我每次回到沈阳看于善明老师，我都是空着两手的。他的儿子杨树沈不禁感叹道：他父亲的很多学生来看他都提着大包小包，唯有我什么都不带，他母亲还得给我炒菜，热情款待。

于善明老师五十九岁那年确诊了恶性肠癌，他没有告诉我，我春节回家去探望他的时候，老人已经手术后出院，恢复如初。他高兴地陪我喝了一小杯啤酒——他是那么的淡定从容。多年以后我才知道他如此淡定从容的原因，一个抗美援朝的战士何惧生死。

生活还是那么平平淡淡地过着，于善明老师满足于上天赐予他的幸福——他的孙女杨桉在他的熏陶下也喜欢上了文学。小女孩的作品一篇篇发表，她的长篇小说《一百滴眼泪》出版后，当时正读大学三年级的她被选为中国青年作家协会的副主席。

总有人羡慕于善明老师，他桃李满天下，人生已足矣。老人家听到这些后总会黯然地摇摇头，他还有一个心愿没有实现，这也是他年轻时候一个强烈的要求，就是加入中国共产党。然而，他那知识分子的秉性——倔强、清高、执着，和其他原因未能使他如愿。但是党没有忘记他，在他七十周岁那年终于接纳了他——在党旗前的于善明老师举起右手庄严宣誓，自愿加入中国共产党。祖国改革开放已有四十多年，一个强大的国家在世界民族之林中有了傲然的地位——但国家没有忘记这位老兵，仍旧善待他。于善明老师被授予了荣誉勋章。

如今我也步入了古稀之年，每每去探望于善明老师，老人仍旧精神矍铄，虽然话不多，但总是笑眯眯的。我们师生总是面对面微笑——我知道他经历过战争，他活下来了；我知道他得过癌症，他活下来了。

又是一个晚秋，阳光明媚，沈阳的街道一尘不染。于善明老师的头发、眉毛和胡子全白了。他踽踽而行在古老的浑河岸边——江山已如画，老夫何所求。人民已安康，老夫已尽瘁！

浑河的水依然静静地流……

悼念马老师广利先生

赵志杰 *

妻从单位回来，告诉我遇见了马老师广利先生和他的夫人。说马老师生病刚出院，神形都有点憔悴；马老师还问起我，让我抽空到他家玩。也许这是马老师的一句客套话，但当时我确实是踌躇了半天：想着瞅个什么节日去看看马老师，叙叙旧聊聊天，也是师生一场么。这是 2020 年夏天最热的那几天的事了。

新年伊始，迎来了近几年不曾有过的寒冷，妻子从单位回来，告诉我马老师走了并已下葬。突如其来的噩耗让我一下子蒙了老半天，重阳节那几天，还想到过马老师，说是过年正月吧，约几个同学去看看马老师。谁知道一时的迟缓竟然是不尽的遗憾，我真不知道怨我慵懒的脾性还是恨岁月的无常？

在不曾认识马老师之前，马广利这个名字早已如雷贯耳。初中时阳城城区周边有四所全日制八年中学，除我所在地处城中心的东方红学校外，还有东南西关学校。当时有好事者是这样形容各学校的特色的：东方红学校穿得好，东关学校学习好，南关学校体育好，西关学校劳动好。那时候，马老师就是南关学校的体育老师，南关学校的体育好跟马老师有着必然的联系。后来驰骋在阳城篮球场上的许多高手都是那时候马老师培养出来的学生。我上初中二年级的时候，马老师从南关学校调到东方红学校。

那时候东方红学校连个操场都没有，体育课都得到隔条街的工会操场上，早操是沿着大街兜一圈。现在想来，当时出早操也是颇为壮观的，初中三个年级的九个班，四五百号的人马，浩浩荡荡在县城的主街道迎着晨曦踏出整齐步伐的声音，那该是多么威风的场面。许是我个子高挑，马老师来到我们学校第一次同我们出早操就"瞄"上了我，同我简单交谈了几句，便把我的姓名、班级打听清楚了，没过几天，在下午第二节课后我就稀里糊涂地被通知参加了学校的体育队。

第一次真正认识马老师也就是从那个时候开始的。这是个个子不高却精神十足的男人，黝黑带有古铜色的皮肤填补了他身材瘦小的不足，两只炯炯有神

---

* 作者简介：赵志杰，男，山西省阳城县人，供职于其小城金融部门。

的眼睛让人不敢直视，其实马老师是个很温柔的人，在我做他学生的几年中和以后打比赛做教练的时候我竟然没有见过他发一次火。那时候，马老师是个严肃却又和蔼的兄长。

20世纪70年代末80年代初，整个中国都在为把之前耽误的时间补回来而奋斗，学校更是把学习好数理化作为实现这个目标的最短捷径。体育课成了可有可无的编外科目，任何一门主课老师都可以占用一星期仅有的两节体育课，但马老师来后，我们学校基本就没有再出现过这种情况。而且马老师上课的态度比所谓的主课老师都认真，这个干瘦的体育老师一下子就把东方红学校的体育项目搞得蒸蒸日上。我也是在那两年跟着马老师上长治到晋城打比赛、搞竞赛见了许多世面，那年代还没有现在这样全民崇尚体育和娱乐明星的风俗，在学校搞体育的会受到主课老师的鄙视。现在想来马老师能够在那个环境下使东方红学校的体育崛起是很不容易的。

马老师一辈子就是个体育老师，默默无闻，没有什么显赫的地位，更没有当世普遍的浮躁，他只是辛勤地耕耘着自己的一亩三分地，呵护着那些才出芽的幼苗。现在执教于阳城各学校像我们这个岁数的体育老师大部分都是马老师的学生。马老师一家都是搞体育的，两个女儿一个儿子，都在基层学校当体育老师。

我自幼冥顽不灵心拙口夯，加上怠惰因循的本性，念书的时间不短，却辜负了许多老师的心血，在学校没修成"正果"，得益于初中时马老师手把手教的一些雕虫技能，让我终身受益。在高中时，在田径场和篮球场的一点风采弥补了我学业上的不足，得以支撑我的虚荣心；在单位里，在马老师勤勤恳恳、任劳任怨的工作态度的影响下，让我在职场追逐中有了平静的心态；在生活中，年轻时体育锻炼的基础使我有着对生活乐观的态度……我想，平凡人的伟大之处，在于他躬体力行的高尚行为在潜移默化地感化着别人，而自己却无知无觉并继续这样默默地付出。马老师就是这样一个平凡岗位上的一个伟大之人。

五六年前，我路过东关清真寺，戴着穆斯林特有的小白帽，依旧是干瘦的马老师叫住了我。马老师是虔诚的伊斯兰教徒，退休后主动到城里唯一的清真寺帮忙。许是我的眼拙，马老师依旧像三四十年前的马老师，精神矍铄，双眼炯炯，语速较快，丝毫没有看出岁月在他身上留下了什么痕迹。只是闲聊的话题转向了家长里短、嘘寒问暖的家常话，也是在聊侃的突然间我感到马老师变成了一个慈祥和善的老头子。我想这是我最后一次见到马老师。

那天妻子回来告诉我马老师走了后，我一天都自责，也在遗憾，唏嘘着人生的无常。晚上，梦中，我居然见到了马老师：东方红学校的中院，那个大雄宝殿的阶梯上下，马老师依旧是四十多年前的神态，只是头发剃成了锅盖式。含笑告诉我：我真无常了；我说：马老师，还说去看看你，你怎么就走了；马老师说：知道知道，心意领了。梦戛然而止，我从梦中惊醒，泪水已经浸透了枕巾……

都市中的不惑

周曙杭 *

现代的都市，高楼鳞次栉比，道路四通八达，车辆川流不息，行人脚步匆匆。赶场者四处奔波，推销者口若悬河，快递哥风风火火，外卖员上下穿梭。从员工到老板，一个字：累；从市长到菜商，两个字：紧张。

天下熙熙皆为利来，天下攘攘皆为利往。逐利没有错，只为好生活。只要遵纪守法，以付出换取回报，那理所应当。你在为这个城市创造着财富，也在拼搏着自己的梦想，但在这劳累奔波中，你可曾忘记健康。今天的透支，明天可要加倍地赔偿，即使脚踩风火轮，也应有他的停车场，歇歇吧，忙里偷闲，喘口气再上战场。

现代的都市，飞快的节奏。都市中人都在它旋转的引力场中，被它左右。你既不想被甩出去，又不愿过早地沉沦，那你就努力吧，努力找准自己的定位，努力把控运转的节奏，少一分所得，多一分保养，让一分利润，添一分健康。钱没有挣够的时候，生命却每时每刻在流淌。出水才见两腿泥，笑到最后才是强。失去了健康，幸福就会化为乌有，前面的一切努力都会付诸东流。

二十岁，你拼的是力量，三十岁，你巧用了智商，四十岁，你才践行出趋于成熟的思想……是啊，不惑之年，人生的分水岭，奋斗过，拼搏过，得与失怎样衡量？宝马豪宅不是人人能够得到，得到了也不表明你已进入幸福的天堂。经过透支的拼搏，已悄然流失着健康，进入不惑的年龄，要有不惑的思想。适当地放慢节奏，让精神不再紧张，看一看小河流水，闻一闻鸟语花香，吸一吸新鲜空气，哼一哼乡间小调……

步入不惑的你，也许事业有成，也许独当一面，也许仅够温饱，也许寅吃卯粮……无论境遇怎样，体质已进入下降的通廊。降低一点儿标准吧，给自己松松绑，放慢一点儿节奏吧，把追梦的时间延长。当你有了新的定位，你会感到豁然开朗：天是那样的高，地是那样的广，神是那样的清，气是那样的爽，你的脚步坚定而充满力量，你的意志坚强而不再迷茫。

---

* 作者简介：周曙杭，男，65 岁。山西省山阴县人，大专学历。河钢集团邯钢公司退休职工。

不惑的年龄，把你带入充满神奇和魔幻的平台：你的体质和健康将顺着这个平台逐阶而下，开始了漫长的下降之旅；而你的思想和智慧则沿着这个平台拾级而上，跨越一个高峰，又一个高峰……

健康是你生命的保障，思考为你插上腾飞的翅膀。尽情地享受生活吧，享受这天赐的不惑，让不惑的心带着你翱翔，去领略人生的沧桑。

窝头里的秘密

张金福[*]

　　1960 年，正是"国家三年困难时期"。当时农业社正时兴集体开伙吃食堂，按家庭人口限量发放，把饭领回家吃，因量少，家家都吃不饱，人人都饿得面黄肌瘦。偶尔看见个胖的，还是因为浮肿。

　　中午去食堂打饭这件事让母亲犯了难。食堂是中午十一点就开始打饭，那谁去打饭呢？

　　父亲是三班倒的矿工，肯定不行，母亲还要到生产队下地劳动，如等母亲下地回来再去打饭，那就晚了。那时下地劳动的人收工靠看天估摸时间，再有地远地近的、阴天下雨的，回来的时间就更不一定了。如果打饭晚了，中午仅有的那点时间就不够了，何况有时去晚了，食堂没了饭，还得等着再做，那下午下地的、上学的可就都惨了。所以中午打饭绝对是一件大事，那时候两个哥哥都念初中，功课多，离家也远，妹妹太小不顶事。我当时正上小学二年级，学校离食堂又不太远，最后母亲权衡利弊，就我"近水楼台"，是最佳人选，所以这个重任就理所当然地落到了我的头上。

　　其实对打饭我也有难处，等下第四节课，十一点半再去打那就太晚了，无奈之下我只好跟老师说明原委，请求不上第四节课去打饭，好在第四节课副科多，老师也通情达理，体谅我，毕竟民以食为天嘛！

　　我打饭是拿着一个柳条编的圆"浅子"。打好饭还要端将近一里地才到家。那时因吃不饱，早晨的稀汤灌肚，不到中午就已饥肠辘辘了。每当我半路上端着领出的薯面饽饽，那徐徐散发的热香，令我垂涎欲滴。这对于一个还不到十岁的我来说，真是有着极大的、难以抗拒的诱惑力啊！饿！但……不能吃！那是有数的，一旦偷吃了，到家皮肉就会受苦。那可真是考验我的定力啊！

　　刚开始的那些日子我还是很好地完成了任务的。路上小心翼翼地端着那全家的"圣点"，生怕脚下被石头绊一下，不夸张地说，那可是全家活命的寄托。

　　但这样的日子没过多久，这种抑制的平静还是被打破了，起因是有一回我

---

　　* 作者简介：张金福，男，71 岁，河北省唐山市古冶县唐家庄人，大专学历，中学美术高级教师。座右铭：敢于开始，你就成功了一半！

正端着饭往家走，可眼睛却鬼使神差地，不知怎么就看到路边的废墟上有一个断把儿的，吃粥用的那种小铝勺，我当时眼睛就豁然一亮，试想如果用那断的一头去掏那窝头眼眼，刮些下来，估计……我为自己的聪明与发现而兴奋！于是我赶紧把饭放到石堆上，把破勺抓在手里，在附近的水龙头那儿急切地洗了洗，然后擦了几擦，急不可耐地找了个僻静的拐角处，我也知道接下来最好不要让别人看见，但实在是太饿了！我把饭放到路边的一个台上，前后看两头无人时就开始了我谨慎的操作，我特意挑了稍大点儿的窝头，不能破坏外形！我把勺断的那头小心翼翼地探进窝头的眼里，慢慢地、轻轻地刮了一点儿下来，忙不迭地抿进嘴里，好在窝头是刚出锅的，尤其是那眼儿里还是湿软的，再者那时还正鼓吹"增量法"，和的面子稀，做出的窝头本来就虚软，所以并不难刮，我做贼似的慢刮快吃地消受着我的战果，去安慰我那早已躁动的肠胃，好爽！却又有点不是滋味，但我停不下来了……刮了有三四个，然后就不敢再继续了，毕竟我有顾虑，不敢肆无忌惮，回到家的情形还难以想象。再者当时也感到是在冒天下之大不韪！因此我心并不坦然。

我装作若无其事地和往常一样把饭端回了家，但吃饭时我还是如兔在怀，惴惴不安地观察着大家拿窝头的手，继而又不时地巡视着大家的脸。还好！那时吃饭大家也都急不可耐，风扫残云……再者窝头实在是也没有太大的区别，终于这顿饭吃完了，我也长吁一口气，神鬼不知。

不过好景不长，最终我一直担心的事还是发生了！那是因为我以为没事，不知不觉操作就越来越大，以至窝头越来越薄，分量越来越轻，秘密终于暴露了。

母亲气坏了！瞪起了双眼！旋即暴怒地举起了巴掌，我吓坏了！但我没有躲，我知道自己做错了，挨打是应该的，惩罚是该受的！但我还是本能地缩短了脖子，紧闭着双眼，等待着那接下来的霹雳……可是过了好久，我想象的情景并没有发生，我怯怯地眯着眼向上望去，只见妈妈那高举的手掌，不知为啥，慢慢地垂落下来，眼睛里分明地有晶莹的一闪，然后闭上了双眼。我庆幸自己躲过了一劫！但不知为啥我却又觉得还不如那巴掌打下来，心里会好受些。

许多年后，当我也为人父母时，我才释然了母亲的巴掌为啥没有落下来。可那巴掌虽然没有打在我身上，但那情形却永远烙在了我的心里，每每想起我鼻子还都是酸酸的，也为那时自己的作为懊悔不已。

时至今日，我每每看到窝头，都还忍不住地要多看上几眼，尤其是那上面的眼眼……

追 梦

葛松洲 *

我不傻，但我会慢慢变傻。忘记了年龄，就会变得天真淡定，就像快乐的小鸡，依偎在母亲的身旁躲过天敌追杀。又像一只小狗，在父亲的守护下，尽情快乐地玩耍……

人的思维决定出路，行动决定未来！能想到的不一定做到，但能做到的一定是你日思夜想的成果。有人说，梦想只有坚持才能实现。这是颠扑不破的真理。

我童年的梦想，就是去一个比我家县城大的都市，看看那里是什么样。可是当我走进大都市，第一次见到老师，却不敢正视，对老师的提问也不知所措。

往事不堪回首，转眼已是白发苍苍的老人。以前，我自卑过，迷茫过，年轻时荒废了学业，通过努力奋斗，追回那蹉跎岁月。不管刮风下雨，不管饥肠辘辘，只要走进教室学习，就是我最大的满足！三十年河东，三十年河西，加在一起就是知足常乐的年纪！

我相信，生活是美好的，我更相信，拥有豁达胸怀的人，他的生活才是最幸福的。

我现在每年都走出家门，去看祖国大好河山，体会不同地域的风土人情。

我还打算，再带上几位老哥，去乡下寻找一处有山有水的桃花源，种地栽花、养鸡养鸭，清晨看袅袅炊烟，傍晚赏落日余晖。满园春色，满园芬芳。

这就是我的梦想，我所要的晚年生活。

---

* 作者简介：葛松洲，男，汉，1957 年 9 月 7 日出生，大学学历。现居于黑龙江省哈尔滨市。1984 年于哈尔滨市成人教育学院毕业。1980 年被哈尔滨日报社聘为通讯员，先后在《哈尔滨日报》、《新晚报》、哈尔滨市广播电台发表作品若干篇。2017 年于哈尔滨市香坊区政府退休。

人生历程

贾洪金*

我曾经在重峦叠嶂的云南边陲度过了人生中最宝贵的青春年华。无法排解的相思之情时常撩拨着我记忆的琴弦。它不是声振林木、响遏行云的山之交响曲，而是鸣奏在我心灵深处的音符。

又是一个满月之夜，流银似的月光满世界流淌。我仰望湛蓝、深邃的苍穹，竞渡天河的云帆，又背负着我殷切的思念，飞向那红河岸边、南溪河畔，在老山、扣林山的上空萦回。我仿佛又听到那冲锋的号角，闻到那早已散尽的硝烟，看到我的战友们冒着敌人的炮火，冲锋陷阵，效命沙场。电影《高山下的花环》就是我们戎马戍边的真实写照。

离别三十年，故地重游，用不一样的心情去感受曾经路过的每一寸土地。我站在南湖中央的岛上眺望夕阳映照下的这座美丽边城，如诗如画。放眼那碧波荡漾的湖水，心潮起伏，思绪万千……总想起当年的深深眷恋，青春的记忆和英雄的诗篇，热血流淌成心中的河，写下了人生的沧海桑田。

我想对所有的战友说："无论在天涯，无论在海角，我的心会陪伴在你身旁。无论在何时，无论在何方，我都为你们祝福。"也想对那些长眠在高山脚下的英烈们说："祖国不会忘记！人民不会忘记！生死与共的战友们也不会忘记你们！"

---

* 作者简介：贾洪金，男，71 岁，四川省安岳县人，中专学历，中级职称（卫生主管医师）。本人热爱文学，曾任安岳作协会员，在《安岳文艺》《安岳月报》上发表多篇文章。

人生之恩

回忆知青生活二三事

王恺 *

（一）

1976 年的深秋，我只身从安阳市被下放到豫北一个偏僻的小村，当了一名知青。时年，刚刚走出校门，对世间曲曲折折，酸甜苦辣，基本没尝试过。只是带着一腔热血，满怀豪情，想在农村的广阔天地里，甩开膀子，撸起袖子，大干一场，像知识青年的好榜样邢燕子、侯隽那样成就一番辉煌。但理想很丰满，现实很骨感。中国 20 世纪 70 年代的农村，耕种全靠一把子力气。工具就是些锄头、铁锹、犁耙、镬头、箩筐、小推车等，使用的还是延续了几千年的传统农耕手法。吃水还是靠水井，手提肩挑。卫生条件极差，洗澡是不可能的事。刚到村里时，因为地里庄稼已收割完，所以开始了繁重的冬季农田水利改造工程。

每天天不亮，生产队的钟声就敲响了，我便扛起铁锹和乡亲们一起下地干起活来。我们主要的任务是平整土地。这活可不是一般的累。手挖，肩扛，小独轮车推，平板车拉……硬生生把高的地方削低，把低的地方垫高，以达到大面积的平整。干了一会儿，我便累得直不起腰了。手酸得直抖，握铁锹都困难。真想一屁股坐地上，长坐不起。北方的秋冬之季，正是风大的时候，随着土地被翻起，经风一吹，漫天黄土翻飞，几米外，便看不清人脸。黄土把我们一个个都染成了土人。头发上、脸上、鼻孔里、耳孔里、嘴巴里全是土，最可恨的是土灰还顺着衣领直往脖子里钻，真真正正地体会到了农民的不容易、农活的苦和累。

就这样，除了吃饭外，一干就是一整天。晚上回到房间，浑身累得像散了架。扑通一声把身子摞在床上，再也不愿意动一下了。虽然浑身脏得像个土人，

---

　　* 作者简介：王恺，男，现年 64 岁，河南省安阳市人，大专学历。退休前为机关公务员，从事文字、管理等工作。早年在部队时，曾为连队宣传队编写多篇相声、快板、山东快书等。参加部队会演获得好评。复员到地方后，在报纸、电台、电视台发表数十篇通讯报道及幽默短文等。

但也懒得洗漱了。每天如此，日复一日，繁重的体力劳动，使我刚来时的豪情壮志被磨得消失殆尽。我想，长此以往，自己非变成一个没头脑的机器不可。

冬季很快到了。我住的小平房里没有生火，冷得像冰窖。晚上睡觉必须把头蒙起来，否则头和脸会被冻得生疼。鼻孔吸的气也是冰冷冰冷的，直窜心肺，非常不舒服。

另一件使我难以忍受的事，就是皮肤老是奇痒无比。两手老是不自觉地从脖子里、腰里伸进去在身上乱抓乱挠，恨不得把皮肤抓烂。久而久之，也不管身边有人还是没人，都照抓不误。背部痒了，手够不着时，就找树干或者墙棱角处，把背贴上去，上下左右晃动着摩擦，那个舒服劲啊……啧啧啧，简直没法言说！

开始还以为自己得了皮肤病，后来有一天，脱了棉袄仔细一看，棉袄里子上净是些密密麻麻的小虫子。顿时恍然大悟。我说这么痒呢，原来是这些虱子们咬的。我赶紧又是拍又是打，又是抓又是挤，弄得指甲盖上都是血，好不容易才弄干净。当下是干净了，可第二天脱下来再看，还是跟昨天一样，虱子们照样在我棉袄上横行霸道。原来虱子们已经在我棉袄的棉花里安营扎寨了。光在外面抓是抓不净的。这可怎么办？棉袄就这一个，也没法拆洗。这事还真把我难住了。正不知如何是好时，突然想起，好多村民也好在身上乱抓乱挠，以前还不明白怎么回事，此时也顿悟了，都是虱子捣的鬼。便想，何不问问他们是怎么处置的。第二天傍晚，在收工的路上，我便偷偷问一个经常在身上乱抓乱挠的村民："棉袄里的虱子有没有什么好办法消灭掉？"

他说，当然有了。你晚上在你房间点上一堆火，然后将棉袄的里子对着火烤。烤一会儿后，虱子耐不住烟熏火燎，便往外爬，估摸爬得差不多了，用手猛地一抖，虱子便会全部掉到火堆里烧死。最后他还强调，一定要抖得既猛又干脆，虱子才能被全部抖下来。

说干就干，当天晚上我便生上了一个火堆，脱下棉袄，一阵猛烤，谁知因离火太近，一下子烧着了棉袄下沿儿，火苗直往上蹿，慌得我连拍带打，也不济事。心想糟了，棉袄可能要保不住了。猛回头，正好看到盛水的大水缸，急中生智，赶紧一把把棉衣按到了水缸里。火顿时滋一下灭了。心里一阵得意，暗暗骂道：妈的，挨千刀的虱子们，让你们也尝尝水深火热的滋味吧！

痛快是痛快了，可棉袄却湿透了。我翻开棉袄仔细检查了一下，只烧了一个小洞，不影响穿，便使劲拧掉水分，在火上翻来覆去地烤。直烤到天快亮，才基本烤干。就赶紧上床眯了一会儿。不久，上工钟声便敲响了，赶紧穿衣起床，夺门而出。

经过这一夜的折腾，本以为能解决问题，可不曾想，很快照旧。我身上该痒还是痒，该抓挠还得抓挠。虱子在我的袄里、身上照样自由自在地生活着。这下我算是没脾气了。我感到，有农村这个大温床，想凭我一人之力，消灭虱子这个与人类共存了不知多少年的小动物是不现实的。我与虱子的战斗不得不以失败而告终。

（二）

转眼间，我下乡已经两个多月了。在每日的艰苦劳作中，迎来了1977年的元旦。农村没有过元旦的习俗，所以我那下乡的小村也没一点儿新年气息。

村里人不过，可我想自己庆祝一下。毕竟自己也增加了一岁。庆祝的方法我已经事先想好了。去一趟县城，先洗个澡，彻底清理一下身子。再在县城吃顿可口饭，犒劳一下自己。我们村里知青点的伙食确实不怎么样，每天不是白菜就是萝卜，鸡蛋、肉根本见不到，能吃一次豆腐就算改善伙食了。肚子里实在缺油水，需要补补了。

元旦那天，上午我先在地里干了一会儿活，没等收工，便早早跟队长请了假，说是去县城办点事儿，下午就回来。队长吩咐我注意点儿安全就让我走了。我先回宿舍，脱去沾满灰土的外衣裤，找出一身干净点的衣服，罩在棉衣棉裤外面，甭管怎么说，要进城了，起码不能太邋遢吧？县城在我们村的南面，有六里来地。走出村口，就有一条柏油马路，沿着马路一直往南，步行几十分钟就能到达。

不到中午，我便到了县城。经过打听，很快找到了县城唯一的国营澡堂。掏钱买了一张票，进了门。首先映入眼帘的是一个大通间，摆了几溜木板床。床上面铺的褥子、被单脏得不行，远远都能闻到一股怪味儿。枕头更是油腻腻、黑乎乎的，还散发着脑油气。我身上虽然脏得要命，但看到这床铺，也还是不想沾到自己的皮肤。我站在小床上脱掉了身上的衣服，光身走进洗浴间。洗浴间中间就一个大水泥池子，四周也没有淋浴。我走到浴池边，往池子里一看，我的妈呀！洗澡水比面条汤还稠。也不知道是长时间没换水了，还是洗浴者的身子太脏了，把水竟然洗成了浑汤。再凑近点细看，好家伙，水里还混着很多黑泥条条，就是从人身上搓下来的那种泥条。

看着这水，我真是犹豫了。这水能洗吗？太恶心人了吧。可转眼又想，既然来了，钱也花了，不洗怎么办？还脏着身子出去？出去也没别的地方可洗啊！罢罢罢，管它呢，洗洗总比不洗强。就屏住呼吸，眼一闭，扑通一下，跳了进去。水倒是挺热，泡起来也挺舒服。泡了一会儿，我两手朝自己皮肤上抓了几下，黑乎乎的油泥竟然把我的十个指甲缝都塞满了。我赶紧爬出浴池，把毛巾拧干，在身上一阵儿猛搓，只见泥条条像雨点似的一个劲儿唰唰地往下落，顷刻间便在我身子周围落下一大片。直看得我目瞪口呆。好歹是洗完了，穿上衣服，走出澡堂，直觉着身轻如燕，神清气爽，好不痛快。

这时已到中午，肚子也饿得咕咕直叫，我便开始实施第二步计划，找地方吃饭。

我早就听说县城十字街的大杂菜不错。当地乡亲进城想解馋了，都好弄碗杂菜，配几个白馒头一吃，那叫个"得劲"。便决定去尝一尝。我走到县城十字街口，看见不远处有个食堂，便径直走了进去，问柜台里站着的一个中年汉子："掌柜的，你们这里有大杂菜没有？"那人说："有。"还热情地给我介绍道："想吃大杂菜你算找对地方了，我们这的大杂菜全县最有名，保管你吃了还想吃。"我赶紧找了一张桌子坐了下来。不一会儿，一大碗大杂菜配四个大白馒头便上到了桌上。我仔细一看，这大杂菜里有白菜、粉条、豆腐、海带丝，最吸引眼球的是那几个金黄的油炸肉丸和那几片儿红白相间的五花肉片儿。这菜其实跟我们安阳的大烩菜差不多，只是两地叫法不同而已。已经很久不沾腥的我，看到这些，口水差点没流进碗里。赶紧一手拿筷子一手拿馒头，低头一阵猛吃。顷刻间，风卷残云，把四个馒头和一大碗大杂菜全送进了肚里。刚才还扁瘪的肚子顿时成了滚圆。然后又向店员要了杯茶水，品了几口，身子往椅背上一靠，一时间，感到无比的惬意！不自觉便哼起了小曲儿。

现在想想，其实人生经历一些苦难也不错。只有经历过苦难的人，才容易得到满足。幸福对吃过苦的人来说其实也很简单。往往也就是一顿可口的饭菜，或者是在干净柔软的床铺上美美睡一觉而已。现如今，我们的日子好过了，物质也丰富了，可幸福感却也变淡了。

在小饭店吃饱喝足后，又在街上转了一会儿。看了看百货大楼，又看了看新华书店，无奈银子不多，啥也没舍得买。眼看日头偏西，才出城往回返。冬天日短，到村里时，天已经昏黑。

经过这一天的休整，我疲乏的身心得到很大恢复，为投入下一步的艰苦劳动，增添了动力。人跟机器一样，也需要加油保养，不能无休止地使用。此后，我啥时候觉得撑不住了，就去县城转转，简单吃点、喝点，就又能坚持一段时间。

（三）

元旦过后，我从平整土地小组调到粪场工作。粪场的活又脏又累。每天就是用铡刀铡玉米秆。两个人一组，其中一人双手紧握铡刀把，一上一下地铡，另一个人握一小捆玉米秆，往铡刀下面不停地续。玉米秆铡好后，就往粪坑里面填，一层玉米秆一层土，不停地填，直到把粪坑填满为止。填满后再往粪坑里浇水和从各家茅厕里收集起来的尿。浇得差不多了，最后用一层土把粪坑封严，就开始沤了。沤一段时间，玉米秆发黑了，也有臭味了，说明粪就沤好了，就开始起粪坑。起粪坑可是个脏累活。当时我们也没有胶靴子，就光着脚，卷起裤腿，跳进粪坑手握粪叉，一叉一叉往外撂。一叉少说也有十几斤。没有一定力气，根本撂不出去。不仅累，还脏。每撂一下，粪水就乱溅，衣服上甚至脸上都是粪水，臭气熏天。刚开始干时，真是不习惯，老想作呕，总感到自己身上有一股臭味，往人前站，跟人说话时，不自觉地就往后退，生怕别人嫌弃。可时间一长，也就习惯了，也闻不到自己身上的臭味儿了。

不觉又熬过了一个多月，新年快到了。生产队看我是第一年下乡，便早早给我放了假，让我回家过年。

一听说要回家激动得不行。一晃离家已三四个月了，多少次梦里回到那温暖的家，和父母姐弟团圆，那其乐融融的场景让我久久难以忘怀。好梦一旦惊醒，泪水不觉便打湿了枕头。如今终于可以马上回去了，不激动才怪。

说走就走，马上动身。我搜了搜全身，总共搜出一块多。买车票是不够的。但这不要紧，我早就听说我们这些知青回家很少有人买票的，都是在路上截车，或搭便车。我也决定截车回去。

我先花了一毛多，在村里买了盒烟，准备在路上截车时用。我自己并不抽烟，直到现在也没学会。

第二天天微明，我就起了床，也没什么东西可拿，两手空空就出门了。

好在我们村离公路不远，出村就到。

那时的人都很朴实，基本没有防人之心。在公路上截大卡车还是比较容易的。不像现在，一个男人在马路上要搭顺风车肯定很难。

当时，我在路边等了不大一会儿，就截下一辆卡车。司机师傅问我去哪儿。我说安阳。他说这车到濮阳就停了。我说濮阳也行。心想，走一段近一段，到濮阳再截。司机往后指了指说："那你上车厢吧，前面没位置了。"我就赶紧扒上车厢坐稳。直到车开动以后，才想起忘记让师傅烟了。

在这里说明一下，我回安阳的家应该是从县城一直往西，经内黄再到安阳县然后就是安阳市。但当时去安阳的公路大修，完全封闭了，回安阳得往南绕道濮阳、滑县、浚县、汤阴，然后才到安阳，多绕一百多里。

濮阳离我下乡的地方有四十多里，不到一个小时就到了。好在下车在路边等了不大一会儿，就又截了一辆，司机说只到滑县，我就只好又坐到滑县。又下车，再在路边截。这回不很顺利，拦了好几辆都不行，约莫有一个多小时后，好不容易才截了一辆，又说只能到浚县的屯子镇，离安阳还远着呢。心里直叹气。唉！没想到，回趟家这么难，前面不知道还要再截几次呢。

还好，这次遇到的这个师傅很面善。他年龄不大，长得也很清秀。他看我还要往车厢上扒，忙招手说："上面冷，坐司机楼里吧，就我一个人。"我一听高兴坏了，连连感谢。忽然想起兜里还有一盒烟，赶紧掏出来往他手里塞，他推住我的手，无论如何不收。他问我："是知青吧？"我说："是。"他说："一看就像。"他告诉我，他经常在路上拉知青。因为前几年他也是知青，后来回城当了司机，知道知青不容易，能帮就帮。聊着聊着我一看车窗外，竟然飘起了雪花，而且雪花越飘越大，越飘越急，不多一会儿，就白茫茫一片了。心想，多亏坐进了司机楼，不然的话，岂不冻个半死？只可惜屯子镇很快就到了。他有点过意不去地说："我到了，不能再送你了，你在路边等等，再截一辆吧。"我一边道谢一边下了车。一出车门儿，忽一阵凉风，冻得我浑身一颤。此时北风呼啸，大雪纷飞，寒气逼人。我一个人孤零零地站在马路边的雪地上，望眼欲穿地看着南面的公路，左等右等也不见一个车影。难道是因为雪下得太大，车都躲避起来了？我暗想，要是真的等不到车，我在这里可咋办？岂不冻死？

正在发愁，忽然闻到一股烧饼的香味。回身一望，果然不远处有个烧饼店。这才想起，从早起到现在，已经过去大半天了，自己还滴水未进，肚子早已经瘪得前心贴后心了，还咕咕叫个不停，便决定先去买个烧饼充充饥。走到烧饼店窗口，买了一个拿起猛咬一口，唔，好香，一股可口的椒盐味和芝麻香直沁心脾，外酥里嫩回味无穷。一个烧饼几口下肚，根本不顶什么事，离饱还差得远呢。便把身上的钱搜干净，都买成了烧饼，一共有十来个。烧饼师傅用草纸给我包住，又用草绳捆了起来，有一大摞。我揣起，到一边准备再吃几个，把肚子填饱。刚要拆包，忽然想到，这么好吃的烧饼，何不拿回家让家人也尝尝呢？再说也快过年了，自己虽然拿不出什么礼物孝敬父母，犒赏姐弟，但能让他们吃一口我买的烧饼，也算是自己的一片心意。想到此，我便不舍得再吃了，我掀开棉袄，贴着肚皮揣在怀里，直觉着一阵热乎乎的，虽然还是又渴又饿，但心里却很温暖。虽然饱的问题没完全解决，但我想先解决一下渴的问题。身上已经没有一分钱了，我决定试着跟烧饼店师傅要点水喝。我又走到烧饼店窗前，壮着胆问烧饼师傅，能不能给碗水喝，渴得受不了了。烧饼师傅热情地说可以，给我端了一碗冒着热气的水。我边接边连连感谢。端起碗也顾不上烫，大口大口喝了起来。没等喝完，眼睛余光突然看到南面公路上远远一辆大卡车正朝我这边开来。我也不顾喝水了，赶紧放下水碗，就往公路上跑，一边跑，一边挥手。心想，救命的车啊！你总算来了，千万不能错过啊！在我拼命地挥手下，师傅终于把车停下了。问我："去哪儿？"我说："安阳。"他说："正好，要去安阳拉货。可司机楼里已经坐满了，要坐只能坐车厢里了。你只要不怕冷就上。"我忙说："不怕不怕！"就赶紧扒上了车厢，然后走到车厢前面的角落里，蜷缩着坐了下来。车开动了，开始还行，可走了一会儿，却受不了了，车是顶着北风开的，再加上下着大雪，温度至少也有零下十几度。随着车子的加速，嗖嗖的冷风透过衣服，直往骨头缝里钻。尤其是衣服裹不住的地方，就跟万把钢针往皮肤上乱扎似的。不一会儿，浑身就麻木僵硬起来。心想，别再冻死在这车上吧！人是回到安阳了，可却冻成僵尸了，岂不糟糕？想起身拍打司机楼，让师傅停车。可转眼再想。在这茫茫荒野，下了车能去哪儿呢？人生地不熟，身上也没个钱，已经下午了，天很快就黑，万一再截不上车，我可怎么办？不冻死在这荒郊野外才怪呢？就咬咬牙想，硬扛吧！扛过去就赚了，扛不过去就认了。听天由命吧！

慢慢地，随着我的体温一点点降低，我的神智也开始模糊了……

昏昏沉沉地也不知道过了多久，感到有人在摇我。我强打精神，使劲睁开双眼，看到司机师傅正扒在车厢边用手使劲拉我。师傅说："怎么了？这么冷还睡得这么死？"

我苦涩地强笑一下说："可不，睡得好香。"便使劲起身，可怎么起也起不来。腿脚都没了知觉。

好不容易在师傅的帮助下，我才下了车。我四下一望，原来已经进入了市里。看着这熟悉的城市，我生长读书的地方，一股亲切感油然而生。虽然才离开几个月，却恍若隔世。一切都变得那么美好。看着街上来来往往的行人，也感到无比亲切。不知不觉间，泪水已经打湿了我的脸颊……

走亲戚

王延伟 *

吃完早饭，我正准备去自留地剜草，娘叫住我说："亮子，咱今天不去下地了，走亲戚去！"

"走亲戚？娘，咱去哪儿？"我从来没有听娘说过有什么亲戚。自从爹倒卖棉花被判了刑后，我们家再没有与亲戚来往过。每次看到别人家的孩子穿着新衣裳跟着大人走亲戚，我和弟弟妹妹总是眼馋得不得了，今天还是第一次听娘说要带我们走亲戚。

"去你大舅家，今天，是你姥姥七十三岁的寿辰。"娘的脸上掠过一丝的笑意。

"噢……噢，走亲戚去啦！去姥姥家啦！"妹妹高兴得又蹦又跳。

娘先给我和妹妹找出两件半新的衣裳，这是娘平时帮别人干活，别人为表示感谢送来的。娘又打开木箱子取出三双塑料凉鞋，叫我和妹妹换上，然后又给小弟换上新衣裳和凉鞋。小弟高兴得"叭嗒叭嗒"地撒欢儿。

换完衣服，娘又顺手拿了一个布袋子转身来到粮囤旁，呆立了好一会儿才把上盖打开，然后望了我们几眼，终于拿起瓢弯下腰去将麦子挖出。一瓢，两瓢，三瓢……等挖到第五瓢时，瓢与囤底发出了摩擦的响声。这时，布袋里的麦子最多不过十几斤重，娘掂了掂袋子，"哗"的一声，又将麦子往囤里倒入一半。她打开抽屉摸出一个小布包，打开拿出来一张粮票说："亮子，你在家先哄你弟弟妹妹玩，娘去换些烧饼来！"说完，转身出门去了。

烧饼换回来了，总共二十三个。娘从布袋里掏出来两个红扑扑、香喷喷、还粘着一层芝麻的热烧饼，掰开分给我们吃。往篮子装烧饼的时候，娘又拿了两个烧饼放进柜子里面。等篮子装满了，娘找了条干净点的毛巾盖好篮子，交给我就锁门出发了。

娘抱着小弟，妹妹吃着烧饼蹦蹦跳跳地紧跟在娘的身后。我们不到一顿饭

* 作者简介：王延伟，1967 年出生在河南省商丘市睢县城郊乡汤庙村一个贫苦家庭，由于母亲早逝、父亲有病，初中就被迫辍学。曾经在报纸杂志上发表过诗歌、散文、小小说等。

的功夫就来到了姥姥家的村头。

"到了你大舅舅家，看好你弟弟妹妹，别让他俩跟你大舅家、大姨家、小姨家的孩子争东西吃！"娘叮嘱我。

走近大门口，就能看到院子里非常热闹。一群孩子正一手拿着苹果，一手拿着香喷喷的炸鸡腿凑在一起。见我们进来，一个个都瞪着圆圆的眼睛注视着我们。这些孩子个个都穿着花花绿绿的新衣新鞋子。旁边还站着几个浓妆艳抹的女人在说笑。正堂屋里有几个男女客人在与老太太说话。这时，一个打扮得花枝招展，笑得满面春风的女人从屋里出来迎接我们："哎哟哟，原来是二妹妹来了，你可是稀客呀！快进屋，咱娘在屋里！"说着就走过来接住我手上的烧饼篮子。

"这就是你大妗子！"娘忙介绍说。我说："大妗子好！"女人摸摸我的头说："哎哟哟，这孩子多懂事，快进屋里。"

娘随舅妈进了堂屋，我在院子里哄弟弟妹妹玩。堂屋正中间的椅子上坐着一位老太太，娘进屋就跪倒给老太太连续磕了三个头："娘，女儿不孝，好久没来看您了，您老的身体还好吧！今天，是您老人家的七十三岁寿辰，俺领了您的小外孙和外孙女给您拜寿来了，祝您老福如东海，寿比南山！"

这位老太太并不像其他人家的母亲那样，见到自己的闺女很亲很高兴的样子，而是爱理不理的。我们母子四人走进这个家，她好像压根就没有看见似的。她手里捏着一支燃着了的香烟，深吸了一口，许久才说了一句话："娘的身子骨好着呐！还用不着你这个孝顺闺女来伺候。"她又吸了口烟上下打量了我们一眼道："瞅瞅人家穿的戴的，再看看你自己和几个孩子穿的都是些啥？"说着就起身朝屋外走去。娘也站起来走出屋，看得出，娘是强撑着笑脸去和每位客人打招呼说笑的。过了一会儿，老太太踮起小脚从小堂屋里端出一小竹筐子香蕉。每个孩子分得一个香蕉，剩下一个最小的、皮有点烂的香蕉给了小弟。妹妹的两个大眼珠子骨碌碌地跟着老太太的手转动。但她很听话，根本就没说要。娘也看在眼里，便让我领着弟弟妹妹到外面去玩。

娘和大姨、小姨、妗子正在堂屋说话，老太太吸着烟走来，只见她一屁股坐在椅子上，望着二闺女生气道："当初，好多媒人给你提亲，你都不愿意，你咋就偏偏看上福贵那个穷种呐！老娘压根就不同意，可你就不听话呀！咋样？老娘看得不差吧！如今，那小子犯了法被抓进牢了，抛下你和一窝子麻泡大小的孩子，没吃没喝没穿的，这下你心里满意了吧！"

"娘啊！咱可不能'卷着舌头'说话呀！要不是为了保俺大哥在公社的官位，福贵也不会背这个黑锅坐牢了，再说了，这事儿不是没连累到您家吗？"

老太太一听这话更恼火了。"噫！你们听听你们都听听，哈！说得多好听，没妨碍着俺，老娘生儿育女辛辛苦苦把你们养大，图的就是受牵连吗？看看你大姐夫，哈，就当个村委里的小官儿，每个月还给俺送二十块钱哩，你三妹在供销社上个班还给老娘送来两壶油哩，福贵那小子呢？自从娶了你之后，踏进过这个门没有？给老娘送过一针一线没有？真不要脸，自己犯了事儿，还想连累俺哩，美死他！"老太太说到这里，和蔼地道："二妮啊！娘的话你愿听不听。娘可实话告诉你，趁福贵还在狱中坐大牢，赶紧去县里要求跟他离婚，不然，娘就没有你这个闺女，你永远也甭想踩老娘的门。"

站在一旁的大嫂也劝道："二妹呀，咱娘也是为你着想啊！你就听娘的一句劝，你今年才三十二岁，还不晚，就凭你这副俊模样，德行又好，闭着眼寻个男人都能吃香喝辣的。你大哥说了，只要你肯跟福贵离了婚，保证给你寻个城里有工作吃商品粮的。"

娘一边擦泪一边说："嫂子，你不必再劝了，俺不能让孩子没有亲爹呀！俺已经铁了心，生是他福贵的人，死是他福贵的鬼。"

老太太听到这儿又开骂了："你给俺滚！老娘没有你这个闺女！"骂着骂着老太太就哭喊开了："哎呀呀！俺的天俺的地呀！俺咋生养了这样一个没心没肺的妮子哈……俺哪辈子坏了良心缺了德了哈！竟养出个连老娘都不要的妮子呀哈！滚！你现在就给俺滚！"

"娘，您别生气，俺现在就走，您老多保重身子！"娘说完就捂着脸哭着向外走。几个女人上前劝解，娘还是哭着径直地跑出门外，抱起小弟就急急地往家里赶，我和妹妹也紧跟其后。

五年后，爹被无罪释放，并赔了一些补偿金。大舅被罢了官职。爹又筹了些钱，办起了砖厂，从此走上了致富道路。

在一次职工庆宴会中，一位破衣烂衫拄着拐杖的老太太前去讨饭，保安不让她进。爹从里面走出来，见是姥姥，急忙派人把姥姥送到了我们的家，由娘亲自伺候姥姥，直到姥姥寿终。

祖孙三代的一亿观

何桂英 *

家婆与我同席午餐。自己无意中说了一句："大女儿跟我讲，要学会为自己花钱。"说完之后，便静静地住了口。

家婆一听马上说："我可没有告诉她这句话，我自己都是舍不得为自己花一分钱，那时候你家公在世时，他对自己花钱从来都是舍得的，大方得很，而我自己把钱都穿在肋骨条里面，真舍不得花。其实我看你花钱，也大方得很。而我儿子更是不懂得花钱，也舍不得为自己花钱。这一辈子，我从来不曾在你家公手里拿一分钱。"

我一听家婆的话，便知道问题出在哪里了，只用"代沟"两字是无法说得清楚的。

然后我只好顺着她的话说："您还真不要不信，我自从开始做生意之后，对于花钱还真是随心所欲。想把钱花哪儿就花哪儿，想怎样花就怎样花，并且您儿子也不会怪我乱花钱。"说完之后，还故意砸巴了一下嘴。

望着家婆那种恨铁不成钢的表情，那种欲言又止的嘴型，使我心中充满兴趣。

不知道儿子说了一句什么话，打断了家婆的话路，话题一下子拐了个弯。现在提起笔来，细细地梳理一下。我们三代人对钱财到底是怎样一个观点呢？

首先说我家婆，她老人家现年 75 岁，辛勤劳动一辈子，是挣一分钱，想存入银行两分钱的人。她一生中努力奔波将三个孩子拉扯成人，用蜜蜂生活的方式来比喻，再好不过。

她从来不舍得花钱买除生活之外的任何东西，更不用说购买固定资产，投资理财。直到第一个孩子成家之后，才结束了在别人家借宿的尴尬。可想而知，那是一种什么样的人才愿意过的生活呀？

写到这里，忽然想起一篇新闻。汤婆婆 33 年前存入银行 400 元，因为忘了取便一直在银行存着。后来去银行承兑，1977 年的存款，一共才拿到 835.82 元本息。

---

* 作者简介：何桂英，女，48 岁，广东省中山市人，函授大专毕业，文学爱好者。

报纸上就说了，如果 33 年前用 400 元买楼，完全可以够，或者可以在郊区买一个农家院。然而昔日可买一楼，今日只能买一瓶茅台酒。经济学家说，穷人把钱存入银行，实际上是在补贴富人。可以想象，你的钱放在银行中所生的利息，根本不够通货膨胀的。多么可惜呀！

据我所知，家婆为了防老，将自己辛辛苦苦挣来的几万元钱交给我爱人保管，她说是她的全部家产。而我想问的是，既然您那么不舍得花钱，存了将近一辈子，为何才区区几万元呢？要知道现在的房价可是 15000 元一平方米呀。那您一辈子挣的钱才可以换几平方的房子呢？

当然，我不会当面去斥问她，因为自己心里明白就好，毕竟她是长辈。

再来说我们这代人吧，出生在 20 世纪 70 年代，那个时候，国家并不富裕，没有副业，挣不到多余的钱。百姓们普遍的状态便是穷，所以那个时候花钱不是说问父母要多少便有多少。父母更加不会平白无故地给我们一分钱。

还记得有一次大姑子偷偷拿了一元钱，去买了一袋子苹果回家，被家婆用棍子抽着，还了回去，甚至将咬了一口的苹果也还了去。可想而知，老一代人生活物资贫乏的程度。

而我们虽然成长在新中国，但因为家里实在太穷，十几岁都不知道钱长什么样子，然后读完书入了社会挣的工资又不是太多，还总想着挣了钱，赶紧地寄回家去。在那个年代，家庭的观念是相当浓厚的，就算后来挣了点钱，也从来都跟老人的思想是一致的，便是存起来。

随着认识的人越来越多，视野也打开不少。我们再也不愿意将钱全部存进银行，而是拿一部分用于投资。正是因为用钱投资，才换来了现在的花钱自由。

我先生大学毕业后来广东打工，我们相遇、相识、相知、相恋，顺理成章，喜结连理。在我们共同打工三年后用微薄的积蓄开始了经商之路。自此之后生意越做越大，相继迎来了自己的三个孩子。最终，先生决定在本市购地造房，一家老小其乐融融。

除了生活必须要花的钱之外，先生更是投资基金、股票、房产。基本上能用钱赚钱的方式，他都有所涉猎。就这样，我们从刚出校门时的一无所有，到现在普通人拥有的，我们都拥有了。所以在花钱方面，自然也不会像家婆那样。

再回过头来说，我的大女儿。去年她大学本科毕业，进入一家集团公司做产品设计。每个月工资也不用上交父母，自己挣的自己花，所以她就很自然地说："老妈，你要学会为自己花钱。"这句话，当时把我给说蒙了。那会儿还想着怎么生了这么个败家女儿，但是经过一个多月的反复思考，我从内心深处理解和清楚了孩子为什么这么说。

　　大女儿从上小学开始，每个月都有固定的零用钱，中学增加一些，高中再增加一些。到了大学，更是几千元一个月的费用。作为父母，对这些费用都是一个月或两个月，打一次款给她。所以平时怎么合理安排使用这些钱便是她的生活日常所应该思考和权衡利弊的事情了，也是除学习之外，最首先要考虑的事情。

　　后来她进入了社会，参加工作的头一个月，我们便告诫她，要把她的工资分三份来合理使用，一份是保障自己的生活开销，一份是固定存款，一份用于理财。平时要求她利用网络学习理财知识、金融知识，努力提高财富自由度。

　　现在来做个总结。家婆的花钱方式是：不舍得花，更加不知道怎么花。而我们这一辈是先挣钱，后利用钱来赚钱。舍得花，花得明明白白。而我的下一代呢？知道为自己花钱，也知道努力提高自己的钱商，有的放矢地花钱。

　　不得不说，时代辈有新人出，后浪推前浪，前浪死在沙滩上。数风流人物，还看今朝。

情绽元宵节

林旭华*

新年元宵始，元宵节情浓。

元宵节，又称元夕，是中国传统的一个重要民俗节日。元宵节到来时，吃汤圆、观花灯、舞龙灯、猜灯谜、放烟火等民俗活动层出不穷，异彩纷呈，让团圆亲情、恋恋爱情、祈庆之情从斑斓亮丽的民俗风情中，绽放出一道道璀璨独特、别具风韵的文化光芒。

元宵的"元"字古人解释为"第一"，"宵"则被称为"夜"。由于农历正月十五日之夜为新年首个月圆之夜，蕴含团圆、爱情和祈庆之意，所以就被定为元宵节。

记得小时候元宵节，我慈祥的祖母总是早早起床做汤圆。先是摘取一小团雪白柔软的糯米粉，放在手里轻轻地揉搓，不一会儿，一颗颗晶莹如雪、圆润如珠的小汤圆就整齐地被摆放在竹米筛之中了。小汤圆放入锅里煮熟捞出后，再撒上白糖，转瞬间，一碗碗热气腾腾、香味飘漾的汤圆就纷纷被端上桌子，然后叫上我从外地工作赶回来的父母以及叔婶、姑姑、姑父他们，全家围坐在一起吃汤圆，亲情洋溢，其乐融融，而我咬嚼汤圆，其甜腻软糯，清香沁心，至今令我回味无穷。

圆圆的汤圆象征团圆，元宵之"乐"，成为元宵节一个显著特色，而从中洋溢出的团圆亲情，更是至浓至深，历久弥醇。

元宵节是一个美好的节庆，因为关于元宵节美妙的名诗佳词很多。如北宋欧阳修《生查子·元夕》："去年元夜时，花市灯如昼。月上柳梢头，人约黄昏后。"此诗展现了月色皎洁、灯火璀璨元宵之夜，一对倾心相恋的情人在柳树下互叙衷肠的美好情景。

---

* 作者简介：林旭华，男，1963 年 7 月出生，浙江省瑞安市人，网名"钱藏说钱"，浙江大学汉语言文学专业毕业，中国散文学会会员、中国微型小说学会会员、中国西部散文学会会员、青年作家网和《文学百花苑》杂志签约作家、《青年文学家》杂志理事会温州分会主席、温州市作家协会会员、中国收藏家协会会员、高级艺术品鉴定评估师、浙江省收藏协会会员、温州古玩商会钱币专业委员会副会长，知名自媒体人士等，擅长散文随笔、笔记文学、小说纪实等体裁创作及收藏鉴赏。

最有情恋意味的是南宋辛弃疾《青玉案·元夕》："蛾儿雪柳黄金缕，笑语盈盈暗香去。众里寻他千百度，蓦然回首，那人却在，灯火阑珊处。"全词展现的则是另一幅独特美好情景：

元宵之夜，满街灯火如千树银花，点点繁星，璀璨夺目。在游人如织的街头，作者发现了一位如花似玉的少女与她闺蜜笑语盈盈地从他身边款款而过，飘来一阵少女特有的馨香，转瞬消失在人群中。他一见钟情，急忙在人群中千百遍追寻她纤纤倩影。猛然回头，不经意间在灯火稀疏处发现了她，终于一睹她的芳容。

月上柳梢，情人相约互诉衷肠；灯火顾盼，终睹美人芳容。元宵之"美"，体现了元宵节另一个特色，其美轮美奂，难分难舍，从美好爱情中便可见一斑。

"闹"则是元宵节的又一个特色，其中最典型的莫过于民俗活动"舞龙灯"，其流光动影，锣鼓喧天，元宵之"闹"，更是淋漓尽致地表现了人们对新年的虔诚祈庆之情。

小时候，我非常喜欢看舞龙灯表演。在锣鼓喧天声中，舞龙台上，只见一位大汉用木杆高举一颗球形的"龙珠"，朝"龙"首上下左右飞舞，而几十个大汉举着巨大的红色"火龙"，在"龙珠"引导下作抢状，不断在云灯里穿行，时而蜿蜒盘旋，时而昂首腾空，时而俯冲而下，大有腾云驾雾之势，其栩栩如生、雄劲精湛的表演不时激起台下狂欢人群的阵阵喝彩。

龙，是整个中华民族的象征，而"舞龙"，则蕴含"风调雨顺、国泰民安"吉祥之意，是历代人们对新年的美好祈愿和庆祝，更是战天斗地、无往不胜的中华民族传统文化精神之雄壮乐章。

元宵款款来，情绽元宵节。

回忆里的光

张少惠 *

很长一段时间，我都生活在一个世外桃源般的地方。也是这个地方，筑成了我回忆里的很多光。

平房一般都是占地很大的，那时候的房子占地三百平方米，玩捉迷藏都绰绰有余，而且有时候躲得基本找不到人。这三百平方米的地方不单单是居住，还用来堆放货物。我家从事的是收废品工作，经常会收到各种各样的玩具。当然，别多想，不是垃圾桶里捡的那种，而是半成品，属于未完全成品，厂家又不能重制所以卖出来的，但是基本都算成品了。

那时候完全理解不了厂家为什么不要，已经算是成品了啊！等到长大后才知道，生意场上一般讲究诚信的人是不会将这些产品卖给自己的买家的，那样既失去了应有的诚信，也丢失了别人对你的信任，而且产品的损坏即使是一点点，对于专业人士来说，也是可以看出来的。所以市面上没有的玩具我也会经常接触到。那时候流行的悠悠球、陀螺还有圣诞节的挂灯一类，堆积成山。虽然爸爸也是把它们当废品回收再卖出去的，可是在这之前基本都被我们几个小孩挑了个遍，这刚刚好无意间帮大人们完成了挑货的程序。不一样的是，他们挑货是为了分材料，比如聚碳酸酯（英文简称 PC，又称 PC 塑料）、尼龙料一类。那时候家里做什么我也会什么，现在全部扔还给岁月了，只是隐约分得出来，还不确定。

把收到的玩具玩个遍，也不用出去买，觉得真心挺幸福的，跟玩泥巴的感觉一样。电视剧《火力少年王》里有什么悠悠球的招，我就学什么，除了李飞的什么终极圣光，迈克的什么猎鹰不会。开始觉得真的好炫啊，手快到看不清楚，后面觉得那是人做的事吗？我那样练只能打到自己或者悠悠球缠绕，然而一切都是电视剧。可那又怎样，就喜欢看大结局，高手之间的对决，好过瘾。梦想成为像他们一样的高手，后来事实证明，确实就是梦而已。

---

* 作者简介：张少惠，爱好很多，写作就是其中一个。在平凡生长的 21 年中，开心与自由是最大的资本，也希望一如文中所言，将美好保留心底，保留住那束属于自己的光。也对很多人报以这样的期待，一起共勉吧！

除了上学学习和玩玩具，就是一人一狗躺在草丛里。门口是一片半人高的草地，好像就只能长那么高的样子，总是绿油油一片。往旁边空闲的泥土地里扔啥长啥，种小番茄得小番茄，种番薯得番薯，可谓万物皆可种。真正尝试了一把什么叫"种瓜得瓜，种豆得豆"。当然，我也没见过啥，只是在我认识的物种里，就恰巧和活了而已。经常就是一人在瞎种，一狗在刨土。我发现狗子也很喜欢玩泥巴，玩得脏兮兮还很自豪。然后往草堆里一躺，看天空。之所以没亮瞎眼，是因为周围被树木的绿荫挡住了，是一片阴凉地。

夏夜有星空，冬日有地霜，春天可以看到树木花草的重生，真切感受大自然的苏醒，到秋天又会感受他们的凋零，坦然地面对死亡，来年再重生。一年四季的景色，仿佛只在那个时候的感受是最真切的。越长大越慌忙，被无数事情充斥着大脑，都来不及看看路边风景，就已经走过头了，想回头但又不能回头。

而且成长的同时，在变强大也在变弱小。强大是因为你经历的事情多了，你可以很好地面对困难，好像只要倒不了就没什么是不能过去的；弱小就是，让你随便往半身高的草里躺你敢吗？有蛇啊！我本来都不知道，要不是有一次一个捕蛇人往墙边的洞里撒了雄黄，一条眼镜蛇跑出来，我还不知道有蛇。但是，隔天我照样躺着，看着天跷着二郎腿，跟孙悟空在岛上看龙太子和鲤鱼精打架一样看着树上的飞鸟和天空中的飞机飞过。有时候下午还能看到滑翔艇从天空中划过，在屋顶上来回旋转，声音跟震天雷一样。还是很悠闲。要是让长大的我知道有蛇，我可能打死都不去。可是想想，与其说是强大，不如说是没心没肺地享受生活，活得很轻松，没什么烦恼，每天都是好心情。现在的我很羡慕那个时候的自己。而且终于有一天发现，那草不是只能长那么高，是被我躺平了，额，此"躺平"非彼"躺平"，而且也是被狗子一天天地滚平的。

不知道何时才发现原来屋后有一片向日葵花田。好像是一夜生长，又好像是早就存在了，只是我一直没在意。于是穿过那道房子拦着的铁网，过去看向日葵。那是我第一次见到向日葵，一朵围着太阳转的花。但那不是野生生长的，有主人，因为一朵朵排列得很整齐，都面向太阳的方向，很壮观。我在那转了半小时都没有见到过主人。自此每天都要去看看那片向日葵，看它们长得怎么样。但是就没想过给它们浇水。等我有一天抱着水要去的时候，发现有一半泥土是湿的，它们的主人可能正在给它们浇水。我就在那等着，想看看它们的主人是哪位漂亮小姐姐，结果等来的是一位老人家。和老爷爷打了个招呼后，问了句"花是您种的吗"？就没有再说什么，他也是个很寡言的老人家，但是脸上露着笑容不至于让我害怕。刚好暑假期间，每天早上我都按时去那片向日葵的花田。

　　不过在那段时间里，我从来没有看见过他的家人，好像他是一个人住的。不过他什么时候来的，又什么时候种的向日葵，都没什么人知道。就知道有个孤寡老人住在那儿。有一次他问我你喜欢吗？那是他为数不多的几句话了。我说我喜欢呀，他说可以送一朵给我，但我拒绝了，我觉得它拔起来就会死了，而且享受自然的向日葵应该更美，和它的伙伴们在一起更好。他就笑笑没说话。时间就这样过去了。我也要开学了，没什么时间去看向日葵了，就下午放学记得的时候看一眼，有时候被天上飞的蝙蝠吸引，拿着棍子打它们，但都是打不中的，可能它们听觉异常发达，能灵敏躲过攻击。虽然知道，但依旧乐此不疲。只是我再也没见过那位老人了。

　　每次看到他都是一个人生活，感觉很孤独。他应该也有想念的某个人吧，用着不同的方式，但是共同点都是没有让别人发现。长大后才知道向日葵的花语是："入目无他人，四下皆是你。有你时，你是太阳，我目不转睛；无你时，我低头，谁也不看。"老人好像一直如此，在我见到他的时刻他除了低头浇花，经常是不言不语的状态，但是看花的时候眼里会闪着光，那应该是生活的希望，只是他的太阳可能已经不在了吧。从此以后，我喜欢的花也成了向日葵，是第一次见的也是最喜欢的。

　　长大后发现，很多事情会在时光的流逝里，或存在，或失去。每一段感情，如果过去、现在或者未来没有在一起或者不曾拥有，那一定是另有安排。我们不用觉得太难释怀，怀旧本就是人的本性，一件东西，对于念旧的人，时间越久就越懂得它的美好。生活中更需要的是我们带着怀念，继续往前走。在以后的人生道路上，会遇到很多的人和事，他们可能是生命中的某个过客，也可能是陪伴我们一同成长的人和经验值。过去的三百平房子已经不在了，那玩不尽的玩具也早已经丢失不见了，那一人一狗，如今人已经长大了，狗子也早已经成为记忆中的一缕微光了。但我很怀念那段舒适的光阴，还有那一片向日葵花田，那存在于记忆中微弱的光。一切的一切也许都会随时光的流逝在生活中消失，但是也会在我的记忆里长存。虽然心理学角度的"艾宾浩斯遗忘曲线"表明人的记忆力是一个向下值，不想就会遗忘，但是我觉得，那些你生命里觉得十分有意义的时光，不管过了多久，在某一时刻按动记忆闸门，它们也还是会被挖掘出来的。

　　记住你觉得美好的东西，放在心里好好保留，那是属于每个人不同的光，那一束光，没准在某个时刻会成为你咬牙坚持的勇气！

从教书"文先生"到"屠夫状元",我经历了什么?

王育平*

题记

你可以一辈子不登山,但心中要有座山,它使你总往上爬,它使你有个奋斗目标,它使你任何时刻抬起头,都能看到自己的希望。

现在,当人们提到"屠夫"一词,脑海之中必定会闪现出一连串的形容词:膀阔腰圆、满脸横肉、肥头大耳等。但当一个文质彬彬,一身书卷气的我站在你面前说"我是屠夫!"时,绝大多数人会惊讶咋舌:"怎么会呢?"

事实上,我确实是一名屠夫、新时代的"庖丁"。一把屠刀在手,上下左右"飞舞",能在几分钟内把整扇猪肉分割成二十多个精细品种,做到得心应手,游刃有余。此无他,唯手熟耳!

其实,这也没什么,职业本无高低贵贱之分。三百六十行,行行出状元。双手劳动,慰藉心灵!下面分享一下我从教书"文先生"到"屠夫状元"的曲折人生经历。

一、"孩子王"生涯

俗语说:"家有半斗粮,不当孩子王。"那是 1984 年,当时我还是一名初中生,我哥高考落榜了,做起了建筑小泥工。下半年,村小一名女教师出嫁,缺代课老师,村支书提议我哥"补缺"。

当时他在外地回不了,父亲让我暂时给他代课,就这样,我这个"小老师"便走上了小学的三尺讲台,一边读书,一边代课,教学相长。过了半年,成为正式民办教师。

"问渠那得清如许?为有源头活水来。"由于自己学历低,底子薄,于是发愤自学,汲取知识的营养,不断充实自己。

---

* 作者简介:王育平,网名"武商路漫漫",笔名"王漫",湖北省孝昌县人,青年作家网签约作家,简书签约作者。扛过锄头,拾过布头,搬过砖头,执过教鞭。作品荣获武汉市"改革开放四十周年"征文比赛一等奖。

我先报考了湖北函授大学中等师范专业，被录取。经过三年刻苦自学，终于取得中等师范专业学校毕业证书。

接着我又报名参加了湖北省高等教育自学考试，学习了汉语言文学专业，共有二十几门课程，一门门通过，获取自考大专文凭，当时我喜极而泣。

自学这六年间，我在墙上书写了一个条幅：问一问你自己，今天收获了多少？每天清晨五点起床，自学两个小时，然后白天教学，晚上没有一天早过十二点睡觉的。

由于年轻，校长决定让我当毕业班班主任。当时小学五年制，语文、数学、品德、自然、美术、体育一肩挑，教学任务繁重。我一共带了四届毕业班，每年小考成绩，在全镇总是名列前茅，我也因此年年被评为先进教师。

当时民师没什么工资，只有国家每月给补贴的 16.5 元钱，到年底按壮劳力补工分。出于养家糊口压力，我辞职了，忍痛离开了我挥洒了十年青春的三尺讲台，"孩子王"生涯结束。

二、屠夫生涯

1995 年下半年，我来到了江城武汉，拜我姑父为师，学起了卖猪肉。初来乍到，我连五花肉、前夹肉、后腿肉、骨头都不认得，更谈不上分割解剖了，只得给师傅打下手。师傅粗喉大嗓，见了他我心生怯意。

过了一个月，我决定自己单独分割猪肉，但不知如何下刀，特别是前夹骨头非常难下，因为找不着关节在哪里。我想了个办法：把前夹肉划个"十字叉"，先剔出骨头，虽乱七八糟，但总算熟悉了各个部位的结构，信心大增。经过三个月磨炼，我终于成为一名合格的屠夫了。

于是师傅让我自立门户，当起了"肉老板"。每天凌晨一两点钟，外面还是寒风冷冻，我已起床，到宰场点杀完猪后，踩着破自行车，驮着猪肉，赶到六里外的菜场占摊位。

有时没摊位，只好眼巴巴地等别人卖完了，才上案。守到天黑，才回租住地。长年累月，如此循环往复，个中艰辛，唯有自知。

过了两年，新的菜场开业，我终于有了自己的肉案，夫妻二人用心经营着。由于我俩服务态度好，加之肉品质量过硬，生意做得顺顺当当，风生水起。

三、武商生涯

2007 年，武商收购了菜场，实行农改超，我被聘为畜产技师，成为武商集团一名正式员工。

于是我不断加强学习，努力提升业务和服务技能。多次参加武汉市职业技能大赛，由于技术过硬，得到公司嘉奖。

2018年8月，我参加了武汉市"改革开放四十周年，我是改革开放的弄潮儿"征文大赛，我的拙作《教书匠+屠夫+合伙人＝我》，从89篇参赛作品中脱颖而出，荣获征文比赛唯一的一等奖，集团董事长对我赞誉有加："你这个屠夫，为武商争了大光哟！"

2020年，一场新冠肺炎病毒疫情来势汹汹，让人猝不及防。面对疫情，武商集团展现出国企担当，为"保供应，稳物价，惠民生"，全体武商人坚守岗位，奋战在供保一线。

我店是"国家储备冻肉"供应点。每天上午十点一上班，我与另一位老师傅就开始锯冻肉，直至下午五点下班，没有停歇过，衣服总是汗了湿，湿了又干，连喝水都没时间。坚守76天，4月8日，武汉终于解封。

2021年1月，公司举办了"我们一起走过的2020"征文比赛活动，我根据自己亲身经历写的文章《疫情下，奋战在岗位上的武商人》，荣获二等奖，文章刊登在《超市人》报纸上。

转眼间，我在武商工作了十三年，一双儿女早已大学毕业，在武汉成家立业了。现在的我，快乐工作，享受生活。闲暇之余，读书写作，感悟人生，不亦快哉？

双手劳动，慰藉心灵。这就是我曲折的人生经历，只是想告诉所有为梦想打拼的朋友：

简简单单做人，无愧于心；

本本分分做事，无愧于人。

既不仰慕别人的辉煌，也不喟叹命运的不公，给自己一份淡定，一份宁静，努力经营好自己的生活，如此而已！

如何让我们身心健康

曹洪恩 *

首先说身体，其次说心理。从哲学的角度来说，身体就是物质，心理就是意识。我们常见的谈论健康的文章从身、心角度出发的已经很多了。这次让我们在通俗意义上谈谈它，希望能起到抛砖引玉的作用。

身体好就是物质好。这里，我们把物质分为主观物质和客观物质。客观物质就是存在于这个世界的一切物质，而主观物质，我想把它定义为我们每个人每天必须从外部世界摄取的物质能量。那么，想要身体好就需要主、客观物质都好。但是，客观物质是我们很难左右的。换言之，我们现在的客观物质已经非常富足了。所以，我们要把注意力放到主观物质上。拥有这么丰富的客观物质，我们该如何去选择适合自己的主观物质呢？如果你财富自由，你当然可以玉盘珍馐，锦衣玉食。但你怎知多少人有了钱之后想的不过是再吃一次妈妈的家常菜，尝尝妻子新学的手艺，品品老友送给自己的珍藏多年的老酒。的确，现在的物质条件是好了，但病从口入。当你满瓶喝酒、做无良吃播、任何食物都加麻加辣、挑战大胃王的时候，你是否想起过自己的身体？各种各样奇怪的病增多了，难道还不足以引起我们的重视？

意识，我们也将其分为潜意识和主观意识。潜意识隐藏在大脑之中，可以不自觉地引导人们的言行。对待事物我们的第一感觉或者说女人的第六感都可以被归属为潜意识。意识不直接由大脑控制，是人不知不觉中的反应。而主观意识则表现为认识、觉知等。主观意识，就表现为我们的待人接物、为人处世的态度，它是可以提高的。我想说的是，人这一生需要我们主观判断的有家事、国事、天下事。家靠的是"和"，"和"靠的是夫妻彼此的理解；国靠的是民，民以食为天，又回到了物质；天下事靠的是"舍"，舍得才是大国的担当。工作不顺心的时候，就是主观意识来考验你的时候。情绪确实是从我们自身产生的，但它就像你挑选自己喜欢吃的东西一样，你可以选择如何去面对，如何去选择。

---

* 作者简介：曹洪恩，26 岁，现居于山西省晋中市寿阳县朝阳镇草沟村。平时喜欢阅读一些简短的名言名句，用来指导自己的人生方向。希望自己能与智者同行，与能者共舞。不断进步，不断学习。

　　泱泱华夏，民富国强。这么富足的条件，你当然可以选自己喜欢吃的，但不可多吃。选自己喜欢做的，坚持到底。爱自己、爱别人、爱国家、爱这个世界。让爱传递在你我之间，让健康幸福传递在你我之间。

穿　越

晏敏 *

当我一觉醒来，天已渐渐大亮。扫了一眼墙上的电子挂钟：2022 年 1 月 1 日早上 8 点，星期六。记得昨天还是 2021 年，一转身，不知不觉中一年又过去了。

我静静地坐在沙发上，思绪万千，浮想联翩。许多想过的、见过的、经历过的、错过的往事，就像电视剧画面一样，在脑海中一一闪现……

我在想，假如时光能倒流、能穿越时空隧道，让我回到值得回味、留恋、难忘的年代多好呀。

孩童时代？太天真、无忧无虑，不知人间疾苦、不知世态冷暖，更不知父母艰辛的劳作和生活的艰难。

中年时代？有家庭有孩子，早出晚归，养家糊口。为了不失去来之不易的工作，不知吃了多少苦、受了多少气，为了一点微薄的收入、为了孩子能生活得快乐幸福，也为了比别人生活得更有质量，几十年如一日的努力工作、任劳任怨。不知流了多少辛劳的汗水、经历了多少曲折和坎坷，熬了一年又一年。

老年时代？相比之下还是老年时代好呀。再也不用上班了、再也不用受气了，每月还有养老金，想吃就吃、想玩就耍。无忧无虑、儿女成家、不用牵挂，没有精神压力更没有经济负担，老两口互相照顾，起居有规律、生活有品位，开开心心、快快乐乐。

我真希望时光能倒流、能穿越时空隧道，回到刚刚过去、平凡而有意义、留念而又怀念、开心而又担心、难忘而又有遗憾的 2021 年。

在成都的老妈妈，每天都静静地坐在家中的轮椅上，期盼着我们去看望她，和她说说话、给她喂喂饭、帮她洗洗脚，扶着她到小区的树荫下走走路、晒晒太阳。天气好的时候，开上车带她到周边游玩。虽然她什么也不知道，甚至已经认不出我们，但是她还是有感应的，她的脸上会偶尔露出可爱、慈祥、幸福的微笑。

* 作者简介：晏敏，男，汉，陕西人，64 岁，1975 年参加工作，2018 年从中石油新疆吐哈油田退休，现居于四川省广汉市吐哈石油生活基地。

多年未见的女儿也打算带着孙女孙子利用假期从千里之外的江苏来看望我们。我们也计划着怎么能让她们天天有美食、天天玩得开心，让女儿彻底忘掉工作上的压力；孙儿们也不用再上什么英语班、绘画班、舞蹈班……让他们轻轻松松度过这个难忘的假期。

在疫情的安全期，我们和朋友们一起自驾着心爱的车子，游玩在风光如画、山清水秀的大自然中。我们参观了遵义会议、娄山关大捷纪念馆，来到四渡赤水、腊子口战役遗址，路过红军走过的若尔盖大草原，深深体会到正是因为红军战士不怕牺牲、前仆后继、英勇作战，才有了今天祖国的繁荣强大、人民的幸福安康。

我们在眉山欣赏了唐宋八大家之一的苏轼的绝美诗句，观摩了流芳百世的经典书法；在邛崃聆听了卓文君与司马相如的传奇爱情故事；在"女儿国"见证了摩梭女子独立自强、巾帼不让须眉的拼搏精神。

毕节的百里杜鹃、藏区的格桑花、九皇山的辛夷花、泸沽湖的水性杨花，让我们进入了花的奇妙世界。怪异的石海、神秘的溶洞、险峻的梵净山、秀美的官鹅沟、原始的扎尕那、雄伟的剑门关、幽静的碧风峡，留下了我们好奇惊讶的目光和欢快兴奋的笑声。我们游览了打卡地、观赏了网红景，开阔了视野、增长了知识、锻炼了身体、增加了乐趣、加深了友情。李庄的白肉、北川的腊肉、眉山的东坡菜、西江苗寨的长桌宴、蜀南竹海的全竹宴，让我们胃口大开、回味无穷，也给我们的旅途增加了强大的动力。罗浮山的温泉、普格县的瀑布温泉、云南的水富温泉，洗去了我们的一路尘埃，也驱散了我们多日的疲惫。茅台镇的酱香、泸州老窖的浓香、大梁酒庄的清香，让我们品味了原浆的醇厚，了解了中华酒文化的渊源历史；蒙顶山的茶香，使我们真正领悟到茶不醉人人自醉的寓意。

祖国的快速发展，风光如画的壮丽景观，朋友们的友好相处，幸福美满的退休生活，激发了我荒废了三十多年的写作热情，拿起笔，用心、用情、用爱创作了十几首打油诗、一篇小小说和四篇散文，将作品发表在微信的朋友圈，得到了大家的点赞和支持。

2021年有太多的经历和感受，但是也有太多的失去和遗憾。假如时光能倒流、能穿越时空隧道，我真想穿越回2021年，重新体会、感受生活给我们带来的欢乐和快乐，弥补生活中的缺失和不足。但是现实中没有假如，也没有时空隧道，只有实实在在的生活和日出而作、日落而息的平淡日子，遇事尽量考虑周全，和邻里、同事、朋友和睦相处，形成你好、我好、大家好的和谐氛围。

　　新的一年已悄然而至，朋友们，准备好了吗？让我们忘掉一切烦恼和忧愁，充实、快乐、开心地过好每一天，珍惜每一个人、每一件事，少有后悔和遗憾。放飞自己，有梦想就一定要实现。我坚信，只要我们热爱生活，我们的晚年生活一定一年更比一年好。

我画吴登云

李羽阳 *

我突发奇想，为吴登云画张像，画一张能彰显他个性的像。但我又觉得，要画好这样一张像并不轻松，不仅一定会汗流浃背，而且要对自己的灵魂进行一场拷问。

好在生活中的吴登云是一个普普通通的人，普通得和我们一样，有七情六欲，有喜怒哀乐。然而，正是这个普通的人所做的并不普通的事，常常使他成为乌恰县干部群众眼中的焦点。我想将他身上的射点串起感情的线，绘出一幅向往的图画，这大概是不成问题的。

吴登云说，病人只要有百分之一的希望，我们就要尽百分之百的努力。初听此话，我便深感此话有云之飘曳、水之环流之感；有马蹄踏踏、蝶翅翩翩之感。后来，往深层次想，这句话是他人格的折射，使他的灵魂闪光。在肖像上体现他的内心世界，看来并非利用色彩所能完全表现的。再者，服饰能遮住他腿上的十三块去皮的疤痕，却遮不住创作上的美感和联想。可正是这十三块疤痕，拯救了一个柯尔克孜幼儿的生命，十三块疤痕让我们看到了吴登云身上伟大的残缺美。说实话，我怕痛，更怕残缺，在吴登云面前，我无地自容。

有一次，见吴登云在前边走，我便尾随其后紧追不舍，想从头到脚把他搜寻个够。我通过观察发现，他肩上扛着的，是在边陲奉献自我的勇敢；他眼里燃烧的，是对医疗技术的精益求精；他足下踩着的，是一条民族团结之路；心里追求的，是党的伟大事业。五十多岁的吴登云对工作还如此执着，犹如夕阳仍停留在山尖，他用他的笑容，散开往日的辉煌。

吴登云的眼睛最难画，他的眼睛如同一汪清泉，里面装的却不全是甘甜。个中滋味，唯有自知。当他壮志满怀时，当组织信任他时，宏愿实现时，当有亲人逝去时……在吴登云看来，甜蜜的泪水中掺和着苦涩，甜蜜才是高浓度的、高品位的、经久不息的。正因为这样，我将注意不要将他痛苦的甜蜜轻描淡写。

---

* 作者简介：李羽阳，笔名"子非鱼"，男，汉，1947 年出生于四川省西充县。中共党员，大学文化，教授。先后在新疆以及广州从事党政和教育工作。中国作协会员，电视剧《帕米尔医生》编剧，曾获国家"五个一工程"奖。

乌恰县医院手术室夜里的灯不知疲倦地亮着，我曾几度凝神、求索。直觉告诉我：那是吴院长在主刀吧！灯的不知疲倦是对他不知疲倦的奖赏。我沉思着，画吴登云，该不该把灯光也画进去呢？

我冥思苦想，画吴登云不仅要画出他的肉体来，更要画出他的傲骨来，他的傲骨是帕米尔的脊梁。冷静，是他的个性；纯洁，是他的品行；严厉，是他的作风；奉献，是他的追求。我想，有这样一些素材做腹稿，我在创作时舒畅，画完了也会舒畅，不论成功与否，我都乐意为之。

（原载于新疆 1998、1999 年的《新疆日报》《新疆组工通讯》《帕米尔医生吴登云》《克孜勒苏报》等报刊）

再回首

李志*

过去的日子如云霞被夕阳负了，又如我们因岁月散了。

——题记

人生如一块大理石，等待你的细细雕刻与精心打磨，用时光的小刀，一笔笔勾勒出生命的轮廓。功成名就，就像打造出"一道雨后的彩虹"，照出夕阳的余晖。我们用许久时光描绘了天空的色彩，雕出了雨后的彩虹，但我们用青春的笔墨又如何为逝去的年华勾勒色彩呢？

回忆的长河渐渐涌入生命的大海，等待被岁月更迭，现在又流经过眼角，润湿了我们的眼眶。充满泪水的湖，泛着泪光在粼波中闪烁，岁月回首，重拾了昔日的美好，我们回首往日风情，那余音未散的浅末年华，是我们回不去的终点。

我不是在最好的时光遇到了你们，而是在遇到了你们后，才有了这段最好的时光。真正的离别没有长亭古道，也没有夕阳西下，只是在一个和往常一样的清晨，有人留在了昨天。

愿我们有前程可奔赴，亦有岁月可回首。

时光如流水般从指间淌过，想起稚气未脱的我们，在操场上奔跑，在球场上投篮，在教室里疾笔……让目光走出明窗，去追寻操场上的那半夏时光，去找寻球场上的往日雄姿，再去书中，跟着笔走过的痕迹，去挽留往昔美好的时光。可是越去挽留时间，时间好像就走得越快，曾经的一幕幕像未完成的练习在眼前匆匆翻过、瞥过。然而时光在无声无息间匆匆携走了回忆，使我们在回首后，才发现青春就像一列疾奔的火车。当你还未找到一个合适的位置入座时，他就催促你下车了。

这个青春很美啊！美到足以使我们沉沦，唯一的美中不足，就是太短了。短到难以体会它的美。是啊！这里见证了我们的美好与心酸，见证了我们的泡沫年华，又怎能是轻易说再见就再见的。

---

* 作者简介：李志，中专在读，17岁，家住江西省九江市永修县。

这个花开成诗、霞蔚云燕的春天，全民战"疫"，无心共赏花的娇艳，这场疫情隔开了你我，却拉近了我们心的距离。

这个随遇而安、骄阳似火的夏天，留给我们的只有无限"热"情。坐于树林石板凳上，耳畔边回荡着的，是风吹过树梢的"沙沙"声。就这一点儿风，现在也让我们无比满足。

那个沧山映水、枫叶流丹的秋天，是我们最后的遐想，校园里游荡着的，是我们最后的背影，也是我们对这恍如初见一般的美好告别。

那个雪花飞扬、集萤映雪的冬天，是对校园的最终幻想。但无论那个冬天多么令人惊叹，都一样是我们回不去的永远。

现在那些淡淡的回忆就像飘洒如雨的樱花，有些随风，有些若梦，有些却常留在了心中。

最后我想说，相逢是首歌，不是回首就能重播，人生路上我们彼此相互坚定，有数不清的感动与感恩，感谢有过你们，也感谢因为有过你们的校园生活。

生活似雾，希望指引

杨挥师[*]

　　曾经，在梦中，我遇到过一场大雾。斜影重叠，四下无人，一切事物都是朦朦胧胧的。在雾中，每走一步都仿佛置身云端。而我的目的为何？去往何处？在寻何人？一片迷茫，感觉只是在漫无目的、浑浑噩噩地，在游走、在游荡。

　　那场雾很寂静，悄无声息。

　　雾中像是一个与世隔绝的世界，我在其中默默地行走，一步、两步、三步。脚步声、呼吸声、心跳声我能感受得真真切切。可是，除了这些声音，四下一片安静。安静得让人心安，也让人绝望。我如同被困在一个无形的囚笼中，无助，迷惘。不过，庆幸的是，我能感受到在雾的深处有一位虽素未谋面却无比神往的人正在引领着自己的直觉，呼唤着自己的灵魂。而她在哪里？也许就在我附近，也可能相隔千里。追溯声音，我尽力去感知她。可大雾闭塞了声音，也遮住了我对她的回响。

　　那场雾很磅礴，一切变得是那样虚无缥缈。

　　雾中，云雾迷蒙，我看不清天空，看不清大地，甚至看不清自己。那雾吞噬了万物，徒留下影子，她的身影和众多的影子扭曲在一起，若有似无，虚实不定，但她的呼唤穿过层层迷雾像一缕缕轻柔的丝线在缓缓牵引着我，在我朝她走去的路上，看不到的荆棘刺裂了脸颊，突如其来的陷阱折断了四肢，模糊不清的沼泽吞噬了身躯。鲜血横流，四肢麻木，身躯被吞没。绝望涌来，理智消散，意识逐渐模糊。双目无神，脑海中浮现出一个个走马灯，但我知道我在矢志不渝地坚定走向你。

　　那场雾很迷离，纯白无瑕却充满未知。

　　放眼望去是无尽的幽白，这迷雾中到底还会有什么？究竟是准备好处决我的"镰刀"，还是一片绝处逢生的佳境？接下来踏出的每一步都充满未知，我拖着伤痕累累的身躯，拨开层层云雾，在无比艰难地移动。要知道，真正可怕的不是危险，而是那份隐于雾中的未知。你在哪里？你的次次呼唤虽然无声无形但却无一不直击灵魂，是我身陷迷雾中唯一的内心支柱，可这份支柱也许会伴

---

　　* 作者简介：杨挥师，山西省大同市的一位大学生。

随着时间与折磨被慢慢瓦解进而碎裂崩塌，甚至会使满怀信念的我就此丧命，生命与你，孰轻孰重？我选择后者。我努力去感受你的气息，寻觅你的踪迹。我只想不曾停歇地，一点点靠近你。

那场雾交织了信念，也藏尽了杀意。

雾中的水汽在浸润着全身，一丝淡然，九分凉意。犹如一双冰凉无形的手在轻轻抚摸着伤口，轻柔，静谧，使人神魂分离。雾气萦绕全身，亲吻着脸颊，它随着那越来越强烈的呼唤一同牵引着我向雾的深处步步走去，我不再迷失方向，不再知晓疲倦，为了让我去感受这份短暂的馈赠，时间仿佛静止般正在治愈我。可突然间，平静如玻璃般被打破，风雨剧烈交加，大雾层层弥漫，视觉仿佛被剥夺，最可怕的是，我的直觉与灵魂彻底迷失了那份指引……为了躲避，我本能地向前跑去，不管方向，不明对错。然而脚下却忽然踏空，却是那万丈无尽的深渊，一片虚无，如同一张恶魔的嘴，妄想吞噬。而我抓不住任何救命的稻草，只是一直下坠，无比绝望地下坠。

那场雾很虚幻，却也很真实。唯一可以确定的是——我没有忘记，我在坚定地走向你！

疼痛、绝望、恐惧，不断袭来，仿佛在无情嘲笑、蹂躏你。它消磨你的意志，湮没你的肉体，此时跪地祈祷是多么可笑。重重摔落在地的我筋骨寸断，撕心裂肺的惨叫在这场雾中久久回荡，这雾不再温柔，好比死神的手，它扼住咽喉，妄图掐死我的生命，撕碎我的灵魂。我拼了命般地在雾中挺起身躯，不顾鲜血横流，不管筋骨寸断，朝着你那若隐若现的身影跟跄走去……

这场雾感觉要散了，所以一切都会明晰起来的，难道不是吗？

你的身影隐于雾中，重影交错，虚幻迷离。我颤颤巍巍地伸出满是血迹的手，试图透过大雾触碰到你。那直击灵魂的呼唤让我知道，你现在就在附近。一路走来，那场大雾隐匿了万物，但它隐匿不了我对你心心念念的回响。逐渐，我定住了脚步，你的眼睛，你的气息，你比之前任何时候还要无比强烈的呼唤，让我明白了现在站在面前的人一定是你。

伸手触摸到你的瞬间，云雾消散，我的面前，一袭白衣，净雅动人的女子，是你，无疑是你。

在我梦醒之后的岁月里，我曾多次去追寻过那场和梦中一样的大雾，期盼过再次遇见那位净雅动人如同昙花般的白衣女子。可无论我怎样去苦苦寻觅，它们却从未再次出现，但在我寻雾的这段时光中，总能潜意识地感受到我无时无刻都置身于那场雾中，而那位白衣女子也正在这雾中满怀期望地给予我呼唤，等待着我去相遇。

后来的日子中，我终得慢慢醒悟，那场梦中的大雾无疑正是我们现在所处的拥有层层迷障险阻的生活，而那位隐于雾中的白衣女子便是生活中的无限希望，她总是会在你深陷迷茫困顿、饱受折磨打击之时指引着你去追寻她。

梦里踏遍荆棘，所见为期许。那场梦中的大雾，朦朦胧胧，虚幻迷离。它模糊了一切，却也澄清了所有。

雨夜的释怀

李璘伶*

音乐大抵是这世上最低调的情绪开关，尤其在雨夜，夜深人静时。

今夜，正应了此景。

辗转反侧的我不禁看向窗外，然而，映入眼帘的一幕却让我愣住了。

窗外虽有霓虹点点的微光，看似温馨、一派和谐。可那霓虹灯下却有一片小绿植正努力地摇晃着身躯，挣扎着不被大雨折断。

但是很快，有些绿植就倒在了地上，它们虽有气无力，但仍坚强折腾着；也有一些绿植，虽已折断了腰，可还在奋力地晃动。

我轻轻抹去眼角不知何时渗出的泪水，心里一阵抽痛。

草木皆这般顽强生长，人亦如是？

可人生百态，曲折艰难，若遇逆境，何为释怀？

倘若，我此时正遇到一场措手不及的大雨，我深陷雨中，若有人愿为我撑伞，我自然愉悦感激；若无人为我撑伞，我又如何释怀？

曾几何时，苏轼道："竹杖芒鞋轻胜马，谁怕？一蓑烟雨任平生。"大抵释怀便是面对沉浮的人生，要有一颗豁达的心境，走自己的路，过自己的生活。

曾几何时，杜甫言："会当凌绝顶，一览众山小。"大抵释怀也可以理解为，生活不止眼前的艰辛和苦难，更多的是诗意和距离产生的美。

曾几何时，陶渊明曰："结庐在人境，而无车马喧。问君何能尔？心远地自偏。"释怀大抵更是一种知足的轻快，一种自乐的情趣。

窗外的雨缓了下来。

这一场淅淅沥沥的雨悄悄地来，缓缓地去，仿佛一位不食人间烟火的仙子经过这凡世，不带走一丝波澜。

窗外的霓虹灯依旧淡然地闪着光，那光在雨夜里显得孤独、凄凉，又似点亮黑暗的无尽之光。或暗或明，了然于心。

那绿植，还是那绿植。这一夜，着实难忘。

---

* 作者简介：李璘伶，女，1984 年出生于四川省成都市，大学毕业于四川外语学院。在"奇迹文学"网站上发表过《重生农女又美又飒》《神君的心尖宠》等网络小说。

生活杂记

邓欣 *

空着的屋子，心也是空的，空着的心应该有很多的期待吧。挺喜欢听一些人对我倾诉他们的风花雪月，我没有爱情，就像歌里说的，可能我的爱情来得有点晚吧。我一直觉得我是个怪人，有时候可以一整天不说话，有时候又可以一整天闹腾，不太喜欢粘人，还该死的任性，对于在一起的人很苛刻，总认为他们必须得懂我，在后来的成长中慢慢改变后，我觉得我足够拥抱更好的人。没有喜欢的人最酷、最放肆，这感觉也是真的，感情空白的几年里还不是照样过得很好，我想等遇到对的人时，再把这些年的喜悲统统丢给他，一起吐槽悲观，一起感受这四季的冷暖。

我其实是一个有点悲观幻想的人，可能上帝觉得我来到这个世界，看我太不容易生存便给我留了点乐观、积极、向上的态度，让我活了这么久。与其说我不喜欢怀旧，不如说我的生活平淡到让我无法怀旧，尽管这样，在我二十多个春夏秋冬的岁月里，我努力留住美好的，把它们统统变成照片装进好看的本子里。试着旅游，可惜无法尝试一个人的刺激感。

每天从闹铃的呼唤中醒来，朦朦胧胧睁眼刷牙洗脸，机械地一晃又是新的一年。记得刚大学毕业步入社会的时候，有着满心憧憬和忐忑干劲，说好以后要在大城市买车、买房，要在朋友面前甩金链子，如今想想真是年少，现在多是更务实地想办法拥有更多，顶着压力向前爬。小时候的梦想一年换一个，如今的梦想也成了负担，动力是有，可多了很多的前提。没有十六七岁的蛮横大胆，也没有十八九岁的遐想冲动，人际交往没有三四十岁的拿捏自如，很多事没办法消化，也没人为你解答，一个人死憋逞强，变得越发沉默，忍一忍、哭一哭，一天还得过。

很多次，质疑自己是不是做得不好，很多次，怀疑自己是不是笨蛋，很多次，没有找到答案也就不了了之。不至于就真的对自己没有了信心，毕竟金牛座的女生还是很酷的。

---

* 作者简介：邓欣，女，出生于 1998 年 5 月 8 日，现居于陕西省安康市。热爱文学，热爱这个世界。

其实这个世界上还有很多和我一样自我怀疑的年轻人，但我不知道大家在以何种方式度过，不管怎样，生活即使很难如意，我还是希望别一蹶不振，跌进死胡同里，虽然我失落了一天，可是没有放弃寻找舒服快乐的心态啊。

城市不大，世界很大，相同频率的人在来的路上，感同身受的人在不同的地方和你一起感受着。我很庆幸，很多次，很多月，很多年，这就是成长，这就是大人的世界，失去和拥有总会滋长一些新的东西。理想和现实的碰撞，这个世界总得有点梦想才更有动力，它很吸引人，它也是万丈悬崖，不管在哪个年龄都能让人热血沸腾。年轻的时候不要只顾夸夸其谈，抓紧大好的青春奋斗，或许有很多人质疑你，说有多可笑，但只要你坚持、努力去做了，并且动力十足，那么你的选择是对的。你可能会失败，又或许在这条未知的路上偶尔不知道怎么办，那就停下来，问问自己，问问更高一层的成功者，你可以从中找到答案。周星驰说过，没有梦想和咸鱼有什么区别，所以周星驰电影是永恒的经典。生而为人如果没有一点信念感，不觉得活得苟且吗？不管你曾经是怎样的，只要你还有心、有力，用大好的时光去争取，你想要的统统会来到你身边。我想，这大概就是生而为人的不同吧！

朝梦易逝

丁洁*

　　天刚蒙蒙亮，小镇的街灯依旧孤独地亮着，大雪纷纷扬扬，父亲站在窗外担心地望着我，他还是跟以前一样清瘦，但眼睛里却噙满了许多愁丝。

　　他叹了一口气，满含不舍地说："听说家里的灯坏了，我回来修修，但天亮了，我该走了。"

　　我知道这是父亲最后一次来看我，因为他知道我怕鬼，三年来他一次也没有来过我的梦里。看着他佝偻的背影，很想冲过去抱着他，十八年来都没有牵过他那满是沟壑的手，离他最近的一次，也是我捧着他骨灰的时候。

　　那一刻我像被钉子钉住一样挪不动脚步，只是默默地应了声："爸，我已经学会修灯、修水管了！"

　　奈何岁月漫长，被褥太薄，他的身影渐渐地模糊，我的世界越来越清晰，醒了痴梦，湿了孤枕。起床开灯，依旧照不亮屋子，拉开窗帘，厚厚的积雪堆满了凹凸不平的老街，仿佛看见父亲在雪中踽踽独行，这一幕与他脑海中穷途末路的贾宝玉，独自行走在雪地中一样。

　　他高中学历，却博览群书，尤爱《红楼梦》。他常跟我说："王朝更替、家庭兴衰，天有不测风云是世间规律，美梦易逝，但人须秉心而行。"正如父亲的箴言所说，突如其来的变故，瞬间倾覆整个家族，而他甘于奉献的人生也终究成了红楼一梦。

　　一个大雪的冬天，父亲因检查工程从高楼坠下，苦命的血红色染红了工地无情的雪地，全职太太的妈妈得知消息后一蹶不振，一生坚强如钢、从不吸烟的爷爷却在那天连着吸了一包。群龙无首的工人们得知消息纷纷为自己的工资着了急，常年合作的甲方也开始担忧再也找不到顾全局又踏实的人。从小便是留守儿童的我，也在那一刻不知所措，脑海中关于父亲的画面也一幕幕接踵而来。

---

　　* 作者简介：丁洁，笔名"风岩野草"，女，汉，四川人，后定居于武汉。2018年毕业于江汉大学，现从事某上市公司人力资源方向的工作，2019年，开始撰写小说及散文，开启了自己的创作生涯。

　　改革开放不久的年代，在那个信息闭塞的小山村，整个大家族都指望着父亲种庄稼，挑起家中的大梁，但父亲却坚决地违背了他们的意愿，他说，他见过山川湖泊，唯独没有见过大海，于是怀揣着对未来的憧憬，只身闯入灯红酒绿的大都市，他望着眼前的摩天大厦，眼神铿锵有力，在那一刻毅然决定从盖楼房开始起航。

　　至此，在白天，顶着严寒酷暑在工地里穿梭，到了晚上，他拿出建筑图纸自学钻研。每天凌晨五点起床，直到深夜才回家，回来时还不忘给家里买短缺的一根针、一袋米。即使家庭开支十分吃紧，然而给工人的钱只多不少，教他们建筑知识，帮扶亲戚，工作再劳苦都时刻谨记爷爷奶奶的身心健康。日积月累，家族及周围的邻居、亲戚在父亲的帮助下奔向了小康，但他自己却走上了一条不归之路。

　　父亲安详地躺在殡仪馆里，他终于拥有了充足的睡眠时间。医院外的嘈杂声，希望不要飘到他的耳中，工人们愤怒地围着我，他们威胁说不给工钱就不让这娘仨好过，我手足无措地望着有车的亲戚，他说帮忙开车可以，一公里得要三百块的油钱才行。人走茶凉，花落茶蘼，所有的恩情宛如一缕随风而散的炊烟，剩下的淡茶，我不知是否还值得去品尝。但是父亲的那一句"美梦易逝，人须秉心而行"始终在脑海中回荡，指引着我前行的方向，我学着父亲的模样，穿梭在每一处为人处世的角落，拿着被甲方榨取后剩下为数不多的钱发了工资，对待冷漠的亲戚也没忘作为亲人的初心，慢慢地也开始顶起家中的屋梁，点亮自己的灯塔，向大海的方向起航。

　　天亮了，窗外的风雪渐渐地消失了，几缕温暖的阳光悄悄地透过窗户，照亮了原本昏暗的房间，内心的那股声音再次在耳边回响：有的人活着，他已经死了；有的人死了，他依旧活着。

　　朝梦易逝，人须秉心而行。

我在新疆这些年

郭东方 *

2008 年年初，一家人告别家乡踏上了去新疆的列车，第一次出远门，第一次坐长途火车，第一次在火车上见到那么多的人，第一次一家人一起坐火车出远门。第一次看到祖国西北的地理面貌和只能在书本上知道的茫茫戈壁滩、沙漠、火辣辣的大太阳以及具有西北农村建筑特色的土房子，黄土高原，万里长城西起点嘉峪关，新疆的东大门哈密，中国葡萄沟吐鲁番，新疆南北疆转折点大河沿。出了吐鲁番火车站，坐上开往马兰的大巴车，那是我们一家人要去的地方。第一次感受祖国边疆的神秘面纱，破旧的房子，严谨的安保，宽阔的土地，高高的没有一根草的山，一条穿梭在山脚的公路，抬头看山顶就如同井底之蛙一样，山顶上还有黄沙流下来，我想那应该是沙漠吧。山是那么高，那么霸气，车子在山沟里的公路上行驶着，司机也不敢开快，在山沟里开车需要过人的技术和胆识，天渐渐地暗了，我也不知不觉地睡着了，等我醒的时候车子已经驶出了山沟，来到了巴音郭楞蒙古自治州和硕县的乌什塔拉乡，车子就在乌什塔拉乡停了下来，我们也都下车了，之后又坐出租车到达了目的地——马兰。

年后的新疆天气还是那么的冷，对于这么寒冷的地方我还是有点不太适应。第一次喝新疆的水，喝到嘴里有一点咸，听妈妈说新疆的水碱性较强。当天晚上就有人请客吃饭，第一次在新疆吃饭，品尝新疆菜，与河南菜差不多，也是那么的实惠，味道也比较好。听长辈们说马兰地方不大，但是人多热闹，来自全国各地的人来这里打工、做生意、开荒种地等，总之都是为了明天的美好而努力着。来到这里前的三四天几乎没在家里吃过饭，都是爸爸的朋友还有老乡请客，有的是在饭店，有的是在家里。爸爸的这些朋友和老乡们知道我结婚，想看看我和我媳妇，他们知道我父母年前早早就回老家给我操办婚事，也知道我们要来新疆，所以都想见见我们，我们也是第一次见他们，亲身感受到了身在异乡的他们看到我们是那么亲切。走在街道上看着一排排的房子仿佛回到了二十世纪九十年代，街道上的建筑和二十世纪九十年代的房子差不多，很热闹，

---

* 作者简介：郭东方，现居于新疆维吾尔自治区巴音郭楞蒙古自治州。

人来人往的，各种商铺也挺多的。也是第一次亲眼见到中国军人，正是有了他们才有了今天的国泰民安。2008 年是奥运年，在距离北京奥运会开幕的前一个月，七月一日，中国共产党诞生纪念日，我们的大女儿出生了，那天刚好下雨我们就给孩子取名为雨露。孩子的到来给我们一家人又增加了喜悦，一家人都围着孩子转，我也要努力挣钱。夏天坐月子是最难熬的，大人孩子都受罪，但是看着孩子一天天地长大，所有的苦和累都值得。

在新疆的这几年，亲眼见证了新疆的变化，从刚开始的不适应，到慢慢地喜欢，再到决定扎根新疆。原来的破房子变成了明亮的楼房，原来的街道也变得比原来宽敞了很多，来这边的人也越来越多了，环境也比原来好多了，自己也已经习惯了这里的生活方式，在这里学到了很多东西。在这里什么都得干，什么都得学，但同时我们家在新疆的人也在减少，父母离开新疆回老家照看我的爷爷奶奶。父母的离疆让我们没有了依靠，所以以后的路都要靠我们自己，我和我媳妇就商量着一个人上班，一个人在家带孩子。就这样我去上班挣钱，媳妇在家带孩子，这样的日子一直持续到 2014 年，我们的二女儿出生，我妈妈才再次来新疆给我们带孩子，我也比原来更努力挣钱了，媳妇也知道压力大了，就想自己找点事情做。刚开始是在火锅店上班，后来因为火锅店老板经营不善，媳妇也失业了。但是媳妇也没想歇着，于是就开始学别人摆地摊卖东西，我在超市上班，就这样我们的生活质量也有了提高，日子过得平淡而又充实，因为我的老婆孩子都在自己身边。

这些年回老家河南就成了旅途，在老家待的时间越来越短了，在新疆的时间越来越长了。回河南老家是因为那是我出生和长大的地方，更有我最牵挂的人。在新疆是因为工作和生活，一家人都在这里，也是为了更好的生活。在新疆的这些年，有苦也有甜，在超市上班，每天的工作是拉货、摆货、送货；在饭店上班，每天的工作就是摘菜、切菜、配菜，收拾卫生和学手艺，让我从一个不会做饭的"小白"变成了"煮夫"。不一样的工作，一样的目标，就是好好挣钱养家，让自己的家人过上好日子。不管什么工作，只要肯努力、肯吃苦、工作认真、有上进心，就会有好的收入。2016 年 6 月，我们迎来了我们的三女儿，也是在这一年我的婚姻有了一些变化，我和我媳妇之间的感情不再像原来那样好了，主要原因在我，但是媳妇没说要分开，可我知道她心里一直有想分开的想法。也会因为一些小事争吵，在两个人争吵的时候就会说出要离婚的话，这样的争吵一次比一次严重，直到 2018 年年底我们彻底地分开了。我在上班的时候接到了法院的电话，说我被我媳妇起诉离婚，让我们一起到法院。到了法院之后，法官说，让我们回户口所在地法院重新起诉，所以第一次离婚就没离成。到 2019 年年初，我接到老家法院打来的电话，说是我被媳妇起诉离婚，让我必须到庭。这一次我把新疆的工作交接好就坐飞机回河南老家应诉，法官没有当庭宣判，而是在我回到新疆后的一个月才让律师把判决书转发给我。当我再次走进法院的那一刻，我这几年心里的压抑也彻底地放开了，想通很多事情，想离开的留也留不住，就算强留下了也不会有什么好的结果。这样的结果也好，不过就苦了可怜的孩子了，是我这个父亲没本事，没能给孩子们一个完整的家，也是从这次开始，我就再也没见过我另外两个孩子，一直到现在。

离婚之后我就一个人在新疆发展，主要是因为我的三个孩子都是在新疆出生长大的，所以我就想为新疆做点什么。在 2019 年的时候认识了现在的好兄弟，在他的建议劝导下，我把自己和女儿的户口都迁移到了新疆生产建设兵团某团。来兵团之后，入了兵团职工，分了房子和身份地，以后养老问题也解决了，六十岁后还有退休工资。在兵团的这三年里，我亲身感受到国家对新疆的好政策，对新疆建设兵团的支持力度。在 2020 年年初的时候，我向所在连队党支部递交了入党申请书，现在的我是众多中国民兵中的一员了，同时也是预备党员，每天除了工作就是认真学习党史，积极参加党组织的各种活动和会议。现在我的生活很幸福，孩子也大了，我也该为自己的以后做打算了，同时也想给孩子一个完整的家，想好好努力把自己的日子过好，对于未来的生活，内心充满了干劲。来新疆十几年了，亲身见证了新疆的巨变，同时也对新疆的未来充满希望，真心感谢党和国家对新疆发展予以的大力支持，同时也相信自己未来在新疆一定会发展得更好。

未来的路不管有多难走，也要坚持努力地走下去，因为再不努力，就没有努力的机会了。自己身上的担子很重，现在的自己和原来不一样了，既然是党员就要起带头作用，带头把事情做好。2021 年即将结束，2022 年即将到来，在这辞旧迎新的节点总结自己在 2021 年所没有完成的事情，规划新的一年，希望自己在新的一年里用实际行动走好未来的每一步，努力做好自己的本职工作，发挥党员先锋带头作用，往后余生爱我所爱的人，不再将就，用心过好余生的每一天。

智者的生活

李蓓蓓 *

　　"智"是聪明的意思，智者的生活即聪明人的生活。

　　人们常说："仁者见仁，智者见智。"在我们生活中，何尝不是这样呢？

　　面对挫折和困难，不同的人有不同的见解和应对方法。

　　面对挫折和困难，智者有一颗平常的心，能够化压力为动力，努力奋斗向前；愚钝的人，不会像智者那样，他们可能选择自暴自弃，任由事态发展，而不是积极解决问题。

　　生活中的点点滴滴应该向智者看齐。当我们用异样心态对待它时，它也会用不平常的心态对待我们；当我们有乐观豪迈的心情，那么就会过得很充实、有意义。

　　我曾读过一篇文章：

　　从前，有一个饱读诗书的学者，平日里能够出口成章、下笔成文，每次考试却不能通过，于是学者开始懊恼，心里很不平静，觉得上天故意刁难他。就这样日复一日，有一天他遇到了一位长者，与长者倾吐了心中的不满。长者只给学者一句话，说："生活就像一面镜子，你用什么心态对待它，它就会用同种心态回馈给你。"学者认真思考了长者的话，调整了自己的心态，认真对待考试，后来仅一次考试就通过，完成了自己的梦想。

　　上面例子告诉我们，只要乐观面对生活，生活就会乐观对待我们。如果我们整天郁郁寡欢，消极应对生活，生活就不会给予我们想要的结果。

　　"不要认为自己没有用，不要老是坐在那边看天空，如果你自己都不愿意动，还有谁可以帮助你成功……"成龙几句简短的歌词，道出了多少人的心声。

　　当我们真正悟透什么是智者的生活，任何事情都不会成为前进路上的绊脚石，我们将永远奋斗向前，最终达到理想的生活。

---

　　* 作者简介：李蓓蓓，女，28岁，河南省周口市太康县人，本科学历，中小教二级教师。

舌尖上的乡愁

李兵*

客居南通已有 20 多年了，故乡的一草一木，乡土情结，始终萦绕在我的心间。每次回到老家——安徽省合肥市肥西县，我都要在镇上找一家卖米饺的早餐馆，要上一碗热气腾腾的胡辣汤，再点几个米饺和狮子头。那种氤氲在舌尖上的家乡风味，终于又俘获了我的味蕾，让我有一种久违的感动，仿佛我又回到了自己的童年时代……

我的童年和少年时代，都是在袁店乡唐新街度过的（现为柿树岗乡新街社区）。在我童年的记忆中，那时还是大集体，农村的生活相当艰苦，家家都是靠工分吃饭。有时，数日不见油星，乡亲们经常为如何吃饱饭而发愁，更不要说大鱼大肉了。只有在逢年过节或者家里来客时，才能勉强打一次牙祭。

我还清楚地记得，离唐新街一个多公里的潘家岗粮站，有卖豆腐的。父亲为了我们能吃上一口热豆腐，经常让我鸡叫三遍就起床，用腰篮子装上三五斤稻谷去粮站排队。令人心酸的是，有时候一直排到第二天早上六七点钟也是无功而回。因为豆腐只做那么多，去的人多了，没有一点关系是无法换到的，只好悻悻而归。

那时，每一家的生活都是很拮据的。父母每天干活回来，吃菜就吃一盘老咸菜，偶尔蒸一两个鸡蛋，可是父母自己也舍不得吃，因为上有老下有小。祖母也是变着法子给我们餐桌上增加一些"时令"小菜。祖母把冬瓜皮、西瓜皮、茄子把、辣椒等切好洗净，用盐腌起来。这样每天中午就可以掏一盆出来，放到饭锅里蒸熟后就饭吃。

每年的夏秋季，也是我们最快乐的时候。池塘里面的菱角熟了，我们常常是三两个小伙伴屁颠屁颠地跟在父母后面，坐上腰盆（洗澡的圆木盆），去池塘里摘菱角。那粉红的菱角我们叫"红绣鞋"，有四个角的，我们叫高头大马四角菱（形似骏马）。和菱角一起弄回家的还有菱角秧，到家后一家人就忙活起来

---

* 作者简介：李兵，安徽省合肥市肥西县人。20 世纪 80 年代末期，从事文学创作。迄今已在全国各种报纸杂志发表文学作品及新闻通讯 600 多篇（首）。多次在全国各种文学大赛中获奖，作品被录入 20 多种文集。著有作品集《梦去有痕》。

了。嫩的菱角剥开就可以吃了，老一点的放到锅里面加少些水焖煮半个多小时，取出即可食用，放三五天也没大碍。那些菱叶和菱泡，还有菱茎上的绒毛，全部清除干净，留下菱茎，然后切成小段，洗净，用盐腌制。日后，放饭锅里蒸熟，加上菜油，就饭吃的时候，特别香脆可口，至今我也忘不了那香喷喷的口味。

在我们老家还有一种水生植物，叫鸡柳，结的果实称鸡柳果、鸡头果或鸡斗果（因长得像鸡头，学名为芡实）。

每年的仲夏过后，鸡柳也渐渐成熟了，但想吃鸡柳果不是件很容易的事。因为鸡柳从叶到茎再到果实，全身都长着坚硬的刺，一不小心，就会刺痛你的手指。

我记得，鸡柳果有三种：粉红色嫩一点的，叫奶鸡柳；颜色稍深一点的，叫油鸡柳；深褐色的那一种叫花鸡柳。那时，我们年少无知，也不知道鸡柳营养价值竟然这么高，俗称"水中人参"。

烈日炎炎下，为了能吃上鸡柳果，我和小伙伴们不知道被它戳伤了多少次。

有时候父母也叫我们一起去采摘，每次把鸡柳连茎一起弄回家，打理的时候，都要小心翼翼的。首先把鸡柳果摘下放到篾框或竹篮里，然后将鸡柳茎上带刺的外皮，小心地剥掉，就成了光滑的鸡柳秆了。鸡柳秆也有两种颜色，一种是浅白色的，一种是淡紫红色的。鸡柳秆可以爆炒，清脆、嫩滑、甜润可口。也可以腌制，做成下饭的小菜。那时，鸡柳秆是我们饭桌上的最爱。

虽然那个时候，农村物质生活甚是贫乏。但我们在父辈的呵护下，还是无忧无虑、快乐地成长着。春天，拔毛尖、打青苔；夏天，踩莲藕、摸田螺、"偷"西瓜；秋天，玩火把、"借"花生；尤其是冬天，那时，家家户户基本上都是土坯草房子，每逢雨雪天气，温度陡然一下降，你看！家家户户屋檐下，那晶莹剔透的冰凌，都有一二尺长，实是壮观，也成了乡村一道美丽的风景线。

最让我们开心的是，唐新街先后开了三家茶馆，有唐家、周家和葛家。

葛家茶馆开的时间最长，早点也最好吃。

每天我和几个发小上学经过茶馆的时候，只要闻到了那一缕缕菜油的香味，我们都会眼巴巴地看着案板上的米饺、油条和狮子头。想吃，可没有钱呀，偶尔，也会从家里偷几个鸡蛋出来，在董大爷家的小店换个几毛钱。这样，就可以去买米饺和狮子头吃了。但每次也特别害怕，因为被父亲知道了，就会被痛打。不知为啥，那时候的米饺和狮子头怎么就那么好吃呢？直到现在，那味道还在我的记忆中，滞留在我的舌尖，如梦如幻，氤氲着我的味蕾。

如今，无论乡下还是城里，都一样是"菜篮子"般丰盛，菜场超市荤素自便，可先前那些从未被我们正眼看待的山乡野菜，反而倒成了"宝贝"。地上长的，树上挂的，河里游的，全都成了难得的美味。

而当年和我一起玩耍嬉闹的小伙伴们，现在应该都早已成家了吧，不知是否像我一样，也在遥远的异乡打拼？是否在有月的夜晚，也在思念着家乡和亲人？

今年，清明祭祖后离开故乡，又经过那个熟悉的村口。满山岗的桃花正在盛开着，我放慢了脚步，想再回头看看母亲在村口给我送行，母亲那单薄的身影一直没有出现，也永远不会再出现了。我很想吃母亲给我做的爆炒鸡柳秆，我更想吃祖母腌制的菱角茎。可是，那个在夏天的午后常常打着蒲扇给我讲故事的祖母，早已不在了。就连一直牵挂我的母亲，也在两年前生病离开了我们。午后的阳光，懒散而浓烈，唯有村口的那棵老榆树，还在微风中孤独地摇曳着翠绿的枝蔓，似在倾听，又似在守望。也许，这就是一个离家多年游子的一种思乡情结吧！

如今，我们生活在城市的边缘，浓浓的咖啡也掩饰不了我们对故乡的思念。或许，我们已被尘世的繁华和喧嚣拖住了脚步。蓦然回首，仿佛从背上行囊的那一天起，我们就已经不再属于故乡了。

多年在外打拼，纵使我再怎么思念家乡和亲人，再怎么想吃家乡的美食，我们的孩子也早已把异乡当作了故乡，而那个所谓故乡的老家，对他们而言，仿佛只是传说中的一个遥远的地方。

多年以后，当我们把故乡最后一位亲人掩埋时，仿佛也埋掉了我们回故乡的最后理由。于是我们会理所当然挥别故乡，继续在他乡走着自己的路。

只有偶尔间，我们也许会在夜深人静时，也许会在无意翻看老影集时，再次想起属于那个年代的故乡，和那个年代里曾经的自己。时间仿佛在证明它已把一切冲淡，只是在这思念的夜晚，我们才发现，那流淌在灵魂里的东西，会慢慢随着时间的发酵，发酵成很醇很厚，化不开的乡愁，偶尔一碰，就会让你心泛涟漪，泪如雨下。

故乡是条河，你我在中央，我们都彼此站成了岸，谁来摆渡故乡的愁……

思想之光

梦境与现实

姚春晓*

（一）

一直想真实地记录下我的梦境，但一则害怕碰触心灵中那些久远的伤痛，二则忧虑某些人会硬将它和弗洛伊德的解梦联系起来胡诌一通，弄些稀奇古怪的说法强加于人，引起不必要的烦恼和麻烦。

然而，正如高翔的海燕必会遇上坏天气一样，我也只想仰面高呼：让暴风雨来得更猛烈些吧！

儿时的梦早已忘得精光，成年后常梦见自己被人追杀，但或许根本没人能追得上我，因为梦中的我几乎无所不能，脚尖在地上一点便能直飞上千尺亮丽树巅，一翻身扑下伸展双臂，竟能从绝顶高峰滑翔着飞向峡谷或平原。

这些只是零零碎碎梦的片段，而那些成型成章的梦境竟又常与我生活中的某种现实藕断丝连，它们常常出现在我生命的关键转折处，并与现实有着千丝万缕的微妙关联！

第一个记住的奇怪的梦境是到湖南师大参加高考声乐专业面试头天晚上做的。父亲带着我和师妹入住到辰溪同乡高伯伯家，我和师妹同睡一个被窝，第二天一早她小心翼翼地问我："昨晚你做梦了吗，怎么哭得那么伤心？"我支支吾吾，不敢说起我那伤心至极的梦。

那时，外公刚去世不久。梦境中正是外公被装进棺椁中，由八个壮汉费力抬着，在满是鹅卵石的河滩上艰难行进着。

---

* 作者简介：姚春晓，女，土家族，湖南省湘西自治州吉首人，吉首大学师范学院声乐教师，湖南师范大学音乐学院声乐表演艺术硕士，湖南省音协会员，湖南省大众语言艺术委员会会员，湖南省普通话测试员。多次在各类声乐及朗诵比赛中获奖。在湖南师大音乐厅成功举办过两场个人独唱音乐会。笔名"采葭小妖"，曾在"湖南省群艺馆"等公众号发表过《精美的石头会唱歌》《古典音乐轻松听》等乐评及小品文。"简书"会员，众多诗作被《野火诗社》等收录。在《文艺生活》《当代音乐》等杂志上发表音乐论文近二十篇。

突然，一个壮汉脚下一滑，身子一扭，整个棺木顿时倾向一边，马上有坠落的危险。旁边马上有人提醒跟在一旁悲痛欲绝的我们：快跪下磕头啊！于是，我不顾一切地双膝跪倒在粗糙的鹅卵石上，一边悲痛地大声哭喊着外公，一边拼命地朝着棺木扑将过去，却被人死死拉住摁在原地磕着头。就这样几经反复，仿佛泪水已哭干、声音已嘶哑、气力已用尽，棺椁却还在河滩边晃晃悠悠，不知何处才是尽头……

事实是，外公仙逝是我第一次面对亲人的离开，不知该如何表达内心的悲痛，甚至在绕棺告别时，我也不敢更不忍心去看他那张失去生气的脸。直到绕棺仪式接近尾声，将要合上棺盖了，突然想起这一盖，我将永远看不到外公，顿时心头一僵，喉头一热，不知哪来那么大勇气，扒开人群返身便往棺木上扑去！

谁知身边那些三姑六婆似乎早有防备，配合默契地拉住我，高声劝告着，说是不能让我的眼泪滴到棺木中去。我拼命哭着喊着与她们撕扯挣扎，死死扒拉着她们厚厚的棉衣，十个尖尖指甲全被生生掀翻却浑然不觉。等二姨她们赶过来拉开我时才发现，我的十个手指头兀自在滴血，双臂软绵绵地垂落下来，浑身都在微微发抖！那是平生第一次遇上那么悲怆伤痛的事，真真透心入骨，才会令我梦中重现那巨大的悲痛。

考完后回到高伯伯家，想起那个梦，仍是悲伤不已，便悄悄告诉了父亲。他沉默片刻，拍拍我的头，慈爱地笑着说："没事，外公的事情对你多少还是有些影响，小孩子的梦也不必太在意，外公会保佑你考上大学的。"

那年，湖南师大音乐学院在湘西自治州只录取三个考生，我恰是其中之一。

（二）

第二个应该算是悬浮于现实中的梦境吧，至今仍不能明白那究竟是梦境中的现实还是现实中的梦境？那时高考刚刚结束，父亲便告了假，携着我们姐妹俩来到辰溪老家小住几天。

老家那片地虽属怀化辰溪管辖，却与湘西的浦市镇隔江相望。每次到了浦市，下到大码头，来到宽阔的沅江边上，便早有叔叔家的堂兄弟们闻讯划船来接。最喜欢坐在船头看风景，或者看堂兄弟们将一根长长竹竿深深地插进水中，待尖尖的篙头触到江底，再奋力往下一撑，又迅速熟练地拔出水面，将滴着水珠的竹竿再次滑落水中。

看着他们娴熟的撑船动作好生羡慕，等好不容易将手腕粗细的竹竿抢到手中才知道，要想在摇摇晃晃的船头上站稳又能左右自如地操作竹竿划船是一件多么不容易的事啊！

那几天是我一生中最惬意快乐的时光，紧张的高考已全抛脑后，白天和父亲翻山越岭走亲戚、访古迹，我所有的农事知识大多是那时父亲教给我的。

傍晚时分，父亲便会带着我们姐妹俩去沅江边游泳。对家乡的一山一水都了如指掌的父亲同样对我俩的水性也一清二楚。寨子脚下的江面水流湍急，漩涡众多，深不见底，水势险恶；岸边巨石林立，地势陡峭，寨子里除非水性极好的青壮汉子才会偶尔下去一搏。

父亲每次都带我们到离家较远的一处江湾，那里地势平缓，沙滩绵软，水面较其他地段稍显狭窄，水流便稍稍缓慢下来，但仅是那短短的一段。更妙的是对面居然是一座座屏风似的青山，映得江面青碧如蓝。我们在江湾里戏水、凫水、扎猛子，玩得好不开心。

玩累了，我便解开乌黑的长发散到清清江水里轻柔地梳洗着，就在我将头偏向水面上的一刹那间，我侧脸看到了对面那座山以及山上那裸露的山石和棵棵松柏，突然间便如电击一般愣住了！

改变了角度后，那山上的一切风景我仿佛曾在哪里见过，而且……似乎是坐在马背上和人一边说着话一边看风景。可是，当时我是在哪里？为什么会骑在马背上？旁边还有谁？只这电光火石刹那迟疑间，幻象便完全消失了！

那把心爱的木梳却在我神思恍惚间滑落手心，掉进江水中，游过去抓了两下没抓住，只能眼睁睁看着它静静漂远。父亲说："算了，别追了，下游的水太险太急。"

看着失落的木梳在夕阳的水波里随波起伏渐离渐远，怔怔地想着刚才梦魇一般的情形，心头若有所思地浮现出一句话："有其失，必有其得。"那大概是第一次体验到怅然若失是何等感觉吧。而我，虽丢失了心爱的木梳，却真的在不久后得到了湖南师大音乐学院的录取通知书！

生命中每遇一个紧要关头都会有一个梦提前告知，这只是其中一二事，也不知是何讲究。这世上是否还有和我一样被梦警告的人吗？我也不得而知，只是每夜梦回，总感觉心头着实难以割舍那谜一般旖旎的梦境……

守望者

陈生伟[*]

　　靠山村地处偏远山区，有几十户人家，房屋远看像斜挂在山坡上。村里极少见到青年男女，偶尔能看到荷束薪而归的老人，披着斜阳从丛林中走出，时不时扭头朝着远方瞭望。顺着老人的眼神看去，便会发现一道河流，梅雨来临时，河床上便露出圆滑的青石来。在河的对面横拉着一根二十多米长的铁索，离水面不足一米。每逢上下学时间，看吧，河面上三五成群的老人带着孙子孙女们小心翼翼地踩着石头过河。原来，靠山村是自然村，孩子们念书须到大村上学，到大村就得蹚过这道河。为什么非得是老人接孩子呢？自从改革开放后，村里的年轻夫妇撂下子女外出打工去了。有的孩子一年见一次父母，有的几年才见一次。靠山村里的阿宝和爷爷生活了六年才见到父母一次，他和父母的关系如同陌生人一般。

　　耿四是阿宝的爷爷，他年逾古稀身板硬朗，中上等个子，国字脸，一头白发，浓眉小眼却炯炯有神，使人一看便感觉此君多有心计，能谋善断略带耿直之气。阿宝爷鳏居多年，错过很多续弦机会。阿宝爷年轻时啥活一看就会，多才多艺，并且能写会算，还是靠山村里的半拉子秀才。春节临近，街坊四邻挟着红纸找他写对子，家家户户写着"渴盼来年吉祥如意""五谷丰登"啥的。总之，来年美好的愿望都写在春联上了。有次过年，村里一位不识字的老汉求写对联，家里喂养牲口，槽头也要贴个红联，以示吉祥。结果，他错把"槽头兴旺"的红帖贴在床头上了，过年亲朋好友到他家一看，哄堂大笑。每逢村里红白喜事，耿老便是账房先生，乡亲随礼，毛笔字龙飞凤舞。这时阿宝便跟着爷蹭吃蹭喝，时不时与同伴显摆："我爷爷是账房先生！"改革开放前，日子过得紧，家家屋里没床，清一色土炕。耿四那时最吃香，每到冬季，每家都请他垒灶火拓培炕。有时，遇难缠户不给吃好饭，耿四就逗他："不给灶王爷改善，烟囱不冒烟！"主家偏不信，完工后煎饼卷大葱走人。事后点火冒一屋烟，烟囱果真不透气，还真惹灶王爷生气了？于是，主家三请四叫才把耿四请来好吃一

---

　　* 作者简介：陈生伟，男，中共党员，于 20 世纪 80 年代在省报及地区日报发表过通讯报道。后投笔从戎，偶尔写些东西。

顿。耿四趁人不注意到炕头掀起苇席抽一张硬纸，随手撕碎扔进火里，烟囱这才冒起烟来。由于耿四多才多艺，有求于他的人很多，自然难免是非，家里老婆生疑。有一次，他给人做木工后被老婆发现有猫腻，导致他家破人亡……

泥瓦木工粗细活，是耿四的强项，每逢村里有人请他到家里做活，尤其是单干木工，老婆便紧跟其后，观察其是否有逾矩行为，特别是村西头张寡妇请他做活，他老婆便眼冒金星又哭又叫又上吊，死活不允。其实，耿四是挺正派的一个人，只是他老婆生性多疑爱吃醋，两口时常因无中生有的事，吵闹不休，村民看着习以为常，背后大都认为耿四老婆是泼妇，蛮不讲理。一次，村西挨着张寡妇的村民叫他做木匠活，张寡妇和这家人是好朋友，趁着做木工给她捎带做几个板凳，耿四说，该出工钱出工钱，只要主家同意有啥不行。张寡妇正拿着板凳往回走，迎面碰上耿四的老婆，张寡妇觉着理直气壮，耿四老婆认为男人是"老鼠吃秤砣——倒贴"，俩人言差语错，动起手来，厮打在一起。这边耿四正专心做活，耳边突然听到老婆哭天喊地的叫骂声，匆匆赶去将两妇女拉开，还没等耿四解释，老婆便挖着祖坟骂耿四臭不要脸，耿四颜面尽失，忍受不住刮了老婆两耳刮子，老婆怒火中烧，捂着脸扬言道："不能活了。"随后匆匆离去。这边耿四火还没消下，那边已乱作一团，有人告诉耿四，他老婆跳井了。

天有不测风云，人有旦夕祸福。当耿四赶往事发地，老婆已湿漉漉、直挺挺地躺在那里，一动不动没气了。目睹眼前情景的耿四犹如被人猛击一棍，瞬间天昏地转跌倒在地，嘴里哇的一声："我的天啊！"呜呜地哭起来……后来，耿四掩埋了老婆，在村里落下因桃色逼死老婆的坏名声，从此很少再有人用他做活。于是，耿四带着儿子外出打短工。外边人不知耿四的过往，见其精明能干，人也彪悍，就有好心人劝他续弦。耿四想：儿子再有几年就该成家了，他这拖油瓶子，一旦续弦，儿子招后娘，掰开的馒头再合也有缝。待儿子成家后再说吧。有人提亲，他却说给他儿子找个媳妇吧，对他的事一概婉言谢绝。说来凑巧，当儿子刚满十九岁那年，他给一家干活，那家的主人硬是要把闺女许给他做儿媳妇。男女相见很是对眼，耿四白捡了个儿媳，闲时偷着乐，没几年又得了孙子，更是欣喜若狂了。待孙子蹒跚挪步，嘴里牙牙学语时，村里的年轻人一拨一拨地外出打工了。于是，这小两口开始动心，但又不敢对父亲说。耿四看出了儿子、儿媳的心事，主动提出让他们走出山里，到外面闯荡。这样一句承诺使耿四许多年后又当爹又当娘的日子又开始重复。爷孙俩相依为命，其乐融融。孙子四岁那年，耿老背着他过河去上幼儿园。放学归来时，孙子在他背上问："爷爷，为啥不修个桥呢？""嗯，应该修座桥。"耿老在心中开始盘算一个宏伟的计划……

穷乡僻壤的靠山村，虽然山清水秀、空气清新，适合有钱人养生，但对祖辈居住在这里的村民来说，在这里丝毫没有幸福感，尤其是年轻人义无反顾、毫不留恋地走出大山，因为他们一穷二白，在当今物欲横流的金钱社会，死守就是过穷日子，出去便有希望，他们太渴望城市里的灯红酒绿和吃香喝辣的美好生活了。耿老年轻时若不是过早娶上媳妇，他也和现在的年轻人一样出去闯天下了。如今耿老行走在河边，从水中照着自己满头白发唉声叹气，岁月不饶人，他老了。然而他想起孙子阿宝说过的修桥，他又振作起了精神，按步当尺测量河的长度，估摸着需要打多少个桩，才能延伸架起一座木桩桥。待勘测好架桥长度后，耿老只身来到后山水塘数着塘岸边的柳树，看修这座桥的材料够不够。这可是他十几年开垦育林的心血，他把所有积蓄都投资在种树上，再有几年一定会返本赢利，是一笔不小的收入啊。古人修桥铺路为后人，耿老今日建桥为全村子女上学和村民出行方便，何乐而不为呢？钱算啥呢？生不带来、死后带不走。耿老决心已定，折返回村联系村委干部动员留守妇女及能干活的健康老人出工修桥，他包架桥材料。当他走到干部门口时，突然想起必须给儿子打个电话：他当初投资种树时，儿子还给他一万元呐！

建桥是件大事，耿老在给儿子打电话时忧虑了半天，他思前想后准备了说服儿子的许多理由。当他看到古旧失修的破窑洞急需花钱时，他首先说服不了自己，那塘岸边的树木可是他翻修窑洞的本钱啊。然而给孙子的承诺呢？阿宝可不愿每天蹚水啊。想到孙子的要求及老幼每天艰难涉水的情景，耿老还是决心不变，给儿子打了电话，没想到儿子大力支持耿老的行为，还说不要让村里的老人妇女干活，他把打工的钱寄回去一些，耿老可以到山外雇工，若他的工资不够还可以再想办法。得到儿子支持后的耿老老泪纵横，他想：儿子就是比老子有出息，山里娃走出去，增知识长见识啊！当耿老准备去找村干部时没想到村干部也在找他，村干部说他儿子刚给他打了电话，他说建桥是村里的公益大事一定支持。那天，平生不沾酒的耿老，在他的破窑里独自喝了酒，而且喝了不少。梦中他站在新建的桥上，孙子阿宝欢喜得又蹦又跳，他隐隐约约听到阿宝在和他的同伴们在夸赞：我爷爷真棒！

生命之光

马廷富 *

生命是那么的脆弱，又是那么的坚强。脆弱是生命的本身，坚强是生命的精神。

人最宝贵的是生命，生命，我们每个人只有一次，这是上天的安排。人生风雨兼程，一呼一吸、一念一想，酸甜苦辣，喜怒哀乐，悲欢离合，皆融其生命之中。

生命不会因功名利禄而厚重，也不会因长度而丰满。生命只因宽度、高度、厚度而精彩。生命在平凡中体现价值，在平凡中蕴藏其意义与真谛。

生命因宽度不同而不同，有的人心灵高尚，胸怀博大，关爱社会，关爱他人。生命因高度不同而不同，有的人发挥生命的潜能，创造出丰富的物质财富和精神财富；生命因厚度不同而不同，有的人勇于负责，敢于担当，让生命之花绽放美丽，让生命之果奉献社会。

生命因结果不同而不同，有的人重于泰山，有的人轻于鸿毛。有的人千古流芳，有的人遗臭万年。有的人活着，他已经死了，有的人死了，他还活在人们的心中……

生命是一场修行。长度、宽度、高度、厚度决定于自己后天的修为，修而能得。我们只有延伸生命的长度，拓展生命的宽度，提升生命的高度，增强生命的厚度，生命的价值才丰富多彩。

生命是思想，人没有了思想也就没有了生命。思想是生命的魂，思想赋予其生命的宽度，思想赋予其生命的高度，思想赋予其生命的厚度，为何而活、活着为什么？思想赋予其生命的价值与生存的意义。

人生是追求，追求自由、追求理想、追求光明、追求真理、追求生活质量、追求生存的意义与价值。从自然、历史长河中寻，从万千书海中找，从社会生活中悟。增其智，明其理，做其事。因学习而知识丰富，因思考而理性聪慧，

---

* 作者简介：马廷富，从军 25 年，中越自卫反击战中任指导员，历任连、营、团职，个人多次立功受奖；2000 年转业天津市地方工作，任党务干部。曾被集团军、地方多次评为"优秀党务工作者"。在国家大型刊物发表多篇文章，受到好评。

因自省而冷静成熟，因探索而发现真理，因追求而创新，因理想而奉献生命。涉历过沉重如铁如火如血的岁月，生命赢得满首轻云满天彩霞，而成其天地、自然界生命之精灵。

生命是进取。美丽因生命而繁华，生命因进取而永恒，生命因奉献而辉煌。我们只有抓住生命短暂的一生，有所理想和追求才能无憾于生命之精神。趁拥有健康生命的好时光，兢兢业业地去做自己该做的事；趁风华正茂之优势，于似水流年中，志存高远，干事创业，开拓进取，有所作为。

生命自尊而神圣。每天，都是生命唯一的一天。不论贫贱富贵，保持一份好心情，快乐地工作和生活，就是对生命最大的恩惠。豁达大度，修身养德，自爱自强，乐观向上，善待自我，这无疑是对生命最大的珍爱和敬畏。

生命的长度是健康，生命的宽度是视野，生命的高度是作为，生命的厚度是奉献。生命无常，我们孤独而来，也必将孤独而去，我们不能奢望太多，也不必苛求生命的完美。

生命是幸福。亲情、友情、爱情其乐融融。国安、民安、心安，自立自强，自尊自爱，遵纪守法皆在我们生命的幸福之中。

生命是爱情。爱情孕育生命，生命滋润爱情。爱情是生命的魂，爱情是生命的血，爱情是生命的情，爱情是生命的根，让人世间生命生生不息。

生命是顽强。悬崖绝壁上的小树，陌路边的小草，皑皑冰山上的雪莲，广袤沙漠中的动物，百折不挠的攀登者，与病魔顽强抗争的人们……所有的努力与坚持都在诠释生命的价值、生命的权利。

生命是磨难。磨难伴随着每个生命。沮丧者，在绝望中走向毁灭。坚强者"艰难困苦，于汝玉成"。磨难使人深省，深省使人明智，明智而使人厚积薄发。彩虹应风雨而生，生命因遭磨难而绚丽多姿，生命因跌宕起伏而风采动人。

生命是承受。承受艰辛，感知物力维艰；承受病痛，使我们更加珍爱健康，珍爱家人；承受平淡，使我们宁静而谦和；承受孤独，使我们更加珍惜友情；承受分离，使我们情思爱念；承受失败，使我们更加坚强与执着；承受责任，使我们的生命升华与崇高；承受战争，使我们对国家更加神圣、挚爱与忠诚。

生命是责任。责任是生命的行囊，责任是生命不可推卸的义务。"生一日当尽一日之勤"。责任是一种担当，更是一种情怀，一种做人的品德。责任，体现着生命的价值；责任，是一朵灿烂无比的花，开在每个人的心中；责任，是一道辉煌耀眼的光，照亮每个人的心灵。责任是一盏灯，指引人们勇敢前行。

生命是奉献。生命以博爱而高尚，生命以奉献而伟大。一个个不同时代为国为民的英雄楷模，都是奉献精神的丰碑，问世间何以当不朽，奉献精神立苍穹。

生命是一首歌，生命是一首诗，生命的真谛，并不仅仅藏在漫漫人生的旅途尽处，有如相遇在我们修行路上的小花、红叶、阳光、雨露、温情、爱与感恩，我们一步步，一天天，一年年，将它们收集，于是不经意间编成了我们生命的花篮，生命的富贵，生命的过往。

生命如一颗流星，短暂而辉煌。茫茫宇宙，生命不过是沧海一粟，我们只能用感恩的心，去面对上帝的恩赐与考验、怜爱与不公及人生的不圆满。冰心老人说得好，"在快乐中我们要感谢生命，在痛苦中我们也要感谢生命。快乐固然兴奋，苦痛又何尝不美丽？"

爱　国

王建敏 *

"爱祖国高于一切"是波兰作曲家、钢琴家肖邦所说的一句名言。

"今夜月明人尽望，不知秋思落谁家？"八月十五中秋节，只见月圆当空，大地披上了一层银白的面纱，月色朦胧，蓦然间我头脑中出现嫦娥月宫舒袖、吴刚酿造桂花美酒的幻想。我对月亮独有钟情，非常喜欢圆月，因为圆月寄托着思念家乡、思念亲人的情感。明月亘古如斯，超越时空，洒下满眼丝丝银辉。月光沐浴着我的身体，我由衷地坦露出期盼祖国统一、家人团圆的心声。

祖国江山如此多娇

若以小我而言，每天太阳从东方山头升起，它照耀我脚下的黄土地。春天阳光灿烂，惠风吹拂，空气清新，我在土地上播下良种，播下期盼。夏季阳光热烈，土地孕育着植物的旺盛长势，风雨来袭，我在田地里锄地劳作，苦中有乐。秋天我感受粮食大丰收的喜悦，感慨一分耕耘一分收获。冬天白雪皑皑笼罩大地，我想这是"瑞雪兆丰年"的美好景象。

大而言之，祖国的大好河山，让人感慨万千。北方辽阔的大草原是大自然慷慨的馈赠，那天空中飞翔的雄鹰、地上奔驰的骏马、悠闲吃草的牛羊，点缀着一望无际的蓝天碧绿之景，美得像一幅画。如果在草原上观赏夕阳，红霞渐渐散去，一片朦胧之中暮色恬淡，使人内心十分平静。南方被称为鱼米之乡，土地富饶，景色优美。杭州西湖是江南自然美的集中概括，也是祖国锦绣河山的缩影。杭州西湖山清水秀、碧波万顷、风光绮丽，正应了苏轼的诗句："水光潋滟晴方好，山色空蒙雨亦奇。欲把西湖比西子，淡妆浓抹总相宜。"西湖周围有许多的花草树木，初春桃花满堤、盛夏红荷叶艳、金秋丹桂飘香、入冬红梅绽放，一年四季美不胜收，万紫千红点缀着杭州这座花园城市。西湖的平湖秋

---

* 作者简介：王建敏，笔名"王芳敏"，1965 年 8 月出生，男，汉族，河南省汝阳籍人。在《鸭绿江》《参花》《教学与研究》《散文百家》《文苑》等官方期刊发表有作品，其中两篇文章荣获一等奖项。

月、亭台楼阁，断桥的美丽传说，承载的是感情，是永久记忆，寄托着人们对生活的热爱。祖国的无限风光，渲染出一幅幅精美绝伦的国画，将无限美景镌刻在我的记忆深处。

中国军人的风采

当代军人热爱祖国、保家卫国，在人民遇到危难时，总是第一个冲在前面。我脑海中浮现出在手机上看到的正能量短视频画面，六位年轻军人慢慢蹚在半人深的洪水里，他们或肩扛大娘，或两人搭把手抬一位大爷，或身背小孩，尽快将弱者转移到安全的地方。一群抗洪军人，身穿迷彩军服，他们心中装着党的指挥与命令，装着老百姓的生命和财产。经过几天几夜的抢险战斗，肩扛沙袋、奔走劳动，处于极度的疲惫状态。官兵们太苦太累太困，有的人喝半瓶矿泉水，就半躺半坐地闭目休息；有的人吃盆装干米饭，吃着吃着就卧地睡去；有的人灰土灰脸浑身泥土，背靠树木睡觉。可爱的军人吃住睡条件差，只为了老百姓每天能吃得好睡得香。可爱的军人身沾泥土，只为了老百姓平安健康。部队这个大学校教育出的人民子弟兵，精神无比高尚，文化素质好，一个个争做有灵魂、有本事、有血性、有品德的新时代军人。我脑海中想起李大钊同志的文章《青春》，不禁赞叹，"青年循蹈乎此，本其理性，加以努力，进前而勿顾后，背黑暗而向光明，为世界进文明，为人类造幸福，以青春之我，创建青春之家庭，青春之国家，青春之民族，青春之人类，青春之地球，青春之宇宙，资以乐其无涯之生。"

如果当代军人是祖国的高山，就站成一种民族尊严，让山花烂漫、山风拂面，让军人彰显英雄风采，在太阳底下表现。如果当代军人是祖国的水，就流成一种大气磅礴，让每一股细流一往无前，让军人彰显拼搏精神，在大地上流淌。如果当代军人是天空飞翔的雄鹰，就应当翱翔出远大志向，让崇高理想插上翅膀，让军人彰显忠诚本色，在天空中逆风飞翔。

新时代精神

新时期随着社会发展，党和政府在长江上创造辉煌的历史，武汉长江大桥的开通使"天堑变通途"，打破西方人对中国落后的偏见。三峡大坝水利工程的修筑使"高峡出平湖"，堪称人间奇迹。祖国自然山水融合厚重的文化内涵，闪耀着新时代光芒。

　　长城精神象征祖国优秀儿女的凝聚力，热爱团结、热爱和平、维护统一。长城精神引导着当代中国人民奋力前行，有志者在未知的道路上矢志不移地跋涉拼搏。道路是崎岖而漫长的，更隐藏着无数艰难险阻，敌人在虎视眈眈地盯着我们，随时会向我们扑来。除了自信、自爱、自律、自强，中华儿女更要勤学苦练、谦虚、低调，用超然毅力和对真善美的追求，披荆斩棘地走向成功。

　　长征是中国革命的特殊时期，先进政党领导工农红军的重大历史转折。红军在长征过程中克服千难万险，心中有着坚定的革命信念，不畏强暴、冲锋陷阵、敢于牺牲。红军队伍纪律严明，战士们实事求是、顾全大局。长征精神历久弥新，在当代彰显出新的生命力。新时期的长征精神，坚持不忘初心，传承为本，坚持心向光明。

　　"爱国"二字是神圣的，革命家列宁说："爱国主义就是千百年来巩固下来的对祖国一种最深厚的感情和为祖国献身的精神。"爱国是一种崇高的感情，祖国正能量有巨大向心力和凝固力。假如没有爱国情怀，就不可能打击外部来犯之敌。假如没有爱国行动，国家怎么去创新发展富强，旗开得胜。我由衷地赞叹："祖国母亲经沧桑，几度悲凉永难忘，苦已尽甘也尝。幸福花朵悄开放，慷慨激昂唱赞歌，热血沸腾欢乐颂，愿祖国更加富强。"

厨子的祖师爷

——土包子聊国学

王欣平 *

如果问大家，中华文化有哪些过人之处，许多人都能说出个一二三来。遗憾的是，自 1840 年鸦片战争，中国跌入低谷，我们落后了，挨打了。百年战乱，国破民穷，中华文化大受质疑。许多人认为，外国的月亮比中国的圆，要向西方学习。

就在国家处于最黑暗的时期，我们还是有一个方面很让人自豪，还有一项技术遥遥领先，那就是中国烹饪技术——中华饮食文化。

时至今日，已经到了量子、航天、基因时代了，可是只注重餐品完成速度的麦当劳、肯德基依然比不过小农经济的八大菜系。中华饮食领跑千年，从来没排过第二。

大家都知道大禹治水，禹平水土，定九州，计民数。为了纪功庆贺，铸九鼎，就是代表九州的九个大锅。可见我们中国的习俗是造锅，因为中国人民更爱和平，更爱生活。遥想当年，大禹和大家一起围坐在大鼎旁，一边大口吃肉，一边回忆往昔治水的峥嵘岁月，那是何等的豪爽，何等的惬意，何等的实惠。中华饮食文化源远流长。

有一种饮食文化叫"料理"，有韩式料理、日式料理、地中海料理等。料就是材料，指各种食材；理是打理、整理，就是摆放。只要把各种食材摆放好看了，美观了就可以开吃。饱眼福尚可，好不好吃就难说了。料理的技术层面是偏于简单的，所以算不得"高大上"。

中华饮食那可是高端的文化，叫作"烹调""烹饪"。中国厨师专门研究各种食材的科学搭配，各种辅助作料的点石成金，动用煎炒烹炸、蒸煮焖炖等五花八门的加工手段，高度重视五味之间的调和，用精妙的火候催化食材，使之既产生物理变化又有化学螯合，直到色香味俱佳才可上桌。这也还不够，因为必须严格遵守自然规律，所以讲究甚多。

在中华饮食文化发展的长河中，谁的贡献最大呢，谁配称作厨艺界的祖师

---

* 作者简介：王欣平，村塾拙老，74 岁。

爷呢？有些地方的民俗把灶王爷当作厨界的祖师爷，有的把火神当祖师爷。但灶王、火神只是虚构，并无其人其事。所以要推选一位厨界的祖师爷，那非孔子莫属，就是孔圣人孔丘。

孔子是个老师，主课六门：礼、乐、射、驭、书、数。其实还有副科，就是烹饪。《论语·乡党篇》记载，孔子对饮食极其讲究，"食不厌精，脍不厌细"，稍不如意就不吃，"失饪不食""不得其酱不食""割不正不食""不时不食"。

孔子当高官的时间很短，书上从未记载过他有专门的厨师。况且他总是不顺利，贫穷坎坷伴其一生，不可能请得起高级大厨。做饭炒菜的只能是他自己。他太爱美食啦，他是最早研究厨艺的老师。

孔子在《论语·泰伯篇》中解释过，他的多才多艺是因为年轻时地位低下，接地气，所以学习过多种技艺。

"失饪"是指烹饪方法使用不当。这道菜，这些食材，是该炒还是该炸，是清蒸还是水煮，技术手段用错了就不好吃，孔子就不吃。

酱是发酵而来的，能常温保存，所以古时用酱较多。但酱的种类也很多，所以做菜时先放什么酱，后放什么酱，什么菜搭配什么酱自然有许多说法。这个要放面酱，那个要用豆酱，另一个该放芝麻酱、虾酱。如果没有相应的酱，或者搭配不对路，孔子干脆不吃这道菜了。这就是"不得其酱不食"。

"割不正不食"是说刀工必须正规，食材必须切成菜谱规定的形状。食材不管是切丝切片还是切段切块，应该粗细厚薄宽窄均匀，是要用滚刀块、菱形块，还是正方块，这里有很多讲究，学问可大了。刀工不合格，孔子干脆不吃。

孔子推崇礼制，重视各种规矩。人类的进化过程有数百万年，是大自然塑造的结果，人能够吃什么，怎么吃，什么时候吃，大自然自有其约束。

从神农尝百草到孔子精研厨艺是一脉相承的，也正是药食同源，"两条腿走路"协同发展才成就了中华美食。

孔子"不时不食"指的是饮食必须合乎时令，什么季节可以吃什么食品，过季的、反季节的食物，孔子是不吃的。

现在人们说这是养生理念，很有科学道理。比如西瓜，是夏天出产的水果。古医书上说它甘寒，清热解暑。夏天少量吃可以，冬天吃则对健康不利，体质虚寒的人就更不能吃了。

《黄帝内经》上说：五谷为养，五畜为益，五果为助，五菜为养；气味和而服之，以补精益气。这是上古之人，通过长时间摸索得到的理论。孔子对前人、对传统常怀敬畏之心，他说"吾从周"，就是说他服从周朝的规矩。

可是有些人认为他事儿多，没那么必要，甚至"食不语""席不正不坐"，就是吃饭时不说话，座位没摆正他不坐下。行要端，坐要正，一切中规中矩，这才是正人君子的做派。这确实很有必要。吃饭就是吃饭，要专心致志，不高谈阔论，不摇头晃脑，要坐稳坐正。这样，我们的肠胃系统才能更好地工作，才能顺利消化食品，才能保障您的健康。否则胃酸、胃胀、胃痛就快来了，那胃癌离您还远吗。

过去的人跟孔子学习，主要是为了做官，也有的人本来就是政府官员，来孔子这儿进修是想提高管理水平。

孔子在一次课上告诉大家，"治大国若烹小鲜"，这是老子在《道德经》里讲过的，他十分赞赏。意思是说治理一个大的国家，和炒一盘小菜的原理是相通的。治大国不一定复杂，炒盘小菜不一定简单，关键在于调和。孔子当过大司寇，对治理国家很有体会。

烹调就是讲调和的学问，要把不同的食材，包括互相对立的内容，调和成不仅不对立，还互相依存的状态，食材之间互为补充促进，进而锦上添花，升华到更高境界。美食就是这样产生的。

一个国家或有山上的民居，或有水上之人家。靠山吃山，自然信仰山，靠水吃水，自然信仰水。环境不同，气候不同，习俗也就不同。所谓十里不同风，百里不同俗。不同就会对立，就容易产生冲突。如果当政者不善于调和，处理问题的方法不当，难免出乱子。

放眼世界，几处烽烟起，几度动乱生；有些地区就没停过枪响，战事连绵，民不聊生，昔日繁华景象，已然一片废墟。

世界各民族都有自己的文化源头，中华文化的源头是"和"文化。北京故宫里皇帝工作的地方叫"太和殿"。"和"的左边是禾，泛指粮食，右边是口。太是大加一点，有好上加好之意。"太和"的意思是既要吃饱又要吃好。所以中华民族的根本信仰"和"文化也是美食文化，体现了中华文化博大精深的境界。

希望在全球化背景下中华饮食文化趁势腾飞，在构建人类命运共同体的宏伟工程中发挥巨大作用。调和鼎鼐，化解冲突，安天下者，中华美食也。

平凡的人生，不平凡的经历

周冬芬*

美丽的山村我的家，青山绿水，蓝天白云。晚上抬眼望去，满天星星闪闪发光。村子中间有个池塘是以我们村子的名字命名的，它名叫擎天池（村子原来一段时间叫天一村）。从村名可以看出我的家乡在高山上，村民房子是环绕天池而建，围成一个圈，村民房屋后面都是毛竹山，我们像是住在大型的鸟巢中。我出生在1968年，当时的池边都是杨柳树，柳树弯腰倒映在水中，一片非常完美的自然风景。我们村子在浙江省宁波市海曙区，具体地址是横街镇擎天池村。

我们村子还有一个美丽且神奇的故事，我父亲给我讲过。以前，我们村子中的高山没人住，山下的小蛟村住着我们祖上太公，他有四个儿子，因为这高山离他们家很远，他们每次出门上山干活起码要一天，所以，他们早上出门的时候就会带上中午的饭菜。有一天他带着十六七岁的三儿子上山干活，快到中午吃饭时间了，父亲让儿子先吃饭，吃完饭再干活。三儿子拿起饭包吃起来的时候忘记那是两人的饭菜，他一个人一口气吃光了饭包里的饭，等到他想起父亲还没吃饭时已经晚了，饭包里最多也只有黏在上面的几粒米。儿子小心翼翼把饭包挂在一棵元宝树上，就回去干活儿了。父亲见儿子过来干活儿就放下手头的活儿去吃饭。当儿子正在犯愁时，父亲却问他还没吃饭吗。儿子马上过去了，他看见刚才被自己吃光的饭包里有满满的、热气腾腾的一包饭。看着散发着热气的米饭，儿子当时什么都没说。干完了一天的活儿，父子二人返回家里。从此刻起，凡是在山上要干的活儿三儿子就抢着干。直到三年后，大哥、二哥已经成家，剩下他和弟弟也要成家，大哥和二哥提出要分家。当父亲问三儿子有什么意见时，他说："先让大哥二哥选，剩下不要的给我就行了。"大哥、二哥都不要山上的地，因为离家太远。三儿子向父亲提议，他这些地、这些山离家太远，干活儿不方便，他去山上搭建草屋，父亲同意了。三儿子每天不回来，住在山上，很快，三儿子结婚成家，他们一家人都住山上，他就是我们村子的最高祖宗。一个村子就发展到后来的三四百户人，而且一门姓周没有外姓，也

---

* 作者简介：周冬芬，现居于系浙江省宁波市海曙区横街镇，1967出生于擎天池村，从小活泼可爱，爱好唱歌，看书，心里一直有勇攀高峰的梦想，改变贫穷山村的梦想。

出去过很多对国家有用的人才，我们村子的人是血脉相连的一家人。

　　这个故事说明了两个道理，一是若想得到想要得到的东西要沉住气，等时机成熟；二是说明我们祖宗很聪明，知道的事情不说穿。如果三儿子在吃饭时候说出山上元宝树的秘密，说不定他们家将永无宁日，知道暗藏智慧的人才是真正的聪明人，为我们祖宗点赞。

得失之间

宋雪菱*

人生，困扰我们最多的，无非是得失这两个字。一切纷争、烦恼、迷茫的根源，也是这两个字。常言说："得失之间，必有因果。"只要我们懂得了得失的原因，自然就明白了取舍之道，然后，一切问题都会迎刃而解。

春天，艳阳回归，春风拂面。树木生出了新叶，这对于树木来说，就是所谓的得；后来，秋风萧瑟，百叶凋零，这对于树木来说，就是所谓的失。如果，没有老叶的凋零，春天也不会有新叶的萌生。毕竟一个芽眼，生不出来两片树叶。有了新叶的萌生，就有了新叶老，老叶落。这是天道，自然循环，不是人力可以违背的。所以说，得失只是循环上的点，不断交替，无休无止。用句佛学上的话就是，有得就有失，有失必有得。人生成功与否，就看你把自己放在什么位置上了。如果你站在失这个点上，你就会发现，前后都是得。如果你站在得这个点上，你就会发现，前后都是失。

树叶与树木的相守，是得，是拥有，也是缘分。同样，树叶与树木的分离，就是失，就是缘分尽。而等待落叶的是厚土的拥抱，是另一段缘分的开始。如此，缘生缘灭，缘灭缘生，永无休止。你有所得，是缘生；你有所失，是缘灭。人虽然有两只手，但也不可能抓住事物的两个方面。你选择了美食，那健美的身材会离你而去；你选择了事业，就不能更多地去体会家的温暖……如此这般，没有谁能挣脱有得必有失的宿命！

宇宙生了万物，万物自然是平等的。没有轻重，没有尊卑。大家同在生态循环之中，只是所处的位置不同罢了！我们能做的，就是在天晴时，爬山、涉水、看日出；天阴时，煮茶、听琴、话桑麻。不去计较秋天的风凉，冬天的夜长。不以物喜，不以己悲。

人来的时候，两手空空地来。人去的时候，两手空空地去。人所拥有的，只在一时，如何会有永恒。牵手之后，必定是放手。相聚过后，必定是别离。看明白的，顺其自然，从容淡定。看不透的，怨天尤人。

---

* 作者简介：宋雪菱，上班打工族，朝九晚五，虽然工作一成不变，但是拥有远大的写作梦想，相信"越努力越幸运"。

人生所追求的，应该是更多的快乐，而不是更多的占有。面对山的时候看山，面对水的时候看水，只要有好的心境，一切皆是美丽的风景。尽心，尽力，不去追求错误的东西。随心，随缘，会放手才会有快乐的一生。

人生会有无数次选择，不做选择是不现实的，但也不要强求自己。那就不会有太多失落，就不会有太多抱怨。人虽然最终不会拥有什么，但可以使过程更顺己意。我们可以追求美丽的刹那，切不可去追求美丽的永恒。这个无时无刻不在变化的世界，让我们拥有更多的闲暇时间，去享受红尘中的寂静，感受花红叶绿的精彩。

如果注定最终会两手空空，甚至连身后的那抔黄土，最后也不属于我们；如果这是所有人都逃不掉的结局；那么，我们何苦去悲伤，何苦去痴缠，何苦为得不到去执着！懂取舍，知进退，是一种智慧，是一种境界。它不能使我们无敌，但可以使我们明理，可以使我们遇事从容优雅。它不能让我们消灭烦恼，但可以让我们把烦恼放下。

今天拥有的，明天会变化，最后会失去。虽然道理是这样，但也不必刻意地用道理去验证生活。我们生活在地球上，和有缘分的人相聚在同一个故事里。投桃报李，坦荡宽容，不为别的，只为在离去的时候，在这个世界上留下一个清晰的影儿。人生必定会有追求，得到了，犹可喜；得不到，不必悲。

亚历山大死前曾这样说："我死后，请将我的双手放在棺外，让世人看看，即使是像我这样伟大的人，死后也是两手空空。"我们不妨想一想，亚历山大这句话的意思，是说因为两手空空才会拥有更多呢？还是说拥有得再多最后也是两手空空？

得到与失去，往往就在一念之间的选择。

房屋之下

仲伟婷 *

  位于海安市李堡镇杨庄村的一排，永远有一栋古旧、简朴的房屋，那是承载了我们一家三口十二年记忆的房屋，一年年地看着它老去，房屋之下的一幕幕却仍记忆犹新。

  房屋之下，我们一家三口，幸福美满。我的父母是包工头起家的，不满足于现状的父亲，一直想出国务工。他想施展自己的一技之长，也想发挥自己的用途，全家人的思想价值观都是积极进取的，父亲带领着我们一家人都在进步。现在父亲的梦想已经实现，可是我们大家都想他早日回国。我还记得父亲白手起家的日子，我们全家人一起喝过酱油汤，吃过最简单的饭菜，那时候虽然苦，但是很幸福，父母教会了我劳作的辛苦和靠自己双手挣钱的道理；后来，日子好点了，我上初中了，印象最深的就是家里的那一辆大嗓门摩托车，我在距离不远的学校上课，每次我一听到那个酷似放炮的摩托声，我就知道，我的父母又出去劳作了；再后来，上高中了，我也在渐渐进步，父母都为我感到开心，一直在学习上激励着我。父母教导我：学习就是要对得起自己。后来大学毕业了，父母不支持我读研，我一气之下，自己挣钱搞定了我研究生一年级的所有学费和生活费，那时候的父母，看到有这样能力的我，从脸上和心里都为我骄傲。房屋之下的记忆，是少不更事时与父母的执拗，是如今成熟之后细品父母亲句句话、件件事都觉正确的记忆，父母亲没用华丽的言语，却句句说在点上：做事先学会做人。

  房屋之下，我们与周围的邻居们，和谐友好。我童年的大部分时间，从蹒跚学步起一直到幼儿园，都在邻居家度过，是邻居们陪着我玩耍，到饭点的时候供给我吃的喝的，不求一分回报。偶尔下雨的时候，我们在家里总能听见有人在外面大声呼喊着："下雨啦，赶紧收衣服咯！"这样的声音，一传十，十传百，美妙而悠长。那时，我还是村里的孩子王，比我小的孩子都喜欢来我家里玩。大概是受邻居们淳朴的影响，我也带着他们一起玩耍，到饭点的时刻，我

---

  * 作者简介：仲伟婷，1998 年，江苏省海安市人，南通大学材料化工专业研究生，喜欢阅读、书法、美术。

自己做饭给小孩子们吃，也有不会拿筷子的，我便一点点喂他吃，这大概也是邻里精神的传承吧。老人们一直都说，远亲不如近邻。在我十岁左右那一年，我母亲的眼睛被钢筋刺穿了，我放学走回家中时发现一地的血，心里咯噔了一下，后是邻居告诉并安慰我："不怕，妈妈被他们送到医院去治疗了。"当时的我满心着急，现在回想起来，应该是欣慰，邻居的及时帮助才让我母亲的伤情不至于变得严重，远亲不如近邻，的确如此。可当我越长越大的时候，猛地发现，并不是所有人都会提供热心的帮助，可尽管如此，我还是时时刻刻在能够伸出援助之手的地方果断地去帮助别人。作为新青年一代，我们时刻学习着习近平新时代中国特色社会主义思想，更应当努力去践行，用自己的行动去感染大家，邻里精神的传承也是我们的任务之一。房屋之下的记忆，是质朴的邻里精神。

　　房屋之下，我们与周围的自然环境协调发展。十几年前的小河，用清澈见底来形容真的不为过，孩童时期的我们，经常在河边捉青蛙、蜻蜓、萤火虫，还会互相炫耀着谁捉得多。每年春季之时，河边的柳条任随我们采摘，编织成草环戴在头上，瞬间叫自己心情舒畅；快过年时，村民们还会组织下河摸鱼，以前我真亲眼见过一米长的大鱼……可如今的小河，水位逐渐下降，水中的水草到处可见，水质受到严重影响，后由国家政策和村委会的管理、治理，河水的环境逐渐改善，可再回不到从前的状态了。与此同时，乡村的泥路也变成了水泥路，家家户户的房子也都修缮了，每家的小院子也都用清新的小栅栏围起来，村容、村貌焕然一新。我们惊叹于时代的进步，夸赞国家的好政策，让我们紧紧跟随着国家的进步和发展，生活条件越来越好。可总感觉缺了些什么，现在孩子的玩伴便是手机；家家户户的年轻人都已外出就业并安家，少了以往的热闹；小河环境也回不到从前了。科技创新与发展的同时，自然环境和人文环境的发展也同样重要，保留着一些自然的气息，才有生活真正的味道。房屋之下的记忆，是大自然的清新。

　　这栋老房子承载着我们许多的记忆，它未来的命运我们无法猜测和掌控，就任凭它在风中，在雨中骄傲、坚强地生存着，待我劳累时，我还愿意躺在它的怀抱里享受它的亲切和温暖。房屋之下的记忆，是助我成长的垫脚石，我要带着这样的记忆在人生道路上渐行渐远。

蝴蝶兰

周春彩 *

今年春节前夕，女儿在花市上买了一大盆蝴蝶兰。搬回家后，摆在大玻璃窗下面的台子上。这盆花的到来，给家里增添了节日的气氛。

这是一盆紫红色的蝴蝶兰，以大红为主，红中透紫，每朵花的花瓣四周镶着放射状的绒毛样的金边，在灯光照耀下，闪闪发光，熠熠生辉。女儿说，这盆花名叫"光芒四射"，看来还真是名副其实啊。

我见过蝴蝶兰，是来广州以后的事，也是在花市上。一见蝴蝶兰，我就被她的美丽打动了，很想拥有一盆。这个愿望现在实现了。

家里的人都喜爱她，有时忍不住了，还会靠近她细细欣赏、品味。淘气的外孙，有时看着看着，忽然一伸手去摸那嫩嫩的花瓣，这时大人就会制止他，说："别碰，把花弄掉了多可惜呀！"他只好缩回手，怔怔地站着，眼睛仍不离花。客人来了，看过后都说："这花好漂亮！"

女儿工作忙，照顾花的事，自然落到了我身上。我在网上查了，这花为兰科蝴蝶兰属植物，原产于亚热带雨林地区，为附生性兰花。平时，除了给她浇点水之外，几乎没什么可照顾她的了。

因为我现在赋闲，有时间来陪伴她、欣赏她。她的艳丽俏美，她的翩翩欲飞的姿态，我是饱览了的。我要深情地赞美她的，是我发现的深藏于她身上的一种特质，一种伟大的精神内涵。

几十天过去了，我只给她淋过几次水，大约半个月淋一次，每次也仅淋湿根部。没有给她施过肥，她不需要什么肥料。她的根是气生的，她把气根伸到空气中，用根吸取空气中的养分，以维系自身的生长。我油然想起陶铸先生赞美松树"要求于人的甚少，给予人的甚多"的话。蝴蝶兰不也是这样的吗？她把美丽全部地献给了人间，而不求取任何的回报。只奉献，不索取，这是一种无私无我的品格精神。在现实社会中，物欲横流，金钱至上，薄奉献，厚利益，

---

* 作者简介：周春彩，男，湖南省常德市人，大学本科文化，中学高级教师。长期从事中学教学和行政管理工作，曾任校长。爱好文学，尤喜散文及唐诗宋词。创作散文、诗词数百篇（首），部分作品在报纸、杂志上发表。

人与人之间的关系演化成了赤裸裸的金钱利益关系，这在一定程度上导致了各种社会矛盾的发生。试想，如果社会中每一个人都像蝴蝶兰一样，只讲奉献，不求索取，那么我们的社会将是多么的和谐与美好。当然这只是一种奢望。我希望我们社会中像蝴蝶兰这样的人越来越多。

我仔细观察了蝴蝶兰花。她的每一朵花都分为两层，下层是三瓣花片，小一点的，均匀展开；上层是主花瓣，两片。这两片花瓣就像蝴蝶张开的双翅，对称着的。两"翅"的前方正中间是花蕊，花蕊恰像"蝴蝶"的头。从正面看，只能看到主花瓣和花蕊，也就是"蝴蝶"的翅膀和头，而下层的三片小花瓣完全被主花瓣遮盖住了，小花瓣就起了花托的作用，保护和陪衬着主花瓣。看到这儿，我想起了唐代诗人杜牧"谁识大君谦让德，一毫名利斗蛙蟆"的诗句。蝴蝶兰的小花瓣就是"大君"，她具有"谦让"的美德懿范，正是由于小花瓣的保护和衬托，主花瓣才得以充分地彰显她的美姿；倘若小花瓣硬要钻出来和主花瓣争宠，那主花瓣就不称其为主花瓣了，整体"蝴蝶"的形象就被破坏了，呈现在世的将不再是蝴蝶兰了。为了蝴蝶兰家族的整体声誉，小花瓣选择了"谦让"。看来，小花瓣是挺有"大局意识"的。在我们这个社会里，争名逐利已成为一种普遍现象。"争"正当的"名"，"逐"正当的"利"当然无可厚非，但一味地"争"，一味地"逐"，不顾道德和法律底线的"争"和"逐"，将不利于社会的文明与进步。社会需要无名英雄，需要幕后工作者，正是这些人的工作与贡献，才使得我们的社会，我们的生活气象万千，异彩纷呈。大而言之，一个国家，一个民族；小而言之，一个组织，一个单位乃至一个家庭，需要"配角"，需要"配角"密切地、无怨无悔地配合"主角"，这样"主角"的运筹才会得心应手，左右逢源，国家、民族、组织、单位、家庭才会前路顺达，健康发展。我感慨，这蝴蝶兰是多么的有灵性，她的小花瓣和主花瓣的配合是多么的契合和美妙，她简直就是为启迪、教化人类而地造天生的！

蝴蝶兰有着又肥又大的长椭圆形的叶片。这些叶片一丛丛地互生在根部上方，碧绿油亮。细细的、长长的花茎从丛丛叶片中央伸出来，花就缀在花茎的上部，离绿叶很远。有一个很独特的现象，花茎只开花，不长叶片。给人的印象是，蝴蝶兰的花和叶是分离的，是相互独立的。如果把叶比作父母，则花就是父母的孩子。看看蝴蝶兰这些"孩子"，分明有着挣脱了父母的怀抱，已自立于世的一种自信的姿态。这不由得让我想起了《周易》中的"天行健，君子以自强不息"的话来。看来，这蝴蝶兰也是"君子"之花，是自立自强之花。联想到社会上有很多的人就像蝴蝶兰花，不依赖他人的庇护，走自己的路，创自己的业，这些人是值得赞扬的，无论他们成功与否。但是也还有少部分人，尤其是少部分年轻人，他们躺在父母给他们营造好了的安乐窝里，不思进取，贪图享受，捅出"漏洞"后，甚至大言不惭地叫嚷："我爸是……!"这样的"富二代""官二代"们，如不改变，难免遭社会唾弃。奉劝这类人，学一学蝴蝶兰，长"君子"之志，灭依赖之风，走自立自强之路。

两个多月过去了，蝴蝶兰不仅没有枯萎凋谢，而且仍然艳丽如初，色彩一点儿也没有改变。女儿说她的花可开三个多月呢。就每朵花而言，能开放三个多月，算是奇迹了。我见过许多的花，比如桃花、梨花、葱兰等，它们的花是依次开放的，每朵花只开几天时间，更不用说昙花了，就"一现"而已。而蝴蝶兰的花差不多是同时开放的，而且经久不谢，经久不褪色，她算得上是"永葆本色"的典范了。我对蝴蝶兰又多了一份爱慕之意。花犹如此，人又何如？我又联想到如今社会的一大现象——腐官现象。"腐官"中有的人一开始是不"腐"的，他们很有能力和魄力，敢作为敢担当。随着职位的提升，鲜花掌声多了，各种诱惑也多了，他们渐渐改变了，当了金钱和帅哥美女的俘虏，他们滥用权力，把权力当作自己谋私的工具，最后堕落成为彻头彻尾的腐败分子。这些人的改变过程，概而言之就是"忘了初心，不葆本色"。我曾做过一首歌颂蝴蝶兰"永葆本色"的诗：

蝴蝶兰

恰如群蝶舞翩跹，
艳质娇姿色久鲜。
面对此花心意殊，
有人敬慕有人惭。

诗赞美了蝴蝶兰花"色久鲜"也就是"永葆本色"的品格；写了人们面对她时的不同心境，有人"敬慕"，有人"惭愧"，"敬慕"的人自然是大众百姓、是品行高尚者，"惭愧"的人当然就是那些贪腐者了，他们在蝴蝶兰面前应是自惭形秽，无地自容了。"永葆本色"是需要勇气和定力的，这种勇气和定力从何而来？当然来自坚定的信念。当前对"公仆"队伍的"信念"教育正在加大力度，这抓到了根本上。好在，我们的"公仆"队伍绝大多数是经得起考验的，就像蝴蝶兰一样"永葆本色"，这正是我们事业得以前进的保证。看来，常赏蝴蝶兰，还能警醒人们廉洁自律哩。

我爱蝴蝶兰，爱她的艳丽娇美，爱她的翩翩风姿，更爱她的既蕴藏于内又凸射于外的予而不取、谦让配合、自立自强以及永葆本色的品格精神。愿蝴蝶兰与我们永远相伴，美化我们的生活，更美化我们的心灵。

诗亭山记

张帆 *

我于此刻倾心，观尽三世之斑驳，此心所沤，一致冰明。

于斯寒冬，我独自行至诗亭山，在此流连观望，其山川之一脉，同卧龙一样回环着，直至天之所极，而我所在之地伫立着一座萧寺，谁在传言，那里可通往天之中心？我不知道应当历经几折才可到访。自此一路蒙心，上下穿行，环宇四疆，往回区夏，追念了八千万里，或在某一刻停待，怀叹天人之悠冉，我向天问命，象卜人心之中极，夜空中斗辰宛转，恰似在记录着我心无明，而将自付于此处——我似川山，失了半壁！

相对而言，我又应何处？

一片叶子回旋在半空中，我像它一样在求心，似青春之流离，一身孑然，未变我心，专修自业，任由他评，自在这诗亭山中，卧迹于百里平林，且听叶吟，仿佛在讲述着和平。

土地，何以圣道，在于它通透厚德，以一己之躯自为中介，承当这人世千万，为人们所归依，自知非此无以致极，而今我在这里，归宁孝亲，以其名义，作为一己之任，建立虹采，待诏各方人士，一并躬耕，井井桑田，且将它作为本源，引流天水，行至四塞，为人们所传道，适应这百般变相，不失所志，自为血脉。

这三方，各以自心，承载其之官宦，行遍士林，匡扶正义，相约天命，互许之以真心，而于斯一刻凭陵。我在此观其所象，一脉连心，相见之为一己，互以彼此，作为各自之人极，自此回光于天心，一呼一吸，恰似明灯，让这人生百代休平，一念倾心。

天道，承受了千万年之巨变，应缘自适，修行出这一年四季，供养宜和之气，作为千万之生息，用其一心，专于一己，而从未迷失，允执中正，不住且自在也。而这，启蒙了人生百年。我自此一叹：谁勿为之所济也！

---

* 作者简介：张帆，男，33岁，出生于安徽省宣城市，就业于南天电力工程有限公司，任仓管员。由于自身，无缘于中国高校，所系知识皆是自学，发表文章仅此一篇。

> 这一方山，
> 这一方谷，
> 这一片竹林，
> 这一井桑田，
> 这一火种，
> 这一诗亭，
> 这一片土地，
> 这一弯水流，
> 这一片天空，同我，这一个人。

而今为之统纪，其自于斯，以之兴衰，一行无言之教化，各以其秉，互为辨丽，以为函道之田困。

而我在此地采他方之石，造化这一己之躯。

日月轮转，流至于仲夏，我在这里秉持着何等执念，与之天地，无心对语，这般枢机一刻而自现——

这世界之中正处，不必他访，自在我心，仿佛一片水乡，其中：

> 幽巷风柳，
> 曲院云荷，
> 这悠悠平波一似子之所迹，而自归依，一生流心……

自此我问心于人生文典，恰似命中之离人——而谁，将各自托孤于这个世界：

> 相知，
> 相念，
> 相许，
> 又相离？

而今我将这些年之所思想，化作四言之诗：

> 天道轮回，四环代纪，
> 怀所风云，何而元极？
> 方寸此中，一付其许，
> 于斯坐化，同共兆舆！

在此我观念这自心，犹似天启，且将它命名为《诗亭山记》——而这，构建了人生之学。

致此，

感念！

爱与死亡同在

贺婷婷 *

不知从何说起，爱和死亡联系在了一起。这两种事物看似相隔万里，却又紧密相依，仿佛从一开始就在一起。我第一次有这样的感触是在初中，那时的我们学习了生物学，知道了自己从何而来，同时也知道了母爱的伟大。如果说母爱是世上最无私的爱，那么，在母亲肚子里面的我们就是自私的，为了生存需要和母体抢夺营养。都说生孩子就相当于在鬼门关走了一趟，这句话完全不夸张，因为年年都有母亲因为生孩子而死去的新闻。

爱与死亡虽然共同生存，但分开来看，它们却有各自的意义。爱在大多数人的眼中是无私的，是美好而又令人向往的；而反观"死亡"二字，人们想到的却是分离居多。我时常在想，如果可以的话，谁又想让自己的亲人离开自己，去往未知的远方，那未知的远方是我们一生想去探寻的，但又是神秘的。不知道从什么时候开始，"死亡"慢慢地变成了一个充满恐怖的词语，或许是第一次见到亲人离开自己，或许是伟人离我们而去，又或者是我们在长大的过程中知晓了这就是长大的代价。但这些都不是我们第一次认识到死亡。第一次有死亡这个概念应该是小时候问母亲，我们从何来，母亲给我们的答案永远都是"待你长大就会明白了"。那个时候总会有"鬼门关"之类的词汇涌入我们脑中，似乎在慢慢长大的过程中，我们已经得到了自己想要的答案，只是不想承认罢了。

爱和死亡共生，却也是同死。如果可以的话，我想大多数人都渴望见到李白，想看看写了几千首诗的诗仙究竟是什么模样。但我却想见到那个向往美食的苏东坡，想知道他究竟是什么样的人，一生多次被贬却也一路追寻美食，想知道他为何总是活得那么豁达。可以说，李白活出了大多数人想成为的样子，既登得了大堂，也当得了闲云野鹤；而苏东坡在我看来更像是贴近现实生活中的人，毕竟我们大多数人并不都是家里有所依靠的。在社会的重压下，我们未能成为当初想要成为的人，而是变成了曾经瞧不起的模样。

---

* 作者简介：贺婷婷，21 岁，四川省巴中市人，平时喜欢旅行、写作，爱好摄影、宇航员等一系列特别事物。人生就像是一场旅行，每处地方每个人都在教会我用不同的生活方式来看待琐事。

　　爱与死亡共同生存，它们教会了我们为何要珍惜现在所拥有的一切，而不是要一味地索取不属于自己的东西。过度的爱只会让人感受到死亡的痛苦，而死亡则会让我们知道爱是可以跨越的。爱与死亡本就是一体，掌握好分寸才可以永久发展。

跌落凡尘的天使

——读余秀华的诗有感

周慧娥[*]

最近，在抖音上无意中看到了余秀华的诗，不禁为其疯狂。她的诗热烈而直白，读后先是内在有一种强烈的情绪在涌动，继而是热泪盈眶，最后是火山爆发！她把万千女性心中疼痛的部分暴露在阳光下，她把女性的无助无奈和内心的破碎描写得淋漓尽致。我每每读到她的诗歌，都会有揪心的疼痛，往往会痛哭失声，仿佛在诗中看到了自己那楚楚可怜的影子。

也许，是余秀华的诗激活了我内在压抑了许久的情感，也许，是她的诗唤醒了我；也许是她身上那种特有的勇敢、坚韧可贵的品质深深地打动了我，让我在悲悯自己的同时清醒地看到自身脆弱的部分、不自信的部分。看到她如今还能追求到属于自己的幸福，我在祝福她的同时也深感惭愧。对于自己力所不能及的一些事情，我总是难于启齿，以为自己这一辈子就这样了，再不如意、再不快乐也就这样了。当我正要跌入人生谷底时，余秀华的诗一把把我拉了回来，让我重新梳理自己的人生。

读着她的诗，看着她那张历尽沧桑的脸，上面有哀怨、有自卑、有委屈、有痛苦、有无奈、有压抑、有愤怒、有挣扎、有抗争。即使如此，也丝毫不影响她成为一个心有大爱、心怀慈悲的女人。她还是一名敢于向命运抗争的勇士，虽然浸泡在苦难中，却依旧能开出向阳的花朵。尤其是听着记者采访她，她那欢快的笑声时，我是多么为她感到高兴。她的诗是积极的、充满力量的，而我正被她这种力量所感染。她就像一个跌落凡尘的天使，她的身体虽然被禁锢，但她的灵魂却是高贵而自由的。她历尽磨难却依然热爱生活，敢于追求属于自己的幸福，这也许就是我喜欢她的原因吧。

---

* 作者简介：慧儿，女，47岁，江西省南昌市人，一名特殊的园丁，国家二级心理咨询师；从事教育工作二十载，热爱文学平时喜欢写作；2009年开始踏上个人成长之路，2018年开始带领学员走上了"知行合一"的成长之旅；帮助引导更多的学员走向自我救赎的道路，常利用休息时间与好友一起深入司法所、学校、社区、企业等单位开展心理学知识的科普。

男人有累不轻谈

鲍东海 *

几年来，总是有老师和同学这样问我，大爷您累吗？今天有机会站在这个舞台，面对可爱的各位同学及尊敬的各位老师，我郑重地回答一下这个问题。那就是，人总是要累的，作为男人是更累。但在这里我要说，男人有累不轻谈。

男人有累不轻谈，这是一种责任。往小了说是家庭责任，往大了说是一种社会责任、家国责任。这就要看你所肩负的职责是什么。如果你是一名军人，那就是家国责任；你是干警或公务员等公职人员，那么你就要有社会担当。

对于我来说，一名保洁工，在这里我甚至可以说是一名资深保洁工，我的责任就是服务教学，让同学和老师有一个温馨、舒适、干净的教学环境。虽然累但值得。每天听同学们的一句"大爷好"，再多的累也消失了。

男人有累不轻谈，这是一种担当。责任与担当本来就是一对孪生兄弟，是不能分割的命运共同体。

作为男人，不管在家、学校、企业还是社会，总会遇到种种未知。当各种事情来临的时候，男人就应该挺身而出。因为社会需要你，国家需要你，这就是担当。也许你的担当会很累，但男人有累不轻谈是一种泰山压顶不弯腰的气势。正可谓，铁肩担道义，妙手著文章。

男人有累不轻谈，是一种性格、一种品德，更是一种格局。男人的格局不在于圈子大小是否有责任、有担当；在于你，是否多干了一点、多出了一点力就喊累，把累挂在嘴边上。一个整天喊累的男人只会带给人满满的负能量。

我们应该遵循伟人的教诲，做一个一不怕苦、二不怕死，有责任、有担当的新时期的好男人。

谨以此文章献给那些默默工作、勇于奉献的男人。

---

* 作者简介：1971 年从唐山第三十一中学毕业，1974 年参加工作。2004 年退休。中级起重工职称。获得过中国翰墨艺术大赛诗词创作奖。参加过《千秋基业——邓小平与中国教育》主题歌词的征集，虽没被征用，但发表在《人民日报》文化周刊。

以书养心，细品文化神韵

马英斌 *

忆往昔，有梅兰竹菊于诗词中尽显高洁，让万千骚客谱下千古绝唱；看今朝，亦有无数英雄人物、时代楷模现于华夏大地，让数以亿计的中国人民乃至世界人民都纷纷传颂，并为之著记立传。书籍，是一个时代的剪影，是文化的结晶。书籍记述了这个时代里人们的喜怒哀乐，书写了这个时代历史的起落兴衰。以书养心，细品文化神韵，赓续文化著华章；以书修身，汇聚时代伟力，接续奋斗铸辉煌。

以书养心，品味文化神韵，说到底品的是思想。

文章书籍是人类思想的外现，而优秀的文学典籍则是人类高尚思想的集合。华夏大地沉淀了五千年的文明，都蕴藏在那一本一册，一横一竖，笔走龙蛇之中。一个个神韵尽显的汉字，静静地躺着，期待着我们的探寻与追问。翻开书简，静心品读，那一章章、一句句的写意江山，以及浓重的花鸟草木、山川江河迫不及待地涌上心头。在此时，我们大可不必纠结于尘世中的纷纷扰扰，只管放空心境，走进书卷的世界中，去感受那片片竹简滚动如流水般的悦目，还有那书本翻页时似风声婆娑般轻轻抚弄的悦耳。到那时，无论书中是深邃的哲学还是动人的诗话，都会在不经意间悄然流入心田，如第一缕春风拂过寒冬肆虐后的荒野，带走一城城凄凉寂静，留下一片片绿树繁花。

中华五千年文明悠悠，如宽广的江河般滚滚向前。尽管时间如酷吏般冷酷无情，但历史还是像一个慈爱的老者一样，为我们留下无数璀璨的文化珍宝。其中，书便是这璀璨文化的集大成之所。

书如云，带你纵身跃上天际，俯瞰这丰盈富饶的华夏大地。在云端感受我们宏大的版图、广阔的疆土。用心中那翻涌的浪涛为中华民族吟诗作赋。

书如海，带你潜入茫茫海底，在典籍的汪洋里寻找人生的际遇。带你在海面上冲破层层浪涛，勇立于潮头之上，去寻找东渡的徐福与旷世的宝藏。

书是工具，为我们提供修理人生机器的锤子与扳手，给我们送来深耕生命土地的耕犁与黄牛，为我们在深耕的土地上播撒智慧的种子，与我们共同为稚

---

* 作者简介：马英斌，男，山东某大学的在校学生，进行创作三年左右。

嫩的幼苗浇水与施肥。

书也是朋友。你我在书中相遇，共同去感受汉唐之遗风，魏晋之风骨。一起去见识武则天那传奇般的称帝之路，一起为深处困境之中的西楚霸王项羽出谋划策，一起与如日中天的大汉皇帝刘邦共保江山。

"少年不识愁滋味，爱上层楼，爱上层楼，为赋新词强说愁；而今识尽愁滋味，欲说还休，欲说还休，却道天凉好个秋。"辛弃疾一首《丑奴儿·书博山道中壁》写尽人生无奈。为了赋词而"强说愁"的少年虽懵懂无知，却也不失在如火年华中应有的直率与勇敢，倒也值得颂扬。同时，这又何尝不是我们当代大学生的精神榜样。

书如云海，埋头于故纸堆感受长风与海潮席卷。书是朋友，与我们促膝长谈之中还能够为我们所用。走在路上，看遍红枫与松柏，只感叹时光飞逝；扎进书中，汲取智慧与精华，与神明比肩腾飞。中华五千年文明，诗词歌赋浩如烟海。而我们身处资源丰富的大学校园之中，不妨放下手中的电子产品，走进图书馆，翻开一本书，让心情随书中故事涛翻浪涌，让心境随思考的深入而逐渐升华。

让我们共同翻开书本，潜心阅读，共同绘画祖国的辉煌明天！

爱从山村中走出

吴彦蓉[*]

天刚蒙蒙地翻了白，寂静的村口就被一阵响亮的鞭炮声炸醒。

我难得扎了辫子、穿了新衣来到学校，迎接老师口中那群"前来拯救我们的人"。

有些失望，陌生的哥哥姐姐们并没有穿成电视里超级英雄的样子，反倒总是低着头拨弄一个四四方方没有按键的东西，微妙地变换着表情。

不过，当他们主动来和我交流的时候，温柔的语气和灿烂的笑容，又是那样令我安心。他们夸我的辫子真好看，新衣服很合身，告诉我这个四四方方的东西叫作智能手机，里面装得下村里每一个小朋友的照片和喜好，他们就在这个百宝箱里，创造属于我们的小小幸福。

没错，我的幸福啊，自那一刻起便悄然地生了根，开始蓬勃生长了。

一、助学篇

哥哥姐姐们在村里住下了。发给我们一些崭新的书，印有许多我从未听过的故事。他们会轮流给我们讲课，用一种悦耳却陌生的腔调。听村长说，那叫普通话，是城里人的洋气东西。一个姐姐却打断道："这是属于所有中国人的财富，我们的使命，就是让每一个山村的小朋友都能具备和拥有它。"

后来，我习惯了这样的发音，便愈发沉浸于新鲜如灌溉旱地之甘霖的知识。地球是圆的，华盛顿原来没有砍倒樱桃树，海马的幼崽是由爸爸来孕育的……在阵阵教导声中，我亲手触摸了地球仪上的各大洲板块，学会了使用最受城里孩子欢迎的圆珠笔和钢笔，感动于抗日战争时期一个个凄烈的英雄故事；在声声外出探险寻宝的号召下，我跟着哥哥姐姐们在烈日下用放大镜烧报纸，在晚霞中看独自傲放的牵牛花，在石头缝里等能修复身体部件的壁虎断尾，在金黄的稻穗前吟诵"听取蛙声一片"……

为什么呢？明明只是多了一群尚不熟知的人，我的生活却好像完全被颠覆

---

* 作者简介：吴彦蓉，北京外国语大学在读学生，热爱文字以及和语言有关的一切艺术形式，敬仰原创，有个作家梦。

了，时刻涌入脑海的都是新奇到从未想过的故事和信息，大有种脱胎换骨、重到人间的架势。

我几乎所有童年的快乐和丰盈，都被寄托在这些神奇的人和事中。

二、筑梦篇

昨天是我们家的大日子，城里的一本大学给我发来了录取通知书。

经历了童年时在助学中成长的峥嵘岁月，温情与知识的洗礼，如今也总算是有所回报。

爹娘看看烫金的录取通知书，再看看高额的学费，眉宇间隐含的笑意终于还是没能敌过忧愁。

我读懂了他们的忧愁，也明白他们割一年稻谷都无法负担我一个月生活费的无奈。一夜无眠之后我走出房间，决定亲手扼杀自己的大学梦。

但客厅有陌生人在与父母交谈，他们见我出来后便戛然而止了。一个青年男子站起，露出我再熟悉不过的笑容，说："嘿，还记得我吗？"紧接而来的是目瞪口呆的沉默。

"老……老师？助学？"我终于嗫嚅出这么一句。男人点点头，说："真争气啊，看来以前没白教你。听说你上了一本学校，我们机构特地来发放应有的福利——提供你四年大学所有的学费和生活费。"

我因握紧而布满青筋的拳头霎时松开，额头上豆大的汗珠不受控制地溢出，正如激动到决堤的热泪。"我们的使命，是帮助你们获得知识，更是托举你们，拥抱梦想。"这是他离开时留下的最后一句话。

带着满腔感恩之情，我度过了毕生最充实的大学时光。那么所谓的"梦想"到底是什么呢？我想在十数载筑梦光辉的沐浴中，我已经找到了答案。

三、铸人篇

我在城市里扎下了根，拥有了稳定的工作和美满的家庭。我会给我的孩子买地球仪，买百科全书，买五颜六色的圆珠笔……买一切幼时的我在助学之前奢求的东西。我也会带他去博物馆，去植物园，去挑选一个独一无二的爱好……干一切我曾在助学岁月中体验过的快乐事儿。因为受益于助学，我筑建了自己的梦想，更铸就了无私奉献的人格。

最重要的是，我会回到山村。将当年所受的一切关切、爱护、教导，再倾注到下一代"山村孩子"身上去，我会于风华正茂之时在那儿落脚，让我的孩子跟村里的孩子一起玩耍学习；我不会穿上超级英雄的华服，却会真像拥有超能力那样，让他们如当年的我一般，感受到不掺杂任何同情的温暖，再伴着温暖从山村走出。到城市里去追寻梦想之后，仍不忘为哺育自己的家乡留存那么一丝回归的希望，将"传播大爱"而非奢靡荣华作为毕生的人格追求。

我们会拯救他们。

助学，筑梦，铸人。为何小小群体能成为如此巨大的慈善洪流？因为那些纯净无瑕的大爱和千千万万个我一样，都是从那遥远的山村中走出的。

青春——疼痛的代名词

肖霞 *

执笔，在一张素笺上撰写青春，很喜欢用这种书写的方式来纪念些什么。这让我仿佛又回到了那个单纯而又懵懂的年代。

已经有好几年没这样认真地提笔写过什么了，如今再次执笔有些许惆怅。回忆中自己旧时的模样，却已是渐行渐远。青春再喧嚣，却也会时过境迁，人走茶凉，鲜克有终。

岁月是个神奇的东西，它让该成长的人成长了，让该受伤的人受伤了，却也让该消逝的人消逝了。岁月也是个神奇的小偷，偷走了青春韶华，偷走了娉娉袅袅十八，还有那些从未开放却一直长在心里的梦里花。

从衬衫到长裙，从帆布到高跟鞋，从素颜到淡妆，从青涩到成熟，青春也就那么长。恍惚间，看见了曾经的那些画面在风中摇曳，想伸手触碰些什么，却空空如也。那些冗长的故事，却也只能属于曾经了。

"记得当时年纪小，你爱谈天我爱笑，有一回并肩坐在桃树下，风在林梢鸟在叫，不知怎样睡着了，梦里花落知多少。"每当看到这句话，我总是潸然泪下。

很长一段时间，我一直在问自己："青春是什么?"经历过沧桑世事后，才明白，原来青春是疼痛的代名词。

记得那些年，阳光穿透过我的指缝间，那些流光溢彩的故事却再也回不到从前。夕阳下刻画的唯美画面，最终演变成一眼万年。

有没有那么一个人，只在你的青春里路过一阵子，却在你的心里搁浅了一辈子。

青春，让那时不懂得应付悲伤的女子慢慢地习惯了悲伤，也习惯了用悲伤养成乐意，然后，在心里反复无声地吟唱。

青春，是一曲忧伤的歌、是一首惆怅的诗、是一部悲伤的戏。还记得上初中的时候，老师曾说所谓的悲伤，就是把美好的东西毁掉给别人看。青春，恰

---

* 作者简介：肖霞，出生在湖南省邵阳市的一个小县城，从小就酷爱文学、历史，有一个文学梦。

好如此。

青春的路，我们曾一路狂奔、一路高歌、一路激昂。也曾一路徘徊、一路忧伤、一路辛酸。

烟雾飘散，年华流尽，雨落成殇，终是年华流逝，触景生情。再见，却是再也不见。

怀念啊，我们的青春。怀念啊，那时曾经爱做梦的我，只是到最后，梦碎无痕罢了。你们听过梦碎的声音吗？寂静的，悄无声息的，却会让人一瞬间苍老。

青春，总要有些随风，有些入梦，有些长留在心中。于是，有时疯狂，有时迷惘，有时唱。曾想仗剑天涯，曾想单枪匹马，也曾想以梦为马，却终抵不过世间一场繁华。

还记得董卿在主持一档节目的时候，曾用略带沧桑的嗓音说过："青春是一本太仓促的书，我们含着泪一读再读。"那一刻便深深地为她着迷。说这句话的人，都是曾经有故事的。或悲或喜，或忧或愁。掺杂不清的个人滋味，只能自己体会。

青春，也是一朵含苞欲放的花朵，羞涩的，青葱的。也许青春的路，真的只适合一个人走，走着走着，就成熟了，走着走着，花也就开了。

正确看待树与人

于洪 *

人们多以树的生长来比喻人的成长。树苗从小要育，长大了才直。否则，定型了，搬不正；幼孩从小不抚育好，长大成人后很容易走弯路，再教育就难了。当然，把树苗与幼孩从小培养好是必须的，这对健康长大成"才"至关重要。但人与树的内在成长有着本质的不同，因此不能仅用外形来把人和树的生长相提并论。

中国有句古话：十年树木，百年树人。树苗与人到一定年龄后就定型了，这是针对其躯干而言，但内在的生命力仍需源源不断的各种营养进行补给，才能抗病虫耐风寒。尤其是人，顽强的耐力、充沛的体力、综合的能力等都是随着岁月的增长，经过生活的锤炼而不断增强，人的修养品性也才会越来越好。

树定型后是不可塑的，但人成年后仍是可塑的。人的性格、学识、能力等都可以改变。看问题不能只看表面，而要看本质：树，没有人性，不会语言，不会行走等，没有主动性；人，高等动物，会思考，会表达，会行走，主动性强。有主动性就有改变，就有可塑性。看问题多看正面，少看负面。树定型不可塑，这大多会让人失望，是负面的，不能以此观念看待人。要多看到正面，人与树有着本质的区别，人具有可塑性。看正面，积极向上，阳光健康；看负面，消极低迷，身心俱损。

古人云：江山易改，本性难移。其实，江山易改，本性也易移。观念随时代改变，创新随科学进步。活到老，学到老，还有一半学不到。人类，因学习而进步；社会，因科技而发展。一切都事在人为。

传播正能量，携手创辉煌；人生很短暂，人树各相待。推陈出新，观念更新；多看正面，幸福万代。

---

* 作者简介：于洪，男，四川省西充县人，大学本科学历，中文和经济管理专业。

可爱的北方牧羊姑娘

——江艳

陈小勇*

这位牧羊姑娘太美了，我品尝了她的生活，欣赏了她的牧羊照，我的心，被她点燃了！她，素雅、淡妆、清纯、甜美、善良，宛如晨雾一样，融化在醇香翠绿的草原上，飘逸在悠悠的白云间，是多么吉利安详，是多么幸福甜美啊！

我收藏了你的"画"，美丽可爱的牧羊姑娘！我的心，也随你的一言一行，一草一木，一步步、一阵阵，飞向了那美丽温柔而可爱的草原，与牛羊，与骆驼，与佳人，奔驰在辽阔的草原上，飘逸在白云蓝天间。

牧羊姑娘，你的美丽、勤劳、善良、追求，让这片大漠，充满了土豆的清香，玉米的清甜，西红柿的灿烂，绵羊的温柔，骆驼的醇厚。

牧羊姑娘，你，是中国几千年来牧羊人的化身；你，朴素平凡而伟大；你，淡泊名利而伟大；你，舍弃荣华而伟大！所以，荒漠因为你而温柔，草原因为你而绽放，绵羊因为你而活跃，蓝天因为你而多情，白云因为你而轻舞……

牧羊姑娘，你朝朝暮暮，分分秒秒，与羊、与马、与鸡，与土豆、与草原、与骆驼、与白云融为一体。牧羊姑娘，你放弃繁华的城市，来到这人烟稀少的草原，一守，一养，一热，一爱，一痴就是这么多年，多么不容易啊！

是的，多么美丽纯洁的牧羊姑娘，多么痴情可爱的牧羊姑娘，多么朴素淡雅的牧羊姑娘啊！你把青春和生命，你把爱情和热血，洒在了这片荒野上，洒在了这片空旷翠绿的草原上，轻盈地飘逸在白云蓝天间……春夏秋冬，风雨冰雪，涓涓细流，绵绵不息。

---

* 作者简介：陈小勇，男，1970年生人，出生于湖南省永州市冷水滩区，湘潭大学毕业，法律专业，爱好写作，不拘一格，在"今日头条"发文上百篇，写有《陈小勇言情歌词文集》。座右铭：一个人的爱好，只要持之以恒坚持地下去，总有一天会创造奇迹！

此心安处是吾乡

陈艳萍 *

记得好像在书中无意中看到这样一句话，大致意思是究竟是怎么样的终点，才能配得上这一路的颠沛流离。

那天吃饭时，坐在我旁边的一个认识二十多年的朋友跟我说了两件小事。他说二十多年前，新婚后离开湖北老家去福建工作，然后又从工作单位到北京出差。一南一北，半夜醒来，不知道身在何处，一时间恍恍惚惚。紧接着他又提起了另外一件小事，二十多年前也是在福建，他和另外一个朋友去找我老公，老公当时正好出差。我怀孕四五个月了，正好停水，一筹莫展。看见他们来了，我喜出望外。

这是我老公的战友，平时也是一位内敛的人。如果不是喝了点小酒，可能不会说出这番话来。此时是初冬，外面阳光温暖，室内谈笑风生，岁月静好。在座的人认识的年数大都以二十年计算了。弹指一挥间，人生从青丝到白发，回想前尘往事，不一定是苦。因为人年轻的时候，最不缺的就是勇气、精力和胆量。有的人没办法选择了颠沛流离，有的人刻意想去颠沛流离。尽管这代价有点大。

离家在外漂泊的感受好吗？有好也有不好，我一直纠结于这个问题，找不到一个正确的答案。只是每次回老家时的那种归心似箭的心情证明我很想家。数年的光阴就在老家和新家之间来回，在火车上穿梭。直到十年前把家安在孝感。去年，因为有事，回了原来的小城市一趟，住了两天。当火车快到那座小城时，我的心竟然猛烈地跳动起来。原来不知道从何时起，那座小城也成了我的另外一个家，也成了我心底最深的牵挂。自从我定居孝感后，我经常梦到那座小城的一草一木，也经常回想起在那座小城的生活。只是人年轻时，很多时候并不了解自己的内心。其实很早的时候我也把那座小城当成了我自己的家。

---

* 作者简介：微信名"南方"，女，年龄不详。一名体制内工作人员。喜欢"南"这个字。喜欢看书，喜欢发呆，喜欢看花，看一切美的东西。在现实生活中只有一种人生，然而在书中你能体会千百种人生。现阶段最喜欢苏东坡，我心中的"神"。最喜欢的一句诗词，最贴合我现在的心情。"万里归来年愈少，微笑，笑时犹带梅岭香。试问岭南应不好，却道，此心安处是吾乡。"

在那时，我没有读到苏轼的诗句"此心安处是吾乡"。然而，即使我读到了，以我当时的那种浮躁的心境，是不可能深刻地领悟到这句诗词的意义的。要是早日领悟，人生就不会有那么多的纠结和痛苦。回到孝感定居后，既有自己的工作和生活，又在离父母比较近的地方。我对这种生活是满意的。房子是按照自己想象中的样子装修的，父母亲来了有地方住。冬日里躺在客厅的沙发上可以晒太阳、看书。家里也添了自己喜欢的茶具。日子波澜不惊地往前继续。上班时，偶尔会翻阅一些古诗词。有一天，我翻到了苏轼所作的诗句。"万里归来颜愈少，微笑，笑时犹带岭梅香，试问岭南应不好，却道，此心安处是吾乡。"（《定风波·南海归赠王定国侍人寓娘》）当时，我觉得这首词好美好美。笑时犹带岭梅香，我觉得我的余生就应该这样安安稳稳、普普通通地生活下去。

然而今年七月，各种原因，我离开了工作七年的单位来到了农村驻村。初到农村，猛然面对全新的工作，面对住宿的简陋，五味杂陈。不过，就我这个人的个性来说，肯定是不会放弃的。在各种苦闷、孤单、彷徨之时。我又读起了苏轼的诗词："常羡人间琢玉郎，天应乞与点酥娘。自作清歌传皓齿，风起，雪飞炎海变清凉。万里归来颜愈少，微笑，笑时犹带岭梅香。试问岭南应不好，却道，此心安处是吾乡！"读到此诗，犹如醍醐灌顶，不敢说大彻大悟，但此时的心境，真的是一念天堂。这颗彷徨浮躁的心，终于彻底安定下来了。

今天，听到朋友说的这两件小事。前尘往事，一下浮上心头，百感交集。我轻声回了他一句："此心安处是吾乡。"是啊，这一路的颠沛流离，一直觉得自己的那颗心无处安放。半夜醒来，不知道身在何处？心在何处？只是此时此刻，我才真正领悟了苏轼的"此心安处是吾乡"。心安定了，哪里都是家乡！

此心安处是吾乡。

最亲爱的你

崔昀瑞[*]

可惜了，刚成为社会人没几年的专科毕业生，到现在还是一无所有。到最后工作倒是换了不少，钱也没存下多少。早些年的勇闯天涯，不管怎么说，就是在走南闯北，喝着西北风，做着最"不值当"的人生交易。

或许说每一次的变换，就是一分一亩的成长，或许我们在某些事情上面的失败，也仅仅是说，这就是路。老一辈的人们总说，早些年的穷困潦倒，是为了成就我们到老年时更好的生活。毕竟嘛，或许你是刚步入社会，或许是才工作几年的路上者，相信都是饱经风霜了。最亲爱的，还是在坚持在路上的我们，和你。

记得在上学的时候，最喜欢的就是学习，毕竟很轻松，什么也不会顾虑，一心只想着怎么能把知识学到心里、脑子里，从而学以致用。可是刚刚步入社会的我们，是否经历了同样的感受呢？学到的绝大多数东西在这个人山人海的社会里面，用不到，甚至是没有用，更可悲的是，有些东西我们还要从头开始。作为新出社会的小白，知识固然很重要，可是那些所谓的行业"大神"们，却在开始用他们的方式，补充着自己工作能力的同时，也在提升自己的知识能力，这是我没想到的。原来家里人还说，学历固然重要，但是真正的经验，比学历还是高出很多的。

只是说，最亲爱的你，能适应，能磨砺，能改变。或许在上学的时候，都是比较爱玩的，更别说是我了。毕竟小时候挨过毒打，被叫过多次家长，写过检查，这可能对我们来说还是记忆犹新。时过境迁，转眼间，十几年，几十年过去了，感觉没有什么不对的。我们从爸爸妈妈的怀里来到这个世界上，有对的一面，也有不对的一面。我们只有一世、一辈子，从我们来到这个世界上开始，任何事情，只有一次过往，没有再度轮回。

我们没有一夜成名的时候，只有过着生活的同时，也在迎来许多我们意想不到的事情，这才是我们真实的样子。人生如戏，何必叫别人亲爱的？最亲爱

---

[*] 作者简介：崔昀瑞，笔名"锤锤"，2018年参加工作，身在城市里最无助的家庭当中，喜欢看书写作，高中曾获得省级作文比赛三等奖。

的，不是身边的男女朋友，而是身边的亲人、知心朋友。快乐不一定是任何人给的，但是努力的自己，会是最快乐的。

我还是比较喜欢上大学的，那样的小日子还是过得很巴适的，不能说很舒服，我们也是为了以后的出路而奋斗，说近一点，还是为了学习而奋斗，为了顺利毕业而奋斗。不过就是习惯性地在玩，在吃喝拉撒。无忧无虑的日子很快就过去了，还是要出来赚钱，要出来结婚生子、照顾爸妈，适应社会的毒打。还是最不喜欢家里无厘头的唠叨，毕竟不分青红皂白，解决不了问题还找出来不少的麻烦，无理取闹。如果家里成功了，我们还要什么好与不好？

不，我什么也不会，也不能说全怪其他人，也不能全怪我自己，毕竟还是得相信自己的能力。也不是我们做什么事情都一无是处，毕竟至亲至信的还是自己，怪不得别人。

其实，每天的开始，就是我们无法超越的快乐，为最亲爱的明天努力、加油，并开始这痛苦且快乐的一天。或许谁也给不了谁更好的生活，但是当我想要往更好的方向去奋斗时，开始了这美好的一天。

最亲爱的你，加油！

南方姑娘

罗钊*

高楼间的风很大，大到听不见自己内心的呼喊声。

凌晨的火车站，路人行色匆匆，有人扛起了家乡的行囊，擦拭了灵魂的泥土，活在了昨天；有人重拾了梦想，装满了不屈的灵魂，活在了未来。

北京的安河桥北安放不了太多不屈的灵魂，香港的"棺材房"里抑制不住生活的苦涩，上海外滩的背面则是人间烟火气息，成都的宽窄巷子是许多人想要却得不到的灵魂。

南方是孟郊"春风得意马蹄疾，一日看尽长安花"的少年气派；南方是岳飞"三十功名尘与土，八千里路云和月"收复失地的满腔热血；南方是毛主席"看万山红遍，层林尽染；漫江碧透，百舸争流"建设新中国的宏伟蓝图；南方是我们一切安好。

曾经有这样一个问题："既然所有的生命都会死亡，那么生命的意义是什么？"似乎每个人都会悲观、厌世、碌碌无为，也许少年的理想早已灰飞烟灭，也许它还有化茧成蝶的一天。

城市中的人形形色色，城市中的地铁线一环扣一环，似乎没有给人喘息的机会。工作的意义是什么？是富可敌国？是家财万贯？还是勉强度日？高楼大厦里的白领、蓝领在工作，马路上、街道旁也有人在工作，那些十六七岁的少年、四五十岁的高管都在奋斗着，只不过一个是生存的需求，一个是精神的需求。

对于十六七岁的少年，他们带着满腔热血，为了生活而奋斗。少年的梦是蓝色的，有无边无际的海洋，有万丈高的天空，有满天星河，有美好年华。你说："我的梦想是打篮球，想打职业联赛。"可是偌大的工厂却没有一个五平方米的篮球场来支撑你的梦想，宿舍门口都是排队办理入住的人，提着大大小小的行李，有情侣，有大人和小孩，也有孤身一人。他们来这儿的目的是钱，有的人一包榨菜一盒饭就过了一天。那些曾经的理想只能忘却在身后，现在只有

---

* 作者简介：罗钊，男，21岁，云南省普洱市人，是一名文学爱好者，希望自己"永远年轻，永远热泪盈眶"。

日夜颠倒的流水线工作和嗡嗡作响的机器伴随左右。风一吹，蓝色的碎片散落一地，一部分是乡愁，一部分是泪滴。

或许我们已忘记了曾经，但永远记得湖面吹来清澈的风时那随风起舞的百褶裙，那是我们年少的模样，也是我们现在为之奋斗的南方。开始喜欢民谣，是初听到马頔的《南山南》。"他不再和谁谈论相适的孤岛，因为心里早已荒无人烟。"成长像一场漫无目的的漂流，希望历尽千帆的我们，回首时不会觉得荒唐了人生。民谣娓娓道来了一个故事，故事的主角是你，是我，是他们。民谣依然活在我们之中，活在每一个清晨和黄昏里。

每个人心中都住着一个南方姑娘，她不会发福老去，不会长满皱纹，她会带着柴米油盐的生活气息，永远活在我们心中，在不远处的小山村里升起袅袅炊烟。

如果大声地呼喊，或许在那一片天空可以清楚地听到自己的心跳。

取悦自己

龙镜伊*

有人取悦自己，学会了苦中作乐；有人取悦自己，活成了令人羡慕的姿态；有人取悦自己，变成了热爱生活的人。取悦自己是一种积极的人生态度，是为了把生活活成最美的样子。可见，取悦自己是多么重要。

取悦自己，苦中作乐。当人生不顺、苦闷时，买来一束鲜花插在精致的花瓶里静心观赏，或是走出去呼吸新鲜的空气，欣赏美丽的风景……这些都算是取悦自己的简单方式。学会取悦自己可以在迷茫中找到方向，在失意中找到美好，在苦闷中找到乐趣。学会取悦自己，大概就是一个人成熟的标志。陶渊明在政治失意时选择了"采菊东篱下，悠然见南山"。刘禹锡在艰难的处境中写出超凡脱俗的《陋室铭》。而苏东坡被一贬再贬，却依然能给自己找乐子，制作了一道又一道的美食。因为他们学会取悦自己，即使生活难过，也能够笑对人生。人总会有被生活重击的时候，但我们要学会取悦自己，从生活中找到一点美好，才能有坚持下去的希望。学会取悦自己很重要，因为它可以给你带来击倒黑暗的力量。

取悦自己，活成令人羡慕的样子。读书是取悦自己的一种很好的方式。从阅读中学李白的乐观豁达，学李清照的女子情怀，学文天祥的铮铮铁骨。林徽因读书，活成了令中国女子羡慕的样子，美若天仙又文采斐然。因为她把读书当乐趣，当作取悦自己的一种方式，鲁迅先生读书，用文字来唤醒中国青年的灵魂。每一位作家都把读书当作取悦自己的一种方式，他们迷茫的时候读，焦虑的时候读，平静的时候读。如果把读书当作取悦自己的一种方式。那么它可能会助你活成别人羡慕的样子。所以，取悦自己很重要。

取悦自己，做一个热爱生活的人。健身是一种取悦自己的方式。拥有了让人羡慕的身材，也拥有了热爱生活的动力。跑跑步，练练瑜伽，做做俯卧撑，这些都能在我们体内分泌一种叫多巴胺的物质，能带给我们一些快乐的体验。当我们把健身当作一种取悦自己的方式，我们就会获得无限的快乐。还可以养一只小动物，时不时做一次美容，这些都是取悦自己的方式。取悦自己很重要，

---

* 作者简介：龙镜伊，高一学生。

因为它赋予我们热爱生活的能力。

罗曼·罗兰说过："人最可贵的品质就是看清生活的本质后依然能热爱生活。"这大概就是对"取悦自己"最好的解释了。人要学会取悦自己，才能有热爱生活的能力。

万千之灵

金秋一叶

秦次森 *

金秋，一片树叶顺着一阵风从树梢上脱开，在空中晃着晃着，飘落到它俯视了很久很久的地面，静静地躺在那里。有时顺着风起打个滚，挪一下地方，又静静地躺在那里了。

一天，它晒着太阳，回忆着——

它曾迎着春风，绽放于枝头。那时它还不成叶，仅是一个芽苞，但孕育着冲动与激情，它在春天的阳光下显得很稚嫩，特别是当雨露淋湿它的时候，那种劲头，恨不得把天空都染绿了。它经历了烈日炎炎的暴晒，子夜狂风骤雨的冲刷：同兄弟姐妹们一起震颤、发抖，只有当天空闪过一道电光的瞬间，才凸显它的身影，它在树上哭泣，因为有雨水才看不见它脸上的泪。

它也曾染病，枯萎得失去叶肉，叶络清晰可见，无精打采地挂在那里，命悬一线……

它被虫咬过，叶柄险些被咬断，差一点就早早从树上掉下来……

它回忆着，在树上，一个又一个的晨曦，一个又一个的晚霞从它的眼前走过，它欣赏着这恒久不变的到来和逝去，享受着自然的色彩与风光；它听到过南来北去大雁的呼叫，栖息在林间树旁的小鸟叽叽喳喳的耳语。

它自己不会唱歌，只有大风呼啸的那一刻，与近邻相碰而发出瑟瑟的声音，即使那太微不足道了，却也是它仅有的歌唱。

它更多的是展现自己的色彩，春天的嫩绿、夏天的浓墨和秋季的金黄。油亮油亮，那是它仅有的光。它同千千万万的兄弟姐妹一起渲染出秋天的金色，又把它从树上搬到地面，构成了一处特别美丽的秋色空间。它躺在那里，仰望

---

* 作者简介：秦次森，1946 年 1 月出生在山西省宁武县，1969 年毕业于北京理工大学；曾就职于西安市委工业办公室、国家建工总局科技局、中国交通进出口总公司经营开发部，曾任中共中央纪委第一届专职常委曾涌泉的秘书和纪检一室财贸处纪检员、中国康华发展总公司党委办公室主任。2006 年退休，先后担任中国亚太校企合作发展委员会专家、河北省迁安市爱心圆梦协会总顾问、中国工业合作协会国策智库专家委员会专家、全国廉政法治建设研修班讲师、八路军研究会冀热察分会副会长、中国国际报告文学研究会国学文化传承委员会委员，系《人的生命哲学数学模型》著作权人、《中国心态学》作者。

着，欣赏着，从伙伴们身上感觉到自己此时此刻的作用。它静静地躺在那里，准备迎接冬季的寒风、漫天的白雪，等待着被融化成拥抱母亲的土壤……

它在遐想：一日，它被一位踏秋的游人拾起，夹进随身携带的未完成的自传体小说，成为一页书签：代表金秋一叶。那将是一个意外，一个被憧憬的意外。

人生有太多的意外，不知会发生在哪一个时刻，哪一片天空，哪一方水土。没有意外，就没有值得书写和记忆的故事。

可爱的小精灵——麻雀

高树良*

　　每天早晨醒来第一件事就是把窗帘拉开，然后再赖一会儿床，靠着床头欣赏三楼窗外杨树梢头上，蹦来跳去，喊喊喳喳的麻雀们。这让我想起毕加索回答画迷对抽象派画的疑问，鸟儿的叫声好听吗？好听！你能听懂吗？不懂。很幽默。麻雀们彼此之间的交流让我们产生很多拟人的遐想，也许它们相互传递着在哪儿发现了草籽儿，发现了水源，然后只见它们呼地飞到地面上，蹦蹦跳跳一阵子，呼地又飞上了杨树梢头。若是一个晴朗明媚的清晨，那画面会很好看，树梢后面蓝天白云，树梢离我窗口咫尺之遥；若是遇上雾霾天，麻雀们在朦胧中跳来跳去，又给你带来一个梦幻的画面！

　　我靠在床头上看着欢快的麻雀们，引起了我儿时的回忆。在我小时候，房屋前面是一片空地，经常有麻雀落在地面上，爸爸看我喜欢，就在一天下雪时，扫出了一小片空地，将一个竹编圆筐在空地上用小木棍支起一端，在底下撒了一些小米粒，栓一小细绳，让我在屋门里拿着绳的另一端，告诉我：等麻雀落地后进到筐下觅食，一拉细绳，筐落下就可以扣住麻雀了。不出所料，我很快扣住了两只小麻雀。我高兴得手舞足蹈。爸爸帮我把麻雀抓住，关进了小竹笼子里，我每天喂它们小米和水，但是它们竟然绝食，不到两天就死了一只，爷爷说麻雀这东西很犟，无法驯养，把它放了吧！我恋恋不舍地亲手把它放了，这是我一生第一次和麻雀近距离接触，也是最后一次。

　　在我刚上初中时，国家号召除四害，四害有苍蝇、蚊子、老鼠和麻雀。为了响应国家号召，我们不惜顶着恶臭到各个旱便公厕去拍苍蝇，晚上又到水泡旁网蚊子，下老鼠夹子夹老鼠。上学校交付成果时，这三害都有所成果，唯独

* 作者简介：高树良，辽宁省辽阳市人。大专学历，中国民主建国会会员，经济师。曾发表论文《市场经济与信息的关系》获省优秀论文二等奖。在《辽宁日报》发表文章《辽宁工程机械的走向》，在《中国物质报》发表文章《物质流通信息浅析》。1966年参加工作，当工人十年。1978年被调为教师，为企业年轻人普及中学文化教育，教物理、几何及识图。1980年调到市自动控制研究所当调度。1984年调入省物资局物贸中心做市场流通。1996年又被调回省物资局当总经理助理及销售处处长。后曾在《辽宁日报》担任海外版书画专栏编辑，直到2005年退休。

麻雀很少有人抓获上交。这三害不仅传播疾病，而且老鼠还偷粮食。而麻雀仅有偷粮一项嫌疑，但是细想麻雀以草籽为主要食物来源，它对人类并无危害，除四害的几年间，麻雀数量明显减少。后来国家又重新修订四害品种，将麻雀单列出去，终于给麻雀落实了政策。麻雀还有一个亲切的称呼："家雀儿"。而和人们也很亲密的鸟类"燕子"，它虽然将燕窝垒在人们住宅的屋檐下，但它却未被人们称为家燕，可见麻雀与人类的情意还是很深厚的。我每天早晨醒来看着这些充满活力的小生命，心情异常地愉快。它无论在盛夏还是在数九严寒的日子里，都是那么活跃。"麻雀虽小，肝胆俱全。"由此可见它应该是人类的近亲，家雀儿——是我们家庭的成员，我们都应该亲近它、爱护它！

竹 颂

马竹青*

当大雪给松柏披上一层层白茫茫的银装时，一片片竹叶却飞落在大地妈妈的怀里；当大海为椰树送来一束束蓝晶晶的浪花时，一棵棵竹子却立在路边无人问津；当苍穹卷起一圈圈漩涡似的狂风，雄鹰直上云霄，没有惊愕和恐吓时，山崖边那一丛丛竹林呢，却被龇牙咧嘴的狂风压弯了腰；当大海睁开无数只陌生的蓝眼睛，一群群海燕低掠波涛仿佛与之挑战时，海角里那一片片竹呢，却在茫茫暗夜的包围之中一声不吭！

暴风骤雨下，竹缺少的是粗壮的躯干和宽厚的枝叶，为了向全世界展示它独特的秀美和纯真，永远那么纤细翠绿。无论生长在多么恶劣的环境，都执着地追求阳光和生命，从不以他人的浩大和自己的弱小为荣耻。即使一辈子情同手足地根连着根从不相互纠缠，也不愿盲目地委身他人。宁愿终生相敬如宾以绿色互赠，却始终没有亲昵地手挽着手。为了爱也为了明天的再生，临终之前才开花。

竹，从不以芬芳诱惑他人，也不以艳丽笼络人心，宛如一条条乡间小道朴素坦荡。即便被腰斩而弃之荒野或投掷江河，也要挺立大地不甘沉沦；就算化成一堆灰烬或一缕轻烟，也要把温暖和光明留给人间；尽管生活的重担无情地压弯了它的筋骨，也要把自己的身躯无私地奉献给人类。

竹叶，我曾在孩子们做游戏的乐园里，尝到了你酿出的甜蜜；修竹，我曾在残疾人为汶川地震灾区献爱心的情境里，看到你慷慨的笑意；竹丛，我曾在杜甫《梦李白》的诗里，窥到你情深似海的心地；竹林，我曾在世界人民冲破不同的国度，连接在一起组成志同道合的抗击侵略者、维护正义的队伍里，领悟到你高尚无畏的气息。

竹，我赞美你虚怀若谷、紧密团结的品质；也赞美你英勇顽强、高尚无畏的志趣；还赞美你默默奉献、胸怀坦荡的气质；更赞美你"人性直节生来瘦，自许高材老更刚"的精神！

---

* 作者简介：马竹青，女，58 岁，云南省鲁甸县人，大专学历，中小学高级教师，从教 39 年。在国家级、省级等教育期刊发表论文 17 篇，先后获得"大国良师""全国百佳语文教师""特级教师""昭通市首届名师""鲁甸名师"等荣誉称号。

秋菊赋

孙改青 *

初秋，城里城外随处可见斗媚争妍的月季，姹紫嫣红的蔷薇，袅袅身姿的海棠。此时，街头巷尾绿意盎然的菊梗上，花萼像一个调皮的孩子早早铆足了劲，饮着清晨的甘露，顶着正午的骄阳，伴着习习凉风，尘土纷嚣之间，蓦然呈现出两片清雅，顿使人眼前一亮，再仔细看，诧然欣喜，才知是几朵不起眼的菊花，在那片勃勃绿意中星星点点，煞有一番风味！有的孤立枝头，炫耀自己的风姿；有的探头探脑，和秋天调皮地打着招呼；有的像害羞的小姑娘，悄悄地躲在丰腴的叶片下，惹得人们四处寻找；还有的三五成群，围在一起聊得热闹。

北方的秋天，"秋老虎"依然四射出夏的余威。早晚的凉风却早已奏响了潇潇摇滚。许多花难以适应一日三季的无常，悄悄地被征服，缓缓地换上枯装，低垂下高昂的头。菊花却伺机挺身而出，那层层叠叠的花瓣，那雅艳的色泽，那丰厚敦实的花朵，装点着晶莹剔透的小露珠，浓一点则艳，淡一点则素，勾勒得如诗如画。

金秋十月，天高云淡。龙城的大街小巷，各处公园，随处可见如丝如缕的菊花。信步园林，走亲访友。那一团团、一簇簇的身影，你雅我艳，竞相争锋。有的才舒展两三片花瓣；有的全展开了，露出金黄的花蕊；有的还是个花骨朵，饱胀得要破裂似的……它们凝聚着劳动人民的智慧，构成一幅幅生动的画面。一阵北风袭来，它们抖抖身姿，不曾被吹落。我仿佛就是其中的一朵，阵阵秋雨冲洗，虽鬓发飘零，却傲然挺直腰杆，显得更加生动鲜活，楚楚动人！为祖国的繁荣昌盛，日新月异奏响时代的赞歌，贡献着自己独有的唯美。真是羞煞牡丹，气煞兰花。

---

* 作者简介：中小学一级教师。在从教 18 年的教学工作中，喜于阅读，乐于写作，指引孩子们自觉开启知识的大门，挖掘写作的潜能。荣获"优秀教师""优秀指导老师""金牌指导教师"等称号。

小 草

朱弟弟 *

与朋友在野外散心。天空越来越多的乌云聚集，不一会儿，便把明亮的天空遮盖得严丝合缝。顷刻间，辽阔的世界灰茫茫一片，天，要下雨了。

路旁矮矮的灌木都已枝繁叶茂，顺着山脊望去，便似一个个青色的馒头堆叠成一片。"你看，到崖上了，我们过去坐坐吧。"朋友指着前面说。那里，是山的边缘，从那之上往下看，是陡峭的悬崖。虽是危险，但从那里望向远方，世界自然要敞亮得多。至少，那遥远的天边，堆叠的白云被乌云压成的一条白线，或多或少，还是给在这阴天下的人一点明亮的感觉。

朋友一直望着天边那条仅剩的白线，而我却把目光从那白线上挪移到了崖上的一株小草上。

青黑色的茎斑驳丑陋，灰色的叶参差不齐，矮矮的身体，仿佛没从土壤里汲取多少养分。在风中摇摇晃晃的它，让人不禁担心会不会在下一秒坠落山崖。灰色、低矮、丑陋的它与这夏天里漫山的绿格格不入。

在这崖上望向远方，就像是久居牢笼后回归自然一样，心情愉悦。但这株草，却把我这份来之不易的愉悦一扫而光了。我后悔刚刚看了它——丑陋的草。

"轰——隆隆——"

夏天的雨，让人猝不及防。就在那一两声震耳的雷鸣后，大雨像被施以命令似的千军万马一般哗哗而下。

"快去躲躲吧。"朋友指着后面的一个小山洞说，于是乎，我俩二话不说，拔腿就跑去躲了起来。

"哗啦啦——"无数豆粒大小的雨点急促地击打着大地，击打着那株灰色的小草。那参差而稀疏的叶被雨打得上下摆动，又被风吹得左右摇晃。我在洞里看着那株草，看它何时在这场雨中，狼狈地低下头去。

雨越下越大，草摇晃得愈加急促，有时更是整个身体被压成拱形弯到地上，而后又艰难站立起来。它让我惊讶了，无数次被压弯了腰，又无数次站立起来。

---

* 作者简介：朱弟弟，男，25 岁，四川省凉山彝族自治州雷波县人，初中学历，自由职业者。

此刻，它正以一种让我震撼的身姿挺立在这风雨之中。

外面一片狼藉，树上的绿叶被风吹过都翻起了白眼。一片片的青草地残破不堪，活像影视剧里尸横遍野的战场，唯独那灰色而丑陋的小草依然在顽强地抵抗着。

我肃然起敬了。

可我并没有从那小洞里跳出来为它遮挡风雨，因为我知道，风雨之中，它只会更加强大。

夏天的雨，来得快，去得也快。在天空渐渐明朗的时刻，雨停了。"雨停了，我们回去吧！"我俩从山洞里来到外面。这时，天空那越来越薄的乌云中裂开了几条裂缝。我俩没走几步，便有几束阳光倾泻而下。我又回头看了看那株灰色、丑陋、挺立的小草——那株在阳光下闪耀着白色光芒的小草。

日出时刻

周仁雅 *

　　二〇二二年一月七日，北京七点五十六分的清晨，天空中飘着米白色的云。东南方向的天空已经映出了朝霞，我站在六楼的阳台上，呼吸着户外的空气。

　　空气因冬季的寒冷，变得格外清新。深呼吸时，肺中立即充满了冰冷的水分子，每一次的呼吸，都会感觉到肺里有冰冻的感觉。此刻，红色的太阳正从东南方缓慢地升起。已经有三十多年没有看过日出了，此刻重看日出也别有一番新意。

　　八点整的太阳，已经爬上了楼顶，但好似又不愿意被我注视着，害羞地躲进了薄薄的云层中。楼下开始变得喧闹起来，起早散步买菜的大爷大妈们都陆续回来了。或在单元门前与熟人相谈，或送子女上班。现在的街道上早已没了托着鸟笼遛鸟的大爷，更多的是出来遛遛狗。广场舞和体育锻炼代替了曾经各种五花八门的气功班。由于食品卫生的宣传、人们卫生意识的增强以及街道的美化，曾经的露天早点摊儿现已搬进了屋中。道路上的车流也已经将人潮掩盖。电动车将自行车远远地抛在了后面。

　　约莫过了六七分钟，太阳才扭捏地从云层中重新展露出来。经过云层的过滤，太阳开始慢慢地从大红色转变为橙色，并开始逐渐迸发出明亮且温暖的光线。有喜鹊在楼顶上蹦跳着、追赶着阳光的足迹。麻雀们聚众寻找食物，或是相互抱团取暖。乌鸦则扯着它的烟嗓从空中飞过。儿时的记忆中，清晨的天空是鸽子的天下。哨鸽的哨声是指引鸽子归巢的路标。太阳又褪去橙色变为明亮的黄色，才发现，原来彩虹的前三个颜色，就是太阳初生时的转变之色。

　　又过了一刻钟的时间，太阳已经完全从明黄转变成耀眼的白色。身体周围的空气开始被加热，变得真正温暖起来，渐渐驱走了身上的寒意。阳光越来越刺眼，已经不能再直视下去。太阳从可以直视到无法直视，总共经过了二十七分钟的时间。

---

　　* 作者简介：周仁雅，男，汉，中专学历，出生于20世纪70年代末，北京人。喜欢安静，但疯起来也是个人物。喜欢看书，也喜欢幻想，更喜欢把看到的、想到的变成故事写出来。

秋 声

杜小卫 *

立秋了，秋虫开始鸣叫了。

我从小就喜欢养秋虫。小时候是自己到林子里去捉，现在岁数大了，我只好到夫子庙的虫市上去买。

店主是老熟人了。即便如此，也还是要讨价还价的。经过一番还价，除了我买到的若干大黄蛉、马蛉外，店主还送了两只蝈蝈。拿到蝈蝈我也没有仔细看，便高高兴兴地揣着一堆小虫子回家了。

正是：山色只许高人看，秋声唯供静者听。立秋后的茅舍里，在一片秋虫的叫声中，我犹如住在山林之间。

没过几天，我发现两只蝈蝈的塑料笼子太小，蝈蝈吃食时转不过身来。我当机立断，要给蝈蝈的笼子升级，于是再次去了夫子庙，买了一个竹制的两隔间蝈蝈笼。回到家以后，我把塑料笼子剪开，将两只蝈蝈移至新笼子里。

第二天喂食时，发现蝈蝈还是转不过身来。仔细一看，这才发现两只蝈蝈一只只有三条腿，另一只只有两条腿，身子都摆不正。我心里不禁暗呼上当了。不过，这两只蝈蝈却不在乎少了几条腿，每天只是"嘎嘎"叫着，明显能感受到它们在我这里幸福满满。

时间一天一天过去，转眼就过了白露，之后又到了霜降。两只蝈蝈的颜色也从原来的深绿色渐渐变成了酱油色，它们已经老了。可它们的叫声依旧不断，展示着秋虫的本能。没过多久，那只三条腿的蝈蝈死了，剩下的那只两条腿的蝈蝈仍然顽强地活着。

但是，它已经不能动了，仅剩的两腿弯曲着再也无法伸直了。我每天喂它吃毛豆时，必须用手抓着毛豆，放到它的嘴边，让它蠕动着的两个大板牙，咀嚼着送到嘴边的毛豆。看着这副模样，蓦然想到父亲最后的日子，也是这样躺着，在病床上一动也不能动，甚至吃东西都无法咀嚼了，只能靠着鼻饲维持着生命，想到这，我不禁悲从中来。

真是：秋声只给悲者听。

---

* 作者简介：杜小卫，男，67岁，大学本科学历，现任主任记者。

一天，蝈蝈躺在笼子里已经完全不会动了，头顶上的触须像土堆上两根枯萎的茅草。我以为它已经死了，便放弃了喂食。不料，在中午阳光的温暖下，它又开始用生命振动着两扇翅膀，发出"嘎嘎"的叫声。

朦胧中，它似乎嗅到了明年秋天的气息。

小壁虎

倪学智 *

　　我家卧室的屋顶上忽然来了名不速之客——一只可爱的小壁虎。小壁虎探头探脑，一会儿东爬爬，一会儿西爬爬，仿佛在偌大的白色幕墙上舞蹈。

　　一天，小壁虎不见了。

　　我问爸爸："小壁虎哪里去了？"

　　爸爸望着空空如也的白色幕墙，陷入了深深的回忆。

　　那是很久以前的事了。

　　我们乡下老宅返修时，发生了一件十分诡异的事。当时工人师傅拆开一扇墙板，仿佛听到有微弱的叫声。他定睛一看，惊奇地发现一扇墙板的后面钉着一只老壁虎。他从这枚钉子的锈蚀程度推测出这只壁虎是很久以前被钉上的。老壁虎瞪着恐惧的眼睛，无助地看着工人师傅。

　　这只老壁虎心想："我命休矣！"

　　可是，它遇到了一个有爱心的工人师傅。工人师傅觉得有些不可思议，老壁虎被钉在这里那么久了，它是怎么活过来的呢？他为了弄明白，放下了手里的工作，静静地观察起来。

　　天渐渐暗了下来，在工人师傅有些疲倦时，一只弱小的小壁虎蹑手蹑脚、小心翼翼、慌慌张张地一步一步向那只老壁虎爬去。小壁虎嘴里衔着一只蚊虫，爬到老壁虎面前，将衔着食物的小嘴凑近老壁虎张开的大嘴，瞬间完成了食物交接。

　　太神奇了！

　　那只小壁虎一定是这只老壁虎的孩子吧！工人师傅终于明白这只老壁虎是怎么活过来的了。

　　爸爸讲完这则故事，我已渐入梦乡，朦胧之中仿佛我也变成了那只给老壁虎喂食的小壁虎了……

---

　　* 作者简介：倪学智，男，1965 年 1 月 31 日出生，公务员。文学爱好者，主要涉及诗词歌赋和散文。

钢笔的精神

贾沅荣 *

笔，是我们最熟知的用具。我们几乎每天都在使用它，它是人们工作与学习中必不可少的用具。

在我们的认知中，笔很常见、很普通，有我们通常工作学习用的钢笔和圆珠笔，书画等用的铅笔和毛笔，另外还有日常生活工作所用的记号笔、签字笔等等各种笔类。总之，它们具有唯一的目的，任我们去工作和学习选用。但笔具有什么样的精神呢？可能很多人并没有思考过。在这里，我要赞美松树和白杨树的傲岸挺拔，赞美灯和蜡烛的无私奉献，赞美老黄牛的朴实忠厚，更要赞美笔中的代表——钢笔的伟大。

我赞美钢笔，因为它不虚伪并具备无私的奉献精神。钢笔在开始工作前，总是把肚子喝的饱饱的，然后任凭主人使用，直到贡献完它肚子里的全部墨水。它肚子里面有多少墨水就奉献出多少，总是实实在在的，从不虚夸自己。当肚子里面的墨水贡献完，就向主人发出提醒，让主人补充墨水。这样真诚的态度和无私的品德是多么高尚。

我赞美钢笔具有谦虚的美德和勤劳的战斗精神。钢笔，总是不知劳累，不停地工作，任劳任怨。不叫苦、不说累，始终坚持和主人一起辛勤工作，从不向主人索取报酬，也从不夸奖自己的功劳和伟大，这是多么崇高的品德。

我还赞美钢笔的乐观主义精神。它从不埋怨，总是乐观地陪伴着主人一起工作和学习。它根本不去想什么是苦和累，只知道忙碌、辛勤地工作着。有人借用，它也总愿帮助人家。也不要求主人将它放入什么位置，从不埋怨。偶尔主人生气而向它发泄时，它仍不计较，依旧默默地工作。这是何等乐观的精神啊！

现如今，在我国正奋力前行，在实现中华民族伟大复兴的征途上，在科技、教育、医疗、文化、国防、航天等各条战线中、各行各业中涌现出许多像钢笔的精神那样的党员干部、模范英雄人物。他们正默默无闻、勤勤恳恳、埋头苦干着……

---

* 作者简介：贾沅荣，诗词爱好者。原江苏省睢宁县龙集乡通讯报道员，睢宁县供电局通讯报道员，睢宁县广播电视台和睢宁报社通讯员、报社特约记者。后迫于生活从事运输经商业。写作业余爱好者。

盼春来

卢校炜 *

> 你能砍掉所有的鲜花，但你不能阻止春天的到来。
>
> ——题记

今年我无比盼望春日的到来，总觉得，蛰伏已久的冬日和人群，是为了春日里温和而坚定的生生不息。

春日，春暖花开，万物复苏，赏花品卉，意犹未尽，倘若心有雅兴，可掐一株花枝，抑或折几片绿叶，水边顽石，路边野草，可随意带回，不限器皿，插于其中，搁置其上，舀水一瓯，滋养花草，观叶片之舒展，赏花苞之绽放，岂不十分惬意？

春日已至，那河畔的柳树已经独树一帜，飘来淡淡的柳叶香，令人心旷神怡，仿佛置身于世外桃源一般，在大自然中，嫩绿色的柳叶给大自然这幅画卷添上了美好的一笔，使大自然这幅画卷锦上添花、生机勃勃。

往年立春，我的外祖母常常会在门外插上一株万年春，万年春的寓意为：新的一年、新的开始，万事大吉，一帆风顺。每至立春各家各户都忙碌了起来，有做立春宴的，有拜佛的，都是希望新的一年能够顺顺利利。

等到大年三十——除夕，更是热闹非凡，除夕夜大家都回家吃团圆饭，阖家团圆。正月初一——春节，春节是新一年的第一天，我们这的习俗是休息一天，在这之前的大年三十都是打扫卫生迎接春节。正月十五——元宵节，张灯结彩，舞龙灯，各家各户都挂起了红彤彤的灯笼，还有其他五彩斑斓的灯光也为元宵节这天增添了一丝丝的趣味。

春天是一个美好的季节，春天之所以美好、富饶，是因为它经过了冬日最后的料峭。就如同我们遇到困难时，克服最后一道难关，迎来了光明，而春天就是这束光明。

---

* 作者简介：卢校炜，女，汉，浙江省金华市人，现在是一名在校大学生，平时喜欢写作和书法。

　　我曾记得在我七岁的时候，有次在外放风筝，那天风很大比较适合放风筝，但是由于风太大了我没拿紧风筝以至于在我放风筝的时候，风筝线断了，我跑着跑着，风筝线断了，我也摔跤了，摔得很疼，我看着天上"逃走"的风筝和摔破的膝盖，委屈瞬间涌上心头，眼泪也不受控制地流了下来，我摇摇晃晃走回了家，外祖母看到我眼睛红红的，就问我发生了什么事，我把事情跟外祖母说了，外祖母对我说："你遇到了困难为什么不去试着克服呢？风筝线断了可以再买个新的，膝盖摔破了擦擦药就好了，要是你连这点困难都克服不了以后还能成什么大事，希望就在前方。"我听了外祖母的话想了很久，我觉得外祖母说得对，我应该克服困难，因为希望总在前方。

　　寒冬已经到了，春天的脚步还会远吗？

王大爷的后花园

罗顺清*

进了小区一眼就能看到王大爷的后花园。

王大爷的后花园紧挨着住房，长约 10 米，宽约 3 米，里面种满了果树。老远望去，那株桠柑挂满了金灿灿、黄澄澄的果实，让人心生羡慕，十分养眼。

来往的人们就要赞美一番。碰巧遇到王大爷，人们就要提高嗓门喊："王大爷，你的柑子好漂亮哦。"听到有人夸奖，王大爷就把耳朵凑过去：

"你说啥子嗬?"

"说你的柑子漂——亮!"

"说我的柑子吗?"

"就说你的柑子。"

听到有人赞美，王大爷面露喜色，泛起一丝笑容。

有了这个后花园，王大爷的日子过得满足、开心、幸福。

为了这个花园，王大爷还跟儿子、儿媳发生过一些小小的不愉快。当初买房的时候，儿子、儿媳一起商量，在底楼门对门买两套小户型便于生活，王大爷死活不同意，儿子、儿媳拗不过，只好遂了王大爷的想法，买了这套带花园的房子。入住后，王大爷便从客厅开了一个小门通往花园，在园里种上了柑橘、柿子、茶花、玫瑰等他喜爱的果树、花草。园子不大，种植随意，显得有些凌乱，但这不影响王大爷的兴致。

几年后，果树、花草长大了，果树结出的果子一年比一年好，十分抢眼。儿子、儿媳想趁此机会对花园进行整理，为果树、花草归个类，把园子收拾得像展品一样，更有城市的味道，王大爷坚决不允许，他要让植物自然生长。东北人的性格向来直来直去没有回旋的余地，儿子、儿媳也只好作罢，索性不再过问园子的事了。

渐渐地，王大爷的后花园就在小区里出了名，时不时就有人去欣赏，喜欢

---

* 作者简介：罗顺清，男，1965 年生人，大专学历。曾在《河北党员》杂志，《云南日报》、《四川工人日报》、《战友报》、四川广播电台等发表过新闻作品。现任乐山电力自来水公司高级政工师。

种花养草的人就找个借口去看一看，跟王大爷东拉西扯。果子成熟的时候，也有小孩经不住诱惑悄悄地拿着竹竿从隔窗外伸进去"偷"摘果子，王大爷也不斥责，小朋友便不害怕。王大爷有时也放任小孩"偷"摘果子，当成一种乐趣，当看到竹竿刚刚伸进园子，他便不声响地走过去，轻轻地说："小朋友，注意着，别把树枝弄断了。"听到有人说话，小孩羞羞一笑，一溜烟就跑开了，王大爷便哈哈大笑，很是开心。

园子给王大爷和他的老伴带来了很多快乐。

每天清晨，王大爷便早早地起了床，到园子里转悠，欣赏自己种植的果树、花草，看鸟儿"偷吃"果实，心里十分舒坦。天气渐暖，王大爷便到小区四周溜达，碰到熟人就聊上几句，聊着聊着又引到了自己的园子，又是一番东拉西扯。

我天天从此路过，闲来无事便与王大爷闲聊。王大爷告诉我这是茶花，是热带植物；这是三角梅，花期很长，花开时一片金红。提起那棵柿子树，王大爷更是喜形于色，告诉我别看它现在光秃秃的，到了 8 月份，结满枝头的柿子由青变黄，上面一层粉色，油嫩嫩的，惹人喜爱。这个时候鸟儿就来了，鸟儿把虫子吃完了，来年的柿子就会结得更多更好。

说起来，王大爷也算情趣中人，种了满园子的果树，结出了满园子的果子，却不采摘，任凭花开花落，自然凋谢。他说自己主要是观赏，这就是生命的过程。

而今，园子里的花草随着季节的变换已凋谢了，唯独那棵椪柑还金灿灿、黄澄澄、圆溜溜地挂满枝头，成了冬天的一道景色。

麦田守望者

梅儿 *

　　油菜花落的时候，故乡已是四月了。阴雨连绵，润物细无声。家门前、塘边、小路边的新绿逐渐变浓。父亲有些忙碌，又到撒谷子的季节了，天气不冷不热，正适宜。

　　父亲在水源便利的田里忙活着，将田四周用泥巴围起，筑成田埂，再放些水进田里。这时，孩子们嬉笑着卷起裤管，赤脚玩起泥巴来，在边上的水洼里还能发现小鱼、小虾、泥鳅，孩子们兴奋地撸起袖子忙着抓鱼抓虾。父亲泥好田后，拿出已发酵好的谷子撒向田里，手臂抬起落下时划出优美的弧度，谷子如仙女散花般落在田里，密密麻麻的，很匀称。做好这些后，父亲先找来一根木棍插在田埂上，又找来一根短点的木棍横着绑成十字架的形状，然后在竖着的棍上扎些稻草，找来草帽戴上，穿上衣服，在帽子上插上小红布，一个稻草人就完成了。父亲说这是以假乱真，专门用来吓唬麻雀的，刚刚洒下去的谷子还没有生根，这个时候麻雀最爱来偷吃谷子了。孩子们嘻嘻哈哈地围着稻草人，调皮的孩子找来萝卜、竹炭，插在稻草人的脸上来代替它的鼻子、眼睛、嘴巴，远远看着更像人了。

　　后来，开始有麻雀落在稻草人的肩上，东看看，西看看，叽叽喳喳的。有些胆大的麻雀不但来偷吃谷子还会立在稻草人头上拉便便，这可气坏了父亲，于是命令我们只能在稻草人身边玩耍，不能跑远了，我们亦是乐在其中。麻雀还是会来偷吃，成群成群的，它们极聪明也不会轻言放弃，总是会落在田埂边的大树枝头上，观察着孩子们的一举一动，孩子们找来长长的竹竿，系上彩带，彩带迎风舞动，麻雀虽然有些胆怯但还是会趁我们不注意就下来偷吃谷子，等我们发现时它们又飞跑了，这样你追我赶的日子也总是快乐的、开心的、无忧无虑的。过了一个星期后，谷子生根发芽长出了嫩嫩绿绿的苗，我们也不必天天守着麻雀了，谷子在泥里生根了，麻雀也就叼不走了，没办法偷吃了，也就不会再来了。只是我们还会偶尔来看看这稻草人。

---

　　* 作者简介：夏梅，笔名梅儿，女，44岁，湖北人，中专学历，自由职业者。热爱文学写作，每天多努力点，只为日后能多点选择，过自己喜欢的生活。

到了金秋十月，麻雀还会再来，这时的谷苗已经长高了许多，绿色也逐渐变成了金黄，一串串的谷穗沉甸甸的，压弯了枝头，谷子已经丰收了，人们便不在意麻雀吃多少了，它们吃谷子时也会吃掉来偷吃谷子的虫子，人们便任由它们了，算是对麻雀的奖励。父亲也欢天喜地地忙着收割稻子，戴上草帽，拿出早已磨好的镰刀，开始割稻子，我也学着父亲，戴上草帽找来镰刀，像模像样，但父亲总怕镰刀伤着我，让我用生锈的镰刀，父亲割完一大片，我却是怎样也追不上的。别急，慢慢来，等你长大了自然就会了，父亲总是这样安慰我。十月的太阳依然炙热，父亲挥汗如雨，镰刀舞得极快，一片片的稻子在父亲的镰刀下倒下。这片肥沃的土地啊，哺育着我们长大，又一次丰收了。这喜悦自是无法言喻了。父亲说稻草人功不可没，它们是稻田里最忠实的守望者，阵阵秋风过，稻草人看着这累累硕果里也有自己的一份功劳，心里是否也会感到满满的幸福呢？

谷子收割完了，稻草人也倒下了，父亲点燃了稻草，稻草人瞬间化作青烟飘向了遥远的天边。父亲说它的使命完成了就该离开了，这是它最好的归宿。一捧黄土，一缕青烟，这又何尝不是我们最好的归宿？我很伤感，因为这亲切、自然，平凡且伟大的爱，也因为这被世人所忽视的爱。

粽子恋

沈明嘉 *

我喜欢粽子，但不贪食。尤其喜欢粽子的那股馨香，真所谓"沁人心脾"。

当你悠闲地坐于屋门口走廊上。窗棂上斜插着艾叶，屋间弥漫着硫黄蚊香的气息，瓦檐边时有一蹦一跳的麻雀向你叫几声祝福语。你用你的手，特别是女性的纤纤细指将珍珠如玉的糯米裹入晶莹的、碧绿的粽叶之中时，就强烈地感觉到糯米与粽叶同时散发出来的香气，扑入你的鼻穴，通透你的肺腑，使你神魂颠倒，如入云雾之中。再加上外部环境的衬托，不但使你完全沉浸在节日的气氛中，亦让你的心绪迷醉在诗画里。

当你在这惬意中扎完一串串棱角有致的作品——粽子，放入锅中煮沸的刹那，就闻得一股浓郁醇香自盖隙间喷溢而出，又慢慢地溢出屋外，诱得邻舍情不自禁地叫吆："哟呀！好香的粽子！"

这时，你垂涎欲滴地揭开锅盖，拈一个粽子，小心地拉开绳扣，慢慢地剥着粽叶，很自然地嗅着，深吸着那诱人的清香，不着急去吃了它，而是"怜花惜玉"般捧着这粽子，去品它奇异的、柔柔的、说不透的香味。

诚然，我之于粽子的喜爱，不奢于吃，而欲于品，韵其香。

* 作者简介：沈明嘉，出生于 1960 年 5 月，男，湖北省咸宁市咸安区人，自由职业者。热爱文学。2009 年，《石屋山民谣》被本市《香城都市报》发表于副刊。

大地之情

家乡的味道

蒙世平 *

什么是家乡的味道？对于这个问题，千万个人可能会有千万种答案。作为土生土长的武宣人，我会不假思索地说："家乡的味道就是武宣红糟酸！"

从记事以来，我印象中的红糟酸一直都是餐桌上最常见的菜肴。特别是在夏天，喝白粥吃红糟酸，那简直是超级享受！二十世纪六七十年代，红糟酸多为东乡、三里等乡镇农户家中自行秘制并传承。进入二十一世纪后，红糟酸作为地方特色小吃，因得到客商的充分肯定和赞誉，从而引发市场商机，带动了各乡镇对红糟酸的作坊式制作开发。现在武宣农家土特产品店里，红糟酸已成了"拳头产品"，是武宣人拿得出手的送礼佳品！

武宣红糟酸由于腌制材料不同，品种也有所差别，红糟姜酸、红糟辣椒酸、红糟豆角酸……分类有十多种。然而，不管红糟酸有多少品种，最根本的都离不开"红糟"！

"红糟"究竟是什么神物呢？在此，可以这样介绍：红糟是用白米饭自然发酵而成的。其色如玫瑰红，其味有浓郁酒香。最神奇的是，白米饭不放色素、不放酵母，仅自然发酵就会变成玫瑰红的红糟了。武宣人喜欢用红糟煮鱼、煮猪杂、煮牛杂……以此来接待客人。绝大多数客人举筷时，都对以红糟为佐料制作的菜肴产生疑虑，生怕红糟的"红"与色素有关，怀疑吃下去会影响身体健康。这时，武宣人常常会把祖传的红糟制作工艺向客人和盘托出：在夏季，选用颗粒比较完整的大米，洗净后或蒸或煮，刚熟透即可，忌烂！米饭务必用无污染的清水淘洗，去水后摊开于簸箕晾干备用。然后，用碗盛二三两米醋，浸泡红糟种子十多分钟，再把它撒在晾干水的米饭上拌匀，堆放于簸箕中，用洗净无污染的纱布盖严，置于不见阳光、空气不流通的干净环境里，让它自然

---

* 作者简介：蒙世平，男，生于 1962 年 6 月，广西壮族自治区来宾市武宣县人，毕业于广西民族学院汉语言文学专业，本科学历。曾从教 14 年，中学一级教师，历任初中教务副主任、主任和县重点高中副校长，武宣县教育局教研室副主任。1997 年从政，历任武宣县金鸡乡乡长助理、武宣县人民政府办公室主任、武宣县教育和科技局局长、武宣县人力资源和社会保障局局长。教学科研论文多次获区市、级奖励，其中，《壮乡人民的好校长》发表于《广西教育》（1994 年 1、2 期合刊）。

发酵一个晚上，第二天一早要及时用干净的清水漂洗一下，然后滤干水，摊开晾于簸箕，定时或不定时地用筷子翻动翻动，就如同在晒坪翻晒稻谷一般。一盖一洗一晾，如此这般循环三四天，米饭渐渐变红，并散发出沁人心脾的浓郁酒香。

至此，读者对两个问题肯定会十分好奇：首先，红糟种子是什么呢？答案是把上年或上次制成的红糟晒干，也就成了来年或者下次制作红糟的种子；其次，那最初的红糟种子是从何而来的呢？千百年来，红糟的原始出处无史可查，无据可考，谁也说不清！

儿时，我喜欢跟在母亲身边看她制作红糟，觉得有点神秘：她用桃树叶煮水，再把烧过的犁头浸入，水迅即吱吱作响，热气腾腾！接着，她用这桃叶水撒到制作红糟的房间的每个角落，嘴里还念念有词。放置好待发酵的米饭，母亲还不忘在簸箕边摆上桃树叶。长大后，我才明白，制作红糟前在房间里撒桃叶水，其实是对环境进行消毒，保持好环境的卫生清洁。

制作好红糟后，腌制红糟酸就轻松多了。第一步，将要腌制的食材洗净，晾晒半天备用；第二步，焙炒食盐，待其冷却后与红糟拌匀，咸淡要适宜；第三步，选用坛口有水槽的瓷坛或者玻璃坛，按一层红糟一层食材的次序装填；第四步，装填好腌制的食材后，要往坛里注入一斤小锅米酒；第五步，盖好坛盖后，要在坛口水槽中注满水，用以隔离空气密封坛口。如此，十天半个月后，垂涎欲滴的红糟酸就可"登堂入桌"了！

1999 年，武宣县委、县人民政府首次在南宁举行在邕成功人士春节团拜会。当工作人员给每桌端上一碟最具武宣特色的小吃——红糟姜酸时，整个宴会厅便沸腾了起来。也许是红糟姜酸那特有的醇香，突然唤醒了嘉宾们对家乡的记忆与情感吧，他们每个人都显得十分亢奋，你一言我一语的，纷纷发表自己的感受，气氛十分热烈。当时，一位白发苍苍的长者拄着拐杖走上讲台，手略有微颤地拿起话筒，激动地大声说："武宣的父母官们，刚才听了你们介绍武宣的发展情况，我们觉得你们为家乡做了很多事啊！做得很好，很成功！我们这些老同志感到很放心！"他顿了顿，清清嗓子继续说："今年来参加武宣团拜会，吃到了红糟姜酸，感觉亲切啊！"话音刚落，整个宴会大厅便响起了雷鸣般的掌声。接着，白发长者又继续幽默了几句："老话讲得好啵，吃别人的东西嘴软。今天，在座的各位武宣同乡们，吃了家乡的红糟酸，要记得为家乡讲讲好话、多做点好事才对的啵！"顿时，雷鸣般的掌声再次响起，把宴会气氛推向了高潮！

宴会结束后，县里还把红糟姜酸作为礼品送给了每一位参加宴会的嘉宾。

礼品其实并不值钱，但礼轻情意重啊！一位长者两手颤抖地接过红糟姜酸礼品盒，非常激动地说："好！好好！太有情，太珍贵了！今年过年，有了红糟姜酸就特别有味道了。谢谢！谢谢！"

红糟酸是武宣人思乡的一种情结。不管是在什么地方，如果是武宣人，只要一聊起红糟酸，就很容易拉近彼此之间的关系和情感。这就是武宣人之间才特有的"红糟酸"文化。

2020 年 8 月，我们一行三人代表公司到上海考察一个项目。真的万万想不到，在当天的晚宴上，我竟看到餐桌上放有一碟红糟姜酸！我惊愕地问接待我们的杨董事长："杨董，上海也有红糟姜酸吗？"杨董事长乐呵呵地说："哪里哪里，这是我们广西武宣的特产啊！知道你老兄来，又是武宣人，前一个星期我叫朋友从武宣寄过来的。"听了杨董事长的话，我非常感动，握着他的手问："你也是武宣人？"杨董事长哈哈大笑，说："当然当然，我老家就是东乡的！"他乡遇故知，真是太难得了！我紧紧握着杨董的手，直接就用客家话跟他拉家常。说起家乡话，我们觉得彼此就是亲兄弟，亲切得很！就这样，我们一边品尝着红糟姜酸，一边海阔天空地畅聊。当然了，我也借机卖弄自己的小聪明，和杨董聊红糟酸的制作工艺，聊东乡的双髻山、金龙茶、百崖槽……家乡有趣的话题一个接一个，我俩相谈甚欢。

我是武宣人。我喜爱武宣的特产——红糟酸！每年的夏天，不管工作多忙，我总要千方百计地挤出时间回老家一趟，除了和兄弟朋友小酌几杯叙叙家常外，最大的心愿就是从老家带上几坛红糟酸返城，或自用或送友，既经济又实惠。

红糟酸的保鲜期可达 12 个月以上，一年四季都可以食用。一坛食材吃完了，还可以自备另一类食材，将其洗净晾干水后再往酸坛里填充。填充好新的食材后，要记得往坛里注入半斤至一斤小锅米酒，添加适量的食盐。如此这般操作，家里的红糟酸便可一年四季翻新品种，让人回味无穷。

啊——武宣红糟酸！让我始终难以忘怀的家乡的味道！

我爱家乡的油茶树

邓爱华*

　　每一次回到祁阳，我心里都会产生一种幻觉，仿佛自己走进了一个绿色环绕的世界。无论是在哪个乡镇，也无论是在哪个地方，只要放眼望去，那缠绵的青山都是绿油油的、郁郁葱葱的。青山相互之间，又是那么缠绵地依偎着，那绿色就浑然一体、汇成了一个无边无际的绿海。若登上高处，四面环视，那些起彼伏的山峦，就像这绿海中被狂风掀起的一堆堆的巨浪。这神奇的自然景观，就算神仙路过也会流连忘返。

　　那染绿山岗的是树——家乡的油茶树。在我的家乡祁阳，它是一种普遍而又常见的树。崇山峻岭上，田角地头边，无处不是它的身影。然而，就是家乡这么一种普遍且常见的树，它却一直深藏在我心里，萦绕在我的脑海中，让我一生都难以忘怀。不管我走多远，也无论我离开多久，它总能勾起我对家乡的记忆，对故土的思恋……

　　油茶树，它是一种油料类树种。这类植物的油，家乡人称为茶油。茶油的色泽是黄澄澄的、明亮亮的，极有透明度。若将鼻子凑近它，会有一股幽幽的清香扑鼻而来。用茶油烹调出来的菜肴，其味觉与口感，是其他任何植物油无法媲美的。尤其是那些腥类食材，效果就更为明显。长期食用茶油，不仅能够养颜，还能起到延缓衰老的作用。由于茶油中含有人体所需的多种微量元素，它的市场价格是其他植物油的几倍，历朝历代，茶油都是皇室贵族的贡品。

　　家乡虽然盛产茶油，但在我的印象中，能舍得自己吃的却不多。人们将省下来的茶油变卖成钱，用来供孩子读书和日常的开支。在二十世纪的六七十年代，那就更少了，要吃到用茶油煮的菜，除非家里来了稀有的贵客，或者是家里办酒席和过年。在那么一个艰苦的年代，我们乡里的孩子盼过年，除非就是想要饱腹一餐妈妈用茶油煮的菜。虽然，我现在走南闯北，什么样的山珍海味都品尝过，但在我的心里却常常回忆起当年妈妈用茶油煮菜的那个味道，那才

---

　　* 作者简介：邓爱华，笔名"老古"，当过教师，担任过农村党支部书记，20 世纪 80 年代初在《湖南文学》高级函授班学习两年，其间发表小说习作《晶晶与她的男朋友》《留在那片松林的思考》《船，从心底启航》，其中《船，从心底启航》入选学员优秀作品集。

是家乡的味道！

改革开放后，特别是近几年的脱贫攻坚，党引领着全国人民追梦奔小康，家乡人都过上了小康日子。如今家乡的茶油，已经不再是过去那些皇室贵族的贡品了。它走出了家乡祁阳，走出了芙蓉国，走出了国门，走上了千千万万的平常百姓的餐桌，成为这个世界备受人们青睐的"琼浆玉液"。

茶油除了食用，它还是一味难得的跌打损伤药。记得在我小时候，每次在外跌得鼻青脸肿时，回到家里，妈妈总是从茶油坛子里取来少许茶油，将它涂擦在我脸上的肿处，等过几天后，那肿处就会渐渐地消退。

油茶树的花期，一般在秋末的霜降前后。这个时候，那满树满树的油茶花，看上去似雪非雪，它一树连着一树，一片连着一片，一山连着一山，将茫茫青山染成了一个银白的世界。在这么一个"秋风无情"的季节里，那漫山遍野的油茶花，便成了家乡人们眼中最为靓丽的一道风景。

素有"抱子怀胎"的油茶树，茶花旺怒之日，就是它忍痛分娩之时。这个时候，家乡一年一度的油茶收摘工作就要开始了。平时最显寂静的茶林，这几天却是它一年中最热闹的时候。开摘的那几天，每家每户大都在挑灯摸黑的时候就把早饭吃了。队长的哨子一响，男男女女、老老少少，有的挑箩筐，有的拿篮子，浩浩荡荡地涌向大山。

记忆中，我在小时候盼摘茶籽就跟盼过年一样。那时候的家境也的确太穷了，加之兄弟姐妹多，日子过得苦不堪言。我至今还记得，那时一年到头，我基本上都是穿着一套补丁搭补丁的衣裤，爸妈要想为子女们添置新衣，就必须要等到队里摘完茶籽后。只有到了那时，队里榨完了油，分到各家各户，爸妈再将分回来的茶油卖去一部分，手头才有钱为我们兄妹几个缝套新衣。每一次，当我穿上那一年仅有一次的新衣时，心中的那份喜悦啊，就算我翻遍整个《辞海》，也很难找到一句最恰当的词汇来形容。我在心中之所以那么深深地爱着家乡的油茶树，也许就是因为在我苦涩的童年中，它曾给予了我许许多多美好的记忆……

在生产队里摘茶籽，我记得那是按重量计工分的。每年开摘进山的时候，爸妈总是要对我们兄妹几个千叮万嘱，要想新衣穿，到了山里就不要偷懒。可一到山里，爸妈的叮嘱就被我抛到了九霄云外。我们同龄的那帮淘气的家伙，只要一避开大人的视线，就三五成群地穿梭在那些茶花开得最盛的茶树间，一个个顺手从地上折断蕨根的茎，将芯抽出来，用它当吸管在花蕊中不停地吮吸着花中的蜜。待吃饱喝足后，大伙又聚到一块，你看看我，我看看你，此时此刻，大伙已是"面目全非"了。不是头发上沾满了浓稠的蜜糖浆，就是那粉嘟嘟的脸蛋上染满了红红的花粉,弄得个个脸上就像个猴子屁股似的,大伙都不禁疯笑起来……

那笑声,是我童年时期最开心的笑。虽然过去了几十年,但在我的心里却恍如昨天。它时时都在唤起我对家乡的记忆、故土的依恋——这大概就是游子心中那份厚重的乡愁吧!

我爱家乡的油茶树,当然,绝不仅仅是它所产生的经济价值。我爱它那默默奉献的精神!爱它那坚韧不拔的品格!爱它那从不向人们索取的胸怀!

油茶树与其他果树相比,它没有桃李橘梨那么娇贵,在我的记忆中,就很少看到有人为其剪过枝、浇过水、施过肥、除过草。油茶树它从不计较这些个人得失,只是默默地扎根在自己脚下那块土地,不停地吮吸着大自然的精华,将自己满腔的热血化作源源不断的"乳汁",无怨无悔地奉献给家乡的人们!

油茶树,它不择土质优劣,不管是石山崖崖,还是陡峭绝壁,只要那里有一点点土壤,它就能在那里扎根发芽,并且还能茁壮成长起来。

油茶树的生命力,也极为惊人。据老一辈讲,1945 年,家乡遇上了史上最为罕见的一场大旱。田里的庄稼几乎是颗粒无收,就连那些比较耐旱的果木树,也是无一幸免。神奇的是,家乡的油茶树却一棵都没干死。2008 年的那场冰冻,家乡的水果树也没能躲过那"一劫"。然而,家乡的油茶树却仍安然无恙,冻它不死,压它不垮。

油茶是我们的摇钱树,青山是我们的聚宝盆。这是家乡人常挂在嘴边的一句话。在我的记忆中,自二十世纪八九十年代打工潮兴起,一些家乡人在心中对家乡青山的那份依赖,对油茶的那份渴求,似乎就没有以前那么厚重了。我还清楚地记得,在我任农村党支部书记的那十几年里,每一年,我都会接到几起森林火灾的报告。那些案例中,有清明烧纸引发的,也有擅自在林区焚烧火土灰引发的……这么多的人为火灾,难道不值得我们去深思?!怎么样才能够保护好家乡的绿水青山?在我那十几年的任期里,这是我脑海里思考得最多的一个问题。

今年国庆同学聚会,我们去了一趟慕名已久的鹅家冲。那里是祁阳乡村振兴的一个标杆村,是祁阳市委、市政府引资重点打造的现代农业示范园和油茶低改基地。驾车从市区出发,途径三南公路,从联兴村路口拐弯,我们直奔鹅家冲。车子的前方,一条宽敞的草砂油路在山脚下蜿蜒,公路两旁排列有序的法国梧桐像威武挺拔的仪仗队士兵,在夹道欢迎着来自远方的朋友。整洁的村庄里,一栋栋农家别墅拔地而起,沐浴在晨曦的万缕霞光里,洋溢着一派新农村的勃勃生机。庭院内,碧草青青,花香扑鼻。车子刚要临近园区时,远远看去，坝坡上那"大园区，大产区，大景区"九个用霓虹灯制作的大字，就像偌大的一块磁铁，牢牢地吸引住了我们的"游"心。爬上了坡，进入了七星湖库区，我们的车子在绕湖公路上缓缓地行驶。透过车窗，只见七星湖水一片蔚蓝，水面上，一行行白鹭在自由自在地飞翔着，湖岸边上的青山，在朝霞的映射下沉睡在滔滔碧波里，那山、水与霞光融合，构成了一幅美丽的山水画。"好美呀！"有同学惊呼道。没过一会儿，我们来到了观景台，一下车，我惊奇地发现，四周的油茶低改区内，那像乒乓球一样大小的茶果密匝匝地挂满了枝头。看上去，偌大的一棵棵茶树似乎也显得有点不堪重负，满树的枝条都是低垂着，简直快要到地上了。"这又是一年好收成！"游客中，有人感叹道。这时一位守园的老翁过来搭讪，他跟我们说，这些年，祁阳市委、市政府把发展油茶产业当作乡村振兴的一项支柱产业来发展，不仅增加了农民的收入，也加速了乡村的全面小康。在一旁细细聆听的我，心中不禁油然而生一种欣慰！

归途中，一位在政界工作的老同学告诉我们，近些年来，从脱贫攻坚到乡村振兴，祁阳市委、市政府是下了很大决心的。不仅成立了专抓的班子，还从市直机关抽调了很多党员干部下沉到农村基层。可以想象，今日山村的变化，凝聚了他们多少的心血与汗水、付出与担当！听罢老同学的一席话，我的心被震撼了，心中陡然感悟到，那些"下沉"的群体，那些抗疫逆行的群体，那些守疆卫国的人民子弟兵群体，还有许许多多在共和国各个领域默默奉献的群体，他们不就是家乡油茶树的象征吗！

我爱家乡的油茶树！但我心里却更爱那些像油茶树一样乐于默默奉献的人们！

齐鲁篇·桑梓深情

闫振兴 *

1960 年暑假，我转学到四川跟家兄读书，转瞬，半个多世纪过去了。几十年来，先是客居巴山，后定居南粤鹏城，但是，岁月的风烟并没有抹去对故乡的记忆，随着年岁的增长，故乡的影子反而更加明晰了起来，心灵深处，还时不时泛起酸酸甜甜的乡愁，这正是"胡马依北风，越鸟巢南枝"，故土难忘啊！

具体说来，魂牵梦萦的故乡，就是单县城南十里陈庄，黄河故道旁边的一个古老村落。庄西头一里路，便是黄河故道，庄北面一里半路，也是黄河故道，也就是说，陈庄的西、北两个方向，被黄河故道环绕着。

单县地处黄河下游地区，历史上黄河决口改道后，多次流经单县，这条横卧单县南境的黄河故道，最终形成于 1855 年。那年，黄河又由河南兰封县铜瓦厢决口改道，夺大清河北上，流入渤海。现在单县境内的黄河故道，就是这次改道后的遗迹。

有资料显示，自 1855 年到中华人民共和国成立前，近百年间，黄河故道基本上是条废河。每逢旱季，河床及两岸滩地干裂；雨季，则往往是河水漫溢，泛滥成灾，给两岸人民带来了深重灾难。然而，在儿时的记忆中，就是这条"废河"，却给庄上的孩子们带来了无穷的乐趣，也能给大人们穷困的生计找回了些补贴。

西、北两个方向环绕老家陈庄的黄河故道，俗称为沙河，大概六七里地宽。雨季，有时河水暴涨；平时，河床有着潺潺流水。沙质的河床，不少地方都有洪水冲刷的深坑，所以，同是一条河里，有些地方水深数米；有些地方可蹚水过河。两岸滩地，长着无穷无尽的茅草，深达盈尺，这就给养羊养牛提供了充足的饲料。记忆中，庄上的男女老少，除了农忙在地里干活，其余时间，大都成群结队，到沙河里割草放牧。

至今记得，从小就跟着大人去沙河玩，小学阶段的暑假，大部分时间也花

---

* 作者简介：闫振兴，笔名"巴山客""鲁川—巴山客"，山东省单县人，生于 1944 年，共产党员，毕业于四川师范大学汉语言文学专业。早年从事学校教育工作，后从事媒体工作，先后在多家报社、杂志社任记者、编辑。

在沙河里。每天除了完成大人交给的任务——喂饱羊，再割一筐草，其余时间自由安排。割草、放羊、摸鱼、逮兔子……其乐无穷。三五成群的孩子各显其能，每个人多少都有些收获。

"兔子不吃窝边草"，孩子们都有这样的经验，只要看到河滩坡坎处，草长得特别的茂盛，那里往往就有兔子窝。所说的"狡兔三窟"，其实是兔子窝有几个出口，如果生了小兔子，老兔子离开前，会用土把窝口封了，从另外的窝口进出。孩子们凭着各自的本领，既可在窝里抓住小兔子，也能把老兔子抓住。冬天大雪下过后，也是逮兔子的好时机，只要雪地上有兔子的脚印，顺着它跑过的路线，就可把它堵在窝里。在雪地上跑着的兔子，也很容易被逮住，因为它已失去了跑得快的优势。

孩子们最快乐的时光，是秋天在沙河里捉鱼。雨季已过，泛滥的河水归于静寂，清清的水在河床上缓缓流淌着，夏天暴涨的河水冲积物，养肥了河中的游鱼，在清澈见底的河水里游来游去。中午温热的秋阳，使孩子们都脱去衣裤，跳进河里，喊着、叫着、笑着，追逐着各自选定的目标。至今清楚地记得，自己当时还不到八岁，便捉住了一条近两斤重，误入浅滩的鲤鱼。当时，看到冲击着水波的游鱼，便勇猛地扑上去，用肚皮压住鱼头，顺手死死抠住鱼鳃，疯狂弹跳的鲤鱼，用尾巴打得我两眼昏花，我人小，站不起来，就和鱼在水中翻滚着。旁边的振銮哥，上前一把把我拉了起来，肚皮上已被鱼背鳍划了一个血口子。上得岸来，小朋友们七手八脚帮着用柳树枝条把鱼鳃穿牢，便各自提着战利品，高高兴兴地回家了。

庄上的大人们，在沙河"淘金"，有多种方法，普遍是割草，把夏、秋两季割来的茅草晒干，作为冬季牛羊的饲料。另外，在河水暴涨时节，下拦河网捕鱼，使用这种方法捕鱼，是要花本钱和技巧的，但捕到的鱼又大又多，不少是从上游冲下来的"黄河鲤"，拿进城能卖个好价钱。再有就是，用铁锹扎探河滩地下的"宝物"。从老辈人口口相传中得知，陈庄西面，原是一个大市镇，被"黄水"冲埋在了地下，自然宝物不少。所以在秋冬季节，草死水枯之时，便有年富力强的壮汉，一人或两人握着长长的铁锹，像碓舂似的，不停地往下扎，据说，扎到一定深度，只要手上有了震感，便说明地下有东西，再用铁锹开挖。时常见到，有的人挖到了砖，有的人挖到了坛坛罐罐，有的人挖到了碗、盘之类的。传说还有人挖到了金银，传说而已，从来没有得到证实。

到后来，似乎经过协商，乡政府把两岸的河滩，给沿河的各村庄划了地段，割草、放牧、探宝是不准越界的。

正月十五的灯与冰

孙兆峰 *

正月十五是元宵节,灯和元宵是主题。元宵是何物?不知道。我们小时候只知道黏豆包。吃过黏豆包,太阳偏西,跟在长辈大人身后,踏着没过脚面的积雪,斜穿横垄地,南下坎坎茔地,给故去的先人送灯。大玻璃瓶的灯,装满煤油,一根棉花搓成的捻子,外配纸或玻璃的罩。提着这样的灯,一路小心、不准乱讲话,提前表达着对先人的敬重。端放在坟前的灯,点燃后扣上灯罩。送灯人庄严面对灯盏,口中念念有词,并且带着丰富的语气感情。仿佛一盏灯已将这边与那边接连贯通,双方由此可以隔空互动。在这样的时刻,谁都会相信,故去的人还以一种游动的方式存在,随时随地能够听得到、看得见凡尘里的一切。盯着灯盏里跳动的火苗,嘴上的叨念多了起来,好像叨念得越多,灯这个信使,才能越准确地将人世间的问候、汇报、祝祈信息传达过去。而我们得到的心理慰藉似乎十分完整:希求、护佑都被那边应允,同时,也即将在这边一一应验。

这灯,是正月十五点燃的第一盏灯,饱含纯朴的温情与感念。

天刚擦黑,各家大门口的灯笼就亮了,准备"撒路灯"。浸透煤油的谷糠和锯末子被压实在铝盆里,这是母亲几天前备好的材料。用勺子挖出这种材料,在当院一勺一堆地摆好,鸡架、狗窝、猪圈、仓房、酱栏子,都有份。预留的部分向着院外延伸,撒到雪地远处。当时我们争抢着忙活这些,大人们就自然认为这差事不归他们管,所以只观望不伸手。一旦点着,东西两院前后街的路灯绵延交汇,连成不见首尾的火龙。任谁看见,都会想到四个字:天降吉祥。一簇簇燃烧的火苗,闪跳出来噼啪作响,我们只觉得好玩,理解不到这里面蕴含的内容:吐故纳新,日子红火。我们围绕着奔跑、打闹,再顺手甩出几颗鞭炮,那火苗就显得更红更旺。火光照耀的地方,一切都飘忽荡动,似乎有了生命,真的应和了门楣上春联书写的内容:人勤春早。

---

* 作者简介:孙兆峰,男,祖籍山东,出生于黑龙江省讷河市。东北农大毕业。中国散文网会员、烟台散文学会会员、中国硬笔书法协会会员、烟台硬笔书协理事、开发区工委会主席,发表文章多篇,有作品入编专辑。

这一刻，忽听到远方隐约的锣鼓声，这是灯笼秧歌队来了，大家都知道他们会在生产队大院那里集结。等我们跑到那里时，灯笼和人影差不多占满了院子，空气当中散发着某种暖意。一支唢呐吱哇乱叫，还在招揽看众。现在，表演队员们开始整理灯笼里的蜡烛，有看热闹的人上前搭话唠嗑、递香烟。这支灯笼队够大的，百十号人不止，由白天串村走户的几支秧歌队合并而成。他们手持灯笼，衣着统一，戴面具或花饰。在影影绰绰的灯影里，个个好像身怀绝活儿，不似凡人。再看灯笼的造型，有丰收的玉米、高粱；有属相的猪、鸡；还有五角星、大西瓜等，样式多得叫人惊奇又羡慕。这时，忽然一声哨音长鸣，锣鼓喧天，咚咚锵锵地，一阵比一阵强烈，好像要击碎僵冻的地面，要叫醒这寒冬。温度也随之上来了。随着二踢脚在空中爆响，队伍中的人扭动起来，旁观人群里有人抖动着身体跟着节奏；有人仰脖子吹口哨。个别逗风的队员，做出几个夸张怪异的动作，逗引小孩子大呼小叫地跟着一起扭摆。灯笼起伏，队形变幻，水波浪般一些流向一方，另一些流向它处，少时，婉转迂回，到处洋溢着喜庆的气氛。最卖力气的要数鼓乐队，他们甩掉棉大衣，晃着膀子，拿出炫技般的本领，推动红光欢舞高潮勇进。

灯笼锣鼓，搅活了房屋树木，搅热了人心。

灯笼秧歌队还要去别处走场，我们跟在后面送他们到村口，眼望着星点光亮远远地离去了，一种说不出来的不舍，好像他们永远不再来表演。可是，这点难受在我们转身往回跑的那一刻便消失了。

我们奔赴下一场热闹——村后街老水井边玩滚冰。匀称的冰块铺满井沿的缓坡，一直通向积雪大道。如此宽敞细腻的冰场，只有正月十五这天大人们才会特意刨凿出来，专等我们晚上玩耍。我们不管不顾地扑上去，首先要来几个预习似的身体翻滚，然后才是拉紧帽带、合抱双臂、闭上眼睛。正式开始时，心里一定要默默数数，一圈、两圈、三圈……轻易不停。滚动得身子到处都是冰，有的在远处，有的碰撞扎堆。听老辈人讲，滚冰的孩子，身子骨壮实、不生病，滚冰很有一种神奇的功效。闹过肚子疼的，拿冰揉揉；脸上有冻疮的，用冰蹭蹭。在零下三十几度的气温里，大家摸爬滚打，往复来回，不知冷、不知累，满身腾腾冒热气。一直玩到月亮升高，村子入睡，才想起回家。临走时，每人都挑选一冰块，捧着，到家放置于屋外窗台上，这样做说是能驱祸辟邪，保证全家人一整年百病不侵、顺顺当当。

儿时的情景，在记忆里如此鲜活透明，连续播放的影像，有我太多的回忆，我知道这份回忆里满是喜悦和幸福。

　　灯与冰，本是毫不相干、水火不容之物。然而，却在这一天，温柔交叠、合而化一，共同承载人们好的寄托祝福和期冀，充满了温暖祥和。

　　如果说，正月十五忘记了我们，一定是我们往事的遗失。如果这样，那还能珍惜些什么？

拆迁洽谈的前一晚

朱模慧[*]

  傍晚时分，微信上，收到村委会的"拟拆迁通知"：从明天起，拆迁工作组，进驻我村。预祝户主们与工作组，洽谈愉快。看罢信息，我的心不由得一怔：数日前的评估、签名，只等"洽谈"成功的兴奋，一扫而光。不知为何，眼前那精美的晚餐，变得索然无味。

  花甲之年的妻子，在唠叨不休的伤感的回忆中，总算进入梦乡；可我却无法入睡，心里五味杂陈。连日来，在妻子面前，所表现的"旧不去新不来"的无所谓的心态，已成为泡影。

  于是，我一骨碌下床，穿衣系裤，蹑手蹑脚地打开房门，并轻轻地带上。

  接下来，赌气地打开中门与院门。出门时，不忘捎上香烟。寒风扑面而来。我不由得打了个哆嗦。忘记了眼下正值"冬至"。此刻，四野浓霜降临，薄雾四起。数九初期的严寒正在加紧热身！家前屋后的那光秃秃的桃树、柿树和那两人抱不过来的依然保持翠绿的桂花树，以及不远处河岸边早已无人问津的衰落的芦苇，在寒风中瑟瑟发抖，且不断地、夸张地发出凄凉的哀号声，企图博得上苍的怜悯。

  残月西挂，星光贼亮。朦胧的月光，笼罩着我那高耸的楼房。这是一座二十世纪九十年代的标志性建筑：中西结合的二层楼别墅。四面合围着雅俗共赏的围墙；气派的院门上方，映入眼帘的是"幸福人家"的金色正楷字样。当初，它在欠发达的苏北乡村傲然问世。有力地证明了，若干年来，在改革开放的浪潮中，屋主人并未消沉，而是抓住机遇，与时俱进；它充分说明了，屋主人初心不改，勤俭持家。它揭示这样的真理：勤劳才能发家致富，才能过上幸福安康的好日子。眼瞅着不日因"动车新干线"的路线需要，它将"让"路，被夷为平地，成为废墟。犹如陡然收到亲人身患绝症的讯息。我的心里，真不是个滋味，感觉视线模糊起来。扪心自问，它倾注、耗尽了我与妻子的毕生精力，是用青春、汗水、泪水浇灌而成；它承载着我们这代"生不逢时"的下岗人，当年为了生存、为了养家糊口，无奈之下只得背井离乡，在外打工、拼搏的奋

---

  * 作者简介：朱模慧，男，58岁，退伍兵。

斗史、创业史和生存史。同时记载着我那虽苦尽甘来，但寿终正寝的父母的音容笑貌和儿孙绕膝、知足常乐的永恒记忆；尤其它见证了我那当年的"留守"儿郎，在此成人、成家，紧接着，孙儿孙女，在此"呱呱落地"和"蹒跚学步"的一系列喜庆而醉人的画面；还包括咱四世同堂，在此争执、抱怨、包容，再争执、抱怨、包容的漫长而有限的光辉岁月，以及对未来美好的生活，充满无限憧憬的一段终生难忘的美好时光。

只可惜，它天命如此，为时不多。

不是吧？

当真我与妻子当年苦心经营所创建的、引以为豪的所谓的"丰碑"，不久将"土崩瓦解"？当真我那世世代代小小的衣胞之地，即将在这广袤的大地上，永远消失？

无形中，脚下，多了些烟头。不知何时，妻子竟然出现在我的身后。

我狠狠地瞪了她一眼！言下之意：天气寒，夜深沉，你拖着早已劳累成疾的身子骨，前来凑啥热闹？可她却"不把村长当干部"，只见她面带愠色，粗鲁地帮我披上了皮大衣。

我深情地瞥了她一眼，作回报。就这样，我没再赶走她，她也绝对不会走，也再没怨气。我俩谁也没说话，也不知从何说起，却心有灵犀地默默注视着那曾风光一时的楼面。

可恼的是，烟屁股烧痛了我的手指头。它似乎提醒我：别再杵着，形势逼人，赶紧回屋休息吧。可我却并不领它的情，相反，恼羞成怒地将其扔掉，并用鞋底碾了又碾，似乎下决心辗碎我们那"盛年不重来"光辉的过去，然后率先迈着几乎冻僵的双腿，转身返屋。

先前，我曾讥笑过我那刚拆迁了的堂兄堂嫂。笑他俩，有事无事地打老远的新居，溜过来，在已成废墟的老宅址上，不是发呆，就是穷转悠着，找魂似的。这下，方才理解他俩的心情了！

故 乡

尹华*

　　金秋八月，海风拂面，我站在岸边与大海相互凝视，忽有故人心上过。回首往事，历历在目，人生真的如白驹过隙，世事无常。我离开故乡已有三十载，而今回来，这朵沉寂在时间长河里的浪花，又再次触动内心的一片柔软，我想说一说我的故乡。

　　我的故乡在乌石港，位于雷州半岛西南部，雨量少，夏季闷热，冬季不算太冷，属于亚热带季风气候。不过因所处地带气候复杂多变，所以这里是雷电频发的地方，故而有只听雷声不见雨点的说法。

　　乌石港历史悠久，在明朝洪武年间，因海边布满巨石、怪石，且乌黑发亮，形状各异，故被当地居民称为"乌石"。作为六百多年的历史古镇，民风淳朴，物产富饶，地理位置得天独厚，人文环境独特。其中有一座传奇古庙——天后宫，甚是有名。庙内保存着丰富的文物古迹，有明代宣德炉、清光绪十九年铜香炉、清嘉庆二十四年铁钟，还有精致的清代木雕阁，雕工精美华丽，都有很高的艺术价值和收藏价值。

　　此外，还有省级非物质文化遗产——乌石蜈蚣舞。每年中秋节到来之际，乌石蜈蚣舞就在晚间紧锣密鼓地拉开帷幕。蜈蚣由一条缆绳将几十个人连在一起，每隔1.5米至2米一个人，缆绳绑在腰上，边舞边蛇形前进，场面非常壮观，游人也络绎不绝。

　　乌石港处的大海毗邻北部湾，渔业资源非常丰富，盛产各种鱼类，例如鳝鱼、红鱼、马鲛鱼、黄花鱼、石斑鱼、沙丁鱼、赤鱼、鱿鱼等优质海产品。经改革开放四十多年的发展，在当地人民政府的引领下，故乡的经济发展有了质的飞跃。目前故乡有两大名片，一个是国家级中心渔港，另一个是天成台度假村。天成台度假村为国家 AAA 级旅游景区。我相信聪明的故乡人，凭借这两大名片绝对可以打造出新的经济增长点，以此带动渔业、养殖业、旅游业、饮食业、服务业更上新台阶。

---

　　* 作者简介：尹华：男，60 岁，广东省湛江市人，大专学历。目前是《诗歌中国》会员，在《湛江日报》发表过多篇文章。

　　离开故乡三十载，再回来，这里早已不是当初的模样。漫步海滩，呈现在我眼前的是故乡笔直的码头，旁边种着一排排挺拔的椰子树，抬眼望去，码头的对面是天成台度假村，与天成台度假村遥遥相望的是房参岭，是一个正待开发的新景点。在我的记忆里，故乡的大海，它没有波澜壮阔的故事，也没有涛声阵阵让我心潮起伏。它显得很平静，像是经过岁月沉淀后，给人一种沧桑之感。故乡的大海，还是最初的模样，它不因岁月远去而改变初心，它依然是那样深情和温暖。

　　在此我衷心祝愿我的故乡，在新一轮改革开放的东风下，经济发展越来越好，人民生活越来越富足！

改革颂——深圳

韩毕成 *

　　三十年前，我随军参加工程建设，第一次来到鹏城——深圳；第一次目睹邓小平南下挥手点燃的图腾，似一团熊熊烈火燃烧在祖国的南边，闪耀着五彩缤纷的光芒，开创了中华民族灿烂辉煌的新的篇章，描绘着一幅凝聚着拓荒者的青春和热血，忠诚与奉献，激扬文字，壮哉奇伟的浩浩画卷，谱写了震撼时代、引领风骚、惊天地泣鬼神、艰苦奋斗的巨史诗魂。

　　鹏城——深圳，三十年前，在岁月的沧桑与历史沉浮中奋起，从一个渔民之村一跃成为举世惊叹的国际化城市。引领时代潮流，云集天下精英，汇聚四海财富，如今已成为祖国历史星空中一颗永不陨落，光芒四射的"恒星"。我们曾惊叹着、欢呼着、用嘹亮的歌声迎接这伟大的时代来临；用满腔的激情耕耘这块充满希望的沃土。三十年后，她已在改革的浪涛声中闪烁着她的丰姿绰约；她似一位亭亭玉立、楚楚动人的少女，焕发青春无限的光彩；她让全球感叹中国的强大给他们带来了挑战和机遇，让他们必须重新认识和彻悟一个拥有五千年文明的中华民族所潜在的力量足以震撼世界。

　　抚今追昔，泱泱大国，五千年文明的沉淀和智慧，何尝不可在落后与贫穷中奋发图强、豪情满怀地创造让世界惊叹的奇迹呢，何尝不可使一个民族在觉醒后加速发展，雄踞世界，包举宇内呢？邓小平说发展才是硬道理，何尝不是道出十余亿同胞的心声和梦想呢？从而唤醒了一个民族以仅四十年的改革从贫穷中崛起于世界民族之林，而今天已富强的中国正续写民族复兴的梦想，承载着强汉盛唐辉煌的历史使命。这何尝不是世纪伟人曾以超凡绝俗的智慧，写下了改革成功的巨篇，在世界发展的里程史上刻下永远的丰碑。这何尝不是我们中华民族在民族复兴的道路上的伟大壮举、使短暂四十年的发展成为铸成世界强国的有利因素呢？

　　我们伟大的祖国，我们可爱的鹏城——深圳，我们相逢于盛世，我自豪而

---

　　* 作者简介：韩毕成，高中毕业，一个普通的文学爱好者，自由职业者。1989 年入伍于海军广东湛江基地，1991 年在河北文学函授学院学习一年，并于 1991 年军校招生落榜后，92 年春跟随部队参加深圳工程建设。

骄傲地看到你迈着庄严的步伐走向繁荣富强，沐浴着你五千年文明国度的豪迈和悲壮。在悠悠历史漫长的风雨春秋中，你历经千锤百炼铸就的更是一个民族团结自信与坚强不屈的信念，一种传承和崇尚礼仪的东方大国广阔的胸襟与博大精深的文明。哲人蔚起，才贤辈出，绵延着人类同样的灵秀，智慧与伟岸。而今赋予我们华夏儿女的绝不是百余年前的耻辱和痛苦。涤尽苦难，不屈不挠，穿过岁月悲伤与迷茫的烟雾，我们再不会感到沉重与沮丧；我们站在世界的高峰展现出我们的雄姿英发，强大与辉煌。我们的热血开始汹涌奔腾；我们的梦想开始启航远征；我们的国土开始生机盎然，蓬勃兴旺；我们的人民开始自强不息，丰衣足食；我们如今已拥有先进而高端的科技卫国利器，坚定地守卫着、捍卫着祖国。这是改革成功的力量，打造着我们民族光彩照人的未来，我们又岂能不豪情满怀，引吭高歌呢？我们的强大，足以让世界惊叹而仰望！

忆四十年前，一声改革的春雷在中华大地响彻云霄，春风奏响了时代的凯歌，开启了深圳春秋的光辉岁月。那直入云霄，巍巍嵯峨曾冠称王者风范的地王大厦，正在诉说盛世的丰功，燃烧着创业者热血沸腾的使命。当你登上深圳平安金融中心 118 层的楼顶，俯瞰深圳胜景时，万千高楼，巍巍挺拔，暮色中灯光灿烂，金碧辉煌，一条条街道，宛如一条条吐火的金龙，无不令人心旷神怡，荡气回肠，豪气凌云，壮怀激烈。若你再登上梧桐山峰，会陷入无限遐想，感慨万千。凝目远眺，峰峦叠嶂，绿云环抱，山川秀丽，百花争艳，四季如春。那遍地楼厦高耸入云，车如流水，奔腾不息。深圳万户千家，载歌载舞，惊喜于物华丰满，品味盛世精华。相逢盛世春秋，何似人间！而在那金风送爽的秋季，当你遨游于大小梅沙的港湾中，夕阳西下，水天相映。碧波万顷，波光粼粼。而或长烟一空，星汉灿烂；青山沉寂，千灯流霞。壮士中流击水，浪遏飞舟。游客如痴似醉，乐不思归。好一处壮美辽阔，宛若人间仙境的锦绣画廊。如若你再游览锦绣中华、欢乐谷、世界之窗等旅游胜景，或者漫步繁华的闹市，游赏那人流如海的东门，物美价廉的华强北；或者购物于风景优雅的商业区，陶醉在轻歌曼舞，装饰豪华富丽的酒楼；或者踏入出征和凯旋的人流；或者奔驰在四通八达，交相辉映，立体交错和谐的交通线上，顾目流盼，一栋栋熠熠生辉、流光溢彩而新型的引领风骚的建筑，奇伟高耸，雄姿焕发，挺起民族的脊梁向世界展示，风景怡人、巧夺天工的花园式城市映入眼帘。清风徐来，悲尽兴来，那尘烟横流的世态万千，在这如诗似画的美景和欢笑中逝去。

深港毗邻，英才荟萃，四十多年的改革开放，成就了无数人的梦想，点燃了生命灿烂的火焰，打造了一个时代辉煌的传奇。四十多年的改革，青春美丽的深圳，演绎着人定胜天的历史格言，诠释着开创者与数代继往开来的精英们指点江山、运筹帷幄的恢宏气概。他们居功至伟，人民不会忘记，历史会永远记住他们的丰功伟绩；还有那数百万浩浩荡荡打造深圳的今天、明天和未来的朴实而坚强的劳动者，可歌可泣，他们用生命与热血谱写着时代的赞歌，续写着深圳春秋的过去和未来，抒写着华夏儿女恪守民族复兴的丹心和情怀。

放眼世界，与时俱进，科技兴国，科技强国。在中华民族五千余年悠久文化历史的长河中，多少次成功的改革延续着华夏文明。

以仅四十年的改革开放，中国却取得了工业、农业、科技、国防、航天、通信、交通等领域举世瞩目的伟大成就，在今天更以超越世界的惊人的速度迈向民族复兴的征程，这也是华夏儿女的历史使命和责任。

今天在伟大的改革开放中走向强大的中国是几代人的梦想和愿望、几代人的追求和努力、几代人的坚守和奉献。他们的无私和使命感成就了一个伟大的时代，弘扬和歌颂他们创业奋斗的精神、天下为公的品德、忠贞报国的情怀，从而揭开了中华民族崭新的历史篇章，谱写着他们与天地争斗其乐无穷的旷古豪迈，描绘着今天万里江山焕发新颜的优美画卷。

一个人梦开始的地方，千百万人梦燃烧的地方，十亿余人魂牵梦萦的地方。在南粤边陲的山村，改革开放，从此以不可抗拒的力量，开启了一个新的时代，开创了一个国家新的命运，把贫穷画上了句号。她的名字叫深圳，别号鹏城。

五星红旗

邓建军 *

今天是国庆节！

昨晚彻夜未眠，和家人一起守候在天安门广场，准备迎接庄严而神圣的时刻——升国旗。

虽然人潮拥挤，但是大家井然有序。太阳即将升起的时候，国旗护卫队踏着威武的步伐，整齐划一地走出天安门。随后，在嘹亮的国歌声中，五星红旗冉冉升起。

仰望五星红旗，我心潮激荡，回望历史的天空，旧中国四分五裂，民不聊生。

一百多年前，帝国主义的坚船利炮轰开了清政府的大门，西方列强不仅强行使用特权，还要求清政府割地赔款。后来，日本侵略者更是发动了惨无人道的侵华战争，十四年里，犯下了罄竹难书的累累罪行。

那是一段伤与痛的记忆。

但伟大的中华民族岂会忍让妥协？最终，在中国共产党的英明领导下，中华人民奋起反抗，彻底赶走了侵略者，让五星红旗飘扬在新中国的每一寸土地上。

中国从此屹立在世界的东方，开始谱写一曲光辉的历程。

五星红旗不但见证了祖国的发展，而且带给人们动力和希望。

当无情的洪水扑向我们的家园时，战士们用血肉之躯筑成冲不垮的大堤；当地震突如其来时，四面八方的援助把震区包裹成一个爱的天堂；当疫情来临时，英雄们一个个舍生忘死，白衣执甲，逆行出征……

我们生在红旗下，长在春风里。

目光所至皆为华夏，五星闪耀皆为信仰，百年征程波澜壮阔。

愿你我携手，捍卫盛世之中华。

---

* 作者简介：邓建军，1968 年 5 月 16 日生，湖南省祁阳县人，中专学历，退伍军人，曾任教师、外企高管、教育培训学校校长。

宁静的乡村

郭西安*

万籁俱寂的清晨，忽被几声鸡啼唤醒。好鸟相鸣，嘤嘤成韵。田野上处处氤氲着朦胧的气息，静谧的村庄中充满令人神往的恬静。空气中飘荡着使人清新愉悦的气息，清洌甘甜、沁人心脾。石砌的小径，通向村头绿树环绕的池塘。一株苍老的桑树斜倚在池塘边，将它懒得梳理的枝条插进水里。池水碧绿，三两位村姑挥动着木槌，在石砧上捣衣，断断续续、清晰的声音在湿润旷渺的空中漾起涟漪，尽显"蝉噪林愈静，鸟鸣山更幽"的意韵。

日升中天，阳光洒满成百上千亩连畴成片的油菜田，浓密袅娜的枝叶随着一种无声的旋律舒缓摇曳，青波翠浪，涌向远方。纤尘不染的鹅黄色的"织锦"，有如天鹅湖一般，让人有纵身一跃投身入湖的冲动与沉醉。飘逸的金黄色花瓣，幻化出壮丽的花海，遍地流芳，点缀着不甘寂寞的田头阡陌。这里没有汽笛喇叭，更无噪音扰耳烦心，喧闹与尘嚣被田畴的平静所摒弃，浮躁与不安被旷达的田野所化解，一扫心中阴霾，顿感神闲气静。阵阵清风徐来，吹拂着沟渠两边成排的杨柳，树叶摩挲好似呢喃细语。渠水无言地流淌，闪动着多情的波光，犹如害羞的稚童，把活泼的情趣带向四面八方。沟渠上座座拱形石桥，给这宁静的田野平添了几分诗意，涂上一抹生动的色彩。

暮色渐起，落日熔金，站在广袤的田野看落日，方能更深切体会唐朝诗人王维诗句"长河落日圆"意境的雄浑与壮美。不论人们是否留意，太阳总是郑重地重复着如此豪华的礼仪——每一次升起和离去，都显得格外辉煌。望着天边像火一样燃烧的红云，心中激荡起对神圣天体无比的崇敬之情——太阳在即将西下之际，仍然能焕发出如此巨大的光辉和灿烂的笑脸，在人间伤感的黄昏时分幻化出霞光万道的壮美绝境。相形之下，人们心中的那些尘世杂念，如宇宙中的一粒浮尘般，渺小得不值一提。青草坡上，依然能见到"牧童归去横牛背，短笛无腔信口吹"的田园风光。只是村庄里难见袅袅炊烟，村头的一则广

* 作者简介：郭西安，男，70岁，大专学历，经济师，湖北省监利市人。现随子女在武汉市居住。退休前在监利市石油公司办公室工作，主要负责企业的文化宣传及公文写作，曾在当地报纸、《荆江文学》月刊及行业内杂志《湖北石油》《中国石化》上发表过数篇文章。

告上写着："本村设备先进，可为农户上门灌气。"热情友善的广告用语，昭示出宁静乡村随着我国改革开放的深入推进，农村生活环境及生活质量的悄然变化。

月光融融，夜香醉人。沐浴后的乡村少女长发披肩，脚蹬高跟，她们聚在一起谈论短视频与中视频有什么不同。小孩们围成一圈，歪着头入神地聆听着老爷爷讲述着各种故事。不知是谁的一声呵欠，引来大家呵欠连连，不久便听到家家户户关门的吱呀声。

大地一片宁静，树木垂下了枝条，小草收敛起张扬的身姿，默默地吸吮着夜露的乳汁，一切都是那样平静和谐，只有月亮依然在那"永也走不到尽头的天街上"蹒跚独行。

文学之花

八　两

兰建国*

（一）

　　"石鼓的山歌哎，多又多哟，要用火车拖呀，隔壁的老妹哎，娘家甜酒烧公鸡哟。阿哥哎，来喝盏酒呀，莫客气呀，会醉会醉哟……"八两经常白天踩辆旧黄包车，在石鼓县城的大街小巷穿行，唱着自己瞎编的本地山歌，悠然自得。八两的大名叫刘小乐，50多岁，身材中等，个子偏矮小，为人大方、讲义气，喜爱写些豆腐块，好唱山歌，爱喝酒。人们经常逗他："喝哩多少？"他答："不多，就八两吧。"他经常把"八两"挂嘴上，人们干脆喊他"八两"，而其大名渐渐被人淡忘。八两原来有一个好活命的家庭，他老子爷曾是石鼓县副县长，分管土地、城建工作长达8年之久。他本人和爱人同在县国营单位印刷厂上班，拥有人人羡慕的铁饭碗。十多年前，企业买断和转制在石鼓县搞得如火如荼。县印刷厂处在县城主街道十字口的黄金路段，被一家市招商引资单位看上，出巨资向石鼓县国资委买下，准备建一个地理标志性建筑——五星级大酒店。县委、县政府顺应潮流，出售县国营企业印刷厂。在卖厂之前，县有关领导专门上八两家里找到八两父亲说："刘县长，您好。您老为石鼓县的经济发展，做了许多贡献。这次县印刷厂出售，您家儿子和儿媳妇都要买断，政府考虑到您家的特殊情况，特派我们来问问，您家有什么要求和建议？"八两父亲回答："哦，没有，没有，谢谢你们的关心。说实话，崽有用，放在破屋里也会发光；崽无用，放在高堂上，也是锈铁一块。他们夫妻两人有手有脚的正常人，别人能承受的事，他们也能承受，我家没有什么要求。"

　　八两夫妇买断工龄下岗后，家里经常因为一些琐事发生战争。八两虽爱写一些东西，偶尔在杂志上也会发表一些文章，但他没有文凭，又不擅长营销之类的活，也无机修、电工之类的特长，所以很难在私企打长期工。在家里坐吃

　　* 作者简介：兰建国（蓝建国），男，江西省铜鼓县人。喜欢用文字的心香虔诚地点燃祭坛上的孝爱之火。《江西作家文坛》特约作家、理事。宜春市网络作家协会会员。

半年后，八两买了辆黄包车，他说："哼，钱兑，人自由。"从此，八两每天都勤快地踩黄包车，起早贪黑地拉活，但真是"钱兑"，每天都有六七十元人民币进账，人也自由，想上哪儿去拉客，就去哪儿拉客；想休息就休息，无人管考勤。但他老婆却嫌他没有志气，关键是赚钱少，还不够活命的。她总是说："人家都有好单位，你却去踩黄包车，你不嫌丢人，我还嫌失面子呢。"往往这时八两便会回答："我一不偷，二不抢，凭力气挣饭吃，丢什么人，不怕。"争吵多次后，两人离婚了。老婆泪眼婆娑地走后，八两也想方法挣面子，于是，他每天晚上偷偷写中篇小说，甚至是长篇小说。但杂刊社大多都转型了，他的"纯文学"难以发表，一大沓稿件放在抽屉里，都有霉味了。古话讲："赚钱不着累，着累不赚钱。"八两每天靠流汗珠子赚钱，到手的钱确实有限，好在他朋友多，路子广。在一次，他邀朋友尝温泉的客家撑酒"十月水"，听一朋友讲，捡垃圾废品，弄得好也赚钱。于是，八两置了身行头：军工服一套，矿工探照灯一只，蛇皮袋一只，铁钳夹一只。晚上，石鼓县各小区，街头巷尾，常常有一个穿军工服的人捡废品。自打白天踩黄包车，夜晚捡废品后，八两的收入明显大增，袋里有钞票，经常约朋友小撮几顿。八两在酒桌上告诉朋友，有一次，他在垃圾桶里捡到了古代字帖，卖后得到了五百元大钞。而铝线、铜线也卖了好价钱，旧书旧报每天能捡上百斤。怪不得报上讲，某某地方出破烂大王，看来确有其事。

（二）

7 月的一个夏天的深夜，八两在县政府家属区南山明月花苑小区附近的一排不起眼的垃圾桶里淘金。像往常一样，他在探照灯的照射下，用铁钳翻动着其中一只缺环的垃圾桶。一铁钳下去，撞到一个软绵绵、黑乎乎的物体，随着铁钳的起落，一股腥臭味在蚊子、苍蝇的拥促下扑鼻而来。好在喝了一点小酒的八两只是皱了皱眉头，胃酸未冲上喉咙。他仔细夹起那物体一看，原来是个黑色的塑料袋。该包装物上沾满了污秽，但能隐隐看出包得很整齐，塑料袋上的绳子捆扎得很标准。八两凭捡废品的经验，判断出这包东西一定不同寻常。他把这塑料袋从垃圾桶里小心翼翼地拎了上来，用毛巾把上面的污秽擦拭干净，放上黄包车，回家了。

第二天早上，从八两血红的眼睛和他嘴巴里喷出的酒味，就知道他昨晚失眠了。天晓得，昨夜八两遇到了什么稀奇古怪之事？中午，太阳如同熊熊烈火炙烤着大地。在县政府家属区南山明月花苑小区大门旁，八两的黄包车车头上立着一纸牌上书启事：此草帽下有物寻主人。中午 12 点多了，下班的、放学的人三三两两地路过，有人好奇地停下脚步望了望就走了，也有几个好热闹的细伢子围在那里。这时，一对中年夫妻急匆匆地跑来。只见其中的那名女人，一手从黄包车上把草帽掀掉，把黑色塑料袋捂在怀里，双手死死抓着，生怕它飞了。八两上前拦住，"请问大妹子，这包是你的？""是，就是我家的。""好，那我问问你，里面是什么？有什么特征？"八两直视着对方。随后女的一一细答八两的问题，俩人对暗号一样。"说准了！"八两笑了。

那女人眼睛噙满泪花，男人握着八两的双手，不停地说："大哥，好人呐。"夫妇二人就当着大伙的面，把事情的原委道了出来。夫妇二人，丈夫姓徐，妻子姓丁，都在某行政单位上班。头天去上班，出门时同时下楼，二人手里都拎着一个黑色塑料包。一人是准备去交房款（25 万元，为保密，丈夫特意用家里备用黑色的垃圾袋包的）。但阴差阳错间，丈夫把垃圾包带走了，而装了 25 万元现金的包，则被随手扔在楼下专门收集垃圾的板车上。到目的地后，钱不见了，夫妇二人吓出一身冷汗。当气喘吁吁返回来找时，拖垃圾的板车早已清空了。夫妻二人当晚互相责怪，一宿怄气不眠。因为准备为儿子结婚用的房子怕是买不成了，辛苦了一辈子的血汗钱就这么没了。还好今天看见了八两的启事，夫妇二人可算是如释重负。八两对夫妻二人说："把钱数一下，看对数啵？"夫妻二人当众人面，打开了塑料包。"对数，对数！一分不少，太谢谢你啦！"男的从袋里抽出一叠扎好的万元钞票递给八两："大哥，辛苦你了，这点小意思请笑纳。往后，来日方长，您就是我们家的亲哥。"八两则只是从中抽取了两张百元钞票，多余的钱仍塞回那男的手中。"这是昨夜的大脑斗争费，我长这么大，从未见过，更别说捡过那么多的钱，害得我大半夜思想在打架，白酒都喝了八两下去。"

（三）

第二天傍晚，八两屋里来了一群应邀的哥们。虽然是大热天，八两却仍然喜欢食煞酒。八两拿出珍藏了大半年的本地客家撑酒，他又买了几个卤菜冷盘，炒了三四个荤素菜。大伙围桌畅饮，席间一哥们问八两："哥，昨晚是捡了宝贝，发了洋财？又叫我们来吃一顿！""当真发财呀？"一哥们随手伸杯碰了一下，大伙都在笑闹着。"八两，你真蠢，捡着的钱，自己不作声，谁晓得？""25 万，去哪里赚？上好的横财咯！""八两，你要娶老婆，买房子正需要钱。""八两，现在跑南昌、长沙的拼车挺火，你去买辆小车开，生意又好，比起黄包车，真的是一个天上，一个地下。"众人七嘴八舌地说着。"上半夜想自己，下半夜也要想想人家。25万元，不是小数目。弄不好，想不开的人，会寻短见嘞，"八两接着说，"是你的，终归是你的；不是你的，莫强求。我可是一个活了半百岁的人，书看多，事也听得多，贪横财有几个人是有好结果的？不是我清高，我相信，人在做，天在看，不信抬头看，苍天饶过谁？我宁愿做一个酣然入梦的穷人，也不做一个辗转难眠的财主。"众兄弟纷纷点头称是。

（四）

"河边表嫂洗衣忙哎，阿哥汗馊味道香啰，今夜来我屋下食夜饭哟，娘家的撑酒吾（不）醉人啰。"几年后，"八两"刘小乐开着一辆"的士"，依旧唱着他自己瞎编的山歌，或在汽车东站，或在县城大桥头，当出租车司机，等待载客。真是应了那句老话：人都有一步时运，不知早与迟啊！八两成功转型轿车司机，由骑黄包车、捡废品升级到开自家的"的士"。原来自打因捡了徐姓夫妇俩的钱包，八两与徐姓夫妇渐渐相处熟了，成了非常要好的朋友。老徐的爱人丁嫂，相当认可八两的人品，认为他诚恳、勤奋、有涵养、仗义、踏实，是可信赖之人。丁嫂穿针引线，把娘家守寡的表嫂，已近中年的邹嫂，撮合给八两做老婆。八两与邹嫂经过一年多时间的接触，从了解到相爱、结婚，邹嫂和八两结合，组成了新家庭，她只向八两提了一个条件：戒酒。她的前夫就是因嗜酒，最终得酒精中毒型恶疾而亡的。八两心里知道邹嫂这条件是因为她真心爱他，咬牙下定决心，毅然把酒给戒了。八两虽然仍会与原来相好的哥们在一起玩耍、吃饭，但从此以后滴酒不沾了。邹嫂嫁给八两后，夫妻二人商量用邹嫂现住的全产权三室一厅的房子在银行作抵押贷款，给八两买了一辆"的士"，让八两跑出租。八两就更有了一个不喝酒的借口："哥们，不好意思哈，要跑车，不能喝酒。"八两每天兴致勃勃地开车跑出租，快乐的山歌声在清晨、在夜晚，在石鼓县的大街小巷飘荡，飘荡……

姐　妹

孙美琪 *

　　阿梦是阿紫的同胞姐姐，阿紫是阿晴的异胞姐姐。在这个人员复杂的重组家庭里，她们三姐妹显得不像同甘姐妹花，长得更不像共苦姐妹花。她们之间的关系，或许只有她们各自心里明白。

　　与阿梦相比，阿紫心知肚明姐姐阿梦比她学习优秀、比她相貌出众、比她宽容大度。与阿晴相比，阿紫心照不宣妹妹阿晴比她聪明伶俐、比她讨人喜欢、比她单纯善良。

　　作为家里老二的阿紫，就像马卡龙里那层甜甜酸酸的夹心儿，被老大和老三夹在中间无法有所作为，对于家里发生的事也总被蒙在鼓里。阿紫清楚记得，自从她升入小学以来，她们的爸妈就没有检查过她的作业，而只顾着关心姐姐阿梦报考哪几所重点高中，妹妹阿晴的尿不湿换了多少次。

　　两年后，阿梦没有考上台北市立"建国"中学，却领了一个同校的棕色头发的男孩子回了家。姐姐阿梦因为谈恋爱耽误了学业，妈妈却劝爸爸让阿梦再复读一年。阿紫装作在家里客厅红木色大课桌上写作业，实际上在抄写着三毛书里的句子：学校可以滚，但书不可以不读。她只听见妈妈说："以阿梦的学习能力肯定可以考上的。至于经费的问题，那就让阿紫先休学在家里待上一年，省去学杂费就可以了。"听到这话的阿梦跑到阿紫面前，"干打雷不下雨"哭闹了半天，恳求阿紫同意爸妈的建议。阿晴还小，什么也不懂，在姐姐们旁边眼巴巴地看着这一场"好戏"。阿紫没想到自己第一次入镜来演她们的家庭剧，也连台词都没有。阿紫拿着整夜整夜努力学习换来的第二名的升学成绩单，一个人来到外婆的坟前，从用了三年的灰色书包里拿出中午专门包起的一整块米糕，恭敬地摆在外婆的坟头，眼泪汪汪烧掉了那张"可笑"的入学通知单。

　　才刚考上高中的阿紫哪有什么家庭地位反抗呢？妈妈从来没有为她考虑过，爸爸从来没有为她买过一次毛绒娃娃。就这样，阿紫还没看到高中的大门就休学了。都说上帝给你关上一扇门就会给你打开一扇窗。阿紫开始在爸爸不在家的时候潜入书房，偷偷拿走几本书，回到自己的小屋里，轻轻弹去书上的灰尘。

---

　　* 作者简介：孙美琪，爱好读书、看电影。座右铭：生活明朗，万物可爱。

借着老旧的台灯那昏黄的灯光，她如饥似渴地一头扎进书里，不愿错过书上的一字一句。

从此，阿紫爱上了三毛这个来自中国台湾的女作家。阿紫觉得，三毛的文章从来都没有矫揉造作，三毛的回信从来都不会敷衍了事，三毛的爱情从来都不是虚无缥缈，三毛的人生从来都不追求物质享受。三毛说过，一个人至少拥有一个梦想，有一个理由去坚强。三毛作品里的一切，都吸引着阿紫，启发了阿紫后来的写作。

而偷看爸爸藏书的日子好景不长，年龄越来越大的妹妹阿晴打乱了阿紫的所有计划。阿晴偷走了爸爸书房里的一只名贵毛笔后嫁祸给了整天只能被困在家里的阿紫。妈妈也附和说阿紫最近总是在书房那边跑来跑去。阿紫有口难辩，其他两个人都仿佛在说，连阿紫从自家书房里拿本书看都是错的。

此时姐姐阿梦高兴地宣布她被台北市立北一女中录取了的消息。爸爸人逢喜事精神爽，好像瞬间忘记了书房发生的风波。妈妈不无放心地撒手把妹妹阿晴交给了阿紫照看，走进厨房去多准备几个菜给姐姐阿梦庆祝。

餐桌上，阿紫漫不经心地吃着碗里的米饭，在这个没有爱的家庭里她在饭桌上的思绪竟也飞到了撒哈拉沙漠里——在那个辽阔得仿佛没有边际的大沙漠里，她身穿红绸缎的长裙随风舞动着，累了就独自一人在沙漠里骑着骆驼，无拘无束自由自在地向前赶路。而在路的尽头，属于他的"荷西"在敞着怀抱等她归来，不管是春夏还是秋冬。红衣女子的脚下好像有一颗石子绊到了她的脚步，阿紫回过神来，原来是米饭里的一颗小石子硌到了牙。餐桌上三姐妹都喜欢的西红柿炒鸡蛋早就被阿梦和阿晴一抢而空，只剩阿紫最讨厌吃的胡萝卜还是满满当当，这道菜像是堵在阿紫的心头，让她喘不过气来，却也只能咽下去。阿紫心想，也许家家都有本难念的经吧，只是她的事情还没有重要到需要举家来讨论，只要她足够努力勤奋，爸妈以后一定会看到她的好。

等到阿梦顺利升入重点高中，爸妈把阿晴送进私立幼稚园——阿紫终于可以去上学了。在独自去学校的路上她心里默念：请抬起头，从零开始，要改变父母对自己的看法，一切皆有可能，难道不是吗？

初中三年，阿紫没有交到一个闺蜜，她和所有人都保持着不远不近的关系，就像她自认为她从小到大和姐姐阿梦、妹妹阿晴甚至与父母的关系一样……因为阿紫最爱的作家三毛说过："西洋有一句话：一个朋友很好，两个朋友就多了一点，三个朋友未免太多了。"

上面有人

张滔 *

市政公司的管道疏通工大刘经常挂在嘴边的一句话是："怕啥，咱上面有人！"还别说，这句话有时候还真唬人。大刘所在的市政公司裁员，开始领导打算按照工龄长短来裁员，工龄超过十年的不在裁员范围之内，后来感觉这种方式有失公允，尤其是一些老员工整天无所事事，典型的尸位素餐。一些工龄短的年轻人干劲十足，是企业绝对的中坚力量，要是按照工龄裁员，这些能干活的中坚力量无一例外全都得下岗，而那些"占茅坑不拉屎""光支嘴不干活"的老员工就会成为企业的"中间力量"，市政公司也就真的会成了名副其实的养老机构。

市政公司不同于其他单位，这是一个需要有人能真正干活的企业，城市道路维修保养、排水管道疏通这些工作都需要切实地执行到位，所以，后来领导开会研究决定为了公平，还是用抓阄方式进行裁员。裁员之前，办公室主任老汪提前找大刘，告诉他抓阄的名单里面就不写大刘的名字了。汪主任的意思很明显，大刘不会被裁员！末了，汪主任不经意地问大刘："听说你上面有人，哪天给我介绍认识认识！"大刘不明就里笑着说道："可不咋地，尤其是做我们这行的上面要是没人可真不行，而且这个人还得硬实点！"

市政公司副总的位置空缺一年有余，汪主任觊觎这个职位好久了。不过汪主任上面没人，副总的位置老汪只是想想，这个让人眼热的副总位置哪能轮到老汪？老汪心里清楚，自己有猪头但是找不到庙门。不过老汪听说公司里面有一个叫刘顺利的员工，整天嘴上挂着"上面有人"，市政公司所有人都知道大刘上面有人，上面没人还想升职的汪主任就打算曲线救国，攀一下子大刘"上面人"的高枝儿，正好趁着裁员的当口，自己顺便就能把自己前进的问题给解决，汪主任只是想想，心里都觉得美滋滋。

原本汪主任还没想好怎么才能攀上大刘背后的关系，这下子好了，企业裁

---

* 作者简介：一直有一个文学梦想，大学毕业后却踏入房地产行业，在房地产营销领域从事营销策划十余载。做过记者，本想仗剑走天涯用自己的笔伸张正义，最终被赤裸裸的现实把最初的梦想打败。一个喜欢文字却不矫情的中年男人，热爱生活，热爱写作！

员，作为办公室主任的老汪手中权力就体现出了价值。大刘没明白汪主任的心思，礼下于人必有所求，人家一个堂堂市政公司办公室主任对自己一个最基层的管道疏通工没必要讨好，难不成需要自己表示表示？不明就里的大刘表面上说着感谢的话："感谢汪主任，您这份情我记下了，虽说我找上面的人也能解决，但是毕竟不及领导送的温暖。"大刘这话说得很委婉，不过在汪主任听来这话很有分量。首先大刘是一个懂得感恩的人，其次就是大刘"上面"确实有人。只要大刘领情，上面还有人，自己这个副总的位置就有机会。碍于情面汪主任也没有直接问大刘说的"上面的人"到底是何方神圣，只是告诉大刘："要是有什么需要和困难可以直接找我！"

市政公司裁员一事很快尘埃落定，大刘毫无意外地没被裁掉，和大刘一个班组的搭档老张也没有被裁掉。这次市政公司打算裁员50%，一个班组的搭档需要裁掉一个留下一个，大刘的搭档老张年纪有些大。作为管道疏通班组的搭档，前些年老张还能下井，不过这几年老张身体不好，下井的活都是大刘干，老张在井外给大刘照应着。在市政一线奋斗了二十多年，老张也想趁着裁员这个节骨眼自己能被裁掉，也好给大刘留下上岗的机会。没想到裁员的结果很意外，大刘和老张这对搭档都留了下来。老张不清楚其中的原因，不过大刘心里明白。

为了表示对汪主任的感谢，大刘去超市买了两瓶好酒两条好烟趁着周末休息来到汪主任家。看到大刘提溜着好烟好酒，汪主任满脸堆笑，客气了几句也就半推半就地收下了。汪主任对大刘的烟酒没啥兴趣，他感兴趣的是大刘嘴里说的"上面的人"。"大刘呀，你在咱们单位时间也不短了，听公司人说你认识上级单位的领导，啥时候介绍认识一下？"老汪看大刘也不主动提老汪也就只好旁敲侧击地问了。"上面领导？哪有呀！我认识最大的领导就是您汪主任了！"大刘双手一摊忙说道。"不会吧，咱们公司同事都知道你上面有人呀，而且上次你也和我说了上面的人挺硬实！"老汪这次也不打算拐弯抹角了。"主任您误会了，我说的上面有人是指老张，我们俩一个班组，疏通下水管道他在上面我在下面，每次从井下升井都是老张往上拉，要是身体不硬实点也拽不上去呀！"大刘急忙解释。"那你上次说裁员这事你找上面的人也能解决是怎么回事？"汪主任有点着急。"咱们公司裁员不是一个班组裁掉一个人吗，我和老张是一个班组的，他早就有提前退休的打算，他和我说过打算辞职，这样我就不会被裁掉了……"

一旁的汪主任听完大刘的话瞬间没了回应，他现在唯一的愿望就是自己上面有人，而且是一个硬实点的……

桃花红，令人心碎的枯萎……

李帆 *

窗台上的那束桃花，原本鲜如初春，粉若笑脸，是狭窄的房间里最亮丽的一道风景，而今多年过去了，花瓣早已凋落，只剩下了一团干巴巴的枯枝，李老师依然把它视为珍宝，不忍舍弃。

这束花是一个叫丁丁的学生赠送给她的。

李老师是城里长大的姑娘，那年秋天，中师毕业分配到山乡小学。小学坐落在大山深处，几间破校舍，一块巴掌大的操场，没通水，也没通电，夜幕降下，四周阴森森的寂静，时常能听见恐怖瘆人的狼嚎声。

李老师感觉梦想的翅膀被现实无情地折断，才教了一个学期，她就迫切地递交了调离申请。

那天，她回学校收拾好行李，刚走到校门口，丁丁不知道从哪儿得到消息，捧着一束桃花来给她送行。桃花显然是刚撷的，花瓣上含着露珠，很鲜很嫩，叶子绿绿的，仿佛撑起了一个春天。

丁丁是她班上的学生，身上穿着一件破旧宽松的棉袄，瘦弱的身子挺着一颗硕大的脑袋，头重脚轻，给人的印象就像一个大号的疑问号。

"老师，您别走，留下来行吗？"

丁丁焦急地重复着这句话，他的眼睛很大，清澈的目光中透着惜别和期盼。

李老师不敢直视丁丁乞求的眼神，一扭头看向厨房。厨房门口堆放着木柴，一捆捆码得整整齐齐，像一座小山似的。学校里有八个老师，只有李老师一个人住校，平常烧水、煮饭她用的都是木柴，这些都是松树木柴，易燃，火旺，也耐烧。

看着堆放在厨房门口的木柴，李老师的心里咯噔了一下，因为这些木柴都是丁丁一捆捆从家里背过来送给她的，那一捆捆不起眼的木柴，饱含了孩子多少深情厚谊呀。

听着丁丁在一旁啜泣，回想起课堂上孩子们一双双如饥似渴的眼睛，李老

---

* 作者简介：江西省赣州市于都县人，现年 53 周岁，文学爱好者，曾在《赣南日报》《赣南文化报》《赣州晚报》《佛山文艺》等报纸杂志发表过诗歌散文。

师心一软，转身把行李提回了宿舍。

新的学期，李老师依然是丁丁的班主任。丁丁一如既往，依然是课堂上学习最认真、成绩也最好的学生，可是因为改不了迟到早退的旧习，到了学期结束，他依然没有被评上"三好学生"。

发成绩报告书的那一天，丁丁显然对自己抱有很大的期望，一开始，他安静地在下面坐着，看着身旁的同学一个个兴高采烈上台领奖，他也按捺不住激动从座位上站起来，双眸流露出期待和焦急。随着奖状越发越少，他的眼神渐渐黯淡，后来奖状发完了，他也没有听见老师念到他的名字。一会儿，同学们纷纷回家去了，丁丁独自待在空荡的教室里不肯离去。李老师上前询问，他沉默不语，低着头，从眼角流出了一行委屈和不甘的泪水。

为了解开丁丁总是迟到早退的疑团，返城休假之前，李老师做了最后一次家访。来到丁丁家，丁丁已经带着弟弟妹妹下地劳动去了，接待她的是丁丁的母亲。

通过这次采访，李老师掌握了如下情况：丁丁的父亲已经去世，母亲在三年前经历了一场车祸，从此瘫痪在床。丁丁是家里的长子，里里外外都有干不完的活，当别人放学后吃现成饭的时候，他才开始动手生火煮饭，当别人吃完早饭或午饭去上学的时候，他还要把猪食煮熟、把猪喂好才能上学。

家访结束，李老师给丁丁家里留下五十块钱，然后心情沉重地回城休假去了。

度完暑假回来，李老师连学校也没回去一趟，就急切地提着一大包衣物去丁丁家探望。半路遇到熟人，对方忽然哽咽着说丁丁已经不在了……

李老师没等对方把话说完，两腿一软瘫坐在地，眼泪哗哗地往下流……

一个炙热的午后，丁丁去河边树丛拾蝉壳卖钱，不慎被毒蛇咬了一口，在送医路上，一个鲜活的生命永远定格在十岁零八个月。

多年以后，李老师终究还是离开了那所山乡小学，走的时候她带上了那束枯萎的桃花枝。

在她眼里，桃花依然红，桃花依然鲜，依然绽放在生命中的每一个春天……

后　记

　　本书由感人至深的亲情故事、难以忘怀的人生经历、念兹在兹的山河游历、独一无二的风土人情、诚恳真挚的祖国礼赞等内容组成，简单的遣词造句将作者真挚的情感跃然于纸上。本书的内容未经浓墨重彩的渲染，源于生活，融于生活，于细微处见真情。

　　本书是由一篇篇文章形成的书稿，文章的作者并不是作家或专业的写手或作家，他们热爱书写，用真心、真情、真意的文字记录平凡人生的点点滴滴，表达他们对生活的热爱和礼赞。书中的作者他们是一群可敬的文字书写者、文学爱好者，勇于追梦者，故在文稿的编辑中我们保留了作者淳朴的文风，没有刻意追求语言的精练和华丽。本次文章的征集的初心是"平凡中的我们用文字来礼赞我们的生活和我们所生活的美好时代"，在编辑本书的过程中我们删去了很多虽文字优美但表达另类的文章，在此也想向这些作者致歉。本书的出版得到了很多投稿作者的热情支持，特别是文章收录"好文章书系"的作者们，没有你们的鼎力相助，以及那份对文学的孜孜以求与无限热爱，便没有本书的出版，在此，向你们鞠躬致谢！在此还要感谢那些为本书的出版付出辛勤劳动的编辑和工作人员。

　　"文化兴国运兴，文化强民族强。"在提倡文化强国的今天，新时代需要普通人用自己的语言和手中的笔书写不平凡的人生去感染我们身边的人和事，用正义的声音去传播正能量。编委会总想把"好文章书系"出好，不辜负作者和读者们的殷切期望，但考虑的事情繁杂，且书中作者大多出于自身对文字的热爱，非专业作家，书中不足之处在所难免，我们怀着虔诚的心请求读者朋友在欣赏本书时，宽容待见，批评指正。

"中国好文章"大赛编委会